INVESTIGATION ON X-CASES

诡案组

第2季 SEA SON TWO

求无欲/著

廣東省出版集團
花 城 出 版 社
中国·广州

图书在版编目（CIP）数据

诡案组. 第2季 / 求无欲著. — 广州 : 花城出版社，2013.1(2015.4重印)
ISBN 978-7-5360-6687-8

Ⅰ. ①诡… Ⅱ. ①求… Ⅲ. ①长篇小说—中国—当代 Ⅳ. ①I247.5

中国版本图书馆CIP数据核字（2012）第293205号

出 版 人：詹秀敏
责任编辑：文 珍 张 旬
版式设计：刘碧微
封面设计：荆棘设计

书　　名	诡案组. 第2季 GUI AN ZU.DI 2 JI
出版发行	花城出版社 （广州市环市东路水荫路11号）
经　　销	全国新华书店
印　　刷	三河市祥达印刷包装有限公司 （三河市杨庄镇杨庄村）
开　　本	787毫米×1092毫米　16开
印　　张	18
字　　数	330,000
版　　次	2013年1月第1版　2015年4月第8次印刷
定　　价	29.80元

花城出版社网址：http://www.fcph.com.cn

前　言

中国境内沿海某省，是最早实行对外开放政策的省份之一，因区域经济差异，吸引了大量外省务工人员涌入，导致人口急速膨胀。时至今日，该省已有过亿常住人口，其中“黑户”就超过1300万。

俗话说，“有人的地方就有江湖。”人口膨胀衍生出诸多问题，甚至是一些超自然事件。我国自新中国成立以来就坚持破除封建迷信的政策，但在面对一些现今科技难以解释的不可思议的事件时，却难免感到尴尬。为此，该省公安厅秘密成立了“诡异案件处理小组”（简称“诡案组”），专门处理全省各地的诡异案件。

诡案组的存在与国家政策不相适应，故此省公安厅从未对外公开承认小组的存在。别说寻常老百姓，就连大部分在职警员亦闻所未闻。诡案组所处理的案件尽是些荒诞离奇的案件，一旦公之于众，势必引起社会恐慌。

因此，由诡案组所处理的一切案件记录均为公安厅内部机密档案，只有小组成员及极少数高官有权翻阅。但是世事无绝对，凡事皆有例外，若把这些诡异案件视为小说看待，公之于众，又有何不可？但求读者莫太认真，只把它当做茶余饭后的消遣，切忌刨根问底，否则本文将难以为继。

人物简介

相溪望

别称：小相、望哥
职位：外聘顾问
性别：男
年龄：28岁
身高：180cm
体重：65kg

特长：智商160、擅长街头格斗、简单魔术

缺点：腹黑、过分着紧妹妹相见华

简介：前刑侦新人王，失踪近三年后以“玩忽职守”为由主动离开警队。喜欢小魔术，总是背着一个装有大量奇怪玩意儿的肩包。为查明父亲死亡的真相，以外聘形式接管诡案组，希望通过警方的力量与神秘组织“陵光”抗衡。

相云博

别称：老二
职位：前天雄药业研所研究主任
性别：男
身高：173cm
体重：58kg

特长：智商180

缺点：寡言

简介：溪望的父亲，十年前43岁时突然发现罹患胰脏癌，并于不久后去世。

相见华

别称：丫头
职位：学生
性别：女
年龄：20岁
身高：163cm
体重：保密（纤巧型，B罩杯）

特长：对哥哥撒娇、让人平静

缺点：胆小

简介：血统纯正的九黎族后裔，于襁褓中时便父母双亡，幸得溪望父母收养。养父母死后，便与溪望相依为命，两人的感情超越亲生兄妹。虽然只是平凡的大学生，但总能神奇地让身边的人感到平静。

月映柳

别称：柳姐、小月、蘑菇头
职位：刑警
性别：女
年龄：23岁
身高：166cm
体重：保密（健美型，A罩杯）

特长：死缠烂打
缺点：胆小、怕黑、八卦、依赖别人
简介：长相其实并不丑，但不懂得打扮，且毫无气质，经常被戏称为“女屌丝”的刑侦局警员。因仰慕前刑侦新人王相溪望，主动要求加入诡案组，受厅长委派协助相溪望调查一宗宗诡秘的案件。其民族为汉族，但自称是蒙古族后裔，发怒时又会莫名其妙地说出几句客家话。为人极为胆小，且深信鬼神之说，一害怕就会抱住身边的人，而且轻易不会让对方挣脱。

王 猛

别称：榴莲、大佬
职位：黑道头目
性别：男
年龄：29岁
身高：182cm
体重：80kg

特长：嗓门特大、孔武有力
缺点：贪吃、脾性刚烈
简介：跟溪望相识多年的至交好友，经营一间不卖茶叶及茶具的“茶庄”，手下有一群小喽啰，经常帮溪望解决一些警方不便出面处理的问题。其父是香港人，所以他经常说英文，但只限于OK、YES和NO。

慕申羽

别称：阿慕
职位：刑警
性别：男
年龄：29岁
身高：178cm
体重：63kg

特长：搭讪
缺点：好色、终日嬉皮笑脸、体能逊色
简介：前诡案组探员，曾与溪望出生入死，两人同被誉为“刑侦新人王”。后因受到厅长的惩罚，被派到与他关系暧昧的女上司花紫蝶麾下，终日纠缠于上司及前拍档李蓁蓁之间。

桂悦桐

别称：桐姐、桂美人
职位：技术队小队长
性别：女
年龄：27岁
身高：165cm
体重：保密（苗条型，B罩杯）

特长：观察力强，能发现任何蛛丝马迹
缺点：偶尔发发小姐脾气
简介：溪望的前女友，两人虽已分手，但仍十分关心对方，且因工作关系会经常碰面。在溪望失踪期间负责照顾见华，两人关系如同姐妹。

李 梅

别称：李大状
职位：律师
性别：女
年龄：27岁
身高：172cm
体重：保密（苗条型，C罩杯）

特长：能言善辩
缺点：阴险狡诈
简介：表面上是成熟而有魅力的年轻律师，实际上却是一个为了达到目的不择手段的可怕女人。跟映柳的关系极其暧昧，时而冷嘲热讽，时而亲密无间。

王重宏

别称：王三、宏叔
职位：天雄药业研究所所长
性别：男
年龄：48岁
身高：176cm
体重：71kg

特长：冷兵器专家
缺点：粗鲁
简介：相云博生前至交好友。作为研究所所长，竟对科研毫无兴趣，对冷兵器却十分着迷。

刘倩琪

职位：护士
性别：女
年龄：26岁
身高：157cm
体重：（纤巧型，B罩杯）

特长：细心、会护理人
缺点：毫无心机，容易受人迷惑
简介：母亲于三年前意外去世，其后在母亲的遗物中发现自己并非养父所生，因而拜托溪望调查生父的情况。溪望尚未来得及告知她调查结果，便失踪达三年之久。

王 泽

别称：花泽
职位：主薄
性别：男
年龄：27岁
身高：173CM
体重：非洲饥民

特长：超强记忆力、机关术
缺点：阴森
简介：与榴莲自幼相识，对其忠心不二，极为可靠。拥有超强的记忆力，不用做任何记录就能记住“茶庄”的所有账目。对机关术十分痴迷，而且动手能力强，经常制造出一些奇怪的机关及武器。据说从未交过女朋友。

王发发

别称：发高烧
职位：打手
性别：男
年龄：26岁
身高：183cm
体重：69kg

特长：泡妞、打架
缺点：神经病
简介：神经不正常的过气官二代、高富帅，有严重暴力倾向。因父亲被双规而落难，为榴莲所救，其后跟随榴莲。虽然是个混混，但却非常富有，只是从不显露出来。

王仁高

别称：人渣、恨天高

职位：黑客

性别：男

年龄：26岁

身高：四等残废

体重：48kg

特长：黑客技术、人肉搜索

缺点：贪生怕死、见利忘义

简介：矮小的娃娃脸，擅长黑客技术，外表讨人喜欢，但品性恶劣，为自身利益可以出卖任何人。年少时为偿还巨额赌债而侵入赌博网站，后被发现,遭到黑道追杀，最终为榴莲所救。

叶流年

职位：法医

性别：男

年龄：33岁

身高：176cm

体重：60kg

特长：不畏尸臭，能对着尸体吃饭

缺点：不修边幅、稍微有点变态

简介：身上常年带有尸臭的猥琐法医，经常在尸检后不洗手就主动跟别人握手。

潘多拉·菲利普

职位：国际刑警

性别：女

年龄：30岁

身高：176cm

体重：保密（丰满型，F罩杯）

特长：沟通、应酬

爱好：绘画、中国传统文化

缺点：洁癖、腹黑

简介：美籍法裔大美人，能流利地说出中、法、英、俄、日五国语言，曾多次与溪望合作，既有美貌又有智慧。

目录

卷一·电梯饿鬼

卷二·弃神杀人

目录

诡案组·第2季

卷三·蛊眼狂魔

卷一·电梯饿鬼

引　子

一

“26号床的患者病情恶化，四肢抽搐，唇色发紫……”

紧急的呼叫声于深夜响起，瞬即让寂静的住院部乱成一团。值班护士刘倩琪仓皇地跑进休息室，将刚躺下准备休息的徐医生摇醒，不停地催促对方到病房查看患者的病情。

“真是的，我好不容易才合上眼呢！”徐医生于抱怨声中爬起来，极不愿意地离开温暖的被窝，匆匆穿上外套走向病房。

经过简单的检查后，徐医生瞬即睡意全消。他意识到患者病情的严重性，慌忙向身旁的林护士叫道：“是急性心功能不全，马上给他缓慢静注0.4毫克西地兰，用20毫升5%葡萄糖液稀释。快，不然她会撑不住的。”

林护士点了下头，立刻跑向配药室，但不一会儿又跑回来，慌乱地说：“配药室的西地兰用完了，怎么办？”

“你先过来帮忙。”正在抢救患者的徐医生向她招手，随即望向倩琪，“刘护士，你去1楼药房拿药。病人撑不了多久，动作要快。”

“现在？”倩琪愣了一下。

徐医生骂道：“当然是现在，病人都快撑不住了，你还想等到天亮才去吗？”

倩琪无奈地点头，立刻快步跑到2号电梯前，可是按下电梯按钮那一刻，近日同事对电梯的议论，便不断于她脑海中响起。

“听说警察查看监控录像后，发现当晚张伯进了2号电梯，之后就没看见他出来。”

“他肯定是被电梯‘吃’掉了，不然怎么会活不见人死不见尸呢？”

“昨晚我坐电梯时，突然听见很响亮的‘咕咕’声，就跟人肚子饿的声音一样，差点把我吓晕了。”

“我想这电梯要么是受到了诅咒，要么是住着什么妖怪……”

各种传言与猜测不断于脑海中回荡，使倩琪本能地后退，生怕电梯门打开那一刻，会出现一张血盆大口将自己吞噬。

“徐医生肯定还在为刚才的事生气，所以故意戏弄我。可这又怎么能怪我呢？难道患者出状况也不该叫醒他吗？”倩琪在电梯前喃喃自语，并望向旁边的楼梯间，“这里是8楼，走楼梯的话，病人恐怕会等不及，怎么办呢？”

电梯门徐徐打开，使她从沉思中回过神来。

“不过是传言而已，这世上根本没有妖怪。如果因为这些鬼话而耽误患者的病情，护士长肯定不会放过我。”她努力为自己壮胆，缓步走向令人感到不安的狭窄空间。

或许是心理作用使然，刚踏进电梯，她便感到不适，空气中仿佛弥漫着一股令人感到恶心的怪味。这种感觉在梯门关闭后尤其明显，空气仿佛越来越混沌，那股怪味也越来越浓烈。

弥漫于电梯内的怪味，闻起来既像消化不良的病人吐出来的胃气，也像太平间传出来的尸体腐臭。她本以为只是自己的心理作用，但很快就否定了这个想法。因为，她不但听见传说中的“咕咕”声，还听见一个虚弱无力的声音于电梯内回荡：“我……饿……我……要……吃……”

二

一名身穿整洁警服的年轻女警于厅长办公室门前驻步，土里土气的蘑菇头下，是一张犹豫不决的脸庞。经过良久的思量，她终于下定决心，推开眼前这道在她心中极其沉重的木门。

走进办公室后，她立刻向坐在办公桌前翻阅文件的厅长敬礼，颤抖道：“梁厅长您好，我叫月映柳，隶属于刑侦局，警员编号是……”

厅长没有抬头，甚至目光都没有离开手中的文件，只是扬手说道：“直奔主题吧，找我有什么事？”

映柳咽了一下口水，稍事犹豫才开口：“我希望厅长能够将我调派到诡案组。”

“诡案组？”厅长终于抬起头，看着眼前这名面生的女警，微笑道，“你现在才提出这个要求恐怕太晚了，诡案组前不久就解散了，现在警队里已经没有这个小组了。”

“报告厅长，我听说厅长打算聘请有‘刑侦新人王’之称的前刑警相溪望接管诡案组的事务，希望厅长能给我一个向前辈学习的机会。”映柳腰板挺直地向厅长敬礼。

“听说？听谁说的？”厅长狡黠地笑着。

“这个……”映柳窘迫地低下头。

“知道这件事的人并不多，既然你能打听到，就证明你有一定的能力，应该能胜任这份工作。不过……”厅长欲言又止。

映柳立刻追问：“不过什么？如果我有哪方面没达到厅长的要求，请厅长明示。”

“先别着急，问题不是出在你身上。”厅长忧愁地皱眉。

映柳愕然问道：“难道相前辈还没答应厅长的邀请？”

“你脑袋倒挺灵活的，不错。”厅长又露出狡黠的笑容，“我可以批准你加入诡案组，不过前提是你必须让小相签下这份外聘合同，正式接管诡案组的事务。”厅长从抽屉里取出一份合同递给对方。

“我一定不负厅长所托。”映柳接过合同后，再次向厅长敬礼。

“执信公园出了宗命案，或许小相会感兴趣。”厅长在堆积如山的文件中抽出一份档案。

映柳接过档案便急不可待地翻阅，随即一脸煞白，喃喃自语道：“死者疑似于真空状态下窒息而死……家属声称，死者是遭神灵杀害？”

第一章 锦葵倩影

“丫头，还没好吗？”溪望整理好肩包内的杂物后，催促已在卫生间装扮了近半小时的妹妹，“我们只是出去吃顿饭而已，又不是见总理，穿着随便一些也没关系。”

“再等一会儿，我马上就好。”见华的回答跟10分钟前一样。

溪望瘫坐在沙发上轻声叹息：“看来这三年，你在悦桐身上没学到别的，就只学会她每次都能让人等上半小时的本领。”

虽然心里多少有些抱怨，但他可不会在妹妹面前说这句话。静心等候女人是男人应有的美德，哪怕对方是自己的妹妹，也不该有任何怨言。当初要不是因为自己有耐性，恐怕也不会得到悦桐的青睐。

想到过去自己不在家这三年，悦桐一方面要担心自己的安危，另一方面又要故作坚强地安慰见华，也太辛苦她了。跟她分手或许是个正确的决定，至少她以后无须再为自己担忧。

悦桐是个不可多得的女人，聪慧、成熟、能干、富有魅力，几乎所有能用于赞美女性的词汇都能用在她身上。溪望扪心自问，自己仍然深爱着对方，但他亦明白自己不能给予对方幸福。

天晓得自己哪天又会一声不吭地失踪三年，甚至更长时间？!与其让自己深爱的女人在寂寞中备受煎熬，还不如及早放手。爱不等于拥有，只要对方能得到幸福，就是自己最大的快乐……

“哥，好看吗？”

妹妹羞涩的声音将溪望从回忆中带回现实。扭头一看，顿感眼前一亮。

见华穿着一件翡翠绿的长款毛衣裙，合适的剪裁将其少女独有的美态完全展露出来。配上一头秀丽的长发及恰到好处的淡妆，宛若仙女下凡。至少在溪望眼中，没有一个女生能跟自己的妹妹相媲美。或许有一个人例外，那就是悦桐。

“好看。啥时候学会化妆了？”溪望微笑着点头，随即又板起脸，“在学校没找男朋友吧？”

“才没有呢！我很听话哦，毕业之前不会交男朋友。”见华调皮地冲哥哥吐舌头，“这些都是桐姐教我的，她说化妆是女生的魔法，每个女生都必须学会。她还说要趁年轻为自己在意的人留下最美好的印象，不然等老了的时候，对方只会记得自己的一脸皱纹。”

“嗯，她说得对。”溪望的眼神突然变得黯然。

见华知道自己说错了话，不该在哥哥面前提起他的前女友，但又忍不住问：“哥，你没答应厅长的邀请，是怕日后在工作上要经常跟桐姐接触吧？”

“你什么时候变得这么八卦？”溪望在妹妹鼻子上刮了一下，“现在可以出门了吧？我快饿得走不动了。”

“走吧，走吧，现在就出去。”见华兴高采烈地挽着哥哥的手臂，稍微隆起的胸部不自觉地贴在对方手臂上。

妹妹亲昵的举止使溪望感受到对方身体上的变化，心想：丫头已在不知不觉间长大了。

见华已经很久没如此开心了，自从哥哥失踪之后，她就未曾有过会心的笑容。只有像现在这样挽着哥哥的手臂，她才能找回那份久违的安全感，才会展露会心的微笑，人也在不知不觉间变得开朗。

“哥，我们去哪儿吃饭呢？听说有个街口有间小馆子，那里的酸辣粉很好吃，我们要不要去试试？”见华笑盈盈地说。

溪望轻抚她的小脑袋，笑道：“你不用为我的钱包担心，你哥现在虽然是无业游民，但还不至于无米下锅，也绝对不会让丫头挨饿。”

“被发现了。”见华调皮地吐着舌头。

“你呀，就只会耍这点小聪明。”溪望没好气地摇头，随即眉头紧皱，但瞬间又换上若无其事的表情，打开肩包，取出一副墨镜戴上。

“哥，怎么了？”见华露出疑惑的眼神。

溪望轻描淡写地作答：“没什么，只是觉得太阳有点刺眼。”

见华仰头望天，太阳公公此刻正躲在厚厚的云层上睡懒觉，哪来的刺眼呢？然而，当她想继续追问时，对方便将话题岔开：“我知道附近有一间新开的扒房，我们去试试那里的味道好不好？”

见华娇嗲地答道：“嗯，只要你喜欢就好。”

两人来到一间装修华丽但又略显俗气的西餐厅，在服务生的引领下，对坐于一张靠窗的桌子前。见华刚坐下就翻开菜单，发现菜单上的价格都不低，百元以下的菜式寥寥可数，而且都是些甜品和饮料，主食的标价均在百元以上。

“想吃什么？”溪望合上菜单问道。

见华歪着脑袋说：“其实我不怎么觉得饿呢……”

溪望将她的菜单合上，对服务生说：“先来一份杂菜沙拉，要恺撒汁。再要一份香煎猪颈扒、一份葡国鸡，还要一杯鲜榨奇异果汁、一杯白摩卡。果汁要走冰，我妹妹不能喝太凉的饮料。”说着将自己的菜单递给服务生，“另一份菜单留下，我们待会儿再点甜品。”

服务生离开后，见华便小声道：“你点这么多，会很贵欸！”

“别担心，我不会留下丫头在这里洗碗的。”溪望莞尔一笑，将妹妹身前的菜单打开，“现在你可以慢慢挑选你的甜品了。”

见华傻乎乎地笑着：“我想什么你都知道。”随即细心地挑选那些令人心动的甜品。她看了几眼，突然像想起什么似的，向哥哥问道：“你刚才点的白摩卡是什么？”

“嗯，就是浓缩咖啡加白巧克力酱、牛奶和奶油，通常女生都比较喜欢喝。但是如果你不习惯咖啡的味道，可以喝果汁。”

见华将澄澈的双眸睁得老大，讶然道：“两杯饮料都是给我点的？我怎么喝得完？”

“喝不完可以给我喝，反正又不会浪费。”溪望笑道。

“有你在真好。”见华露出甜蜜的笑容，目光回到菜单上那些让她心动的甜品上。

看着妹妹的笑容，溪望虽然面露笑颜，心里却感到十分愧疚：自己离家这三年，让妹妹吃了不少苦，今后一定要好好补偿她，多带她外出吃饭、玩乐。

饮料跟食物很快就送过来了，见华非常喜欢白摩卡的味道，不一会儿就喝了半杯。沙拉跟果汁用的果蔬相当新鲜，味道也挺不错。然而，当服务生将一份猪颈扒送来时，溪望便皱着眉头跟对方说：“麻烦你叫经理过来。”

“有什么事吗？”服务生不明就里地问道。

溪望微笑作答：“放心，我不是要投诉你，只是有个问题想请教你们经理。”此话看似友善，实为先礼后兵，话里的含义是“你不把经理叫来，我就投诉你”。

服务生也不傻，马上就去把经理叫来。

经理是一名年约三十的女性，一上来便礼貌地问道：“您好，请问有什么需要？”

“请问这是什么？”溪望指着桌面上的猪颈扒。

经理查看账单后答道：“是猪颈扒，厨房没有弄错呀。”

“你知道什么叫猪颈肉吗？”溪望问。

经理愣了一下，随即笑答：“就是猪的脖子肉呀！”

溪望摇头道：“猪颈肉只是一个称谓，实际并非猪的脖子肉，而是猪脸颊上的肉。人工饲养的猪因为缺少运动，所以很容易长肥肉。但不管是多胖的猪，脸颊都不会长膘，因为只要它吃东西，脸颊的肌肉就得运动。既然经常运动，那又何来的肥肉呢？”他往猪颈扒边缘的肥肉一指，“现在你给我解释一下，这些肥肉是怎么长出来的？难道现在的养猪场都是用灌喉喂食的方式来喂猪？”

经理强作镇定地回答：“您好，养猪场怎么喂猪我不清楚，但我们餐厅的猪颈扒都会带少许肥肉。”

“那还真是大新闻呢！”溪望露出夸张的表情，“北京、上海、香港、巴黎、纽约、东京、新加坡，这些地方的高级餐厅，都不会给客人提供带肥肉的猪颈扒。你们这儿是我去过的餐厅中唯一例外的一家。有趣，有趣，必须发条微博跟我的读者分享一下。”说着从肩包里取出手机，给桌上的猪颈扒拍照。

经理慌忙将猪颈扒捧起，强颜笑道：“要是您对本店的猪颈扒不满意，我给您换一份招牌牛扒可以吗？”

“那可伤脑筋，我妹妹又不吃牛肉，怎么办呢？”溪望盯着手机，手指在屏幕上飞舞，一副不愿理睬的模样。

“那我给你们换一份鸡扒，再给你们八折优惠，另外再送两份甜品。”经理略显焦急。

“嗯，就换一份香煎鸡腿扒吧！鸡腿要去骨，配白汁及意粉。”溪望放下手机，抬头看着经理，“鸡腿该不会有肥肉吧？”

“不会，当然不会。我马上让厨房给你们做。”经理说罢便捧着那份带肥肉的猪颈扒匆匆走向厨房。

“哥，你这三年去过多少地方？”见华小声问道。

“我哪儿也没去，一直都待在本地，只是不方便跟你联系而已。”溪望露出歉意的笑容。

“哪有！你刚才不是跟经理说自己去过很多地方吗？”见华嘟起嘴瞪着哥哥。

“嘘！”溪望于唇前竖起食指，“我刚才只说‘那些地方的高级餐厅都不会给客人提供带肥肉的猪颈扒’，但我可没说自己去过那些餐厅哦！”

“难道你刚才那些话全都是瞎掰出来的？要是被对方拆穿了怎么办？”见华吃惊地看着哥哥。

“那你就只能吃带肥肉的猪颈扒了。”溪望微微笑着，随即解释道，“人啊，只要能表现出充分的自信，往往就能在交锋中取得优势，甚至完全压制住对手。刚才我对猪颈肉的解释是真的，但经理对此却不了解，她的气势因此被压下去。我再强装自己见多识广，并暗示有能力对他们餐厅构成威胁，她自然就会感到害怕，想尽快解除自己的危机。这家餐厅是新开的，店里的员工全都是新入职的，要是当中有谁给老板惹来麻烦，老板肯定会毫不犹豫地将这人解雇。”

“那就是说，只要把自己装得很内行、很有自信，就能轻易忽悠别人了？”见华似乎已经明白哥哥的教导，但随即又想到一个问题，“你能给他们餐厅构成什么威胁呢？”

溪望往放在桌面上的手机轻敲一下，解释道：“刚才我给猪颈扒拍照，装作要发微博，还说要跟读者而不是粉丝分享。而且我在室内也没有把墨镜摘下来，你觉得经理会怎么想？”

“她会以为你是个很有名的作家，就像小四那样。”见华恍然大悟，随即又摇头改正，“不不不，她会以为你是食评家。”

“我比四娘高很多好不好！”溪望佯装生气，随即微笑地解释，“一家新开的餐厅要是遭到食评家的恶评，先不论生意是否会受影响，老板肯定会不高兴。一旦老板追究起来，经理的饭碗恐怕就保不住了。”

“所以她才会马上给我们换鸡扒，还打折送甜品。”见华乐呵呵地笑着。

话语间，经理已经亲自为他们送来刚做好的鸡扒，并说要上甜品的时候就跟她说一声，随即退下去。

吃完美味的甜品后，见华心满意足地对溪望说：“哥，谢谢你！”

“傻丫头，跟哥用说谢吗？”溪望刮了一下妹妹的鼻子，“你等我一会儿，我去趟洗手间。”

见华露出一丝惊慌，眼神中尽是不安。溪望笑说：“傻丫头，我刚才不是说了，我不会留下你在这里洗碗。放心，我真的是上洗手间，绝对不会从后门溜走。”说着把肩包交到见华手上，“我的东西全都在里面，现在相信我不会跑掉了？”

见华挤出牵强的笑容：“你快回来哦，只有我一个人在这里，我会害怕。”溪望摇头苦笑，转身走向洗手间，当他消失于通往洗手间的过道时，一个淡紫色的身影立即紧随其后。

溪望并没有进入洗手间，而是在门外挨着墙壁静心等候，等待那个从他步出家门便一直跟踪至此的淡紫色身影。当对方与他打个照面，并露出惊慌之色时，他便淡然笑道：“姐姐，你这身衣服真漂亮。不过淡紫色太显眼了，不适合跟踪和藏匿。”

来者愣了一下，随即反驳：“这不叫淡紫，叫锦葵！你不是号称刑侦新人王吗，怎么连颜色也不会分？”

“你是承认跟踪我喽？”溪望缓步靠近对方，将对方逼到墙角。

锦葵色女生蜷缩于墙角怯弱地回答："我哪有跟踪你。"

"难道我背后贴有'刑侦新人王'五个字？"溪望继续进逼，嘴巴几乎贴到对方额头上。

"好啦，好啦，我跟踪你又怎么样？你再靠过来我就叫非礼。"女生将他推开，掏出警员证厉色道，"我叫月映柳，是厅长派我来邀请你加入诡案组的。"

溪望敏捷地夺过警员证，仔细检验后佯装疑惑道："现在的假证做工也挺仔细的。"说着掏出打火机，似乎打算以火烤来检验证的真伪。

"是真的！"映柳慌忙将警员证夺回，"不信你可以给厅长打电话，向他核实我的身份。"

"好啊，可是我手机没带在身上，该怎么办呢？"溪望露出一脸苦恼的神情。

"用我的吧！"映柳没好气地取出手机递给对方。

溪望接过手机后，并没有给厅长拨电话，而是翻查通话记录，边看边喃喃自语："最近案子挺多吧，你跟刑侦局通话的频率也挺密的。"他突然惊叫道，"咦，原来你每晚深夜都会给令堂打电话，而且每次都会聊上近半小时，还真是个孝顺女呢！"

"要你管！"映柳慌忙将手机夺回，"现在你不用找厅长核实我的身份了吧？"

"嗯，刑侦局的号码我还没忘记。"溪望摆了摆手，走向洗手间，"有劳柳姐回去跟厅长说，我暂时没有为警队效力的打算，叫他另请高明吧！"

"等等。"映柳把他叫住，"你是啥时候发现被我跟踪的？"

"就在我戴上墨镜的时候。"溪望摘下墨镜扔给对方，"这玩意儿送你吧！以后要跟踪别人，最好别穿这身漂亮的锦葵色衣服。"随即进入洗手间。

映柳慌乱地接住墨镜，咕噜道："我就喜欢穿锦葵色的衣服，我大部分衣服都是这个颜色，怎么样？"

在抱怨的同时，她拿起墨镜仔细观察，发现墨镜两侧竟然是单面反光镜，戴上后能起到后视镜的效果，可视范围达270°以上。也就是说，从对方戴上墨镜那一刻开始，自己就一直暴露在对方的眼皮底下。

摘下墨镜后，她喃喃自语道："不愧是刑侦新人王，他或许比传说中的更厉害。"

"哥，你怎么去那么久呀？"见华委屈地拍打哥哥的手臂。

"你不会真的以为我会从后门溜走吧？"溪望歉意地讪笑，"我刚才碰到个朋友，只是随便聊了几句，没想到会把丫头给吓坏了。待会儿送你一部新手机，就当是赔罪吧！”说罢向经理招手示意结账。

“我的手机还挺好用的，不用买新的啦。”见华连忙摇头。

“但我已经付钱了，怎么办？”溪望心知妹妹是怕花钱才故意这么说。

此时，经理走过来对溪望说：“您的朋友已经替您结账了，是刚才坐在柱子后面，穿淡紫色衣服的那位女生。”她双手递上一张贵宾卡，“这是本店的VIP卡，希望两位能再次光临本店。”

经理走后，见华便调皮地问哥哥：“原来你刚才碰见的是个穿淡紫色衣服的女生，她叫什么名字呢？比桐姐漂亮吗？”

“这些你都不用知道，只要知道她是个以后还会经常请你吃饭的“冤大头”就行了。”溪望随手将VIP卡丢进肩包。

放在桌面上的手机突然响起，溪望拿起手机笑道：“看来快递员已经把你的手机送来了。”正如他预料的，来电的是一名快递员，但对方送来的却不是他订购的手机，而是一个文件袋。

溪望挂掉电话，皱着眉头问：“厅长该不会把合同直接寄过来吧？”

“怎么了？”见华问道。

“没什么，只是有人给我寄来一份文件，待会儿回家就知道是什么了。”溪望毫不在意地说。

然而，他做梦也没想到，这个不知道是谁寄来的文件袋，将会是一场隐藏20年的阴谋的序幕。

第二章　匿名来信

兄妹两人匆匆赶回家，快递员已于门外等候多时，看见他们便取出一个文件袋让溪望签收。

进门后，溪望将文件袋撕开，发现里面并没有合同，也不是厚厚的案件资料，而是两张A4纸，其中一张A4纸上只印有一行字：你的父亲被人谋杀。

溪望看着这封只有一句话的来信，愣住片刻，随即查看另一张A4纸。这是一张住院病历复印件，病人是溪望的父亲相云博，主治医生的诊断内容为：患者在注射泥丸之后，病情已有明显好转，位于胰脏的癌细胞没有扩散迹象，肿瘤亦开始萎缩。应按照疗程继续注射泥丸……

病历的日期是10年前，父亲去世前三天。那时候溪望刚上大学，父亲为避免影响到他的学业，纵然身患恶疾，仍不让他到医院探望，还一再跟他说自己的病情正在好转，不久之后便能康复出院。

父亲死后，溪望并未对其生前所说的话起疑，认为那只是父亲为安抚自己的学习情绪，故意撒下的善意谎言。此刻有病历为证，证明当时父亲的病情确有好转，不禁让他想起当中的诸多疑点。

父亲于午夜离世，溪望获悉这个不幸的消息时，已是次日中午。他风风火火地赶回来，却连父亲最后一面也未能见上，出现在他眼前的除了不住啼哭的见华，就只有一盒尚未冷却的骨灰。

当年，自己虽然年幼，但说到底也是长子。按照本地的风俗，出殡队伍必须由长子带领。纵使父亲的离开非常突然，也不该在长子未在场的情况下，草草送去火化……

“哥，发生什么事了？”见华不无担忧地问沉思良久的哥哥。

“没事，只是有些问题暂时没想通而已。”溪望故作轻松地笑着。父亲离世时，见华虽陪伴在其身边，但她当时只有10岁，很多事情都不清楚。若将此事告诉她，不见得能从她口中得到多少有用的信息，反而会为她增添无谓的烦恼。

“真的？”见华露出怀疑的目光。与哥哥相依为命多年，她或多或少能察觉到对方的异样。

“我什么时候骗过你……”溪望正想将话题岔开，手机便响起了。接听后得知，他订购的手机已经送到门外，便催促见华赶紧去开门收礼物。

“哇，是iPhone4欸！我同学买了一部，听说要5000多块，你怎么能这样胡乱花钱呢？”拆开包装盒后，见华虽然大为惊喜，但同时亦有些许抱怨。

“你同学买贵了。”溪望从包装盒底部取出一张出货单向妹妹展示，“才2000不到，还包邮呢，亲！”

“怎么可能？”见华睁大双眼盯着哥哥手中的货单，价格一栏确实写着1999元。

溪望从妹妹手中接过手机，将已剪好的SIM卡插入，笑道：“其实这台是14天机，所以才会这么便宜。”

“什么叫14天机呢？”见华不解地问道。

溪望将已经开启的手机递给妹妹，解释道：“在欧洲国家购买手机有14天试用期，期间要是觉得不满意可以更换其他型号。若对网络供应商感到不满，甚至可以将手机退回，取消相关合同。当然，前提是手机不能有任何人为的损坏及故障，否则需要支付相应的折旧费。根据欧洲国家的法律，这些被客户退回来的手机，不能再次在柜台上出售，不然销售方会受到处罚。因此商家会将这些14天机回收，然后运到像我们这种发展中国家出售。”

“这么说，这台是二手机喽？”见华疑惑地看着手中崭新的手机，“可是，这手机怎么看也不像被人用过欤。”

“才用了不到两个星期，自然跟新的没两样，不过价钱却便宜一半以上，而且还是质量较好的欧版机。”溪望收拾好包装盒等杂物后又道，“你待会儿就得回学校了，还不赶紧去把东西收拾一下？”

“现在就去。”见华拿着新手机，乐滋滋地返回房间。

待妹妹关上房门，溪望便掏出手机拨打一组熟识的号码：“嗨，兄弟，有时间替我办件事吗？”

听筒传出一个洪亮而粗鲁的声音：“操，你让我办事还用得着问我有没有时间吗？”

溪望没有因对方蛮横的语气而动怒，笑道：“我刚才收到一份同城快递，你替我查一下是谁寄来的。”

“OK，把单号告诉我，我马上就让花泽跟‘发高烧’去做事。”对方爽快地答应了。

溪望将单号告诉对方后，坐在沙发上再度仔细查看刚才收到的匿名信。洁净的A4纸上就只有“你的父亲被人谋杀”八个字，不但没有署名，而且还是打印出来的，寄信者明显想隐藏自己的身份。不过对方似乎百密一疏，快递单上虽然没填写寄件人的资料，但收件人一栏上却写有秀丽的字迹，而且匿名信上还残留着一股似有若无的香味。从上述两点判断，对方是女性的可能性不低。

这封匿名信到底是谁寄来的？对方又有何目的？

对于这两个问题，直到黄昏时分送见华登上前往学校的巴士时，溪望仍没有理出任何头绪。

“不用再躲了，出来吧！”目送见华乘坐的大巴离开后，溪望便对藏身于柱子后面的映柳说。

“你又是什么时候发现我的？”提着个塑料袋的映柳泄气地上前问道。

“一出家门就发现了。就说你这身衣服太显眼，也不会回家换一套。”溪望边说边走向车站出口。

“等等我！”映柳从塑料袋里取出一份合同，快步追上对方，“你先看看合同嘛，厅长给你开出的条件挺优厚的。每接手一宗案子，不管调查是否有结果，你都能得到相应的酬金，破案还能得到额外的奖金呢！而且还有各种津贴，算起来比我的待遇好多了。”她将合同递给对方。

“柳姐的好意小弟心领了，不过小弟暂时还不差钱。”溪望径直往前走，看也没看对方递上的合同。

映柳没有气馁，而是将合同放回手袋，又取出一份案件资料，再次向对方递上，“先别急着拒绝嘛，要不你先看看这份资料。执信公园刚出了宗命案，法医验尸后，怀疑死者是在真空状态下窒息而死的。死者家属更是声称，死者是因为亵渎神灵而惨遭神灵杀害。”

溪望突然停下脚步，从对方手中接过资料翻阅。

当映柳以为自己终于能引起对方的兴趣时，溪望却把资料还给了她，笑道：“果然是叶流年那家伙写的验尸报告，只有他才会把报告写得这么乱七八糟。什么‘在真空状态下窒息而死’，简直就是一派胡言，直接说死者被闷死不就行了。”说罢继续向外走。

映柳接过资料，呆立片刻，又快步追上，将资料强行塞给对方，死缠烂打地说：“才不是呢，死者不是被闷死的，至少直到现在还没找到相关的证据。你再看看这些资料，这宗案子真的很诡异。”

溪望没好气地说：“真怀疑你是怎样混进警队的。毛主席不是说‘存在即是合理’吗？若以此为据，这世上根本不存在所谓的‘诡异案件’。”

“你少蒙人了！你中午在餐厅里跟你妹妹说的话我都听见了，别以为引经据典就能忽悠我。”映柳将资料收起来，认真地说，“‘存在即是合理’的名言出自黑格尔，原话的意思是‘凡是合乎理性的事物都是真实的，凡是真实的事物都是合乎理性的’，可是却被那些蹩脚的翻译简化成‘存在即是合理’，而且还被那些不明就里的糊涂虫视为圣言。你别想用这种歪理来忽悠我。”

“原来是这样呀，你不说我还不知道呢，谢谢柳姐的教导。”溪望佯装恍然大悟，并向不远处的一辆的士招手，“但我也没忽悠你，所谓的‘诡异案件’不过是源于人类对未知的困惑，若深入了解，真相或许不过尔尔。”

的士于两人身前停下，溪望打开车门，对映柳说：“我要走喽，中午那顿饭就谢啦，拜拜！”

映柳慌忙从另一边的车门上车，认真地说：“在你签署合同之前，我一步也不会离开你。”顿了顿又问道，“你准备去哪儿？”

溪望关上车门后莞尔一笑：“去一个你不该去的地方。”

溪望带着映柳走进一间乌烟瘴气的茶庄。

这家店名为茶庄，店内却只有一套茶具，自动麻将桌反倒有好几张，光是店面就放了三张。其中两张麻将桌正有人大砌“四方城”，打牌声、叫骂声混杂于弥漫着浓烈烟味的混浊空气之中。

一名虎背熊腰的大汉坐在正对店门的位置上，一只脚踩在椅面上不停地摇，嘴里叼着根烟打麻将。映柳刚进店门，他就眉飞色舞地叫道：“自摸，混一色双暗刻对对和，一共十五番，每人300块！速速磅，唔好两头望。”（“速速磅，唔好两头望”乃广东俚语，“磅”意为“给”“付款”，“唔”有“别”“不要”之意，全句的意思是“赶紧付钱，别东张西望”。）

此人嗓门特大，随口一句话亦如狮王怒吼，把映柳吓了一大跳，本能地躲到溪望身后。

“哟，看来我来得真是时候，今晚应该有人做东吧？”溪望对大汉笑道。

大汉低着头数钱豪气道：“嘿嘿，老子今天手气不错，大杀三方。你们想吃啥尽管说，老子请客！”当他抬起头看见溪望时，立刻向坐在茶几前玩手机，身材矮小且长着一张娃娃脸的小弟喝道：“人渣，还不给望哥泡茶去。”

绰号叫“人渣”的喽啰连忙收起手机，烧水泡茶。大汉又对站在他左侧的那个高瘦小弟说：“花泽，你去把房间里那条‘粉肠’拖出来。”（“粉肠”在粤语中除了指一种类似香肠的粤菜外，还是对年轻男性不屑一顾的蔑称。这种称呼源于清末，当时鸦片吸食盛行，而吸食鸦片的其中一个特征是流鼻涕。普罗大众对这些终日流鼻涕的瘾君子颇为不屑，便戏称他们将粉肠挂在鼻子上。其后，“粉肠”这一称呼便成为对年轻男性不屑一顾的蔑称。）

映柳轻拉溪望衣角，往大汉瞄了一眼，小声问道：“这个是什么人啊？”

溪望答道：“他本名叫王猛，绰号榴莲。对你来说，他或许是个坏人；但对我来说，他是我这辈子最好的兄弟。”

“榴莲？”映柳皱了皱眉，“怎么会取个这么奇怪的绰号？”

“小相，你带来的妞儿是什么来头呀？别以为小声说老子坏话，老子就听不见。操，这牌怎么这么烂，要啥没啥！”榴莲瞪着映柳，重重地把一张麻将牌拍在桌子上，将映柳吓得再次躲到了溪望身后。

“现在知道了吧，他就像个榴莲似的，脾性刚烈如浑身长刺，一言不合就把你砸个稀巴烂。”溪望没有刻意压低声音，毫不在意这句话会传进其兄弟的耳朵里。

“若臭味相投就能称兄道弟？”映柳似乎已弄清楚榴莲的脾性，亦不再压低声音。

“没错！”榴莲又重重地打出一张牌，似乎并不在意他们对自己的议论。

此时，绰号“花泽”的小弟将一个鼻青脸肿的年轻人从房间里拖出来，推倒在溪望身前，恭敬地说：“望哥，这就是你要的人。”

“别打，别打，你们想知道什么尽管问，我说就是了。不要再打我，求你们了……”年轻人跪下向榴莲等人求饶。

“你们都对他做了些什么！”映柳冲榴莲怒吼，并将年轻人扶起。

正在打麻将的喽啰一同站起来，连同花泽及人渣共有九人之众，全都怒目圆睁地瞪着映柳。

映柳惊惶地拉着年轻人往墙角后退，并于慌乱中掏出警员证，怯弱地叫道：“我是警察，你们想干吗？”

“我操！”榴莲也站起来，一脚把椅子踢开，“警察又怎样，这里是老子的地盘，就算你爸是李刚，老子照样把你埋了！”

第三章 电梯怪谈

对方人多势众，而且全是凶神恶煞的地痞流氓，映柳纵使身为警察，此时此刻亦无力与他们对抗，只好拉着年轻人退到墙角，声音颤抖地说：“你们别乱来呀，我是警察，袭警可不是小罪。”

“你以为老子不敢打警察吗？”榴莲恶狠狠地指着一个身材高大、相貌俊朗的喽啰，“昨天有个长得比他还帅的交警想给我开罚单，照样被我一拳打掉门牙！”

“我、我、我可是女生欸！”映柳急得快要哭出来。

“你们快要把她吓得哭出来了。”溪望悠然地走到映柳身前，对榴莲等人轻晃一下食指，“不对女生动拳头，可是王氏宗族的信条之一哦！”

“不用拳头就得用龟头喽，这个我最在行。”那个相貌俊朗的喽啰一脸淫笑地走上前。

“发高烧，”溪望白了他一眼，“别再添乱好不好？”

被称作“发高烧”的喽啰耸耸肩，识趣地退到一旁。

溪望对榴莲说：“兄弟，给个面子吧！这位姐姐好歹也是我带来的。”

“NO！”榴莲怒目圆睁地怒吼，随即又补充一句，“除非她请我吃全家桶。”

“行，柳姐向来都很大方。”溪望回头对映柳微笑着问道，“没问题吧？”

形势突如其来的转变让映柳呆了好一会儿，虽然已经知道榴莲是个不容易打交道的人，但转变如此突然也让人太难捉摸了吧！还好，不足百元的全家桶对她来说不算什么，还是保命要紧，天晓得这群流氓疯起来会做出什么事来，于是连忙点头答应。

“人渣，快拿你的爱疯死厄屎（iPhone4S）上网订餐。记得注明不要帅哥送餐，上次那个长得跟著姐似的，害老子还没吃就想吐，操！”榴莲叫骂过后，便继续打麻将。

溪望蹲下来查看蹲在墙脚缩成一团的年轻人，回头向榴莲问道：“他就是寄件人？”

榴莲没回答，只是往发高烧那儿“瞄”了一眼，后者抬起头如梦初醒般答道：“不是，他是个收快递的。”

溪望皱了下眉头，起身走到他身前，伸手从麻将桌的小抽屉里掏出一沓钞票。

“找死啊你！”发高烧拍桌子站起来，准备跟溪望大干一场。

榴莲大手一伸，按住发高烧的肩膀，迫使其重新坐下。在这个过程中，他的目光始终没有从麻将桌上移开，也没有开口。

溪望从钞票中抽出500块，其余的则放回小抽屉里，对发高烧说：“他只是个快递员，什么事也没干就被你揍成这样，还被你抓回来误工半天，你是不是该给他一点汤药费呢？”

“哼，棺材板！”发高烧打出一张白板，咕噜道，“这点小钱，老子才不在乎。尽管拿去买药，反正老子和一把就能赚回来。”

溪望又走到快递员身前蹲下，将从发高烧那里抢来的五张百元钞票递给对方，满带歉意地说：“我朋友跟你似乎有些误会，这是一点心意，请你笑纳。”

快递员惊惶地看了看榴莲等人，又看了看溪望，不住地摆手摇头。榴莲瞪着他喝道：“我兄弟叫你收下，你就得收下，不然就是跟老子过不去。”

快递员吓得屁滚尿流，立刻将钱收下，并哭喊求饶：“大爷，你们想知道什么尽管问，我要是知道一定全说出来，求你们大人有大量，放我一马……”

“放心，刚才只是有些小误会而已，他们不会再碰你一下。”溪望轻拍对方的肩膀以示安慰。随后，他取出快递单向对方展示，以友善的语气问道：“你对这张单子有印象吗？还记不记得寄这份快递的是什么人？”

快递员接过单子仔细地看了看，又瞄了一眼正凶神恶煞地瞪着他的榴莲，然后转头向映柳投以求助的眼神。

映柳按着他的肩膀，鼓励道：“没事，有我在，没人敢动你一根汗毛。”然而，她细若蚊声的鼓励实在难以给予对方勇气。

不过，快递员还是怯弱地对溪望说：“大哥，我每天都要收上百份快递，哪会记得寄件人是谁。不过看这单子的收件时间，要是我没记错的话，应该是在人民医院收取的。”

“呀，是人民医院……”溪望若有所思，随即扶起快递员，并对他说，“谢谢，你可以走了，耽误你这么长时间，真不好意思。”

“我真的可以走了？”快递员面露欢悦之色，但马上又惊慌地望向榴莲。

“难道你还想留下来跟我们一起吃全家桶？”榴莲瞪着他怒吼，“还不快滚！”

快递员像见鬼似的，仓皇逃出这间乌烟瘴气的茶庄。

“我的事已经办好，就不在这里妨碍你们打麻将了。”溪望向榴莲挥手道别，转身走向门外。

“不送。”榴莲仍专注于打麻将，连头也没抬。

“你要去哪儿？”映柳欲跟随溪望离开，却被从她背后冒出的花泽拦住，并把她吓了一跳，惊慌地叫道，“干吗呀你？”

花泽阴阳怪气地说：“你好像忘了一件事。”

映柳想起刚才答应请客的事，掏出100元塞到对方手上，匆忙道：“找零就给送餐员做小费吧！”说罢便想追上溪望。

“慢着。”花泽伸出干瘦如骷髅般的手将她拉住，“我们叫了11份全家桶。”

“什么？11份？”映柳愣了愣，“你们吃得完吗？一份就够三四个人吃了。”

“那是你们女生的饭量。”花泽仍旧阴阳怪气，“我们每人能吃一份，老大能吃两份，所以得订11份。”

“你们怎么这么能吃？”映柳心疼地给对方掏钱，并小声咕噜，“我真不该来这黑店。”

“‘食要多，打要赢’是我们王氏宗族的信条之一。”花泽认真地点算钞票数目，并露出阴森的笑容。

映柳哆嗦了一下，像见鬼似的立刻转身往门外跑。她刚走出店门，一直悠然自得地坐在茶几前喝茶的人渣便跳起来从花泽手中夺过钞票，狡笑道：“待会儿让我来付账，找零与其给送外卖的，还不如给我。”

花泽向他投以蔑视的目光，不屑地骂道：“渣滓！”

“你又要去哪儿？”映柳快步追上溪望，“天都已经黑了，我们不如先找个地方吃饭，顺便聊聊执信公园的案子。你要是对待遇有什么要求，我可以向厅长转述。”

“柳姐的好意小弟心领了，我可不好意思在一天之内让你三次破费。”溪望扬手招来一辆的士，“而且我现在要去的地方，或许你并不喜欢。”

“我不管，反正在你答应接管诡案组之前，我会寸步不离地跟着你。”虽然经历了刚才的教训，但映柳仍毫无退缩之意。

“随你喜欢吧！”溪望无奈地摇头。

两人来到人民医院，此刻已是入夜时分，空荡的大厅内只有三两个病患，或挂号或缴费。因为患者不多，所以半数以上的灯都没有开启，难免会显得有些昏暗。然而，与冷清的大厅相比，儿科急诊室内外皆挤满了带患儿前来就诊的家长，注射中心内亦传来此起彼伏的哭喊声。

溪望于2号电梯前驻步，看着那些正在安慰哭闹儿女的家长，感慨不已。见华自幼便体弱多病，隔三差五就得往医院跑一趟。搂住妹妹在大排长龙的诊室门外候诊，对他来说是最可怕的回忆。

还好，那段让他感到惶恐不安的日子已经过去。经过详细的检查，确定见华的身体已恢复正常，再也不会像之前那样经常病倒，近三年的辛苦总算没有白费。

映柳紧随溪望身后，但在等待电梯期间，她所望的方向却与对方相反。她并没有望向人山人海的儿科急诊室，而是望向昏暗的过道，并发现过道尽头的楼梯间里，有一个粉红色的身影闪现。她惊惶地定眼再看，人影已经消失，仍留在楼梯间里的就只有让人感到不安的昏暗。

她哆嗦了一下，在溪望的催促下，惊慌地冲进电梯，背靠着电梯内壁轻拍胸脯并大口大口地呼气。

“怎么了？”溪望按下8楼的按键。

“我刚才看见后楼梯里好像有个人影，但一眨眼就不见了。”映柳颤抖道。

“晚上到医院是有很多忌讳的。”溪望移步到电梯中央，“譬如别东张西望，尤其别望向阴暗的地方。要不然就会像你这样，看到些莫名其妙的东西，把自己吓个半死。”

“还有其他要注意的吗？”映柳惊惧地问道。

“还有很多，譬如别带雨伞进医院。要是带来了，就得在回家前扔掉，或者打开让阳光照一照雨伞内部，千万别直接带回家。”

“为什么？”

“会把不干净的东西带回家。”

“不干净的东西是指鬼魅吗？”映柳的脸色渐白。

溪望笑道：“那倒不是，只是医院里细菌比较多，而雨伞内部又很容易滋生细菌而已。”

“原来是这样。”映柳松了一口气。

“不过，我听说晚上乘电梯，千万别挨近内壁，不然会被鬼附身。”

“哇！”映柳突然跳起来，扑到溪望身旁，抱住他的手臂，使手臂紧贴在自己略为平坦的胸脯上。

“柳姐，男女授受不亲，还请自重。”溪望莞尔一笑，“这只是坊间传闻，不必当真。”

“那、那也是……”映柳尴尬地放开对方的手臂。

“咯、咯”，电梯快到达8楼时，突然响起两声怪声，随即停下来，灯光亦随之熄灭。片刻后，灯光再度亮起，但晃了两下后又渐变暗淡，最终还是熄灭了。

“发生什么了？”映柳再度惊慌地抱着溪望的手臂。

“看来这台电梯还是老样子，经常出故障。”溪望泰然自若地从肩包里摸出一张略厚的卡片，将中央灯泡状的部分竖起，“灯泡”便立刻亮起来。

卡片灯的光亮虽然微弱，但亦足以照亮电梯内狭窄的空间。溪望将卡身插进胸前的口袋，让“灯泡”露出口袋，外用作照明。

“你怎么总能从包里掏出奇怪的玩意儿？”映柳好奇地看着对方胸前的“灯泡”，恐惧感瞬即消退一大半。

“我这个肩包跟哆啦A梦的百宝袋是互通的，你相信不？”溪望跟对方开玩笑后，按下电梯的紧急呼叫按钮。

“发生什么事了？”一个男性的声音从对话口传出。

“电梯出故障了，停在7楼与8楼之间，后备电源似乎也有点问题，有劳尽快安排人员帮忙，谢谢！”溪望答道。

“知道了，我马上就来。”保安回答后结束通话。

溪望扭头对仍牢牢地贴在他手臂上的映柳说：“听见了，马上就会有人来帮我们。”

“不会是鬼魅作祟吧？”映柳似乎仍为刚才看到后楼梯的人影而感到惶恐，闭着眼将脸埋在对方的肩膀上。

溪望露出不怀好意的笑容，喃喃自语道：“或许是张伯肚子饿了。”

“张伯？谁是张伯？他肚子饿跟电梯故障有什么关系？”映柳惊慌地问道。

“你可是警察呢，竟然没听说过这宗案子？”溪望仰头望向电梯顶部，徐徐向对方讲述曾发生于这部电梯内的可怕故事——

“这宗案子发生在四年前，那时候我还是刑侦局的探员。

“有一个在医院当保安的老头子张伯，在值夜班的时候离奇失踪。大伙把全院上下每个角落都找了好几遍，可还是活不见人、死不见尸。

“张伯的家属着急了，认定院方将他藏了起来，又或者他已经被某人杀死，但院方刻意隐瞒，于是便天天来医院闹事。领导因此弄得一个头三个大，无奈之下只好报警求助，请来警察调查张伯的下落。

“处理该案的警员查看监控录像后，发现张伯失踪当晚半夜两点左右，曾经乘坐电梯巡楼。按照惯例，他应该乘电梯到顶楼，然后逐层往下巡楼。可是，伙计们查看过当晚各楼层的录像，却没发现他离开电梯的迹象。他进电梯后，似乎就没有再出来……”

“他们为什么不看电梯内部的监控录像呢？这样不就知道张伯什么时候离开电梯了？”映柳怯弱地抬头望电梯顶部的摄像头。

“非常遗憾，虽然电梯内部装有摄像头，但只是个装饰品，除了能起吓阻作用外，就没有其他功能了。当然，在此事发生后，院方立刻亡羊补牢，将假摄像头换成真的了。”溪望回答完对方的问题后，又继续讲述发生于电梯内的怪事。

“张伯没有离开电梯的消息很快就在医院里传开了，医护人员对此议论纷纷，很多人都说自己乘坐该电梯时遇到的怪事。譬如说电梯经常会无故停止运作，或者发出一些奇怪的声音。更有人声称在张伯失踪后，曾于夜间乘坐电梯时听见微弱的呻吟声，以及因饥饿而发出的‘咕咕’声。

“这些议论在一名刘姓护士值夜班乘坐该电梯遭遇怪事后，就传得更为激烈了。大家都认为这台电梯受到了诅咒，是一台‘吃人电梯’，每当凌晨时分就会因为饥饿而将乘坐电梯的人吃掉。

“此事闹得沸沸扬扬，住院部有不少消息灵通的病患甚至要求提前出院或转院。医院领导为尽快平息谣言，通过关系向警局高层求助。鉴于该案已引起社会恐慌，必须尽快侦破、平息民众疑虑，当时的厅长为此向我下达命令，要求在一天之内破案。

“我向刘护士了解了情况，她说当晚有一名住院病人病情突然恶化，急需注射西地兰。因为住院部的存货刚巧用完，而不尽快给病人注射该药剂便会危及生命，所以必须立刻到药房取药。

“住院部位于8楼，药房则在1楼，若走楼梯的话，一来一回得花不少时间，恐怕会延误病人的病情。故此，虽然她极不愿意，但也只好走进这个可怕的狭小空间……”

“不是有三台电梯吗？她为什么非要乘这台经常出问题的电梯，而不是另外两台呢？”映柳问道。

“院方为节省电力，夜间只会开启一台电梯。虽然张伯出事后，大家都不愿意乘坐这台电梯，但院方的规章制度却没有因此作出变更，夜间开启的依然只有这一台。”解释过后，溪望继续讲述刘护士的遭遇。

“刘护士刚走进电梯就感到不适，尤其是在电梯门关闭之后。她觉得电梯内的空气异常混浊，隐约能闻到一丝恶臭，就像从太平间里传出的尸体腐败的气味，使她感到恶心和头晕。

“她以为这只是自己的心理作用，只要别胡思乱想就没事了。可是随后所发生事情却让她惊恐万状。

“电梯下行到7楼时，顶部突然传来‘咕咕’的怪声，就像是人在饥饿时肚子发出的响声。刘护士仍认为是心理作用，或许是因为受到了近日传闻的影响。

“可是，当电梯下行到5楼时，她的想法就不一样了，因为她听到一声响亮的敲打声从电梯顶部传来，仿佛有人在电梯上面拿锤子敲打电梯顶部。她被这声音吓个半死，立刻按下所有楼层的按键，希望能尽快逃离这个可怕的地方。然而，更可怕的事情就发生在电梯门打开之前。

“‘我……饿……我……要……吃……’在梯门打开之前，这虚弱无力的声音不断回荡于狭小的电梯之内，把刘护士吓得魂飞魄散。

“刘护士当晚被保安发现晕倒在4楼电梯门前，她向我讲述这段可怕的记忆时，已经不记得自己是怎样逃出电梯的，只是不断强调那声音非常真实，绝非幻听或心理作用……”

“后来怎么样，找到张伯了吗？”映柳此时已经牢牢地搂住溪望的腰背，并不丰满的双乳肆无忌惮地压向对方胸口。

溪望一脸无奈地说：“柳姐，我快被你勒得透不过气来了。”

“不好意思。”映柳尴尬地松开双手，但马上又挽着对方的手臂，“后来怎么样呢？”

“后来我们找到了张伯，原来他一直没有离开电梯。”溪望抬头望向电梯顶部。

第四章　玫瑰花香

映柳沿着溪望的目光望向电梯顶的维修口，怯弱地问道：“他爬到电梯上面去了？”

“证据显示，他的确是爬上去了，至少我们在电梯上方发现了他的尸体。”溪望沉默片刻，随即讲述自己对该案的推理——

“张伯出事当晚就像我们现在这样，因为电梯故障被困。不同的是，没有人会来为他打开梯门，因为当晚值班的保安就他一个，而且当时电梯很可能停在无人的楼层，他也没带手机。因此，他要么在电梯里待到天亮，要么自己想办法出去。很明显，他选择了后者。

“张伯已经五十有几，在没有辅助工具的情况下，要爬上维修口并不容易。他爬到电梯上面的时候，大概已经气喘如牛、浑身无力，而悲剧就发生在这个时候。

“他想将上一层的外梯门打开，但因为没有辅助工具，所以非常吃力。而且此时他已经相当疲累，经过多次尝试仍未能将外梯门打开，因此他开始着急，使出蛮劲试图将外梯门掰开。或许一时用力过猛，以致重心不稳，他摔倒了。

“这一摔不但使他的头部受到剧烈撞击，恰巧也让维修盖合上了。

“撞击使他当场昏迷，维修盖合上导致其后没人注意到他身处电梯上方。更不幸的是，苏醒后他发觉自己无法动弹，甚至不能发出声音。

“根据法医的验尸报告，张伯因头部受到撞击而出现中风症状，不能作出任何求救的举动，以致在其倒卧于电梯上方期间，未能及时被人发现，从而失去了获得救援的机会。

“医护人员在电梯里听到的‘咕咕’声，其实就是张伯肚子发出的声音，他是因为饥渴而导致死亡的。至于刘护士听到的敲打声，是张伯的手电筒敲击电梯顶部发出的。不过，根据法医的验尸报告，张伯被发现时，死亡时间已超过72小时。也就是说，刘护士听见怪声的时候，他早已不在人世……”

“那、那她听见的声音是怎么来的？”映柳牢牢地抓住溪望的手臂，指甲都快要刺穿衣袖陷入皮肉。

“柳姐，我又不是张伯，我还活着，会痛的。”溪望无奈地看看自己的手臂。

“对不起，对不起。”映柳连忙松手。

溪望这才解释道：“手电筒有可能是因为电梯下行而滑动，掉落到凹槽里才会发出敲打声。至于那‘咕咕’声及说话声，叶流年那个神叨叨的家伙说，是因为张伯在极度饥渴的状态下死亡，由于死前神志不清，以至不知道自己已经死了，死后灵魂仍徘徊于电梯上方。而刘护士脑电波的频率跟他相近，因而受其影响产生幻觉。简单来说，就是见鬼了。”

“真的有鬼吗？”映柳又惊恐地抓住对方的手臂，并突然想到一件可怕的事情，“你刚才好像说‘这台电梯还是老样子’……”

溪望莞尔一笑："你猜对了，张伯的尸体就是在这台电梯上面……"他还没把"发现"二字说出口，映柳便跳起来搂住他尖叫，差点把他扑倒。

电梯的灯光就在映柳的尖叫中亮起来，随即恢复运作。溪望在对方的熊抱中，好不容易才按下8楼的按钮，片刻后梯门便悄然打开。溪望轻拍将脸埋在自己胸前的映柳，无奈道："梯门已经打开了，再不出去，马上就会关上。"映柳回头发现梯门已开，立刻像逃命似的冲出电梯。

此时电梯的紧急呼叫器传出保安的声音："电梯现在没问题吧？"

"嗯，已经恢复正常了，谢谢！"溪望礼貌地回答，"你们的办事效率也挺高的，才一会儿就把电梯修理好了。"

"我哪会修理电梯，是不知道哪个傻×把电梯的电源给关闭了。要不是我上楼梯时顺道检查了一下电源，今晚大家都得跑楼梯。"保安的抱怨让溪望感到疑惑。

"你还好吧，柳姐？"溪望步出电梯后慰问仍惊魂未定的映柳。

映柳背靠墙壁轻拍胸口，稍微定神后才向对方问道："你也认为刘护士真的见鬼了？"

"我的职责是找出张伯的下落，其他事情不在我的工作范围之内。"溪望轻描淡写地回答，随即又为保安所说的话皱眉。

"怎么了？"映柳问道。

"保安说电梯没有故障，只是电源被人关闭才会停止运作。是谁这么无聊呢？"溪望对此百思不解。

"大概是那些住院小孩的恶作剧吧！"映柳不假思索地答道。只要能离开这台该死的电梯，其他事情都已经不重要了。

"或许吧！"虽然觉得不妥，但溪望并没有深究的打算。毕竟此事不过耽误了些许时间，对自己并无多大影响。他径直走向护士站，以患者家属的身份，向一名肥胖的值班护士索取父亲相云博住院期间的病历。

"虽然你是病人的家属，但要拿住院病历得办很多手续，可不是你想要就能拿出来的。而且你要的是十年前的病历，也不知道有没有保存下来。"肥护士冷漠地回答。

溪望瞄了一眼安装在天花板上的监控摄像头，侧过身子背向摄像头，将100元塞进对方护士服下摆的宽大口袋里，诚恳地问道："要怎样才能拿到呢？"

肥护士假装没看见他这举动，态度却立刻转变，热心地解答："我这里真的没办法给你弄到过往的病历，你得在上班时间到12楼的办公室申请，得到批准后再到13楼的资料室复印。一般来说，申请要三到五个工作日才能完成。"

“那不至少还要再来两趟才能弄到？”映柳轻拉溪望的衣角，掏出警员证晃了晃，“我有更方便快捷的方法哦！”

“这种小事就不用劳烦柳姐了，我自己能搞定。”溪望向肥护士道谢后走向电梯。

“真的不需要帮忙吗？”映柳快步走到他身前，轻轻晃动警员证。

“我知道你想说什么。”溪望露出牵强的笑容，“用警员身份办事虽然比较方便，但同时亦有诸多顾虑。”

“你到底要怎样才肯接管诡案组啊？”映柳抱怨道。

溪望正欲开口，便听见一个熟悉的声音：“是小相吗？”一名刚从病房走出来的护士快步跑到他身前，“真的是你欸！”

相貌清纯如小家碧玉的护士紧紧地握住他的双手，兴奋地叫道：“还记得我吗？我是刘倩琪。”

“当然记得，我还欠你一顿猪肚包鸡呢！”溪望微笑着点头，“琪姐，现在晚上还怕乘电梯吗？”

“你别老是取笑我好不好？”倩琪娇嗔地打了他一下，随即问道，“都这么晚了，你还来医院干吗？”

“来见你呀！”溪望调笑道，“突然很想念你，就立刻跑过来了。”

“哪有，我才不相信呢！”倩琪向映柳展露笑颜，“这位是你女朋友吧？好像跟之前那位不一样呢。”

“这位是月警官，是来骗我入伙的。”溪望给两人互作介绍，“这位就是我刚才跟你提起的刘护士。”

映柳小声咕噜道：“你刚才可没说你们的关系这么好。”

“你说什么呢，月警官？”倩琪疑惑地问道。

“她说你很漂亮。”溪望替映柳圆场。

“哪有？你又取笑我了。”倩琪露出娇媚的笑颜。

看着眼前两人打情骂俏，映柳莫名地感到不悦，对溪望说：“你还要不要翻查旧病历？”

“怎么了？你来这里是想翻查旧病历吗？”倩琪对溪望问道。

溪望苦笑着点头：“其实我已经辞去警队的工作，不能再动用警权翻查过往的病历。”

倩琪愣了一下，随即笑道：“虽然你已经不是警察，但我们还是朋友呀！别的事情我可能帮不上忙，翻查旧病历这种小事我还是有办法的。”

“不会让你受处罚吧？”溪望关切地问道。

“才没有人会管这种闲事呢，你等我一下。”倩琪小跑到护士站跟肥护士交代几句后，马上又跑回来，牵着溪望的手走到电梯，按下下行键，又道，“我们先到保安室拿钥匙，然后就到资料室找病历。”

溪望朝映柳扬了下眉：“柳姐，要不要一起去？”

映柳看着正在打开的电梯门，哆嗦了一下，心悸地答道：“不要，我走楼梯到大堂等你好了。”

“那就一会儿再见喽！”倩琪乐滋滋地向映柳挥手道别，拉着溪望的手走进电梯。

梯门刚合上，映柳脸上便露出厌恶的表情，取出手机编写短信：你想干吗？短信发出后，很快便收到回复：别着急，一会儿你就知道了。

“是男朋友发来的信息吧？”溪望取笑正在回复短信的倩琪。

倩琪发送短信后立刻收起手机，紧张地澄清：“哪有？是上早班的同事问我明早用不用帮我买早餐。我现在没男朋友啦！”

溪望随口问道：“要不要给你介绍一个？”

“好啊，要像你这样见多识广，又要像你这样高大英俊，还要像你这样善良和幽默。”倩琪甜蜜地笑着。

溪望开玩笑说：“那就不用介绍了，干脆让我当你男朋友好了。”

倩琪脸色一红，低下头羞怯地问道：“这算是……向我表白吗？”

“到了！”溪望假装没听见，梯门刚打开便快步走出电梯。

倩琪呆了一下，咕噜道：“我不会再让你轻易溜走。”随即快步追上。

“你等我一下。”倩琪让溪望在门外稍等，独自走进了保安室。

人民医院共有三个保安室，前后入口各有一个，负责检查出入人员及车辆，当然更重要的任务是收取停车费。第三个就是眼前这个——里面装有监控系统，只有两名保安员轮流值班，除通过监控留意各楼层的情况外，夜间还要到各层楼巡查，因此拥有大部分房间的钥匙。

这些情况溪望早已于四年前调查张伯一案时知道。当然，现在坐在里面的保安已不是四年前的那位，而是一名二十来岁、额角有一道明显疤痕的年轻人。

倩琪跟保安十分熟络，对方也没多问，便将资料室的钥匙交到她手上。不过，在两人交谈的过程中，保安的视线一直停留在立于门外的溪望身上。

“刚才被困在电梯里的就是这位帅哥吗？”保安问道。

“电梯又出故障了？不是已经很久没出过问题了吗？”倩琪吃惊地反问，随即又道，“应该是吧，刚才就他和一个女生乘电梯。”

“他的声音挺有磁性的，屁股也很翘。”保安痴迷地凝视着门外的溪望。

“你可别打他的主意，想一下也不成！”倩琪恶狠狠地瞪了他一眼，随即小跑出门，牵着溪望的手像逃似的冲进电梯。

“怎么突然跑得这么急？保安没为难你吧？”溪望关切地问。

“没事，没事。”倩琪心有余悸地喘气，立刻转换话题，“还记得我拜托你的事吗？”

“我怎么会忘记琪姐交代的事情呢？”

“哪有，你肯定忘了，不然怎么会三年都不找我，也不接我的电话。”倩琪娇嗔地嘟起嘴。

“我真的没有忘记，你跟我说过的每一句话，我现在还记得清清楚楚。你要是不相信，我就从头到尾给你讲一遍……”溪望在对方怀疑的目光中，将这件已经过去了三年的事情，一五一十地复述出来——

“三年前令堂因车祸离世，你在整理令堂的遗物时，在抽屉深处发现一本被牛皮纸重重包裹的日记。虽然觉得不合适，但在好奇心的驱使下，最终你还是翻开了母亲的日记。

“然而，不看还好，一看就几乎让你崩溃。

“日记是令堂年轻时所写，当中反复提及一个叫‘王三’的男人。令堂少女时代的所有回忆几乎都跟这个男人有关，从他们的相遇、相知到相爱，均一一记录在日记当中。甚至令堂对未来的憧憬，也全以这个男人为中心。

“可惜这段美好的爱情，随着令堂的少女时代结束，亦随之完结。眼见闺密一个个穿上嫁衣，令堂也想拥有属于自己的家庭。但每当她向王三提及婚期时，对方却一再回避，只说现在还不是时候。

“对方多次推搪，终于使令堂失去耐性，黯淡提出分手。王三虽然不想放弃多年的感情，但却始终无法给令堂一个确定的婚期，以致令堂决绝地离开。

“其后，在不到一个月内，令堂与一名对她倾慕已久的追求者确定恋爱关系，并以闪电般的速度筹办婚事。令堂之所以如此着急，是因为她发现自己已怀有身孕，但腹中孩子的父亲却不是她未来的夫君，而是王三。

“令堂于婚礼前夕将怀孕一事告诉王三，指望若对方能提出一个明确的婚期时间，哪怕是三年、五年，令堂亦会毫不犹豫地取消即将举行的婚礼，重新投入王三的怀抱。可是，王三的回答竟然还是那句让令堂深恶痛绝的推搪：‘现在还不是时候。’

“令堂感到了彻底的绝望，挥泪离开王三，投向他人怀抱。婚礼过后，令堂将这本满载秘密的日记用牛皮纸重重包裹，藏于抽屉深处，想将自己美丽而痛苦的回忆永远封存。

“看过令堂的日记，你意识到自己有可能并非令尊的亲生女儿。为证实这个猜测，你偷偷收集令尊的头发样本，私下做了亲子鉴定。鉴定结果证实了你的猜测，你果然并非令尊的亲生女儿，你的生父极有可能是令堂日记中的‘王三’……”

虽然对方能如数家珍地将自己的事情复述出来，倩琪却仍嘟着嘴娇嗔道：“那你怎么一直都不来找我，也不接我的电话，我还以为你是故意避开我呢！刚才见到你的时候，我还挺害怕你会说不认识我。”

溪望无奈地叹了口气：“琪姐，我不是不想见你，而是这三年发生了很多事情。为避免身边最亲近的人受到伤害，在这三年间我甚至没跟自己的妹妹联系过。”

“我也是你最亲近的人？”倩琪觉得有一股暖意涌上心头。

“我们到了。”溪望再一次岔开话题，快步走到资料室门前。

倩琪并不笨：对方一再回避，显然是还没有接受自己的心理准备，继续试探对方，恐怕会让对方反感。因此她便取出钥匙上前开门，并回归主题：“那我生父的事……”

溪望面露歉意地答道：“三年前我调查过王三的情况，发现他在本地没有亲人，跟令堂分手后就当海员去了，好几年也不回来一趟，所以我没能联系上他。”

“现在也联系不上吗？”倩琪立刻追问。

溪望为难地说：“或许能再尝试一下，但你最好别抱太大希望。”

“你就再试一下嘛。”倩琪心中充满期盼，激动地握住对方的双手，“要是能找到他，我一定会好好地报答你。”

溪望开玩笑说：“以身相许吗？”

“只要你愿意。”倩琪突然踮起脚尖，给对方突如其来的一吻。

经过短暂而尴尬的沉默后，溪望讪笑道：“我们好像是来翻查旧病历的。”

“嗯，你要找什么时候的病历呢？”倩琪娇羞地低下头。

“时间大概是十年前，是我父亲相云博当时的住院病历。”溪望答道。

“十年前……”倩琪穿梭于一排排的文件柜当中，“应该在这附近。”

溪望走到她身旁，打算跟她一起查找病历，但刚走近便闻到一股若有若无的香气。这股香气既清淡又清新，仿佛源自清晨绽放的玫瑰。

倩琪在上班期间不能喷香水，这股香味显然不是从她身上散发出来的。可是资料室内就只有他们两人，这香味是从哪里来的呢？这个问题让溪望感到疑惑，直到倩琪找到父亲的病历，他才将其抛诸脑后。

从倩琪手中接过病历后，溪望便急不可待地翻阅。病历记录了父亲入院接受检查的情况，证实父亲罹患胰脏癌，而且是晚期。主治医生徐涛对父亲的诊断是：存活时间可能不超过一个月。

其后是常规治疗，但这些治疗似乎对父亲的病情没多大作用。父亲离世前两个星期，院方甚至出具了病危通知书。可惜溪望当时正在大学里学习，只有年仅10岁的见华伴随在父亲左右，而父亲又不想耽误他的学业，所以这份通知书没送到他手上。

仅从病历的前半部分看，并没有发现任何异样，因此溪望打算在后半部分寻找答案。然而，他翻开病历的后半部分，却发现其中几页病历被撕掉了。

“怎么会这样？”倩琪惊讶地看着被撕掉了的部分。

溪望愣住片刻，随即冷静地向对方问道：“这种情况常见吗？”

倩琪不住地摇头：“不常见。住院病历算是医院的内部文件，就算病人家属要求查阅，也只能拿到复印本，正本只有医院里的人才能拿到。这事要是被领导知道，资料室的管理员肯定会挨骂。”

“你说的是正规程序，但也不是每一个人都会守规矩。”溪望将病历放在鼻子前嗅了嗅，“是玫瑰花的香味，应该是刚刚留下的。”他终于知道资料室为何会有一股似有若无的玫瑰花香了，但同时又多添了一个疑问——是谁抢先一步撕毁病历的呢？

第五章　牙签暗示

撕毁病历的人是谁？

跟寄匿名信的是否同一人？

到底有何目的？

溪望独自乘坐电梯，凝视着趁倩琪不注意时撕下的病历。

残留于病历上的玫瑰香气或许能给他一点提示，不过还需要一个人帮忙。虽然不想惊动那个人，但为了解开心中的疑问，他还是拨通了电话……

结束简短的通话后，他走出电梯，于大厅内寻觅映柳的身影。然而在空荡的大厅内，并未看见那个醒目的锦葵色倩影。当他以为对方已经离开时，突然听见一个愤怒的声音从楼梯间传出：“你又想耍花样？”

循声望去，他发现映柳正在昏暗的楼梯间内，跟一名身穿玫瑰粉晚装的女子争执。该女子双眼乌黑明亮，一小截耳轮外露于披肩的长发之外，犹如一只高贵脱俗的妖精，走近后更闻到其身上散发出来的清淡的玫瑰花香。

如妖精般的女子看见溪望走过来，对映柳说：“你的帅哥来了。”并向溪望嫣然一笑，随即转身从后门离开，只留下芬芳的花香。

“她是谁？”溪望凝视着远去的婀娜身影。

“你不会是看上她了吧？”映柳露出不屑的神色，“算了吧，我才不会告诉你，免得你被她忽悠了，回头找我算账。”

“叮”的一声清脆的金属碰撞声，于寂静的楼梯间内回荡。映柳还没弄明白响声从何而来，便被溪望按在了墙上，胸口被对方强有力的前臂压住，更有一阵冰凉的寒意从脖子直达心窝。

映柳之所以感到冰凉，是因为脖子上架着一把长约7寸的锋利剑刃，而这把剑刃是从溪望袖口伸出来的。刚才那一声正是暗藏于袖子里的剑刃弹出时发出来的。

“你、你想干吗？”突如其来的变化把映柳吓呆了。

“她是谁？”溪望冷酷地重复刚才的问题。

映柳惊惶地答道：“她、她叫李梅，名义上是个律师，实际是个为了钱什么坏事都干的浑蛋。”

“你跟她什么关系？她来这里干什么？”溪望面容冷峻，语气如同命令，仿佛得不到想要的答案，便会让对方血溅当场。

“我只是之前办案时跟她有点过节，哪知道她来这里干吗？！”映柳吓得快要哭出来。

溪望放开对方，晃了下手臂，剑刃“叮”的一声又缩回衣袖里，溪望亦恢复平日的笑脸，面露歉意地说：“不好意思，吓到你了。”

映柳愣了一下，回过神来便使劲地捶打对方的胸口，哭喊道：“你这个打把鬼，你想知道就直接问嘛，干吗这样吓唬我？！呜呜……”（“打把鬼”乃客家话，意思近似于“杀千刀的”，即不得好死之意。“打把”意为枪毙，“打把鬼”可理解为“被枪决的冤魂”。）

待对方发泄过后，溪望递上纸巾，并从肩包里掏出刚才在电梯里使用过的卡片灯，安慰对方道：“这个送你吧，算是给你赔礼。有了它，你以后就不用怕黑了。”

映柳擦着眼泪倔犟地反驳："我才不怕黑呢！"

"我手臂上的抓痕不就是最好的证据吗？"溪望莞尔一笑，转身走向后门，轻扬手臂向对方道别，"再见了，柳姐，希望你今晚做个好梦。"

映柳看了看手中精致有趣的卡片灯，抬头向对方问道："你、你到底是个怎样的人？"

"或许是个浑蛋吧，反正就不是好人。"溪望大步走出后门。

从楼梯间后门通往医院停车场，溪望放眼张望，寻觅刚才那个婀娜的身影。右边突然出现一道强光，当溪望的双眼适应光线后，他发现是一辆迎面驶来的红色双门奥迪。

奥迪驶到溪望身旁便停下来，车窗徐徐降下，露出那张高贵而妖艳的脸庞——是李梅。

"帅哥，要坐顺风车吗？"李梅虽语带轻佻，但亦不失高雅。

"姐姐怎么知道一定顺风呢？"溪望俯身将双手搭在车窗上，以防对方突然驶车离开。

李梅拿起放在副驾驶位上的复古手拿包，从中取出一部三星Galaxy Note手机翻查资料，自言自语地说："相溪望，男，28岁，于刑侦局任职期间因屡破奇案而被誉为'刑侦新人王'。三年前神秘失踪，直到日前才再度现身，随即以玩忽职守为由主动辞去刑警职务。现住址为富民花园别墅区15号。"

溪望气定神闲地说："像小弟这种过气刑警的资料，似乎没必要收录在库，除非李大状接受的委托跟小弟有关。"

李梅放下手机，婀娜的娇躯靠向车窗，妩媚道："帅哥，你多虑了。如果有法律上的问题，可以随时找我，给你打八折哦！"说着以二指夹着一张卡片递上，待对方接过名片后又道，"我们还会再见，晚安！"说罢关上车窗，引擎的咆哮声随之响起，轿车急速往停车场出口飞驰。

溪望看着远去的红色跑车，闻了闻手中带有余香的名片，喃喃自语道："我们很快就会再见面的。"

躲在楼梯间向外窥视的映柳取出手机查看一条刚收到的信息：你的帅哥也不错，我对他越来越感兴趣。她收起手机抬头望向正准备从后门离开的溪望，面露不悦之色。她厌恶地说："希望你今晚做的不会是个春梦。"说罢便转身从医院正门离开。

次日，溪望刚出家门就看见了于门外守候的映柳，调笑道："哟，柳姐，今天不用上班吗？"

“我现在不就在上班吗？”映柳没好气地递上合同，“厅长说，要是我没能让你把名字签上，以后就不用回警局了。”

“我想你最好尽快去找份新工作。”溪望大步走向大街，“要不要我给你介绍工作？”

“望哥的好意，小妹心领了。”映柳学对方的语调回答，并翻着白眼咕哝，“你现在不也是个无业游民？！”

溪望回头问道：“柳姐你说什么？”

“没什么。”映柳连忙摇头，“你现在又要去哪儿了？”

“我打算去拜访一位长辈呢，如果你也跟来，他可会误会哦！”溪望扬手招来一辆的士，“所以呢，你最好趁现在这个时候去找新工作。”说罢便上车并关上车门。

映柳看着远去的的士，跺脚道：“想甩掉我？没门！”随即扬手招来另一辆的士。

与映柳分别后，溪望来到天雄药业研究所，并在所长办公室门外驻步。门内传出洪亮的责骂声，稍后片刻便有一名戴着眼镜的中年男人仓皇地从办公室内“逃”出来。

溪望看着对方跌跌撞撞的背影，忍俊不禁道：“宏叔还是老样子。”说罢轻轻敲门。门内立刻传来洪亮的回应：“进来！”

他推门而进，厌烦的怒吼当即传入耳际：“又有什么事？别老为一点小事就来找我，难道就不能动一下自己的脑子吗？”

宽敞明亮的办公室内，一个男人坐在办公桌前翻阅文件。此人虽年近五十，但体格魁梧，且浓眉大眼，一脸霸气，若非衣着整齐地安坐于办公室之内，还真会让人认为他是一名黑道大哥。

男人抬头瞥了溪望一眼，随即兴奋地站起来，面露笑颜欢呼：“馑仔，现在才来看我这个糟老头，快过来坐下。”说着扬手示意对方到一旁沙发上坐下。（“馑”读音为liàn，字面意思为“雏鸡”。“馑仔”在粤语中意为“小孩”，主要用于称呼少年和年轻人，带贬义，完整意思为“不懂事的小屁孩”。亦有长辈如此称呼后辈，以表示亲昵。馑仔不同于靓仔，“靓仔”为“帅哥”之意。）

“如果宏叔是糟老头，那我岂不是坏拐后生？”溪望毫不拘谨地坐下，“其实我早就想来拜访你了，不过一直没找到合适的礼物，又不好意思空手而来，所以就一直没敢前来打扰宏叔。”（“坏拐后生”乃粤语方言，意为孱弱的年轻人。）

宏叔坐在他身旁，用宽厚的手掌重重地拍打他的肩膀，豪爽地大笑：“你就会跟我说这些客套话。不过虽然你这么说，我倒想看看你给我带了什么礼物。有言在先呀，要是我不满意，就把你从窗口扔出去。哈哈！”

“那就先请你别嫌弃我的礼物过于寒酸。”溪望从肩包里取出一块名片大小的外面装有皮套的钢片，恭敬地双手递给对方。

宏叔将钢制卡片从皮套中取出，立刻双眼放光，手执卡片往身旁的窗帘上用力一挥，窗帘立刻被划出一道大口子。他当即爽朗地笑道：“正宗的威戈军刀卡就是不一样，这世上就只有瑞士佬才能做出如此锋利的军刀，那些国产山寨货跟它比，就像玩具似的。”

“我知道你喜欢瑞士军刀，特意让朋友从瑞士买来这玩意儿，才敢过来见你。”

“你似乎并非只是来探望我这么简单。”宏叔狡黠地一笑，“你的事情，我这当叔叔的多少也有点听闻。听说你已经辞去警队的工作，如果你想来我这里帮忙，我可是非常欢迎。”

“我对医药研究一窍不通，可不想给你添麻烦。我这次过来，其实是为父亲的事……”溪望话音刚落，敲门声响起。

“稍等一下。”宏叔打断他的话，向门外叫道，“进来吧！”

一名肥胖的年轻研究员拿着一叠报告推门进来，诚惶诚恐地对宏叔说：“王所长，正在研发的降压药对动物的测试结果似乎不太理想呢。用于测试的白老鼠血压没下降多少，可体重却大幅下降，是明显的副作用表现……”

“操你妈的副作用！”宏叔放声大吼，“你他妈的就不会动一下脑筋，把这药当成减肥药来研发吗？你不想想研发一种新药得花多少钱，光养你们这群白痴就是个不小的数目。立马给我滚出去，将所有报告重做一遍，把这药改成减肥药继续研发。这项目要是弄砸了，我就拿你这死胖子做新药的临床试验。”

“是是是。”研究员惊慌地退出门外。

宏叔换上笑脸，转头对溪望说：“看到了，待在这研究所里的都是些傻头傻脑的书呆子，虽然我对研发也是一窍不通，但照样能当所长。以你的才智，在这里当个主任绝对不成问题。”

“宏叔的好意我心领了，但我对医药真的不感兴趣。我只是想了解……”

“噢，我突然想起还有事要办呢！”宏叔突然站起来，走到办公桌前拿起一包单支装的牙签交给溪望，“你牙缝上有青菜，处理一下吧！我先去办事，有空再请你吃晚饭。”

“宏叔……”溪望欲言又止，“好吧，我先走了，再见。”说罢无奈地起身离开。

溪望刚走出研究所，就发现映柳鬼鬼祟祟地躲在路标后面。他上前，笑道："柳姐，我可不喜欢捉迷藏。"

"谁要跟你玩。"映柳泄气地走出来，递上合同说，"你把合同签了，我就不用一天到晚跟着你了。"

"随你喜欢吧！"溪望无奈地摇头，扬手截停一辆经过的的士。

"你又要去哪儿了？人民医院昨晚死了个医生，死得很诡异呢，我想你一定会感兴趣。"映柳连忙跟上。

"哪天不会死人？爱莫能助啊，柳姐。"溪望关上车门，将对方拒之门外，"我去找榴莲，你不想再破费的话，最好别跟来。"

映柳不自觉地后退，待的士开走后，便气愤地骂道："那么多人死，怎么不见你死！"

溪望在的士后座凝视着宏叔给他的单支装牙签，脸上露出狡黠的笑容。

第六章　万能圣药

"哟，都还活着。"溪望来到榴莲的"茶庄"，向众人打招呼。

坐在茶几前玩手机的人渣答道："死了一个。"

溪望放眼张望，发现发高烧不在店内，笑道："哈，苍天有眼，对本地所有无知少女的父母来说，这可是个天大的好消息。"

"发高烧要是真的死了，对你来说可不是好消息。"正在打麻将的榴莲说。

"他要是没给我带回好消息，死了也不值得可惜。"溪望坐在人渣身旁，自顾自地泡茶。

"老子亲自出马，有哪次是无功而返？"发高烧迈着轻佻的舞步从外面进来，走到茶几前潇洒地转身，摆出一个很酷的姿势，然后就像尊蜡像似的一动不动。

"先喝口水吧，老兄！"溪望给对方倒了杯茶。

发高烧蹲在茶几前，用嘴叼起茶杯，仰头将茶水一饮而尽，随即扭头将茶杯丢出门外，骂道："操，崩的。"

"崩你妹！你嘴巴又没崩，而且那杯子也是被你咬崩的！"榴莲瞪眼大骂。坐他下家的花泽阴阳怪气地说："常言道'崩口人忌崩口碗'，你条茂利嘴巴没崩，却老把杯子给咬崩。这已经是你咬坏的第三套茶具了。”（“崩口人忌崩口碗”乃粤语方言，崩口为“裂唇”之意，崩口碗即有缺口的碗，全句的意思是“裂唇的人最忌讳有缺口的碗”，引申为讥讽别人的短处。“茂利”是英语“mullion”的粤语音译，原意为窗门的竖框。香港被殖民统治初期，当地人受洋人聘用兴建港督府，因为言语不通，听见对方指着竖框猛叫“mullion”，以为对方骂他们是“茂利”。后来，“茂利”渐渐演变成用于责骂像木头一样傻乎乎地呆站的愚钝之人，亦有“笨蛋”之意。）

“我明天就拿套青花瓷过来，反正家里有好几套茶具。”发高烧又再跳起来手舞足蹈。

溪望喝了口茶笑道：“你在无知少女面前装高富帅倒像模像样，可在我们面前却是个精神病。”

“哥不是装，哥本来就是个高富帅。”发高烧踏着月球漫步，模仿迈克尔·杰克逊。

“你就不能坐下来歇一会儿吗？转来转去让我眼睛都花了。”溪望用另一只杯子给对方再倒了杯茶。

发高烧转了几圈来到沙发前，突然跳起来身子一横压在溪望跟人渣身上。人渣咕噜了两句继续玩手机，溪望则不停地用手指弹发高烧的额头，没好气地说：“闹够了没有？该跟我说点正事了。”

“哥有哪回让你失望过？”发高烧拨弄溪望的手，点上根烟又道，“我在谨言律师事务所楼下的咖啡厅里泡了一个早上，把一个长得还可以的店员迷得神魂颠倒，她连啥时候来月经都跟我说了，就差没把我拉进厕所打一炮。”

“我对过程没兴趣，直接说重点吧！”

“她说她见过那个长得挺风骚的律师妞儿，对方的确是在事务所里工作，而且这事务所似乎也是做正当生意的。”

溪望又伸手在对方额头上弹了一下，皱眉道：“就只有这些？”

“我可不是只去那儿喝咖啡，我还跑进事务所溜了一圈，把接待处的妞儿也给泡了。”发高烧翻过身坐到溪望身旁，“她说李梅虽然是事务所的律师，但从来不接官司，就连离婚协议这种轻松活儿也不接，倒是专门接一些调查性质的委托，尤其是商业调查。她还向我暗示，这位李大状曾经帮客户盗取对手的商业机密，看来不是善男信女。”

“除了这些家长里短，还有没有别的？”溪望有点失望，毕竟这些都不是他想要的信息。

“有。”发高烧掏出手机，翻查出一些图片向对方展示，“我偷偷摸进她的办公室，拍到了一些挺有趣的照片。”

溪望接过手机查看，眉头皱得更紧：“难道寄匿名信的人是她？”

发高烧将李梅办公桌上的文件夹全都翻开拍了照，这些文件大多都是与溪望有关的资料，当中竟然有其父相云博住院病历的复印本。

根据病历所载，相父在注射一种名为“泥丸”的药物后，病情马上就得到了控制，并在其后两星期内明显好转。但奇怪的是，虽然他在日渐康复，却又毫无先兆地突然猝死了。

将手机交还对方后，溪望便陷入了沉思。

李梅与其说是律师，还不如说是私家侦探。她不会无缘无故地调查自己，肯定是接受了某人的委托。是谁要调查自己呢？对于这个问题，溪望一时间也没有头绪。

从种种迹象来看，寄匿名信的人很可能是李梅。几乎也可以肯定，昨晚抢在自己之前将病历撕毁的人也是她。假设匿名信是她寄来的，她为何又要阻止自己去查证信中的内容呢？

更让溪望想不通的是，她为何会知道自己的行踪？

如果对方不知道自己的行踪，不可能抢先一步将病历撕毁。但他又确定，除映柳外自己并没有被别人跟踪……

“看来昨晚的判断应该没错……”溪望喃喃自语。

“小相，要不要来赚点零花钱，发高烧还记挂着昨天那500块。”花泽看着刚把他对家挤走的发高烧，露出阴险的笑容。

“这个主意不错。”溪望塞了100块给花泽，买下他的位置，跟榴莲及发高烧等人大砌四方城。

对于毫无头绪的问题，最好的解决方案就是放手不管，反复琢磨反而会钻牛角尖。所以溪望将一切问题暂时抛诸脑后，专心于麻将桌上。

黄昏时分，输得快连内裤也给赔上的发高烧向溪望投以哀怨的目光：“望哥，你也太狠了吧，老是和我。我上辈子跟你有仇呀！”

“谁叫你钱最多。”溪望将赢来的钱分出一部分扔给榴莲，“我有约会，先走了。今晚就当我们的发发哥请客吧！”说罢便起身向众人挥手道别。

离开茶庄后，他来到一间名为海澄轩的餐馆，向迎宾处的咨客问道：“请问王先生到了吗？”

咨客查看预约簿后回答：“王先生订了8号房，预约时间是6点。先生你来早了，要不要先到厢房坐一会儿？”

“有劳带路。”

溪望在装修雅致的包厢内等了十来分钟，宏叔便在经理的亲自引领下进门。他看见溪望就立即张开双臂，给对方一个热情的拥抱，爽朗地笑道：“我就知道你不会让我这糟老头子自斟自饮。”又对经理说，“我的口味你都知道了，随便写几个小菜就行。先拿一瓶好酒过来，我要跟世侄喝个痛快，你叫服务员没事就别进来。”

经理点头退出包厢，宏叔又说：“健仔，你怎么知道我订了这个包厢？”

“问服务员不就知道了？”溪望拿出对方上午给他的单支装牙签，“你早上说要先去办事，有空再请我吃晚饭，而牙签上又有这家餐馆的地址，所以我就来碰碰运气，看能不能混一顿饭吃。”

“聪明，这顿饭我想不请客也不行了。”宏叔爽朗地大笑。

“宏叔，今天早上是不是不方便……”溪望欲言又止。

“的确是有些不便。”宏叔收起笑容，“你别看我在研究所里混上了个所长，其实也只是个打工的。我在办公室里的一举一动，都在别人的眼皮底下。”

溪望紧张地问道：“你被监视了？”

“也可以这么说吧。不过你别担心，我能应付。”

“那我父亲的事……”

“这里就只有我们俩，你有什么想问的，尽管开口问，我们之间没什么不能说的。”

“我觉得父亲的死有些可疑……”溪望将昨夜在医院发生的事告诉对方，“似乎有人想隐瞒一些事情，所以我想向你了解一下父亲离世时的一些细节。”

“你已经长大了，有些事情也该让你知道了……”宏叔突然变得严肃，点了根烟狠狠地抽了一口，随即向对方讲述当年的一些情况——

“老二入院的时候，你正在外地念书，他身边就只有见华这个小丫头，所以入院手续那些琐碎事都由我来打点。

“医生说他患上了胰脏癌，这种病初期一般没什么症状，到发病时通常已经是晚期，治愈的机会非常渺茫。我动用了一切关系，几乎把本地所有名医都请过来，给他做了次会诊，希望能找到合适的治疗方案。就算不能治愈，至少也要稳住病情，毕竟他当时还很年轻，才四十来岁，而且还有你跟见华这对儿女。

“可惜会诊的结果却令人沮丧，所有医生都不约而同地摇头，说他的病情已经到了药石罔效的地步，不管采用哪种治疗方案，都只会徒添痛苦。甚至有医生背地里跟我说，该为他准备后事了。

“虽然他也知道自己时日无多，但为了不耽误你的学业，一直都不肯告诉你实情。直到快要撑不下去，医院连病危通知书都已经开出来了，他还是不让我把你接回来。

“说起来也奇怪，那天医院开出病危通知书，我接到电话后就立刻赶到医院。这时老二的身体已经很虚弱，我本想派人到学校接你回来，他却拉住我的手，跟我说：‘还有很多事情等着我去办，老天爷才不会让我拍拍屁股就走。’接着，他又自言自语，‘或许，我命中注定要当一回白老鼠。’

“他这话让我一头雾水，还以为他病糊涂了。后来我才知道，原来他负责的研究室正秘密研发一种代号为“泥丸”的新药。而令我感到不可思议的是，泥丸竟然是种万能圣药，几乎可以治疗一切疾病。

“我当时是研究所的副所长，老二则是研究所中一个研究室的主任。按理说，不管他跟手下研究什么课题，也得跟我交代一下。可是，泥丸这个项目居然就只有他跟相关的研究员知道，要不是他打算亲身试药，我可能这辈子也不知道世上竟有如此神奇的药物。

“或许能治疗一切疾病有点言过其实，但泥丸的适用范围几乎涵盖我所知道的一切疾病，从常见的感冒咳嗽到世纪医学难题癌症、艾滋病等，都是泥丸的适应证。而且动物试验的结果显示泥丸的效果相当理想，只要再通过人体临床试验就可以推向市场。

“泥丸可以说是一种划时代的药物，它的出现有可能使人类彻底摆脱疾病的困扰，但也有可能像抗生素那样，为人类带来更可怕的疾病。不过，这些问题已经不在考虑的范畴内，因为除了正在研发的泥丸，没有任何方法能够挽救老二的性命。

“所以，虽然觉得有些冒险，但我实在想不到任何反对的理由。

“注射泥丸之后，老二的病情很快就得到了控制，精神比入院时好多了。泥丸的效果比预期的更为显著，用药大概一个星期，他就已经能跟我到花园散步了。而在一个星期之前，他可是连床也下不了。他的主治医生也说泥丸的效果实在太神奇了，日后要是全面普及，恐怕九成以上的医生都要改行。

“眼见老二快要康复出院，研究所的卢所长突然让我到外地参加一个研讨会，还把所有我们能信任的人全都支开。我当时也没在意，心想老二的病情已无大碍，再观察一段时间应该可以出院，就算我走开一两天也不会有什么问题。

“可是，我万万没有想到，我刚出门，老二就出事了。

“都怪我太糊涂，其实事前我也察觉到了一些端倪，可惜当时太大意，没放在心上。之后回想起来，觉得这件事并不简单。譬如，老二在去世前一天，突然语重心长地跟我说：‘老三啊，要是我不在了，我家的事你就别去管了。见华虽然还

小，但溪望好歹已经18岁了，该给他一些磨炼的机会，让他担起这个家了。’

“我当时还骂他神经病，后来仔细想想，他似乎是在跟我交代后事。他肯定知道有人要对付他，但又怕会连累我，所以没跟我说清楚。我跟他当了这么多年兄弟，要是知道有人要害他，就算把命拼了也不会让他受半点伤害。

“可惜啊，我在事前竟然没能把这些事联系起来，非要等他出事后才发现问题。

“那晚我入住研讨会安排的酒店时，就有一种不祥的预感，总觉得会有事发生。我躺在床上辗转反侧，怎样也睡不着，直到凌晨时分才勉强合上眼。可是我刚睡了一会儿，就接到了徐医生打来的电话，说老二突然出现休克症状，正在抢救当中，叫我赶紧回去。

“我连夜从外地赶回来，但最终也没能见到老二最后一面。院方不知道受谁的指使，竟然没经我同意，就将老二的遗体送去火化。我赶到火葬场的时候，火化工已经将老二的遗体推进火化炉了。

“我越想越觉得不对劲：老二明明已经康复得差不多了，怎么会突然说走就走呢？而且院方还急不可待地将他的遗体火化，似乎想隐瞒一些事情。本来我也没想到这到底是怎么回事，但当我返回研究所后，马上就知道了问题的所在。

“我在火葬场安排老二的后事时，接到下属打来的电话，说所里的一个研究室失火，烧死了好几名研究员。我当时一心想着该怎样安慰你跟见华，所以就没去理会。待我回到所里才知道，失火的原来正是老二负责的研究室，研发泥丸的相关人员竟然一个不剩地被烧死了。

“我觉得此事非常可疑，就想翻查跟泥丸有关的文件，竟然什么都没找着。如果不是老二曾经注射过泥丸，我甚至怀疑研究所到底有没有研发过这种药。

“我将所有事情联系起来，不禁怀疑老二的死会不会跟泥丸有关。或许在试验泥丸的过程中出了某些问题，卢所长为了隐瞒真相而杀人灭口。

“我为此事跟卢所长大闹一场，但他声称对泥丸一事全不知情。而且是老二主动要求试验新药，就算真的出了问题，也不是研究所的责任。

“至于支开我和所有亲信一事，卢所长声称之所以这么做，是因为受到了匿名恐吓。在老二出事前一天，他接到一个神秘男人打来的电话，要求他支开老二身边的人，不然就对他不客气。他以为只是些无聊人的恶作剧，骂了句‘精神病’就挂线了。

“可是，对方似乎并非光说不做——卢所长开车时发现刹车失灵，差点出了车祸。维修员跟他说，他的汽车被人动了手脚，不但刹车有问题，油箱也有明显的被破坏的痕迹。要不是他运气好，说不定会车毁人亡。

“这显然是个警告，他只好听从对方的吩咐，将我和所有老二能信任的人都支开。老二死后，对方又要求他尽快将遗体火化，他亦只好照办。

“如果问题不是出在卢所长身上，那么最可疑的就是老二的主治医生徐涛。这姓徐的之前跟我挺聊得来，可当我为老二的死给他打电话时，他却变得支支吾吾，问什么都说不知道，不清楚。

“我被他惹火了，就一口咬定他是庸医，活活把老二治死了，还威胁他说，会动用一切关系将他的名声搞臭。他被我吓怕了，就告诉我这一切都是卢所长安排的，他真的什么都不知道。他还说卢所长已通过关系，让医院将他调派到外地，马上就要走了。

“此外，我还发现卢所长的汽车的确送去维修过，但原因并非如他所说被人动过手脚，而只是空调出了点问题，根本不会对安全构成影响。因此，我不禁怀疑卢所长是害死老二的主谋。

“我就此事到卢所长的办公室跟他对质，要求还老二一个公道，否则就跟他没完。面对我的一再质问，他终于承认自己撒了谎，并承诺会给我一个交代，但希望我能给他一点时间。

“当时我正怒火中烧，哪肯给他时间，非要他立刻告诉我真相，不然就算把命拼了，也不会让老二死得不明不白。他被我逼急了，就说看在我们多年交情的分上，求我给他一点时间，哪怕只有10分钟也好。虽然不知道他到底想干吗，但他一再坚持，我也只好到办公室门外抽根烟，10分钟后再进去要他将真相说出来。

“在等待的过程中，我听见办公室里有说话的声音，他似乎在跟谁通电话，没多久就听见外面有人大叫，说所长跳楼了。我慌忙冲进办公室，发现里面空无一人，再冲到敞开的窗户前，便看见他倒卧在楼下的血泊之中。

“这件事的疑点实在太多，但卢所长一死，所有线索都中断了，我想查明真相也无从入手。幸好皇天不负有心人，通过翻查研究所的资金账目，我最终还是找到了一丝线索……”

第七章　十年悬案

“你恨我吗？”宏叔仰头将杯中酒一饮而尽，眼神突然变得黯然。

溪望为他再斟满一杯，摇头答道：“你怎么会说这种话呢？我和丫头一向都视你为亲叔叔。在这世上，你是我们唯一的亲人。”

“可是我却没有尽叔叔的本分。”宏叔叹了口气，“这些年，你跟见华吃了多少苦头，我是知道的。其实我很想把你们接过来，反正我就一个人，有你们陪伴也不会这么寂寞。不过，我明白老二的想法，他希望你能凭自己的能力担起家庭的重担，照顾好自己和见华。所以一直以来，我都没有直接帮助你们，希望你能够理解我的用心。”

“‘授人以鱼不如授人以渔’的道理我明白。虽然你从未提及，但我知道当初报考刑警时，要不是你暗中疏通，我也不会这么容易就考上。”

“你也没让我失望。”宏叔拍了拍对方的肩膀，“虽然你现在辞职了，但早已名声在外，以后就算当个私家侦探也不错。如果你有兴趣，我可以给你介绍几个做这一行的朋友，替你找些委托。”

“以后再说吧，我有储蓄的习惯，暂时还能应付得了。”溪望收起笑容，严肃道，“现在我比较在意父亲的事。刚才你不是说找到线索了吗？”

宏叔点头答道：“我一直怀疑老二的死跟泥丸有关，卢所长自杀后我就更加深信不疑，可惜一直找不到相关的线索。老二做事向来小心谨慎，跟泥丸有关的资料全都存放在失火的研究室里，我把研究所上下翻了个底朝天，仍没能找到跟泥丸有关的任何记录。而且所里对泥丸知情的人，也死得一个不剩，我想找个人了解一下也不行。不过，这世上没有不透风的墙，最终我还是在资金账目上发现了一点眉目。”

“研发泥丸这么神奇的药物，应该需要动用大量资金。只要调查向研究所提供大笔资金的单位，应该能找到相关线索。”溪望立刻明白了对方的意思。

“没错。”宏叔点头，“研究所是天雄药业的下属单位，所有资金均由母公司提供。可是，我在翻查资金账目时却发现除了母公司外，还有一家在香港注册、名叫‘火凤凰’的风险投资公司定期向研究所提供巨额资金，而且这些钱全都由老二负责管理。”

“也就是说，委托父亲研发泥丸的很可能就是这家公司。”

“嗯，这一点几乎可以肯定。自老二死后，这家公司就再也没有向研究所提供资金，也没跟研究所联系。当我试图跟他们联系时，却发现对方已经关门大吉。”

“花费大量资金研发新药，刚有点成果就放弃似乎说不过去。”溪望皱眉沉思。

“我本来也想不通。虽然泥丸是秘密研发的，但说到底也是个投资项目。就算对方因为资金不足而中止研发，也可以将项目转售给他人。可是对方在老二死后就没跟研究所联系，那之前的巨额资金算是白送了。对此我一直都想不通，直到……”宏叔又干了一杯，“虽然投资方莫名其妙地消失了，但这件事还没有结束。当我想继续调查火凤凰的背景时，竟然接到了恐吓电话。对方的声音经过特殊处理，听不出是男是女，能肯定的是，对方非常清楚我在研究所里的一举一动，还扬言威胁我，要是我继续追查这件事，他们就会对你和见华下手。”

溪望惊讶道：“你怀疑研究所里有对方的人？”

宏叔点了下头：“至少在研究所里说话不安全，所以我才隐晦地约你来这里。这里的经理跟我很熟络，在这里说话绝对安全。”

“火凤凰……”溪望狡黠地一笑，“宏叔，我已经长大了，这事就由我来处理吧！”

宏叔露出担忧的神色，搭着对方肩膀关切地说：“溪望，虽然我知道你是个有本事的人，但对方也不是善男信女。如果可以的话，我希望你能够放下这件事，要是你出了什么意外，我也不知道该怎样跟死去的老二交代。”

“放心吧宏叔，我绝不会让自己出事。来，我们干了这一杯！”溪望拿起酒杯跟对方碰杯，一饮而尽后便转换话题，“昨晚我见到她了，是她带我进资料室找我父亲的病历。”

宏叔愣了一下，苦笑道：“她还好吧？”

“好，很好。还跟以前一样，是个心地善良的小姑娘。”

“她有提起我吗？”宏叔平日的磅礴气势在这一刻荡然无存，取而代之的是作为一名父亲的彷徨与忧虑。

“有，她到现在都没放弃。”溪望向对方投以安慰的微笑，“不过你放心，我已经依照你的吩咐，跟她说你是个海员，要很长时间才回来一趟。”

“要你帮我撒谎了。”宏叔满带歉意地敬对方一杯。

溪望喝了口酒，不无可惜地问道：“不打算跟她相认吗？她可是你唯一的亲人。”

宏叔将杯中酒一饮而尽，颇为无奈地说：“现在还不是时候。”

跟宏叔分别后，溪望在餐馆外的花圃里将藏匿的映柳揪出来，没好气地说：“你就不能消停一会儿吗？你一天到晚屁颠屁颠地跟着我，会给我很大压力！”

“只要你在合同上签个字，我保证以后不会跟着你。”映柳竖起三根手指做发誓状。

“放过我吧，柳姐！让我心烦的事可多着呢。”溪望截了辆的士，上车前又对她说，“我现在要回家了，如果你还想黏着我，我不介意给你让出半张床。”

映柳白了他一眼："你想得美！"

溪望乘坐的的士刚驶走，映柳的手机便响起，是一条短信：又食白果了，你的帅哥真不好伺候。（"食白果"是广东俗语，原意为赌注输光，后引申为"无功而返"。民国时期，广州某赌坊旁有间通宵经营的小食店，赌徒彻夜拼杀后，通常会在此店果腹。若赢钱当然是大鱼大肉，要是输钱就只好吃最便宜的白果粥。久而久之，附近街坊看见熟人在此店吃白果粥，便会笑话对方赌输了，又要"食白果"。）

映柳窝火地回复：别只想着笑话我，小心你的老窝又被人翻个底朝天。

溪望刚回到家中，就通过窗帘缝隙往外张望，确认自己没有被人跟踪，才拨打一组几近遗忘的号码。电话接通，他便礼貌地问道："您好，请问是菲利普小姐吗？"

听筒内传出一个字正腔圆的成熟女性声音："怎么了，我的大侦探，需要我为你服务吗？"

"的确有件事想找你帮忙。"

"你已经不是警队的人了，要我帮忙可是要收取报酬的哦！"

"这当然。不过你也知道，我现在是个无业游民，最多只能给你支付两亿。"

"哈哈……"对方爽朗地大笑，"没想到你失踪三年，还跟你的旧拍档阿慕一个德性。说吧，有什么需要我帮忙的？"

"我想麻烦你调查一间香港公司……"溪望将火凤凰的情况告诉对方。

"这间公司在十年前就已经注销了，查起来恐怕不容易。"对方的语气略显为难。

"容易的事又怎么敢惊动全亚太地区最美艳高贵的国际刑警潘多拉·菲利普呢？"

"别口甜舌滑，我可不吃这一套。要我帮忙可以，但你也得帮我一个忙。"

"只要菲利普小姐有需要，不管是何时何地，我都会立刻出现在你身边。"

"别以为我是老外，就不知道你说的'需要'另有含意。"潘多拉娇嗔地骂道，随即又说，"这件事需要香港警方帮忙，他们的曾处长前不久还跟我抱怨，他的下属做事太呆板，希望我能帮他物色海外的优秀人才。如果你有兴趣，我可以替你联系一下，顺便替你申请'优才计划'。"

"非常感谢你的美意，但我暂时没有移民的打算，若是短期交流的话，我倒想见识一下香港警方的办案手法。"

"就这么定了，等我电话吧！"

挂掉电话后，溪望找来一张白纸，将刚才跟宏叔交谈的要点一一写在白纸上。经过短暂的分析后，他对父亲离世的前后经过已有一个初步了解——

十年前，或更早之前，火凤凰公司通过当时的研究所所长委托父亲研发泥丸，并要求对此事保密。其后，父亲及其下属一直专注于研发这种几乎能治百病的神奇药物，且从未对外透露任何与该药有关的信息，亦没有将相关的研究资料带离研究室。

父亲及其下属虽然严格遵守保密协议，但火凤凰一方出于商业利益或其他目的，为防止相关资料外泄，暗中在研究所内安插内应，一方面监视父亲等人，另一方面亦可在出现突发事件时及时应变。

在泥丸刚通过动物测试之际，父亲突然病倒入院，并被诊断为以现今的医学技术无法治愈的胰脏癌。在别无他法的情况下，父亲唯有冒险充当泥丸的首个临床试验志愿者。

在试验初期，泥丸的效果非常理想，父亲的病情得到明显改善，并有望得以治愈。可是其后却发现，泥丸存在某些极其严重且会为投资方火凤凰公司带来负面后果的副作用。

为了隐瞒事实真相，火凤凰公司通过威逼利诱等手段，要求卢所长调走父亲身边的亲信，然后加害于父亲。父亲虽然早已知道对方有意加害自己，但出于某种目的——很可能是为了保护家人免受伤害，而甘愿成为对方的弃卒。

之后，宏叔察觉父亲的死很可疑，通过调查发现卢所长的嫌疑最大，便当面质问，要求对方讲出真相。或许受到火凤凰的某些威胁，卢所长不但没有向宏叔坦言真相，反而跳楼自杀，将秘密带进了坟墓。宏叔欲继续追查，亦受到匿名恐吓，无奈之下只好放弃……

“匿名信到底是谁寄来的呢？”溪望看见茶几上被自己写得密密麻麻的纸张，不禁皱起眉头。

从宏叔讲述的事情经过分析，虽然火凤凰公司已经倒闭，但该公司明显只是个幌子，幕后黑手应该仍在继续监视宏叔，甚至已经知道自己正在调查父亲的死亡真相。

由此判断，擅长商业调查甚至是商业犯罪，而且掌握自己大量资料的李梅，很可能接受了火凤凰的委托。若这个假设成立，便能解释她为何要阻碍自己查阅父亲的病历。然而，若事实果真如此，她便不可能给自己寄匿名信。难道信纸上的香味并非她留下的？……

突如其来的手机铃声将溪望从沉思中带回现实。他拿起手机查看来电后，不由得会心一笑，随即接通电话：“我正在想你呢，郎平。化验有结果了？”

听筒传来一个男性的声音：“嗯，我已经化验过你送来的信纸跟病历，证实残留在两者上面的植物精油成分一致，是同一种香水。另外，在信纸上还发现了少量残留的焦油，寄信人应该有抽烟的习惯。”

“是这样呀……”溪望眉心紧锁，叹了口气又道，“没让悦桐知道吧？”

郎平沉默了片刻，歉意地答道：“其实我已经很小心了，但这始终是私活，被队长多问几句，我就不小心说漏嘴了。不过她知道是你让我帮忙后，也没多说什么，就亲自拿样本去化验，还吩咐我别告诉你。”

“她还是老样子。”溪望微微一笑。

“该说的不该说的，我都告诉你了，你可别让我难做哦！”

“放心吧，她绝对不会为难你，我能保证。”

挂掉电话后，溪望又盯着那张被自己写得密密麻麻的信纸，喃喃自语道：“贼喊捉贼……李大状，我似乎太小看你了。”

第八章　调查开始

“Good morning, Mr. Xiang.”

“早上好，菲利普小姐。一大早就能听见你的声音，今天必定是我的幸运日。”

溪望拿着手机走到窗前，透过窗帘缝隙往外张望，发现藏匿技巧蹩脚的映柳正躲在一座灯柱后面。他苦笑着摇头，对电话彼端的潘多拉说：“我想你肯定不会让我失望吧？”

“或许还能给你一个惊喜，火凤凰比我想象中的更有趣……”潘多拉的语气突然变得严肃起来，她开始向溪望详细地讲述她所得到的信息——

根据香港警方提供的资料，火凤凰其实是家空壳公司，除了洗黑钱之外就没其他特别之处。不过，虽然这家公司没什么特别，其背后的老板却大有来头。

火凤凰的资金主要来自一个名叫“陵光”的杀手组织，该组织由七名亚裔人士组成，在20年多前非常活跃，曾参与及策划多宗暗杀行动，足迹遍布全球各地。因其成员都是顶尖的好手，而且内部组织极为严密，所以国际刑警组织一直无法将他们抓捕，甚至连他们的真实背景也没查到，只知道他们的代号分别为：井犴、鬼羊、柳獐、星马、张鹿、翼蛇、轸蚓，其中井犴是该组织的头目。

或许是应了中国人的那句老话，“天网恢恢，疏而不漏”。虽然陵光一向行事诡秘，但终究有栽倒的一天。

20年前，陵光接受委托，袭击英国一家生物研究所，盗取所内的研究资料，而委托人是一家跨国医药集团。这宗买卖表面上只是简单的商业机密窃取，实际上却另有文章，因为真正的委托人竟然是美国中情局。

这次袭击似乎在事前走漏了风声，致使研究所加强戒备。不过陵光也不简单，虽然对方早有预备，但他们还是成功地盗取了部分机密资料，并且将研究所炸毁。可是他们亦为此付出了沉重的代价，七名成员中死了三个，另外四人虽然成功逃脱，但从此销声匿迹。

国际刑警组织曾要求中情局交代这宗委托的内情，对方却一直以各种借口拒绝。不过也没关系，因为自此之后陵光就再也没有犯案，中情局也算是帮了我们一个大忙……

潘多拉说完火凤凰的背景后，给溪望一个善意的忠告："像陵光这种国际性的杀手组织，你恐怕招惹不起。虽然他们已经销声匿迹近20年，但正如你们中国人所说，'烂船也有三斤钉。'他们的能力和手段比你想象的要厉害得多。"

溪望皱眉思索片刻后答道："难道国际刑警没想过将他们斩草除根吗？"

"有，但这需要动用大量的人力物力，而且他们已经多年没再活动，没必要为此浪费资源。"潘多拉顿了顿，又以挑逗的口吻说，"如果你打算当一回汤姆 · 克鲁斯，不惜以身犯险，将陵光的余党歼灭，国际刑警是不会吝啬一枚荣誉勋章的，当然，还有可观的奖金。"

溪望笑道："那是在我还活着的情况下。"

"当然。"潘多拉不假思索地回答，随即又道，"不过，作为你的朋友，你要是出了意外，我还是会给你送花圈的。"

挂掉电话后，溪望的眉头就一直没有舒展过，他不断地思索杀手组织陵光与父亲之间的关系。

陵光在英国生物研究所盗取的资料，或许就是泥丸的相关研究资料，那么就能解释对方为何不惜杀死所有跟这个项目有关的人员，以将真相隐瞒了。毕竟此事牵连到美国中情局，一旦走漏风声，他们的计划便无法继续进行。

可是对方沉寂多时，就只是为了研发这种神奇的药物吗？虽然能治百病的泥丸必能带来巨大的经济收益，但对习惯了刀口上舔血的杀手而言，研发药物的回报周期是否太长了？

不管怎样，现在总算找到了目标，只要继续往这个方向调查，早晚能查出父亲死亡的真相。现在最大的问题是，单凭自己一人之力，要跟昔日曾令国际刑警亦束手无策的杀手组织对抗，似乎不太现实。

"或许，该找个靠山。"溪望拉开窗帘，望着仍躲在灯柱后面鬼鬼祟祟的映柳。他打开窗户向对方招手，朗声叫道："柳姐，要不要进来喝杯奶茶，还有三明治哦！”

映柳尴尬地走出来，朝他点了下头。

“你家还挺漂亮呢！”映柳进门后便不由自主地东张西望。

“还好吧，我爸走的时候啥也没留下，就只给我跟丫头留下了这栋房子。”溪望引领对方到饭厅就座，然后走到开放式的厨房里准备早餐。

“你不知道现在有多少人为一个几十平方米的小房子，就得倾尽两家三代的所有积蓄，外加半辈子房贷呢！你有这栋带花园的别墅，已经算个有钱人了。”

“你要是喜欢，我可以给你留半个床位啊！”正做着三明治的溪望抬头答道。

“小气鬼。”映柳白了他一眼，咕噜道，“这么大的房子，也不给我个房间，反正空着也只会铺尘。”

“3楼的房间的确铺了不少灰尘。”溪望继续专心做三明治，“你要是想搬过来，得自己打扫哦！”

“我真的可以搬过来吗？”映柳惊喜地问道。

“可以，如果你真的这么想跟我同居的话。”溪望笑着端上两份早餐。

“你别想占我便宜，我才没那么开放。”

“先尝尝我的手艺吧！”

“还不错呢，不比餐厅做得差。”映柳放下刚吃了一口的三明治，又尝了口奶茶，“这奶茶的味道，好像跟平时喝的不一样。”

“有什么不同呢？”溪望笑问。

“味道要香浓一些，口感也比较滑。”

“其实这叫‘茶走’，是港式奶茶的一个变种。”溪望微笑着解释，“正宗的港式奶茶，是用装有锡兰红茶的滤网，经‘撞茶’冲出茶味香醇的茶汤，再加入淡奶和砂糖制成的。因为滤网外形酷似丝袜，所以被称为‘丝袜奶茶’。一杯正宗的丝袜奶茶，入口该是先苦涩后甘甜，继而满口留香。不过有顾客觉得砂糖惹痰，往往会要求‘走甜’，即不加砂糖。不加糖的奶茶，味道自然逊色多了，所以有些茶餐厅会改用炼奶冲茶，后来这种做法就叫作‘茶走’。”

“你懂的事情还真多。”映柳向对方投以仰慕的目光。

“我念书时曾在茶餐厅打过几天零工，水吧的饮料几乎都能做出来，你要不要尝尝？”溪望指了指放满橱柜的瓶瓶罐罐，当中有朱古力粉、好立克之类各式饮料的材料。

映柳嘴馋地看着这些材料，突然如梦初醒般回过神来，惊诧道：“你怎么突然对我这么好？之前你总对我爱理不理！”

“有吗？我怎么没觉得呢，是你误会了吧！”溪望装傻充愣地望向窗外，随即又回过头来，“看来我们以后互相要多些了解，不然会对工作带来负面影响。”

“你终于肯答应了？”映柳兴奋地站起来。

溪望点了下头：“嗯，不过有个条件。”

“只要你肯答应，什么条件都好说。”

“真的吗？”溪望狡黠地笑着，“我的条件是，如果我需要帮忙，厅长必须无条件地给予我最大限度的支援，哪怕是为了私事。”

“这个条件似乎有点……过分吧？”映柳眉头紧皱。

“当然，我不会随便动用这个权利，你可以先征得厅长的同意再回复我。”

映柳点了下头欲言又止，思量良久终于忍不住问道：“你不会让厅长帮你抢银行吧？”

溪望没好气地回答：“我打算叫厅长把你调派到银行当保安，我想他应该有办法。”

吃完早餐后，映柳走到花园打电话向厅长汇报，溪望趁此空当拨通了榴莲的手机，问道：“查到了吗？”

“Yes！人渣在网上人肉搜索了徐涛的资料，他的确在十年前曾到外省工作，不过去年又返回本地了，现在是博爱医院肿瘤科的主任。花泽刚才去打听过，发现他这两天都没有上班。听医院的人说，他家里好像出事了，所以没来上班。或许你能在他家里找到他。”

“告诉我地址。”

“振华路53号8楼B室。”

溪望刚结束与榴莲的通话，映柳便从花园走进来，满心欢喜地对他说：“好了，现在你已经是诡案组的相组长了。”

溪望莞尔一笑：“真难得，厅长竟然也会妥协。”

“案件一大堆，想不就范也不行。虽然厅长答应了，但他要求你立刻展开工作，先处理人民医院的命案。他还说你必须在今天破案，要不然他可能会跟你解约哦！”

“还解约呢！”溪望露出不屑的笑容，“在大陆，所谓的合同说白了就是一张用来欺负老实人的废纸。严守合同条款的人要么是单纯，要么就是傻瓜。”

映柳皱眉道：“至少你也别让我人为难吧！”

“你大可放心，我虽然不相信合同能给我什么保障，但我是个守信用的人。”

“那就好，我们现在就去人民医院。”映柳像怕对方反悔似的，急不可待地拉对方出门。

“其实没必要这么着急去案发现场。”

“不去医院去哪儿？”

“要不我们先去法医处看死尸？”

映柳的脸色一下子就白了。

“这宗命案发生在前晚，就在我们离开医院之后不久……”为节省时间，映柳在前往法医处的路上，简要地向溪望讲述案情：

大概凌晨时分，在8楼住院部值班的护士长林艳发现电梯又不能使用了，便打电话到保安室，通知值班保安赵凯，让他去看看怎么回事，是否有人被困。

电梯的电源之前曾被人切断，赵凯认为肯定是又有人搞恶作剧，就直接去查看电源。他发现电源果然是被人关了，就重新启动电源并告知林艳，让对方查看电梯是否已恢复运作。

随后，林艳发现电梯虽然恢复运作，但顶部的维修盖却莫名其妙地打开了。她不敢进入电梯，只好再次致电保安室，要求赵凯上楼检查电梯内的情况。

赵凯觉得上楼太麻烦，就让电梯下行到1楼，然后独自入内检查，结果在电梯上方发现一具尸体，于是立刻报警求助。经查证后得知，死者是该院的值班医生徐浚。

法医在现场对尸体进行了尸检，发现死者的死亡时间在1至3小时之内，初步判断死因为心肌梗死。处理该案的警员在现场没发现明显打斗痕迹及第三者的行迹，因而判断死者很可能是自行爬上电梯上方，遭遇某种状况而突发死亡……

映柳说到此处，突然停下来，脸色煞白，怯弱地问道：“按理说，死者应该不会无缘无故地爬到电梯上方，而且技术队在维修盖上只找到保安的指纹。你说会不会是张伯……”她没敢继续说下去。

“也许真的是张伯的鬼魂作祟呢……”溪望故作神秘地笑着，“要不我们今晚做个实验，让你独自在电梯里待到天亮？”

“不要！”映柳惊慌地大叫，把正在开车的的士司机吓了一大跳。

两人在法医处找到负责给徐浚验尸的法医叶流年，对方看见溪望便热情地张开双臂，高兴地笑道：“我就知道你终有一天会回归警队。”说着走过来想给他一个拥抱。

溪望从肩包里取出一包只有半包纸巾大小的塑料包，迅即将其打开，并往对方身上套，笑道：“这件一次性雨衣，是我送你的见面礼。”说罢给对方一个热情的拥抱。

流年一脸的纳闷，挣脱对方后将雨衣脱下，抱怨道：“别人做爱要穿‘雨衣’，你连拥抱也要我穿雨衣。”

“这可不能怪我，谁让你身上有股终年不散的尸臭味。”溪望又从肩包里取出一张光碟，交给对方，说，“刚才开玩笑啦，这才是我给你带来的礼物。”

流年接过一看，立刻喜笑颜开：“你竟然能找到《困惑的浪漫》蓝光复刻版，好兄弟……”说着又张开双臂欲拥抱对方。

“感谢的话就免了，赶紧干活吧！我们是为人民医院的案子而来。”溪望身子一缩，敏捷地从对方腋下穿过，随手将地上的一次性雨衣捡起，搓成一团扔进垃圾桶。

“真的要去看尸体吗？”映柳怯弱地问道。

“这位是你的新拍档？”流年瞄了她一眼，向溪望发问。

“算是吧……”溪望给两人互作介绍，并将自己接管诡案组一事告诉流年。

流年说：“诡案组解散后，我就一直在想，厅长到底会找谁来接替阿慕的位置，没想到竟然会是你。不过除了你之外，大概没有谁能胜任这份工作，处理这些奇怪的案件。”

“我倒要看看这宗案子到底有多诡异。”溪望面露自信的笑容。

流年翻开放在办公桌上的一份尸检报告，认真地说：“死者徐浚，男，32岁，身体无明显外伤，经解剖后证实死因为心肌梗死。”

“就只有这些？”溪望眉头略皱。

“嗯，暂时没什么特别的发现，而且血液和胃部残留物的化验报告还没出来，不能给你们提供更多信息。不过有些小发现，或许会对调查有所帮助。”

“是什么发现呢？”映柳好奇地问道。

“嘿嘿……”流年猥琐地笑着，“我在死者的生殖器上发现残留的精液及润滑剂，可以肯定死者死前曾进行性行为，而且使用了避孕套。或许，你们能在白衣天使口中得到一些线索。”

“制服的诱惑吗？”溪望若有所思，片刻后又问道，“有没有死者家属的联系方式？”

流年答道：“有，根据资料显示，死者跟父亲同住，地址是振华路53号8楼B室。”

“死者的父亲是徐涛？”溪望皱着眉发问，流年点头确认。

映柳疑惑地问道：“我好像没告诉你死者父亲叫啥名字呢，你怎么会知道的？”

溪望往隔壁的停尸房瞥了一眼，故作阴森地回答：“是里面的兄弟告诉我的，你要不要进去跟他们聊一会儿？”

“不要！”映柳瞬即脸色煞白。

第九章　又现花香

离开法医处时，映柳对溪望问道："不去看死者的尸体吗？"

"没这个必要，我们又不是法医，就算盯着尸体看上一整天，也不见得会比流年发现更多有价值的线索。"溪望突然阴森地笑道，"如果你有兴趣，我想流年会很乐意让你在停尸间里待上一段时间。"

"不要！"映柳连忙摇头，随即又问，"刚才那张光碟里是什么电影呢？叶法医好像挺喜欢呢。"

"我想你肯定不喜欢。"溪望答道。

"为什么？"

"因为那是一部尸恋电影，主要讲一对在家里收藏了大量人体残骸的男女。"

映柳瞬间脸色煞白，喃喃道："叶法医的口味也太重了吧！"

两人来到徐浚的住处，按下门铃后，良久才有一位面容憔悴的老人开门。映柳向对方出示警员证，问道："请问你是徐浚的父亲徐涛吗？"老人黯然点头，请二人到客厅就座，并奉上热茶。

"小浚肯定是被人害死的。"经过良久的沉默后，徐涛突然展露怒容。

"是什么事情让你有这个想法？"溪望不紧不慢地喝茶。

"我当了近40年的医生，自己儿子的身体状况还不清楚？他的身体一直以来都很强壮，怎么可能猝死？"徐涛激动得紧握拳头，"至于那些厉鬼索命的谣传，简直就是一派胡言，这世上根本就没有鬼！"

"厉鬼索命？"映柳脸色渐白，怯弱地问道，"你指的是四年前死在电梯里的张伯吗？"

徐涛沉默不语，目光不自觉地下移。

溪望时刻留意对方的每一个举动，这时狡黠地一笑："听说有些病不容易察觉，譬如胰脏癌，出现症状时通常已经是晚期。"

徐涛突然颤了一下，随即反驳道："胰脏癌患病初期虽然没任何明显症状，但通过检查还是可以发现的。小浚每年都做身体检查，要是有重大隐疾，我早就知道了。他、他的身体虽然有点小问题，但也不至于会猝死。"

"小问题？是哪方面的问题？"溪望语带挑衅道，"或许这个小问题就是患上胰脏癌的先兆呢。"

“不可能！他的问题跟肿瘤毫无关系。我是肿瘤科的专家，还不比你这门外汉清楚？！”徐涛越说越激动，“就算退一万步，他真的患上了胰脏癌，也不可能在短时间内迅速恶化，更不会猝死。”

“我听说有一种叫泥丸的新药能治胰脏癌。不过患者在康复过程中，有可能猝死，而且在事前毫无征兆。”溪望向对方投以凌厉的目光。

徐涛身子一颤，猛然站起来，随手拿起身旁的一张凳子，指着他恶狠狠地说：“你到底是什么人？”

溪望泰然自若地站起来，冷笑道：“我姓相，是相云博的儿子。徐医生应该有印象吧？”

徐涛缓步后退，突然冲他大吼：“滚，我这里不欢迎你们，立刻给我滚。”

“如果你打算让令郎像我父亲那样死得不明不白，我倒很乐意立刻离开。”溪望将映柳拉起来，示意对方跟自己一同离开。走到大门前，他又回头对徐涛说：“你心中有一个秘密，一个跟我父亲去世有关的秘密。只要你愿意把这个秘密说出来，我以父亲的名义发誓，我必定会将令郎的事情查个水落石出。如果你不肯说，那就将这个秘密连同对令郎的遗憾一同带进棺材里吧！”说罢便开门准备离开。

“等一下！”徐涛将凳子放下，缓缓坐回原位，“你真的能还我儿子一个公道？”

“四年前，张伯那宗案子你应该有所耳闻吧？那个只用一天就将案子侦破的刑警便是在下。”溪望傲然折返，重新在徐涛对面坐下，留下不明就里的映柳呆站于门前。

溪望向她招手，示意其坐回原位，并对仍在犹豫的徐涛说：“继续守住这个秘密，不见得能让你得到好处，但如果你说出来，我保证一定会查出令郎死亡的真相。”

徐涛将脸埋于双掌之中，苦恼地思量良久，终于下定决心，以坚定的语气答道：“好，君子一言，快马一鞭！要是你能还小浚一个公道，你想知道什么我都会告诉你。”

“一言为定。”溪望露出狡黠的笑容，“那么，我们先谈谈令郎的事。刚才你说厉鬼索命是怎么回事？”

“其实这并非小浚的过错……”徐涛叹息一声，徐徐向对方讲述儿子的一段往事——

四年前，小浚值夜班时，一名病人因急性心功能不全，急需注射西地兰。可是住院部的存货用尽，必须立刻到1楼药房取药。

当时，张伯失踪一事在院内闹得人心惶惶，但他因为专注于抢救病人，来不及多想，竟然叫最胆小的护士去药房取药。因为时间紧迫，走楼梯恐怕会来不及，护士迫于无奈，只好硬着头皮乘坐那台令人不安的电梯，没想到真的出事了。

护士在电梯里遇到怪事，吓得晕倒过去，没有及时送来药物，从而延误了病人的救治，最终导致病人失救致死。

在这件事上小浚虽然犯了点小错，但真正导致病人失救的是那个胆小的护士。可是病人家属却将所有责任归咎于小浚，认定是他将病人治死，带上一大堆人到医院闹了好几次。

闹得最凶那一次，病人家属竟然用破损的吊瓶割伤了小浚的下体。虽然伤得不算严重，但却让他蒙上了阴影，伤口愈合后竟然患上了ED……

“ED是什么？”映柳不解地问道。

徐涛面露难色，良久才给予解答：“ED是简称，西医学名是‘勃起功能障碍’，也就是俗称的‘阳痿’。不过这只是心理上的问题，通过服用协助药物，小浚还是可以像正常人那样过性生活。”

作出一番颇为尴尬的解释后，徐涛又继续讲述儿子的经历——

“因为小浚受伤了，医院的领导威胁要反告病人家属伤人，好不容易才把这件事摆平。不过小浚从此却受尽冷眼，事情都已经过去了四年，仍没能得到晋升。

“纵使终日饱受他人非议，但小浚终究是熬下来了。前些日子我跟博爱医院的领导打过招呼，打算安排他过来工作。如果他没出事，下个星期就能跟我一起上班。

“小浚这回出事了，那些喜欢搬弄是非的长舌妇马上就跳出来说尽他的坏话，还把四年前那件事也翻出来，说那个被护士害死的病人要找替死鬼，就找到他的头上。如果这病人真的要找替死鬼，也该找那个该死的护士，而不是我家的小浚……”

徐涛突然低下头，一滴眼泪从他憔悴的脸庞上滑落。

“我对鬼神之说也有所保留。”溪望悠然地喝了口茶，“你说令郎是被人害死的又是怎么回事？有谁要害他呢？”

“肯定是那些该死的婊子！”徐涛眼中充满怒火，随即向两人讲述一个外人鲜有知晓的内幕。

“女大学生傍大款，甚至甘愿被人包养的新闻，我想你们应该时有听闻。这种事在医院里其实也非常普遍，只是外人不知道而已。

“刚从医学院出来的护士，到医院实习是没有工资的，而且还要给医院缴实习费。实习费的多少要视医院的规模而定，像人民医院这种单位，一般每个月要交两三千，那些农村出身的护士根本交不起。

“因此，有不少护士会动歪念，名义上是交男朋友，实际是勾引大款包养。而医生的收入较高，又是她们最容易接触到的人，所以在医院里医生包养护士是极为常见的事情。

“小浚的年纪已经不小，早就该结婚了，只是这些年我身处外地，而且他患有ED，因而耽误了不少时间。所以，我回来后就一直催促他快点结婚，好让我早日抱到孙子。

“刚开始时，他说要先把ED治好才结婚，但我知道这只是借口。他的情况我很清楚，他是心理因素致病，可能明天就能不治而愈，也可能这辈子都治不好。而且改变生活环境，对他的病有好处，和谐的夫妻生活更能对治疗起正面作用。他说不过我，就改口以没有合适的对象为由推搪。可我每次给他安排相亲，他都找借口推却。

“后来，我叨唠多了，他才告诉我在医院里谈了个对象，但关系还不太稳定，等稳定了就带回来给我看。我一听是医院的，马上就知道是那些不正经的护士，就问他是不是包养了个女人，还说我绝对不能接受这种不三不四的女人做儿媳妇。

“我为这事骂了他好几次，他被我骂多了，就说离开人民医院后，便跟对方断绝来往，重新找一个正经人家的女儿结婚。就在他出事前那天，他还说会跟对方说清楚，以免日后纠缠不清，没想到他当晚就出事了。

“肯定是那个臭婊子不肯放手，知道自己不能留住小浚，就起了歹心，把小浚害死……”

徐涛咬牙切齿，满脸怒容，仿佛想将他口中的“臭婊子”撕成碎片。

溪望若有所思地喝了口茶，突然紧皱眉头，对映柳说：“柳姐，可以去帮我买口香糖吗？”

“你要口香糖干吗？”映柳茫然地问道。

溪望往杯中的茶水一指，苦恼地说：“你没发觉茶水的颜色很深吗？不马上吃口香糖的话，会在牙齿上留下茶垢。”

“你还真臭美。”映柳虽有所抱怨，但还是立马动身去买口香糖。

“谢谢柳姐，要买木糖醇那种哦！”溪望微笑着目送对方出门。大门刚关上，他便收起笑容，取出手机翻出李梅的照片向徐涛展示，问道：“你见过这个女人吗？”

徐涛仔细观看照片，思索良久后突然一拳打在自己的手掌上，恍然大悟道：“我想起来了，她好像是小浚的朋友。前几天我还看见她开一辆红色奥迪过来载小浚出去。”

溪望收起手机后喃喃自语：“难道是这样……”

“相警官怎么了？这女人跟小浚的死有关吗？”徐涛站起来急切地问道。

溪望扶对方坐下，安抚道：“徐医生，在查明真相之前，我不想给你任何可能与事实不符的假设。不过请你放心，我一定会查明真相，绝对不会让令郎含冤。”

映柳拿着刚买来的口香糖准备上楼，碰见溪望，便问对方怎么不等她就走。溪望接过口香糖，丢进嘴里两颗，然后递给她。映柳摇头道：“不要，我脸又不黑，没必要把牙齿弄得那么白。”

“我很黑吗？”溪望将口香糖放进肩包，摸着脸往外走。

“你少装蒜了，买口香糖的钱还没给我呢！”映柳立刻追上去。

两人来到人民医院，溪望本想乘坐曾出事的2号电梯到8楼，向住院部护士了解死者出事前后的情况，顺便查看电梯内是否留有线索，却发现梯门前放着一个写有“维修”二字的牌子，似乎因为发生命案而没有如常运行。

他们在电梯前站住，一名保安从后走近，向溪望问道：“你不是刘护士的朋友吗？”

溪望回头一看，认出对方是前晚给倩琪资料室钥匙的保安，便礼貌地跟对方握手：“你好，我叫相溪望。”

“你好你好，叫我小赵就行了。”保安一个劲地傻笑，握着对方的手久久不放，“你是来找刘护士的吧？她今天休息呢，你恐怕白走一趟了。”

“我这次来是办公事，打算调查一下前天晚上的命案。”溪望好不容易才将手抽回，并向映柳使了个眼色。

映柳会意地取出警员证，向小赵展示：“我们是警察。”

“原来你们是警察，要我去通知领导吗？”小赵略显慌乱。

“暂时没这个必要。最先发现死者的是你吧？能告诉我们当时的情况吗？”溪望说。

“行行行，要不先到保安室坐下，我慢慢跟你们说明。”小赵立刻给他们引路，唯恐有丝毫怠慢。到保安室后，更马上搬来凳子请二人坐下，并用纸杯给他们倒了两杯温水。

“当时的情况怎样？”溪望问道。

“我也不知道该怎么说，反正这事挺奇怪的……”小赵坐在他们面前，手舞足蹈地讲述前晚所发生的事情：

“听说2号电梯之前经常发生故障，还害死了一个姓张的保安，但经过修理后就没再出问题了。至少我来这里三四年，就只有前晚你们俩被困在里面。

“前晚凌晨大概两点左右吧，住院部的林护士长打来电话，说电梯又坏了，我第一反应就是——谁又搞恶作剧？也没多想就去检查电梯的电源，果然又被人关闭了。

“打开电源后，我回保安室给她打了个电话，然后就想打一会儿瞌睡。可是刚闭上眼，她又来电话了。这回她说电梯的维修盖打开了，说不定有小偷躲在里面，叫我上去看看。我当然不会那么笨跑上去，直接按电梯的按钮，让它下来不就行了。

“电梯一下来，我就进去看看是怎么回事。我发现维修盖真的打开了，就找来人字梯和手电筒，爬上去看看是不是真的有人躲在里面。不看还好，一看吓我一大跳，电梯上面果然有人躺着。仔细一看，我就发现这人可不是小偷，而是医院里的徐医生。

“我可想不通徐医生怎么会躺在这种地方，便推了他几下，想把他叫醒，但怎么推他也没有反应……”

听完小赵的叙述后，映柳便皱起眉头，因为对方所说的事情跟资料上的记录无异，并未能提供有价值的线索。然而溪望却若有所思，似乎在想某些事情。

映柳轻拉溪望的衣角，小声问道：“在想些什么？”

“哦，在想待会儿该去哪里吃饭。”溪望漫不经心地回答。

“就知道吃。”映柳白了他一眼。

溪望一笑置之，随即向小赵问道：“能让我们查看一下当晚的监控录像吗？”

“当然可以。”小赵移步到监控系统前，调出前晚的监控录像，解释道，“医院的领导为了节约用电，规定晚上无人办公的楼层无须启动监控系统，所以只能看到1楼、8楼等几个楼层以及2号电梯内部的录像。不过单看电梯内部的情况，应该能知道发生了什么事。”

“应该？”溪望皱了下眉，“发现徐医生的尸体后，你没翻看之前的录像？”

“我又不是警察，没事调这些录像出来看干吗？我每天上班都要看12个小时，看得快想吐了。”小赵将当晚的录像调出，并通过快进将录像的时间推至晚上十点左右，“看，徐医生进电梯了。”

透过显示屏上清晰度并不高的画面，能看见徐医生进电梯时正用手机通话，进电梯后便按下某个楼层的按钮。虽然录像的画面较为模糊，但以伸手的高度判断，他应该是按了较高的楼层。

当三人一同聚精会神地注视着小小的显示屏，期待即将出现的怪异画面时，等来的却是满屏雪花。

“怎么回事？”映柳讶然问道。

小赵尴尬地搔着脑袋，讪笑着答道：“我想可能是摄像头出了问题。这玩意儿使用时间长了，偶尔会出问题，过一会儿就会恢复正常。”他再次让时间快进，当时间推进到凌晨三点左右时，画面便恢复正常。

溪望让小赵调出其他录像，但除了能证实徐医生于前晚10点13分进入2号电梯外，并无其他收获。他们便向对方道别，准备到8楼调查。

“两次弄停电梯的很可能是同一个人，不知道这跟徐医生的死有没有关系。”小赵自言自语道。

“是什么让你这么认为呢？”已走到门外的溪望折返问道。

小赵答道：“电梯电源分别在八点多及凌晨两点左右两次被人关闭，中间相隔近六个小时。但我两次去检查电源时，都闻到一股玫瑰香味，应该是女人的香水味。”

第十章　流言飞语

“难道是她？”

离开保安室后，溪望的脑海一直被李梅那成熟而富有魅力的身影占据。若单论外在条件，美艳而能干的李梅绝对是不少男性心目中的女神；但若论内在，她的神秘与狡诈又让人难以安心。

或许只有一个成语能形容她在溪望心中的形象——蛇蝎美人。

两人在8楼找到正忙个不停的护士长林艳，表明身份后，开始询问对方徐医生出事前后的情况。

“你们别看我刚才忙得头顶冒烟，其实到了晚上，我们通常会很清闲……”四十出头的林护士似乎是个相当健谈的人。忙完手头上的工作后，她便到护士站坐下来，跟溪望两人聊起一些工作上的琐事：

“在8楼值夜班一般很清闲，没有新病人的话，我们就可以轮流休息。其实到了晚上，整间医院都很清闲，唯独1楼的儿科急诊室跟注射中心会忙一点。尤其是儿科急诊室，一旦到了流感季节，每晚都忙个不停。

“见你们是警察，我不妨老实告诉你们，小孩夜里发烧其实不一定非要往医院跑。只要没超过39℃，都可以用温水擦身，或者吃退烧药让体温降下来就行。等到第二天再到医院找医生，也不见得会延误病情。

“夜里在急诊室值班的大多是实习医生，他们通常会随便开点药就将患者打发走。因为他们经验较浅，而且夜里有些检查做不了，想找出病源也不容易，就只好敷衍了事。要是没能对症下药，就算当时退烧了，第二天还是会反复发作。

“如果情况稍微严重一些，他们就干脆要求患者住院，将患者塞给住院部。就算只是普通的感冒，让患者留院观察几天，也不会给他们带来什么损失。但对患者来说，麻烦可就大了。

“医院规定但凡患者住院，常规检查全都要做个遍，哪怕跟病情毫无关系的检查也得做。而且还规定主治医生必须开一定数量的输液。就算患者已经康复，主治医生也会以各种理由要求患者继续住院，甚至会夸大病情吓唬患者跟家属。因为输液数量没达到规定是要扣医生奖金的。

“这就是为啥我们住院部总是人满为患的原因。其实很多患者根本就没有住院的必要，先不说住院会给患者带来经济负担，这些没必要的检查和输液也会对患者的身体造成不良影响。

“你们肯定会觉得医院黑心吧，其实医院也是没办法。‘以药养医’嘛，不让患者多掏钱，不把患者的医保用光，怎么养活医院里的几百号人呢？所以，就算是只花十毛八分便能治好的小病，到了医院动辄就得花上两三百；要是住院的话，每天1000元算是基本收费了……”

“不好意思，我们想知道的是案发当晚的情况。”映柳终于忍不住打断林护士的唠叨。

“我好像说多了。”林护士尴尬地回到正题，向对方讲述徐浚出事前后的情况：

“前晚是我跟小张、小刘，还有徐医生一起值班。上半夜还跟平时一样，没什么特别的事情发生，因为住院患者的治疗及用药都安排在白天，所以夜里一般都比较清闲。

“大概凌晨两点左右吧，刚休息完的小张说有点饿，拿了50块钱出来，让小刘到1楼的小卖部买点零食回来一起吃。难得小张这么大方，小刘当然就不客气了，接过钱便跑去乘电梯。可是她马上又跑回来，跟我们说电梯又坏了。

“虽然晚上使用电梯的人不多，但也不能置之不理，谁知道半夜会不会有急症患者送上来。所以，我给保安室打电话，叫保安去看看电梯出了什么问题，顺便看看有没有人被困。没一会儿，保安就回电话说电梯没问题，只是电源被人关了。也不知道是谁这么胡闹，接连两次将电源关闭。

“虽然觉得有点奇怪，但我也没想太多，就让小刘继续去买零食。可是这次她还是刚去一会儿就跑回来，跟我们说电梯的维修盖打开了，也不知道有没有人躲在里面。

“她这一说，我就慌了。

“当时护士站里就我们三个女人，要是有小偷摸上来，我们也不好应付。所以我又给保安室打电话，叫保安赶紧上来看看。保安大概是不想跑楼梯，就直接让电梯下1楼。反正不管怎样，电梯没在这里，我们就安心了。

“可是，我们刚刚才松了一口气，保安又打电话来，说徐医生躺在电梯上方，好像已经死了。这时我们才注意到，十点之后就没见过徐医生的踪影……”

“十点到凌晨两点……”映柳掰着指头，“有四个小时呢，徐医生这么长时间也不见踪影，你们竟然一直都没察觉？”

“其实也没什么好奇怪的。”林护士解释道，“一般来说，如果没有新病人，住院的患者也没出状况，值班医生可以到休息室里休息，甚至到其他楼层溜达也没关系。当然，必须带上手机，也不能离开医院范围，接到电话就得立刻回来。之前他也经常不跟我们打招呼就到处乱跑，所以前晚我们也没在意。”

“原来是这样呀……”映柳略显尴尬。

“听说徐医生在医院里谈了个对象，好像是个护士，这事你知道吗？”溪望问。

“哈，他最讨厌的就是我们这些护士，哪会跟护士谈对象？”林护士突然意识到自己的言辞稍有不妥，立刻收起笑容，“不好意思，我想现在不该说些对他不敬的话。”

溪望佯作为难道：“要是不能查出真相，那才是最大的不敬呢。”

“这也是……”林护士犹豫片刻又道，“其实徐医生一直都不太喜欢我们这些护士，我想大概是因为他父母离婚的缘故吧！”

“能说得详细一点吗？”溪望颇有兴趣地追问。

“随便说别人的家事好像不太好呢……”虽有短暂的犹豫，但林护士终究将自己在医院里听到的流言飞语说了出来。

“这些事都是我听回来的，当中孰是孰非我就不知道了。

“听说徐医生的母亲是个护士，年轻时长得挺漂亮的。本来她跟老徐医生可以说是郎才女貌，让不少人羡慕不已。可是后来她却跟一个富商好上了，最后还跟老徐医生离了婚。自此之后，老徐医生就对护士存有偏见，认为所有护士都像他前妻那样贪财慕势。

“有这样的父亲，徐医生自然也好不到哪里去。他同样也对护士有偏见，总是有意无意地对我们冷嘲热讽，说我们好吃懒做、不负责任之类的话。

“虽然他这人挺讨厌的，但他始终是个医生。为了工作，我们也只能把他的话当做耳边风。可是，自从四年前那件事之后，我们跟他除了工作上的交谈外，基本上不会再多说一句话。

“四年前的某个晚上，我跟小刘和徐医生一起值夜班。当晚本来也挺平静的，因为没什么事干，徐医生就到休息室去睡觉了。可是到了下半夜，有个病人突然出状况，我就赶紧让小刘去把徐医生叫醒。

“徐医生磨磨蹭蹭了好一会儿才过来，经过检查确诊患者是急性心功能不全，必须立刻注射西地兰。可是我跑到配药室却发现西地兰用光了，就跑回病房告诉徐医生。

“我本想跟他说一声，然后就到1楼药房拿药，但他却让我留下来帮忙，叫最胆小的小刘去取药。要是在平时倒没什么关系，谁去取药都一样，可就在不久之前，医院的保安张伯莫名其妙地失踪，警察查看监控录像后，发现他进了2号电梯后就再也没有出来。

“这事在医院里闹得人心惶惶，流言满天飞。大家都说2号电梯有问题，说不定里面住着什么妖怪，夜里谁都不愿意乘坐。

“我在医院工作了近20年，都已经四十出头了，也算是见过世面，自然不会在意这些传言。但小刘不一样，她年纪还小，资历尚浅，而且特别胆小，就算不把传言都当真，心中多少也会有点害怕。徐医生故意让她去取药，分明是想戏弄她。

“虽然我心里觉得不妥，但当时情况危急，而且徐医生都已经开口了，我也不好多说什么，心想小刘应该能应付，充其量就是担惊受怕一会儿而已。可是，我万万没想到最后竟然闹出人命。

“小刘离开病房去取药，我就帮徐医生抢救患者，但这些抢救只能为患者多争取一点时间。不尽快注射稳定心律的药剂，是不能使病情稳定下来的。

“要是乘电梯到1楼取药， 5分钟内应该就能回来。就算走楼梯，动作麻利些，10分钟也差不多了。可是我们等了快20分钟，还没看见小刘回来。眼见病人快撑不住了，我就问徐医生怎么办，要不要换别的药。

“虽然我不是医生，但总算在医院里待了不少时日，知道并非一定要给患者注射西地兰才能稳住病情，换成肾上腺素之类的药物，也能起相同的作用。

“徐医生当时的反应，我到现在还记得非常清楚——他摊开双手，摆出一副事不关己的模样，冷漠地说：‘换别的药要是出了问题，是不是由你负责？’

“他这话让我愣住半晌。患者当时的情况属典型的心律不正，连我这当护士的也知道，除西地兰外还有好几种药物可以用，难道他会不知道？他根本是存心捉弄小刘，故意使病人失救，好让她受处罚。

“因为迟迟未见小刘的踪影，病人最终失救而死。眼睁睁地看着病人离世，令我十分难受，但我更担心的是小刘。她去取药已经大半个小时了，就算爬也该爬回来了，而且我打她的手机也没人接听，药房的人也说没见到她。

“我担心她会出意外，就给保安室打电话，让保安去找她。保安找过了电梯，也找过了楼梯间，都没看见她，只好逐个楼层找，最后发现她晕倒在4楼电梯门前。

“后来，患者家属到医院闹事，领导们对此十分重视，把我们三个叫到会议室，要我们把事情交代清楚。徐医生将所有责任都推到小刘身上，我看不过去就把实情说出来，告诉领导这事错不在小刘，而是徐医生为捉弄她罔顾病人生死。

“院长知道实情后大发雷霆，跳起来一巴掌掴到徐医生脸上，大骂他禽兽不如。有不少领导更当场表示，他这种行为不配当医生，提议将他辞退，以防患者家属继续闹事。不过，也有部分跟老徐医生有交情的领导替他求情，说这事要是宣扬开去，会影响医院的声誉，所以在这个节骨眼上万万不能将他辞退。

“后来，家属再次来闹事，把徐医生给打伤了，而且伤到了命根子。领导借此威胁要将家属告上法院，把他们吓到了，就没再来闹事。

“之后再没有提起辞退的事，徐医生也就留了下来。不过他并没有从中吸取教训，反而将所有责任归咎于我和小刘，把我们视为眼中钉，事事针对我们。后来甚至针对所有护士，反正不管我们做什么，在他眼中都是错的。

“部分领导对他的作为颇有微词，但碍于他是老徐医生的儿子，也没把他怎么样，对他不闻不问就是了。而我们这些护士和其他医生，除了工作上的交流外，基本不会跟他有其他接触，大部分人甚至不会跟他多说一句话。

“我就不知道他在这种情况下，怎么还能继续在医院里待下来，而且一待就待了四年。至于你说他跟护士谈对象的问题，我可以非常肯定地告诉你，根本没可能。就算他突然性情大变，不再讨厌护士，也不会有谁愿意跟他多说一句话，谈恋爱就更不可能了。至少在我们医院里是这样……”

听完林护士的叙述后，溪望狡黠地笑道：“这事徐浚的父亲也有跟我提起，当然他所说的版本，跟你说的有些差距。”

“老徐医生大概没少说我们的坏话吧！”林护士露出不屑的神色。

“在他眼中，所有护士都贪财慕势……”溪望将徐涛的有关护士勾引医生的说法告诉对方，并向对方求证。

第十一章　登堂入室

“笑话！”林护士愤然反驳，“刚从医学院出来的护士，每个月要给医院缴2000元实习费是事实。但实习期也就8个月到一年，加起来才两万块左右，有哪个护士会连这点钱也拿不出来？就算家里再穷，砸锅卖铁也能凑出来吧？而且医院给我们提供宿舍，食堂给我们提供的膳食也是半卖半送，姑娘们用得着出卖身体吗？徐老头说的全是瞎扯，我真怀疑他是不是因为被妻子抛弃而患上了妄想症。”

“我也觉得这种说法不太可靠……”溪望说着突然往映柳身后一指，并对她说，“走廊尽头那个是厅长吗？”

“厅长来这里干吗？”映柳立刻站起来，转身朝对方所指的方向望去。

溪望趁她转身张望，从肩包里掏出一个小巧的喷雾器，悄悄往她臀部喷了一下，在她洁净的牛仔裤上留下了一抹鲜红的颜料，又向一脸惊疑的林护士作出噤声的手势。

“那人应该是看护吧，怎么看也不像厅长呢！”映柳回头道。

“可能是我看错了吧。”溪望先装作若无其事，随即盯着对方的臀部，面露为难之色，小声地说，“柳姐，你‘大姨妈’好像来了。”

“什么？”映柳回头一看，立刻以双手遮挡臀部，惊慌道，“我去趟洗手间。”说罢一溜烟地跑掉了。

待她走后，溪望取出手机翻出李梅的照片，向林护士展示并问道：“有见过这个女人跟徐浚一起吗？”

“好像有点印象……”林护士仔细观看照片，片刻后恍然大悟道，“我想起来，前晚我好像见到她来找徐医生。”

“具体是什么时候？”溪望追问。

“大概8点左右吧，当时我正准备到配药室给一位需要输液的病人配药，看见她从楼梯间出来，直接走到医生办公室找徐医生。我还奇怪她为什么不乘电梯呢，后来小刘告诉我才知道，原来当时电梯坏了。”

“知道她找徐浚干什么吗？”溪望望向护士站对面的医生办公室，透过玻璃门能看见好几名医生正在里面忙着。

“不太清楚，他们在办公室里聊了几句，然后就一起往楼梯间走，也不知道干什么去了。反正只要不是工作上的事，徐医生不会跟我们多说一句话。”林护士顿了顿又道，“大概15分钟后，我刚给病人接好输液，就看见徐医生一个人走回了办公室。”

“谢谢你的合作。”溪望瞥见映柳从洗手间那边走过来，便起身跟林护士握手道别。

“真倒霉，不知道什么时候蹭到颜料了。”映柳将外套束于腰间，以遮掩臀部那令人容易误会的鲜红。

“以后注意点就是了。”溪望莞尔一笑，向林护士使了个眼色，示意对方别揭穿。林护士会意而笑，挥手跟他们道别。

刚走到护士站，溪望突然想到一个问题，回头向林护士问道：“前晚电梯刚恢复运作时是停在哪一层？”

林护士想了一下，答道：“好像是停在12楼吧！”

“谢谢！”溪望露出狡黠的笑容。

乘坐电梯下楼时，映柳突然打了个冷战，黑着脸抱怨道：“这电梯怎么大白天也凉凉的。”

溪望脱下外套为她披上。

“那林护士跟徐涛呢？他们的说法可不一样呢，一个说护士都需要大款包养，另一个却说绝不可能。”

溪望没有回答，反而问道：“有看过《罗生门》吗？”

“没有呢。”映柳摇了摇头，“不过听起来挺耳熟的，是电视剧还是网络小说呢？”

“是一部20世纪50年代的日本电影。”

“哇，比我们加起来还老呢！”

“年代是古老一些，但这部电影所表达的意义，却没有因为时间而褪色。”

“这部电影到底说些什么呢？”

“‘罗生门’在日本传说中，是指位于人间与地狱的城门。而这部电影的内容，就是几个人在说同一件事，但每个人所说的版本都不一样。所有人都将自己描绘成‘伟光正’，并刻意忽略对自己不利的信息，使一件本来很简单的命案变得非常复杂。”

映柳思索片刻后说：“你的意思是林护士跟徐涛的说法都不可信？”

“也不是，只是不能尽信其中一方。”溪望轻轻地摇头，并解释道，“他们两人的说法各走极端，但都是站在自己的立场上所发出的声音。若以旁观者的立场作出判断，实际情况应该是：愿意被人包养的护士不是没有，但也不算普遍。”

“其实也不用想那么多，直接问你的刘护士被包养了没，不就一清二楚了？”映柳面露不屑之色，电梯门刚打开便独自往外走。

溪望脸色一沉，正想追上对方时，手机响起，是法医叶流年打来的电话。他走出电梯外接听：“验血报告出来了？原来是这样。谢谢！”

映柳独自走到医院外的马路旁，小声咕哝：“每次都是我跟在你屁股后面跑，这次该轮到你追我了。”

突然，一只白皙的手掌从她背后伸过来，将她的肩膀按住，如鹰爪般的五指抓得她生疼。回头一看，抓住她肩膀的是一脸冷峻的溪望。

溪望冷酷地说：“我跟倩琪的关系就像兄妹一样，我不会让任何人侮辱我的亲人。”说罢便放开对方。

映柳揉了揉被抓得生疼的肩膀，委屈地说：“我只是随便说说而已。”溪望没理会她，独自往外走。她立刻追上去，问道：“我们现在要去哪里？”

“去见你的好基友。”

“我哪来什么基友啊！”映柳连忙辩驳，“虽然我没男朋友，但你也不能把我当成同性恋。”

“我也没说你是同性恋。”溪望回头笑道，“‘基友’是指关系比较好的同性朋友，并非一定要跟同性恋扯上关系。”

“那你跟榴莲也是好基友喽？”

“我的基友还真不少呢，要不要给你介绍几个，省得你继续当女屌丝。”

“女屌丝又是什么呀？听起来就不是好东西。”映柳黑着脸。

“屌丝嘛，简单来说就是跟高富帅、白富美相对的矮穷矬、黑穷丑，没有对象，也没什么能耐，整天就只会发牢骚。”

“我好歹也是个警察呢，没你说得那么差劲吧？”

“姚晨还明星呢，也不就是个屌丝女王。”溪望于医院外截了一辆的士。

映柳突然反应过来，急忙问道：“等等，你怎么会认识我的朋友？我好像没跟你介绍过谁。”

“待会儿你就知道。”溪望莞尔一笑，随即钻进车厢。

两人来到谨言律师事务所，刚进门就有一名年轻貌美、长发披肩的女职员向他们友善地笑道：“请问有什么可以为你们效劳？”

溪望不卑不亢地问道：“请问李梅的办公室在哪儿？”

“里面第二间就是了。”女职员转身指出办公室的位置，回头又道，“不过李律师外出办事去了，你们想见她需要另约时间。”

“不必了，我们就在办公室里等她。”溪望迈步走向李梅的办公室。

“先生，这可不行哦！”女职员连忙挡在他身前，“李律师不在的时候，我不能让顾客进入她的办公室，希望你别让我为难。”

“你的头发挺柔顺的，应该花了不少钱护理吧！”溪望突然伸手去摸对方垂于脸颊旁的秀发，“可惜越美丽的东西就越脆弱，必须小心保护，不然……”他将手伸到对方面前，手中竟然拿着一小撮长发。

女职员惊慌地后退一步，用手捂住不知何时被削去一截的头发，声音颤抖着问：“你想干什么？”

“你的薪金应该不低，从你的一身打扮可以看出来。”溪望向前逼近一步，往对方的脸颊伸手，“但这点薪金跟你清丽脱俗的容颜相比却微不足道。”

女职员仓皇避开，惊恐道：“我马上给李律师打电话。”说罢便迅速返回接待处，拿起话筒并按下号码。

“识时务者为俊杰，李梅该给你加工资了。”溪望露出狡黠的笑容，向映柳招手，两人一同走向李梅的办公室。

进入办公室后，映柳便急不可待地问道：“你是怎么把她的头发削下来的？”

“你要不要试试？”溪望将手伸向对方的蘑菇头。

“不要！”映柳惊惶地避让。

溪望抬起伸出的右手，向对方展示戴在食指上的指环，说：“你以为我是为了好看才戴这枚戒指吗？”

映柳凑近一看，发现指环近拇指一侧的边缘极其锋利，他大概就是以此将女职员的头发削下来的。她皱眉道：“你不会为了欺负女孩子，才特意戴着这枚奇怪的戒指吧？”

“当然不是，这玩意儿的用处可多着呢。”溪望走到办公桌前，随手拿起一封尚未开启的信件，用食指上的指环配合拇指夹住信封边缘，轻轻一拉便将信件拆开。

“喂，你怎么能随便拆开人家的信件呢？！”映柳惊慌地大叫。

“怎么了？怕你的好基友会翻脸吗？”溪望将信取出来，瞥了一眼便随手丢在地上。

“她才不是我的朋友。”映柳翘起双手，露出厌恶的神色。

“那就好。”溪望狡黠地一笑，转身去翻弄办公桌上的文件。他将桌面上的文件全都翻开，并用手机对部分文件拍照，然后将看过的文件丢到地上以腾出桌面，继而又去翻弄放在文件架上的档案。

经他这一弄，原本整洁的办公室一下子就乱七八糟了。映柳实在看不下去，皱眉道：“你这样会给我们带来麻烦的，李梅要是投诉我们，我也不知道该怎么替你向厅长解释。”

“我又没在你那份坑爹的合同上签字。严格来说，我只是个无业游民，她能把我怎么样？将我告上法院吗？她大概没这么无聊。”溪望仍在翻弄文件，并随手丢到地上。

映柳气愤地反驳：“什么坑爹的合同呀，那是为了保障你的权益。”

“省省吧，别以为我只是随意看了几眼，就没注意到合同里的条款。要是我规行矩步，这合同或许还能保证我能收到酬金。”溪望面露不屑之色，“若出半点差错，我就是个‘临时工’。”

“厅长不是这种人。”映柳仍想辩驳。

“我对厅长的认识比你深，你认为他要是没点手段，能爬上现在这个位置吗？”溪望没好气地瞥了对方一眼，“你也不想想诡案组为什么会解散？上一任组长可是厅长的亲弟弟。”

映柳一时语塞，不知道该如何反驳，只好放任对方继续捣乱。但对方不停地翻弄文件架上的档案，并像丢弃垃圾般随手丢到地上，使办公室变得凌乱不堪，她不禁感到心烦，唠叨道：“我说你不去调查徐浚的案子，反而来这里找麻烦，不觉得自己在浪费时间吗？厅长可说要在今天之内破案呢！我们现在连徐浚的死因，还有他为什么会无缘无故地爬到电梯上方，以及为什么维修盖上没有他的指纹，都还没弄清楚。我就不明白你怎么还有心情在这里捣乱。”

“知道厅长为什么非要我接管诡案组吗？”溪望仍在翻弄文件，头也没回地自问自答，“因为我的EQ比你高。”

映柳没好气地白了他一眼，继续看着他捣乱。

约莫过了20分钟，除了上锁的文件柜外，办公室内的文件全都落到地上。原本整齐的办公室，此刻犹如战场般凌乱。

见已经没有什么可以折腾，溪望的目光便落在了办公桌的电脑上，可惜电脑设置了密码，溪望未能查看里面的资料。他并没有因此而放弃，竟然关闭电源，蹲下来想将硬盘从主机内拆出来。

他刚将主机盖拆开，就听见一个愤怒的女性声音：“你在干什么？”

第十二章　行凶动机

“示威呗，这不是摆明的嘛！”溪望站起来耸耸肩。

“姓相的，你不觉得自己太过分了吗？”站在办公室门口的李梅杏眼圆睁地瞪着他，白皙的额头隐约能看见纤细的青筋，“未经许可擅自进入他人的办公室，而且还随意翻阅及破坏他人物品。你认为自己是谁呀？竟然敢在我这里胡作非为！”

溪望狡黠地一笑，随即佯作无辜地说：“我刚进门的时候就是这样子呢，而且我们也不是未经同意就进来，是你身后那位漂亮的美眉让我们进来等你的哟。”

李梅回头瞪着那名倒霉的女职员，后者连忙辩解：“我没让他们进来，是他们硬闯进来的。”

“你刚才可不是这样说，你说我们可以在这里等李律师回来，柳姐也有听见。”溪望往退到墙角的映柳瞥了一眼。

李梅随即瞪着映柳，后者支吾着答道：“我忘了。”

“那可不好办，要怎样才能证明我的清白呢？”溪望挤出一副蒙冤受屈的可怜相，“我们跟美眉的对话又没有录音，而且李大状的办公室里也没有安装摄像头，真是有冤难伸呀……”他说着突然轻捶自己的手掌，恍然大悟道，“我想到了！要是闹上法院，我大可以跟法官说，如果我们是硬闯进来的，你们为什么不报警呢？”

“你们不就是警察吗？还报警干吗！”李梅愤慨地驳斥。

“不不不。”溪望轻摇食指，“前晚李大状还十分清楚地告诉我，我在不久前已经辞去了警队的职务，怎么今天又说我是警察呢？”

李梅愣了一下，随即示意身后的女职员离开房间。她亲手将房门关上，对溪望说：“我不想再跟你作口舌之争，你有什么想说的就说出来，说完就立刻给我滚。”

“那恐怕不成呢……”溪望面露为难之色，“因为我们是来拘捕你的。”

“拘捕我？”李梅又愣住片刻，随即掩嘴娇笑，“哈哈哈，你凭什么拘捕我？我犯哪条罪了？”

“谋杀罪！”溪望的面容突然变得冷峻，“我们怀疑你跟徐浚的死有关，希望你能够配合，跟我们回警局走一趟，协助调查。”

“如果你有拘捕令，我倒很乐意跟你走一趟。如果没有，最好别浪费我的时间。”李梅镇定自若，丝毫没有惊慌的表现。

“刚才我无意间看到地上打开的文件，发现了不少有趣的东西，当中还有徐浚的资料呢！”溪望狡黠地笑着，“单凭这一点，我就能请你回去喝杯茶。”

李梅眉头轻皱，思量片刻后两手一摊，毫不在乎地说：“好吧，要我跟你回去也可以，但你至少得给我说清楚，凭什么怀疑我是凶手。”说罢走到办公室一侧的沙发上坐下，打开手袋，取出一个精致的烟盒，从中抽出一根细长的香烟。

当她准备伸手到手袋里拿打火机时，溪望已走到她身前，打了个响指，蓝色的火焰随即从拇指与食指间冒出，优雅地为她点燃香烟。

“你怎么做到的？”映柳惊讶地问道。

李梅泰然自若地用对方的火焰点燃香烟，轻蔑地瞥了她一眼，说：“不过是障眼法，他手里藏着打火机。”

“李大状果然见多识广。”溪望张开手向两人展露手中的打火机，随即缓缓翻动手腕，手掌再次摊开时，打火机已经消失不见。他拉来一张椅子坐在李梅对面，取出两颗口香糖丢进嘴里缓缓地咀嚼着，向对方讲述自己的推理——

“你在机缘巧合下知道某人想隐瞒一个秘密，而这个秘密与家父相云博的离世有直接关系。为了从中取得利益，你与徐浚取得联系，以美色诱惑对方，使对方向你提供家父的病历复印本。随后，你向我寄出匿名信，诱导我追查家父死亡的真相。

“某人为继续将秘密隐瞒下去，委托你阻止我的调查。要完成这个委托，你必须监视我的行动，并抢在我之前将线索切断。为此，你通过某种手段迫使映柳当你的眼线，向你汇报我的行踪。

“当你得知我要前往人民医院时，马上就想到了家父的病历，并想抢先一步将病历撕毁。为了能抢在我之前到达资料室，你将电梯的电源关闭，把我困在电梯里。或许你以为这样做会神不知鬼不觉，但你没想到会被自己的香水出卖，残留在电源上的香水，足以证明你曾做过的小动作。

“你的香水味道非常独特，我想是从法国带回来的，在本地能用上这种香水的人应该不多。香水同样残留在你寄来的匿名信上，同时信上还留有少量焦油，若拿你抽的香烟去化验，相信结果一定不会令人感到意外。

“你将我跟映柳困在电梯里，就有充足的时间让徐浚带你到资料室，将相云博病历中最重要的部分撕毁。然而，这次你的香水又再次惹祸，残留在资料室内的独特香味再次出卖了你的行踪。

“当晚10点左右，徐浚跟你通电话，就两人的关系跟你吵起来。你已经达到目的，徐浚对你而言已毫无利用价值，因此你毫不犹豫地提出分手。徐浚虽然已意识到被你利用，但一时间没能放下这段感情，或者说是没能放下自尊，坚决不肯分手，并要求立刻跟你见面。

“你早料到徐浚会死缠烂打，已于事前做好准备。

“当晚你在停车场特意跟我打招呼，还给我名片，目的是为了让我做你的时间证人，证明你在8时许就已经离开医院。这样就能毫无顾忌地实行你的杀人计划。

“从地面上这些文件可以知道，你对四年前张伯那宗案件十分了解。你利用这个流传于医院内的恐怖故事，布置你的杀人计划。

“你先约徐浚到医院的13楼，晚上这一整层楼都没有半个人影，而且监控录像也没有开启，所以不会有人发现你曾经出现过。

“你打算在这里跟徐浚作最后一次缠绵，但对方有勃起障碍，在开放的环境下，恐怕未能如愿地跟你交合，这跟你预料中的一样。你让对方服下事先准备好的‘壮阳药’，使他成功地勃起，跟你进行刺激而可怕的死亡交合。

“你给徐浚服食的‘壮阳药’是他达拉非片，能使阴茎勃起，但过量服用会引发急性心律不正。徐浚在跟你缠绵过后，就出现了这种症状，并且在得不到救助的情况下，死于心肌梗死。

“徐浚的尸体被发现后，大家都想不通他为何会爬到电梯上方，维修盖上又为何没有他的指纹。其实他根本不是通过维修口爬到电梯上方的，而是你通过电梯门将他搬进去的。

“你通过关闭电源，令电梯停在12层与13层之间，再将13层的电梯门打开，这样就能轻而易举地将他的尸体搬到电梯上方。然后，你再从电梯上方将维修盖打开，制造死者从电梯内部爬上来的假象。

“这个计划本来也挺完美，可惜在实施的过程中，独特的香水味一再将你出卖。电梯两次断电相隔近6个小时，但保安两次检查电源都闻到了你的香水味。

“现在，你该跟我们回去交代一下，为什么要将电梯的电源关闭，尤其是第二次……”

“不愧为刑侦新人王，推理相当精彩。”李梅镇定自若地将烟头在烟灰缸中掐灭，如欣赏完精彩歌剧般优雅地鼓掌，娇媚地笑道，“不过，如果我要阻止你继续调查相云博的事，用得着如此大费周折吗？反正要杀人，直接把你杀了不就更省事？”

溪望站起来走到办公桌后，站在光洁的落地窗前，看着窗外繁华的街道，傲然答道：“那也要你有这个能耐才行。”说着右手按在玻璃上轻轻一抹，发出刺耳的刮擦声，通透的玻璃上留下了一道明显的刮痕。

“你知道这玻璃值多少钱吗？”李梅杏眼圆睁。

溪望回头冷笑道：“值多少钱没关系，反正你以后也没机会透过它观赏街道上的帅哥了。”

“那也要你能将我送进大牢才行。”李梅仍镇定自若。

“你不肯承认也不要紧，反正我已经找到了足够的证据。”溪望轻晃手中的手机，对地上的文件做拍照状，调皮地说了声“咔嚓”。

“恐怕你的证据再多，也没我的证据管用。”李梅媚笑着从手拿包里取出手机，翻出一张照片向对方展示，“这是前晚在汪公子的生日会上拍的，除汪公子外还有多位社会名流能证明，前晚从9点直到凌晨3点我都没离开包厢。当中还有好几位是警队里的高官呢！”

溪望呆望着对方的手机，良久才叹了一口气，摊开双手摇头道：“你赢了。”说罢便径直往外走。他走到门前又回头晃了晃手机，没好气地说：“想让我赔你玻璃的话，我挺乐意用手机里的照片做交换。”

李梅不屑地答道：“你以为我会把重要的文件随便放在办公桌上吗？”

“至少，这些照片能抵上一块玻璃。”溪望说罢便离开房间。

“等等我！”映柳连忙追上去。

看着眼前凌乱不堪的办公室，李梅气得咬牙切齿，猛然起身将身前的茶几掀翻。发泄过后，她稍微整理仪容，从容地坐回原位拿起手机编写短信：“你的帅哥真没品位，比传说中更流氓，他肯定不会放过你。”

没一会儿便收到回复：“要你管？!让你小心老窝又被踹。”

映柳回复短信后，快步追上溪望，胆怯地说：“要听我的解释吗？”

溪望继续往前走，冷漠地答道：“没这个必要。”

“我之所以听从李梅的指使，是因为受到她的要挟。”映柳冲上前，张开双手拦住对方，“你不听我说清楚，我绝对不会让你走。”

“我有很多种方法能令你让开，譬如这样……”溪望将手伸向对方略平的胸部。

“哇，你想干吗？”映柳连忙双手护胸，并往后退了一大步。

“想走。”溪望从她身旁绕过，继续往前走。

“你听完我的解释再走嘛。”映柳又再追上来。

“我已经说了，没这个必要。”溪望停下脚步，看着对方说，“我不想知道你跟李梅有什么恩怨，更不想听完你的苦衷后，得花时间和精力替你解决问题。等我去办的事还多着呢，你明白了吗？”

“你不怪我吗？”映柳怯弱地问。

溪望耸耸肩，毫不在乎地说：“也没什么好责怪的，反正我从来就没对你有任何期望。”

“那你是什么时候知道我受她控制的？”

“就在我对你亮刀子的时候。”溪望解释道，“我在资料室里闻到李梅的香水味，知道是她将病历撕毁的。她不可能这么巧，恰好抢先我一步赶到资料室，必定有人将我的行踪告诉了她。而对我行踪最清楚的人，除了整天屁颠屁颠地跟我的柳姐，还会有谁？”

“原来你早就知道。”映柳愧疚地低下头。

“不然你以为我是精神病吗？要不是发现你有问题，我怎么会突然对自己的同伙拔刀相向。”溪望说完就继续往前走，走了四五步又回头对呆立于原地的映柳叫道，“你还磨磨蹭蹭的干吗？我们剩下的时间已经不多了。”

映柳猛然抬起头，随即兴奋地答应：“来了。”并立刻就跑到对方身前，“我们现在上哪儿找凶手呢？”

“凶手倒不必急着去找，既然李梅有不在场的证据，那么……”溪望突然眉头紧皱，苦恼道，“动机是什么？”

第十三章　用人先疑

见溪望一直呆立不动，而且眉头越皱越紧，映柳不禁问道：“怎么了？”

溪望叹了口气答道：“刚才离开医院时，流年给我打来电话，告诉我在死者胃肠的残留物中检验出一种名叫他达拉非的药物。而且血液的化验报告亦显示，死者是因为过量服用这种药物致死。之前我认为李梅是凶手，这样就能解释为何死者的生殖器上会有精液残留，以及徐涛说死者已有对象。”

映柳问道：“你的意思是徐浚死前曾跟凶手发生性行为？”

溪望点头：“如果死者没跟凶手做爱，就不会服用药物，也就不会死。”

“可是林护士说，他在医院里人际关系很差呢，谁会跟他谈对象，甚至发生关系呢？”

“这倒不是问题的重点。”

“那重点是什么？”映柳越听越糊涂。

溪望看了看手表，笑道：“别想这么多，走吧，先去吃晚饭。”

“好吧，反正我也饿了。要去哪里吃呢？”

“去哪里……”溪望思索片刻，终于拿定主意，“就去吃猪肚包鸡吧！”

“听上去好像不错欸，不过就只有我们两个，能吃得完吗？”映柳仰着头，极力想象将整只鸡塞进猪的肚子里会做出怎样的菜，分量到底有多大。

“三个人应该能吃完。”溪望取出手机拨打电话。

“你还打算叫上谁一起吃呢？该不会是榴莲那家伙吧！要是他的话，一个人就能把整头猪吃掉。”

溪望将食指放于唇前，示意对方别说话，随即对着手机说：“琪姐，还记得我欠你的猪肚包鸡吗？”

“切！”映柳板着脸走到一旁，咕哝道，“一天到晚就只想着泡妞，还说跟人家只是兄妹。”

“柳姐，我们走吧！”溪望挂掉电话，在路边截停一辆的士并向映柳招手。

“别指望我会替你报销餐费。”映柳咕哝了一句，便急忙跑过去。

两人来到一间名叫耀记的农家乐，在一张靠近窗户的桌子前坐下后，溪望便向服务员点菜：“帮我要一锅猪肚包鸡、一碟氽水腐竹、一煲油盐饭，再替我看看哪些青菜比较新鲜，给我来两份，一份盐水，另一份上汤……”

服务员刚走开，映柳便问道：“你点这么多，吃得完吗？”

“很多吗？就两份青菜和一锅汤。”

“你可点了猪肚包鸡，光这道菜就能把你撑死。”

“你不是客家人吗，怎么会没吃过猪肚包鸡呢？客家人设宴经常会用这道菜呀。”溪望向对方投去诧异的目光。

“我有说过自己是客家人吗？”映柳瞪了对方一眼，开玩笑般说，“其实我是蒙古人，我妈说的。”

“那你想象中猪肚包鸡是什么样子的？”溪望饶有兴致地问道。

“应该是将整只鸡塞进乳猪的肚子里，然后加水煮上十个八个小时吧！”映柳往桌子中央的煤气灶瞥了一眼，“要不是看见这炉子，我还以为是烤出来的。”

“要不要再往鸡的肚子里塞只鸽子，再往鸽子里塞鸡蛋？我记得好像有道蒙古菜的做法差不多是这样。”溪望忍俊不禁。

映柳红着脸，气鼓鼓地说：“有什么好笑的！”

溪望止住笑声，正经八百地解释：“猪肚是指猪的胃部，猪肚包鸡只是用猪胃将光鸡包住，再用水草绑好，配合汤料煲熟，上菜前将猪肚刮开，取出熟鸡一起砍件，再放回原汤中滚热。这道菜源自清朝的御膳，乾隆皇帝称其为‘凤凰投胎’，本是给妃子吃的补品，不过现在流行的吃法是打火锅。”

“听上去好像挺好吃呢！”映柳嘴馋道。

“聊什么聊得这么起劲呢？”倩琪在服务员的带领下，笑盈盈地走过来。

“我们在说，今晚能跟琪姐一起用膳是我们的荣幸。”溪望站起来为对方拉出椅子。

“能跟你这大忙人一起吃饭，才是我的荣幸呢！”倩琪坐下来嫣然笑道，“我还以为你已经忘记曾经答应请我来这里吃饭呢。”

溪望诚恳道：“你的每一句话，我都记在心里。”

倩琪脸颊略红，露出会心的微笑。

见两人打情骂俏，映柳心中萌生出莫名的醋意，鼓噪道："怎么还不上菜呀？快饿死人了。"

"先喝杯罗汉果茶吧，能清热止咳，挺适合你的。"溪望体贴地给映柳斟茶，让对方感到心头一暖。

略过一会儿，服务员捧来以汤锅装盛的猪肚包鸡，放在桌子中央的煤气灶上，以炉火加热片刻，即香气四溢。

以三个人的饭量而言，溪望点的菜显然多了点。不过可能因为味道很对胃口，映柳饭量大增，三人竟然将全部的饭菜吃光了。

"没骗你吧，这顿饭很好吃吧？"溪望看着已饱得动不了的映柳，优哉游哉地吃着饭后水果。

"好吃是好吃，但吃完这一顿，我至少得长三斤肉。"映柳连打饱嗝，现在哪怕是再吃一块水果，她也会立刻吐出来。

倩琪笑道："他可会吃呢，而且怎么吃也不胖，你要是跟他一起做事，恐怕瘦不了。"

"你在赞扬我吗？"溪望笑道。

"当然了，你不知道多少女生做梦也想像你这样，怎么吃也不长肉。"倩琪把手伸向他的腹部，隔着衣服捏他的肚皮，捏到的却是结实的腹肌，不禁惊呼道，"你还真的一点脂肪也不长呢！"

溪望答道："瘦子要长胖比较困难，但胖子要瘦下来，也还是有办法的。"

"什么办法？"二女同时问道。

"只要养分的消耗量大于摄取量就行了，具体做法是均衡饮食、适量运动以及良好的生活习惯。不过说起来简单，做起来可不容易。"

"为了不长三斤肉，我明天得早点起床多跑几圈。"映柳撑着桌子，艰难地站起来，于原地缓缓踏步。

"要跑就趁现在，等到明天脂肪积聚起来再去消耗，就困难多了。"溪望扬手示意对方赶紧到外面跑步。

"刚吃饱就做运动，不是对肠胃不好吗？"映柳向身为护士的倩琪投去询问的目光。

倩琪答道："你可以先散步，消消饭气，然后再慢跑，这样就不会伤肠胃了。"

"可是，厅长要我们今天就把徐浚的案子给侦破呢？"映柳转头望向溪望。

"去吧，现在还早呢，我待会儿再给你电话。"溪望向她挥手道别。

“记得给我打电话哦，不然掉了饭碗，你可别怪我。”映柳挺着如怀孕般的肚子，缓步走出店门。

她刚走，倩琪便笑道：“我怎么觉得你刚才说那些话，是为了支开你的拍档呢？”

“又变聪明了，我的确是想把她赶走。”溪望莞尔一笑。

“为什么呢？”

“如果我说是为了能跟你单独相处，你相信吗？”

“不信，你要是真这么想，就不会带她过来了。”倩琪顿了顿又娇媚地笑道，“不过你这么说，我很高兴。”

溪望露出狡黠的笑容，解释道：“她现在虽然是我的拍档，但我跟她也就只认识了三天，对她的了解并不多，还是谨慎一些比较好。”

“你刚认识我的时候，也对我存有戒心吗？”

“当然没有，因为在我们第一次见面之前，我已经仔细调查过你的背景。”

“哪有，我才不相信你会这么做。”倩琪的脸色略现红润。

溪望笑而不语，心想：我真的没骗你。在我们认识之前，我的确调查过你的情况，谁让你是宏叔的亲生女儿呢。

“现在你该告诉我，支开柳姐的真正原因吧？”倩琪故意岔开话题，以掩饰自己的羞怯。

溪望收起笑容，认真地说：“其实我想问你有关小赵的事。”

第十四章　牡丹花下

“小赵？是医院的保安赵凯吗？”倩琪讶然问道。

“嗯，就是他。”溪望点头确认。

“你怎么会突然问起他呢，你们好像只见过一次，而且还没有真正认识呢……”倩琪突然想到些什么，惊诧道，“难道他跟徐医生的死有关？”

“也许吧，但现在只能说怀疑。”

“那你想知道些什么？”

“有关他的一切我都想知道，你对他应该比较了解吧！”

“嗯，他在医院里的朋友不多，我们也算是聊得来。”倩琪徐徐向对方讲述自己所认识的赵凯。

小赵是外地人，出身于农民家庭，身世也挺可怜的。他还没念书的时候，进城当泥水匠的父亲，在建房时不幸从高处掉下来，摔死了。他母亲和其他家属去找包工头讨说法，但对方只赔了一点钱就跑掉了。

之后，小赵的母亲不得不带着年幼的儿子进城讨生活。

对大多数人而言，童年是个美好的回忆，母亲则是慈祥的天使。但对小赵来说，他的童年却灰暗无比，母亲在他心目中更像残暴的恶魔。

或许是工作劳累的缘故，或许因为生活压力过大，母亲每每刚下班回家，就为一点小事大发脾气，动辄对他拳打脚踢。每晚入睡前被母亲暴打一顿，几乎是他童年唯一的记忆。

因家庭环境所迫，小赵很小就辍学了。可能是出于对母亲的恐惧，辍学后他选择远离母亲，经同乡介绍到外省一家制衣厂里打工。孤身在外漂泊虽然艰苦，但却能让他摆脱对母亲的恐惧。然而，作为一名独在异乡的打工仔，难免会感到孤单寂寞，而且他正处于青春期，自然会对身边的女生产生兴趣。

于是，他谈恋爱了。

他的恋爱对象是厂里的工友，跟他是同乡，年纪比他大两三岁。可能是年纪的关系，女友经常管束他，这样不行，那样也不许。开始时还好，毕竟他当时的年纪还小，便事事听从女友的吩咐。

可是，随着年龄的增长，小赵渐渐觉得自己很窝囊。为什么非得听对方的话呢？在被工友嘲笑为“气管炎”后，他就感到更加郁闷了。当夜，女友又为一点小事唠叨他，他忍不住跟对方大吵起来。

他本以为只要大发雄威就能将女友镇住，从此对他服服帖帖。但他万万没想到，女友的反应竟然是随手拿起一个玻璃杯砸到他额头上。这一砸不仅让他缝了三针，在额角留下一道难看的疤痕，还勾起了他对母亲的恐惧。自此之后，不管女友如何专横，他都唯唯诺诺，不敢做任何反抗。

虽然觉得自己很窝囊，但女友的本意还是为他好，所以他也没多想，打算就这样跟女友一起生活。“先一起打工存点钱，然后回家盖间房子，种种菜，养几头猪，再把妈妈接回来享福。”这就是他心中憧憬的未来。

他的愿望简单而淳朴，可是老天爷却没有让他如愿。母亲的突然离世不但瞬间粉碎了他对未来的幻想，更导致他与女友彻底决裂。

虽然家暴给他留下了阴影，但始终是血浓于水，无论如何母亲仍是他的至亲。所以在得知母亲的死讯后，他就立刻收拾行装，准备赶回去给母亲筹办后事。可是当他向女友索要路费时，却遭到对方的拒绝。女友认为人都已经死了，这样跑来跑去只会白花钱，而且一旦离开岗位，很可能会因此而丢失工作。

一直以来，女友都以防止他乱花钱为名代管他的工资，平日他身上充其量也就只有二三十块，连回家的车票也买不起。他为此跟女友吵起来，其间女友直言，其实她早已得知他母亲患病住院的事，只是不想受拖累，所以一直想方设法阻止他获悉此事。

“你要走就尽管走，但别想在我这里拿到一分钱！”

女友的绝情让他怒火中烧，愤然扑向对方，扬言就算把命拼了，也要将属于自己的钱要回来。对方亦相当泼辣，对他又抓又咬，每一下都使出狠劲，丝毫不念旧情。

众工友眼见这个情景，虽然有人出言相劝，但始终也没有人上前将他们分开。最终两人扭成一团，从楼梯上滚下来，都摔了个半死不活。

这次扭打让他们两人都住了几天医院，厂方为避免他们再惹麻烦，分别给他们结算工资后，就将他们辞退了。

出院后，小赵再次向女友讨要自己的存款，但对方不肯归还，甚至叫来几个老乡威胁他，若继续纠缠就把他弄死。

女友翻脸不认人令他心灰意冷，而此时母亲的后事亦由亲友代为办理，他也无意再跟女友纠缠，只想尽快离开这个伤心地。

之后，他辗转来到本地，在医院找到一份当保安的差事，就在这里安顿下来。或许是出于对感情的绝望，又或者是对自己的容貌及身份的自卑，他来医院已经有三四年了，却没有再交女朋友……

听完倩琪的叙述后，溪望便问道：“除了你，赵凯还跟住院部哪位比较熟吗？”

“好像也没有谁。”倩琪皱眉道，“他通常只待在1楼保安室，很少会跑到8楼，所以跟住院部的人不是太熟。我是在1楼抢救室当值期间跟他混熟的。”

“他跟徐医生认识吗？”溪望又问。

“认识是认识，徐医生有时候也会到1楼的内科急诊室当值，说他们不认识是不可能的。”倩琪顿了顿又补充道，“不过他们应该不太熟，至少我没怎么见过他们走在一起，就算碰见也没打招呼。老实说，徐医生也挺高傲的，很看不起人，大概不屑于跟当保安的小赵做朋友。”

“现在这年头，像我们这种毫无阶级观念的人，恐怕已经不多了。”溪望叹息一声，“世态炎凉啊！”

“别小看任何人，因为每个人都有其独特之处。至少，能在这个残酷的社会中生存下来，就足以证明此人并非等闲之辈。”倩琪露齿而笑，“这不是你教我的吗？”

“很高兴你仍记着我的话，不过今晚恐怕不能继续跟你叙旧了。”溪望走到对方身后，缓缓将椅子拉出，让对方站起来。

“你去办正事吧！不用管我，我自己回家就行了。”倩琪轻轻地挥手向他道别，“谢谢你的款待。”说罢依依不舍地走向店门。

“回家后，给我打个电话。”

对方的关怀让倩琪备感温暖，她嫣然一笑，转身步出门外。

溪望悠然地坐回原位，取出手机拨打映柳的号码：“柳姐，应该没跑多远吧？跑回来随便把账单给结了，怎么样？”

“你这个摸螺打海的水货，自己泡妞竟然还要我结账！”听筒里传出映柳略带气喘的咆哮。（“摸螺打海”是客家话，意为“摸田螺，捉螃蟹”，即不务正业或做些不正当的事。而“水货”在客家话中通常指水性杨花的女人，也能用于男性。）

“我得再次声明，我跟倩琪的关系近似于兄妹，而且我没有泡妞，而是在办公务。”溪望悠然自得地喝了口茶，“现在该怎么办呢？我身上又没带钱，要是被老板扣下来洗盘子，今晚恐怕就不能解决徐浚的案子了。”

“贱人贱人贱人，我才不相信你没带钱呢！”怒吼过后，映柳沉默了一会儿才气鼓鼓地说，“你等一下，我马上就来。”

“要抓紧时间哦，我只等5分钟。5分钟后还没见你，我就从后门溜走。”

映柳喘着气叫道：“我虽然没走多远，但也不是5分钟就能赶到的，起码得10分钟。”

“你说什么？你那边的信号好像不好，我听得不太清楚。5分钟应该没问题吧，那就这么定了。”溪望在对方抓狂般的吼叫声中将电话挂断，自言自语道，“这算是对你的小惩罚吧，叫你出卖我。”

5分钟后，溪望站在农家乐门前，面向正朝他拔腿狂奔的映柳，看着手表倒数，“5，4，3，2，1，欧耶，到终点了。出了一身汗，感觉还好吧，柳姐？”

“好你个短命鬼！”映柳俯身喘气，好一会儿才缓过来，冲溪望怒骂，“我刚刚才吃得肚皮都快要撑破，你竟然要我在5分钟内跑回来，没在半路猝死就已经算不错了，感觉还会好吗？！”

“现在不是很好吗？至少你还活着。”溪望调笑道。

“我懒得跟你废话。”映柳气喘吁吁地抹去额上的汗水，“你不是没钱结账吗？怎么会跑到门口来了。”

“给你打完电话，我才发现原来鞋底里还有钱藏着。”溪望将发票递给对方，“拿去报销。”

“你……”映柳气得满脸通红，连话也说不出来。

“我很好，你有心了。”溪望一副“你能拿我怎样”的表情，“你还能走吧？再不去就不能赶在今天之内破案了。”

映柳俯下身子，一只手撑着膝盖，另一只手则无力地向对方挥动，气馁地说：“走吧走吧，你说咋办就咋办。”

“那就走吧，今晚可能还要跑上好几圈呢，希望你还撑得住。”溪望走到路边，截停一辆经过的的士。

“还要跑？你也太歹毒了吧！”映柳无力地跟上去。

两人来到人民医院，就像前晚那样，除儿科急诊室及注射中心仍人满为患外，大堂和其他地方都颇为冷清。不同的是，今晚值班的保安并非赵凯，而是一个叫许明的本地中年男人。

映柳出示证件后，溪望便询问对方：“请问赵凯在哪里？”

许明答道：“小赵今天上日班，不过他下班后也没什么地方可去，现在大概待在宿舍里休息呢。”

“他不出去玩吗？”映柳好奇地问道。

许明点了根烟才回答：“这小子生活也挺空虚的，除了上班就是窝在宿舍里，要不就在医院后院锻炼身体，很少会到外面逛街。他也没什么兴趣，闲来无事除了过来跟我聊天，就是趴在监控电视前看那些无聊的画面。这可便宜了我，要是有急事要外出，能叫他替我值班。他这人挺容易相处的，从来没跟我计较过。”

“他下班后还会回来看监控录像？”溪望问道。

“嗯，我对这玩意儿一窍不通，平时都是由他来弄的。”许明颇为无奈地说，“我值班时要是看见没画面，或者摄像头出了问题，就得找他来修理。”

“他懂得修理吗？”溪望凝视着对方身后的监控设备。

“他是自学的，也不算很在行，但好歹是个年轻人，学什么都容易上手。”许明自嘲道，“哪像我这种中年大叔，连说明书也看不懂，就更别说修理了。”

“他也挺本事的……”映柳思索片刻，疑惑道，“他既然有自学成才的能耐，怎么还会留在这里当个没出息的……”她意识到自己说错了话，却没能把话止住，“……保安呢？”

溪望瞪了她一眼，随即满带歉意地对许明说：“我的拍档不懂事，乱说话，我代她向你道歉。”

映柳亦连忙向许明赔不是。

“没关系，没关系。”许明受宠若惊地摆手摇头，“我有自知之明，要是有本事，谁愿意像坐牢似的，每天在这里蹲12个小时，一个月才领那千把块的工资。”

他叹了口气又道：“其实我也问过小赵，他还这么年轻，学东西又很快就能上手，只要肯吃苦，随便进间工厂当学徒，学点技术什么的，也比待在这里当保安要强得多。可是你们知道他怎么说吗？他竟然说自己就喜欢在这里当保安，当一辈子保安也无所谓。我真被他气死了。”

“当保安有这么好吗？”映柳喃喃自语。

“人各有志吧！”溪望狡黠地一笑，向许明问清楚宿舍的位置后，便跟映柳去找赵凯。

“每天都得在保安室待12个小时，不无聊吗？怎么会有人乐于做这种工作？”离开保安室后，映柳一直纠结于这个问题。

“子非鱼，安知鱼之乐？”溪望双眼流露出睿智的光芒，“或许他的乐趣并不在于保安这份工作。”

“你是说他的乐趣在于整天盯着监控电视，从中窥探别人的隐私吗？我听警队的前辈说，的确有这种变态呢！之前的诡案组就有一个成员是这种变态。”映柳愣了一下，像想起什么似的疑惑道，“不对呀，赵凯不是说过，每天都盯着这些监控录像，看得都快想吐了。可为什么许明却说他没事也会来盯着这些录像看？”

“你觉得他们当中谁会撒谎吗？”

“许明似乎没必要向我们撒谎，那么撒谎的很可能是赵凯。可是他为什么要骗我们呢……”映柳沉思片刻，突然如梦初醒般向溪望问道，“你不会怀疑赵凯是凶手吧？！”

“谁都有可能是凶手。”溪望轻描淡写地回答。

“当然不是谁都有可能，至少赵凯肯定不是。”映柳以肯定的语气反驳。

“愿闻其详。”溪望虚心讨教。

映柳语气坚定地说：“因为徐浚是死于牡丹花下。”

第十五章　人格分析

“牡丹花下死，做鬼也风流。能注意到这一点，说明你的智商还算正常。”溪望调笑道。

“什么意思嘛，你想说我很笨是不是？”映柳板着面孔，回想起刚才被对方戏弄一事，她就来气了。

“我从没说过你笨，不过你想证明自己不笨，至少得告诉我，排除赵凯是凶手的理据是什么？”

“这还不简单吗？！”映柳胸有成竹地道出她的理据。

第一，我们从徐涛口中知道，徐浚谈了个对象；

第二，尸检报告表明，徐浚死前曾进行有过性行为；

第三，徐浚的死因是服用过量药物，作为一名医生，他对药物有一定程度的认识，若非他极其信任的人给予的药物，他肯定不会胡乱服用；

第四，徐浚之所以服用药物，跟他患有勃起功能障碍有直接关系，若不是为了进行性行为，他肯定不会服用此药。

综合以上四点，可以得出一个结论就是——谋害徐浚的凶手必定是女性，这个女性不但跟他关系密切，而且还在案发时跟他进行过性行为。以此为据，就能将身为男性的赵凯排除在怀疑名单之外。

“作为一个智商正常的刑警，你的分析也算合格。”溪望装模作样地鼓了几下掌。

“什么合格呀，我的分析很正确好不好？！你之前不也怀疑李梅是凶手吗？赵凯肯定不是凶手，倒是刘倩琪挺可疑的，她是徐浚经常接触的人当中，最有可能跟他发生关系的人……”映柳意识到自己的话似乎过于直接，偷瞄了溪望一眼，又补充道，“我只是就事论事，没有针对你妹妹的意思。”她说“妹妹”二字时，刻意提高声调。

“我没将倩琪列为怀疑对象，也是对事不对人。”溪望轻描淡写道。

映柳严词质问：“为什么？她当晚也在医院值班，没有明显的不在场证据。”

溪望从容作答：“首先，她没杀人的动机；其次，她没杀人的胆量；更重要的是，徐浚因为四年前那宗医疗事故跟她水火不容，你认为他们还有谈恋爱的可能吗？”他稍作停顿，又补充道，“此外，案发前几小时，她还跟我说自己没男朋友。”

“她说什么你都相信，别人说的全是谎话。”映柳不服气地嘀咕。

“虽然我不能肯定她说的是真话，但却能确定赵凯撒谎了，而且不止一次。”

“除喜欢看监控录像之外，他哪里还撒谎了？”映柳向他投以怀疑的目光。

溪望没有明言，只是神秘地笑了笑：“你马上就知道了。”

“希望你这次别又蒙错了，因为我们已经没剩多少时间了。”映柳取出手机查看时间，此刻已是晚上10时许，距离厅长给的时间只剩下个把小时。

两人来到赵凯的房门前，溪望以单手撑地趴下去，透过门下的缝隙往里面瞥了一眼，随即站起来。映柳不解地问道：“缝隙这么小，能看见什么？”

“能看见里面有光。”溪望将食指放于唇前，示意对方别出声，然后用力敲门，“快递，快递，有快递。赵凯，有你的快递。”

房门打开巴掌宽的一道缝隙，赵凯从门缝处探出头来问道：“什么快递呀？是不是送错了？”当他看见门外的两人后，马上就愣住了。

溪望嬉皮笑脸地说：“跟你开玩笑的，我们不是快递员。”

赵凯呆了好一会儿才回过神，稍事犹豫后才将房门打开。他只穿着背心跟短裤，尴尬地讪笑着：“我就奇怪这么晚怎么还有人送快递，而且还直接送到宿舍来。你们找我有事吗？要不先进来坐坐？”说罢请两人入内。

“好啊，就聊几句，不会占用你太多时间。”溪望面露笑容地走进房间，映柳紧随其后进入。

进门后，溪望装作漫不经心地审视房间内的环境。

这是一间较为狭小的房间，呈长方形，对门一侧有一扇安装了防盗网的窗户；左侧放着一个笨重且破旧的木制衣柜，旁边放有两张凳子、水桶及沐浴露、洁面乳之类的日用品；右侧放有一张铁制双层床及一个破旧的床头柜，床头柜上放有一部台式电风扇。双层床的下层挂有蚊帐，上层则堆满杂物，床尾绑有一条尼龙绳与窗户连接，上面挂有仍滴着水珠的衣服。

狭窄而拥挤的房间在容纳三人之后，几乎已经没有多余的活动空间。而且房间内极其闷热，让人有一种快要窒息的感觉。

赵凯将凳子移到窗前，请两人就座，抱歉道：“这里地方很小，也没什么能招待你们的，真不好意思。”

“没关系，我们就坐一会儿。”溪望毫不在意地坐下来。

“这里很热欸。”映柳不停地用手给自己扇风。

“我刚来的时候，医院的领导就说给我装空调。可到现在电风扇都用坏两台了，连空调的影子也没看见。”赵凯将房门打开，并将床头柜上的电风扇对着映柳吹。

“领导的话是最不可靠的。”溪望笑道。

赵凯憨笑着点头，坐在床头向对方问道：“对了，你们找我有什么事吗？”

溪望以食指轻挠耳后，为难地说：“其实我们是来拘捕你的。”

赵凯愣了一下，强颜笑道：“警官，你是开玩笑吧？我又没犯事，你们为什么要拘捕我呢？”

“不不不。”溪望猛摇食指，“这回可没跟你开玩笑，我们真的是来拘捕你的。”

“凭什么呢？我犯哪条法了？”赵凯的身体不自觉地往后移，直到腰背贴近枕头才停下来。他拉上被子将自己光洁的双腿盖上。

“谋杀罪！”溪望突然露出冷峻的眼神，“你涉嫌谋杀徐浚。”

赵凯激动地反驳：“胡说，我跟徐医生无仇无怨，为什么要杀他？你别污蔑我！”

“你为什么要杀死徐浚呢？要解释这个问题，得先从你的身世说起……”溪望悠然道出对对方人格的分析及推理。

“父亲过早离世不仅使你从小就缺乏父爱，更让你有一份强烈的危机感。你很想像其他小孩那样，当感到害怕或遇到困难时，可以立刻扑向父亲的怀抱，将所有事情交由父亲处理，让父亲为你遮风挡雨。

“这种感觉在你遭受母亲毒打时尤其强烈，你甚至幻想若父亲仍然健在，他一定会用健硕的躯体为你挡下母亲的拳脚。可惜幻想中的父亲并没有出现，每次遭受母亲毒打时，没有任何人出手阻止，也没有人保护你。

“强烈的危机感衍生出对父爱的渴求，你极其渴望能再次得到父亲的爱护，或者说是渴望能有一个人像父亲那样保护你。与此同时，母亲的暴戾使你对女性产生本能的恐惧，让你有种女性都喜欢使用暴力的错觉。

“这些感觉与念头伴随你度过童年，给你的心灵留下了难以愈合的创伤。因此，你年纪轻轻就辍学，并远离母亲到外省闯荡。

“思想上的成熟使你渐渐地克服了对女性的恐惧，独在异乡的寂寞更激发你对家庭的憧憬。你想有一个家，一个完整的家庭，或者说是你构想中的完美家庭。

“童年的经历使你在潜意识中认为，城市是危险的，不宜长久居住。在城市里打工只是为了赚钱，赚够钱就该回家乡生活。年幼的模糊记忆使你认为，家乡才是最安全的地方，至少在那里你不会遭受毒打。

“长期遭受母亲毒打，虽然使你心灵受创，但跟其他孩子一样，你仍对母亲有那么一丝依赖及眷恋。所以，你憧憬将来跟妻子回家乡盖一座房子，再将年迈的母亲接回来，以务农养猪为生，过平淡而安逸的日子。

“在你的憧憬中，并没有孩子的身影，因为童年的经历使你在潜意识中认为孩子将会是负累。你不想让孩子成为自己的负担，也不想孩子像你这样经历灰暗的童年。

“为了拥有一个家，你必须先找一个伴侣，因此你跟工友谈恋爱，而且是个年纪比你大、能保护你的女工友。

“然而，现实并未如理想般美好。年长泼辣的女友虽能保护你免受外界伤害，但你渐渐发觉她对你的伤害更大。女友的专横勾起你对母亲的恐惧，你曾试图向对方展示威严，但反被对方的凶悍压制，只好屈服于对方的淫威之下。

“短暂的屈服你尚可忍受，但长期的欺压却在你心中埋下一颗计时炸弹。在母亲死后，你为取回自己的存款而跟女友决裂时，这颗炸弹终于引爆。常年积累的怒火冲破恐惧的枷锁，激发你从母亲身上遗传的暴戾，让你不顾一切地扑向女友。

“可是，你并没有因为怒火的爆发而夺回自己的尊严，甚至没能拿回属于自己的财物。虽然你一无所有，但你已不想继续跟女友纠缠，于是带着耻辱离开，打算回到家乡过你憧憬中的生活。

“然而现实往往是残酷的，没有钱你不可能实现梦想。而且你在家乡也没几个朋友，与身处他乡无异。因此，你再次出城务工，来到人民医院当保安。

“鉴于之前的经历，你对女性非常失望，因此你在医院工作期间，跟女性并没有过多的接触，也没有交女朋友……”

“拘捕我的理由，就是这些无聊的废话？”赵凯恼羞成怒地大吼，“我不知道你怎么会知道我过去的事，但这些事跟徐医生的死又有什么关系？你凭什么认定我是杀害徐医生的凶手？”

“我还没把话说完呢，现在我们再来聊聊徐浚，怎么样？”溪望从容地聊着他对徐浚的人格分析。

“父母离婚后，徐浚就跟随父亲生活，因而被父亲灌输大量针对女性的负面信息。在他心目中，所有女性都是肮脏、无耻、水性杨花及贪荣慕利的。这些错误观念伴随着他的成长，使人觉得他为人高傲。其实他的高傲只针对女性，因为他不屑于与任何女性交往。

“在缺乏母爱的成长历程中，父亲的形象被无限放大，在他心目中，父亲比任何人都更强壮，更有能耐。因此他自小便以父亲为榜样，并立志成为一名医生。

“可惜他的运气不太好，临近实习之际，父亲突然被调派到外省工作。父亲不想他跟自己一起到异乡漂泊，就动用人脉关系，将他安排到人民医院实习，并让他顺利留任。

“因为父亲的关系，他在医院里得到领导的特别关照，而他对身边的女性又异常高傲，自然会给人一种错觉，认为他不可一世，不容易相处。大家都本能地跟他保持距离，他不由得也抗拒跟别人接触。如此恶性循环，渐渐地大家都觉得他为人高傲、孤僻、瞧不起人。

“这种状况在发生四年前那宗医疗事故后，变得更为严重。

“四年前，徐浚为使倩琪受处罚，刻意延误患者的病情，最终导致患者失救死亡。他的行为不但使自己跟护士之间的关系更加紧张，还引起死者家属的强烈不满，前来医院讨还公道。

“在与患者家属纠缠的过程中，他被一名家属伤及下体。虽然经过治疗后已无大碍，但却给他留下了心理阴影，从此患上勃起功能障碍，一直未能治愈。

“这件事加重了他对女性的憎恨，片面地认为所有女性都是野蛮和愚昧的，导致他对女性更为抗拒……”

赵凯不耐烦地打断对方，理直气壮地叫道：“你的分析很仔细，但我不明白这些事情跟徐医生的死有什么关系，更不明白你凭什么怀疑我是凶手？”

“当然有关系，要不然我也不会口焦舌燥地跟你说这么多话。”溪望不紧不慢地回答。

“等等，我似乎想到了些什么。”映柳扬手打断两人的对话，对溪望说，“你刚才说小赵因为童年的经历，所以对女性产生恐惧。现在又说徐浚因为父亲的误导，自小就对女性反感。根据尸检报告，徐浚死前曾进行性行为，难道他们俩……”

“你终于开窍了。”溪望欣慰地笑道，“他们是同性恋。”

第十六章　爱恨交缠

“我没说错吧？”溪望向赵凯展露自信的笑容。

赵凯愣了一下，沉着脸不发一言。

“让我把你的故事说完吧！”溪望继续讲述自己的推理。

“初到医院工作时，因为人地生疏，每次值夜班时你都会感到特别寂寞。为了打发时间，你想找个人闲聊，在医院1楼有这个闲情逸致的，大概就只有众人唯恐避之不及的徐浚。

“与隔壁人山人海的儿科急诊室相比，徐浚当值的内科急诊室要冷清得多，经常整夜也没一个患者前来就诊。而且当时他正为导致患者失救死亡而受领导责备，又因下体受伤一事感到愤慨，急需一个倾诉对象。

“你们就在这种情况下成了朋友。

“刚开始时，你们并没有刻意回避，但你们通常只在夜间才有机会见面，所以同僚们都没怎么注意。不过，随着你们的关系逐渐转变，事情的性质就变得不一样了。

“童年的不愉快经历以及不欢而散的初恋给你带来的巨大挫败感，使你对女性完全失去信心。但你仍没有放弃对将来的憧憬，依然想有一个完美的家庭，只是家庭的构成跟之前有点不一样，你所需要的仅是一个能陪伴你过平淡日子的伴侣。

“而对女性极其厌恶且患有勃起功能障碍的徐浚，亦在跟你交流的过程中，渐渐发现自己的性取向发生了转变。你们在不知不觉间喜欢上对方，并借助药物的帮助发生了性关系。

“同性恋虽然不会给别人带来实质性的影响，但也不是谁都能接受的事情。为避免被大家视为怪物，在别人面前你们会装作并不熟络，甚至连平时碰见也不打招呼。

“大家都以为这是因为徐浚过于高傲，不屑于跟身为保安的你有任何接触，所以从不跟你打招呼，但实际上他并不是这种人。而且作为一名成年人，不管有多高傲，也不至于连这点基本的礼貌都没有。

“他的高傲只是为了掩饰你们之间不为外人接受的同性恋关系。

“你们利用值夜班之便，经常到无人的楼层偷欢。你之所以甘愿当一名毫无前途可言的保安，一方面是为了能跟对方一直保持这种关系；另一方面是因为可以通过监控系统，随时看见自己喜欢的人在做什么。

“你经常在下班后仍返回监控室，不是因为你有偷窥的癖好，而是因为你挂念徐浚，想知道他的情况，但又不方便直接去找他。

“可惜的是，你虽然十分享受跟徐浚的偷欢，但他却不这么想。父亲的成就给他带来了一定的压力。在事业上他难以达到父亲的高度，但至少不能在道德上跟父亲相比有如此巨大的落差。他非常害怕被人发现自己是同性恋，怕自己会令父亲颜面无存。

“因此，他萌生了结束这段关系的念头。

“父亲打算安排他到自己任职的医院工作，给他创造了一个良好的机会。他以此为由向你提出分手，从而令你对未来的憧憬再次破碎。

“虽然你一再恳求对方留下，无奈对方去意已决，任你如何纠缠仍未能改变他的决定。你因而感到愤怒，觉得自己遭到了背叛，从而萌生杀意。

“前天晚上10时许，你们再次在电话中为分手而吵架。见徐浚主意已决，毫无商量的余地，你便约他到人影全无的13楼，哀求对方跟你作分手前的最后一次缠绵。

“表面上你已接受徐浚的决定，哀求对方再次缠绵，只为留下一个美好的回忆。但实际上你另有计划，打算利用这个机会将他杀死。

“徐浚自下体受伤后，就患有勃起功能障碍，因此每次偷欢，你都会为他准备辅助药物。为置对方于死地，你在药物的含量上动了手脚。同一种药物往往有好几种规格，不同规格的有效成分含量各不相同，差距可达数十倍之多。

“前晚你准备的药物在分量上虽然跟平时没两样，但实际剂量却是平时的数十倍。作为一名医生，徐浚本应能轻易识破你的伎俩，但出于对你的信任，他并没有多加留意就将药片送进了嘴里。

“缠绵过后，徐浚因药物作用强烈导致心肌梗死。其实这个时候他仍有一线生机，立刻送他去抢救肯定能活过来。可是你却选择袖手旁观，眼睁睁地看着他在痛苦中死去。

“随后，你乘坐电梯来到1楼，并让空载的电梯返回13楼。估计电梯升到12层与13层之间时，你便将电梯的电源关闭。

“接着，你走楼梯返回13楼，利用三角钥匙手动打开电梯门，将徐浚的尸体搬到电梯上方，并把电梯的维修盖揭开，伪造出死者从电梯内部爬到上方的假象后，你再从容地将电梯外门关上，返回保安室等待别人使用电梯，以配合你的计划。

“等待的时间似乎比你想象中要长，毕竟对刚背上一条人命官司的人来说，每分每秒都是漫长的煎熬。但不管有多漫长，时间总在流逝，你期待中的电话最终还是打来了。

“接到住院部打来的电话后，你便按照计划将电梯的电源开启。其后事情亦如你所料，住院部再次来电，要求你查看‘无缘无故’被打开的维修盖。你借此继续你的计划，以第一目击者的身份报警，希望能扰乱警方的视线，达到置身事外的目的。

“你本想利用四年前张伯那宗意外，使徐浚的死蒙上一层诡秘的色彩。警方为免引起群众不必要的恐慌，必定会从速处理此案，甚至会随便找个借口结案。倘若如此，你便可逍遥法外。

“你的计划本来很完美，可惜百密一疏，犯下两个严重的错误：第一，你在凶案现场的布置上过犹不及。你营造徐浚自行爬到电梯上方的假象，希望将警方的调查方向引导到张伯那宗意外上，从而令人联想到鬼魅作祟。你这想法本来不错，但在具体操作过程中却做得太过火。你没将徐浚的指纹印在维修盖上，也没在电梯内部留下他攀爬的痕迹。这些小把戏虽然使这宗案子变得更神秘，但只要仔细一想，很容易就能发现当中的秘密。

“第二，你为掩饰自己的罪行一再撒谎。你为掩饰真相，故意将电梯内部的摄像头关闭，还向我们撒谎说自己早已对这些录像生厌。但实际上你可是百看不厌，当然这只限于与徐浚有关的录像。

“除此之外，为了扰乱我们的调查方向，你将犯罪嫌疑转嫁到较早前把电梯关闭的李梅身上。你说两次检查电梯电源时，都闻到同一种香味。前一次你的确闻到了，但第二次呢？很不巧，留下香味的李梅，在这个时候有不在场的证明……”

“好了，现在时间也差不多了，我们该去警局了。”溪望看看手表，给映柳使了个眼色，示意对方正式将赵凯拘捕。

沉默多时的赵凯突然开口：“你真的很厉害，事情的经过基本上跟你说的一样。不过有一件事，你大概没想到。”

溪望略显错愕，虚心求教道：“愿闻其详。”

“四年前被小徐治死的病人……就是我母亲。”赵凯于两人惊诧的目光中，讲述自己的经历。

“我之所以再次出城务工，除了想多赚点钱回老家盖房子外，更主要的目的是给我妈报仇。

“姨妈跟我说，妈的病其实并不严重，用不了多长时间就能出院。而且老板给她买了社保，需要自掏腰包的费用不多，因此就没向我要钱，也没打算叫我过来。

“因为女友的刻意阻挠，姨妈打了好几次电话也没能联系上我，只好作罢。她打算等我妈出院后再告诉我，免得我担心。

“可是，我妈却没能等到出院那一天。

“我妈出事后，姨妈跟其他老乡到医院闹过好几回，还把我妈的主治医生打伤了。医院以此为由拒绝赔偿，还说要到法院告姨妈伤人。姨妈被对方一吓，就不敢继续去闹事了，赔偿也就泡汤了。

“我因为跟女友打架受伤入院，没能及时赶来帮忙，只能从姨妈口中知道事情的经过。医院的做法令我十分气愤，我很想给我妈讨回公道。但在此之前，我必须先查清真相。因为医院拒绝提供我妈的住院病历，我们没能弄清楚到底是谁该为我妈的死负责。

“为了弄清真相，我混进医院当保安，希望从医护人员口中了解事情的经过。最初，我怀疑把我妈害死的人是刘护士，就想尽办法跟她套近乎，打算等混熟后，找机会把她弄死。但我跟她熟络后，却发现事情跟我想象中的有些出入。

“刘护士为人和善，对谁都没架子，而且还挺关心患者的情况，跟我之前认识的女生很不一样，我怎么也不相信她是害死我妈的人。她这人毫无心机，我旁敲侧击地从她口中知道我妈出事当晚的情况，并从其他人口中得到验证，最终确认害死我妈的人是小徐。

“虽然将事情的真相弄清楚了，但我非但没感到高兴，反而极为苦恼，因为这时候我已经跟小徐在一起了。

“我那一刻的心情，你们恐怕永远都不能理解。小徐是我所遇到的人当中，唯一能够保护我、给予我安全感的人。我爱他，在我对未来的憧憬当中，全是他的身影。我甚至不敢想象没有他的将来，那是一个可怕的世界。

“可是，他竟然是害死我妈的凶手。我这次出城的目的就是为了给我妈报仇，为死得不明不白的她讨回公道。

“究竟该不该杀他？

“这个问题让我犹豫了很久，最终我还是选择原谅他，因为我确实不能失去他……”

赵凯泪眼盈盈，像个小姑娘似的双手捂着脸哭喊：“他为什么要走？为什么要离开我？为什么要逼我杀他？为什么？”

“你又为什么一定要杀他呢？”溪望摇头叹息，“哪怕他罪该万死，你为他搭上自己的一生，值得吗？”

赵凯将双手放下，呆望溪望片刻，摇头道：“值不值得也没关系了，现在已经不能回头。”

“虽然跟我料想中的有些出入，但并不影响结果。”溪望看了看手表，再次向映柳使眼色。

映柳会意地站起来，并取出手铐。当她走到赵凯身前，对方突然抓起床头柜上的电风扇扔过来。她立刻侧身躲避，电风扇从她胸前掠过，并没有砸到她身上。但对方的目标并不是她，而是她身后的溪望。

因为视线受映柳阻挡，溪望看见电风扇时已经砸到了身前，根本来不及闪避。他本能地以双手格挡。赵凯这一扔可是使尽了全身的力气，电风扇砸上手臂立刻散架，碎成好几块掉落在地上。

虽然受到如此重击，溪望仍面不改色。

然而项庄舞剑，意在沛公，赵凯的真正目的不在于袭击溪望。当溪望想上前将他制伏时，映柳的惨叫声已传入耳际。

原来扔电风扇只为分散两人的注意力，在那电光石火的瞬间，赵凯迅速从枕头底下取出电击器，戳向映柳的脖子。溪望准备冲上前时，映柳已被电得浑身颤抖，娇躯徐徐倒下。

溪望赶紧将快要倒下的映柳搂住，赵凯趁机将笨重的衣柜推倒，夺门而逃。横卧于双层床下层的衣柜堵塞了去路，将狭小的房间分成前后两个部分，增加了追捕的困难。

溪望向门口瞥了一眼，眉头略皱，又轻拍映柳的脸颊，问道：“感觉怎么样？能动吗？”

“我、我、我……你、你、你……”映柳身体的颤抖已经减弱，虽然说不出话，但神志尚且清醒。

“你想说‘我没事，你快去追嫌疑犯’是吧？”溪望看了看手表，距离12点只剩10来分钟。

映柳吃力地点了下头。

“那你先躺一会儿，待会儿我再回来找你。”溪望把倒卧的衣柜扶起来，将映柳抱到床上，让其舒适地躺下，并给她盖上薄被子，“我会把门锁上，免得你被那个不长眼的‘怪蜀黍’调戏，虽然你这模样也没什么吸引力。”

映柳吃力地伸出左手，向对方竖起中指。

溪望一笑置之，转身走出门外，并将房门锁上。

他一口气跑到宿舍天台，站在门前张开双臂，深深地吸了一口气，朗声道：“别躲了，这天台就一个出入口，除非你直接跳下去，不然休想从我指间溜走。不过我得提醒你，这栋楼有六层高哦！跳下去就算不死，至少也得半身不遂。”

“你怎么知道我在这里？”将右手藏于背后的赵凯从不锈钢水箱后面走出来。

“你跟徐浚发生关系之后，性格出现了细微的变化，有女性化的倾向，这从你将腿毛刮光这一点就可以察觉出端倪。”溪望将肩包放在地上，并不断活动手脚，“女性化倾向令你有害羞的表现，就像一般女性那样，你羞于在外人面前展露身体。刚才你其实不想让我们进入房间，不想让我们看到你只穿着内衣裤的模样。但为避免引起我们的怀疑，你才迫于无奈给我们开门。在交流的过程中，你不经意地用被子盖住双腿，就足以证明我的推断没错。”

赵凯冷笑道：“或许你说的没错，但跟我跑上天台似乎没什么关系。”

“关系可大了。”溪望松了松胳膊，并握拳使手指关节发出响声，“你羞于在外人面前展露身体，当然不会穿着内衣裤跑到大街上，甚至不会离开宿舍楼。所以，你要躲避我的追捕，就只有两种选择：要么躲进其他人的房间，要么躲到天台上。前者会引起别人的怀疑，而且时间上亦不允许，所以你只能跑到这里躲着。”

“你的确很聪明。”赵凯舔了一下嘴唇，“如果你不是警察，或许我们能成为朋友。”

“如果你是我的朋友，我可以教你1000种可替令堂报仇又不用坐牢的方法。”溪望做了个拉筋的动作，随即跳起对空击拳踢腿，“好了，我已经做完热身运动，现在你有两种选择，要么丢掉你藏在背后的电击器，乖乖地跟我到警局；要么被我揍一顿，然后由担架抬走。”

“你虽然比我聪明，但不见得一定能赢我。”赵凯伸出右手，向对方展示正发出电弧光芒的电击器，“从我打算给我妈报仇那天开始，我就知道终有一天会遇到现在这种情况，所以我每天都坚持锻炼……”

“哇啦”，溪望大喝一声向前跃起，起脚踢落对方手中的电击器，再转身接着一脚“神龙摆尾”，往对方肚子上狠狠地踹过去。

赵凯被踹得踉跄倒地，刚捂住肚子爬起来，溪望已冲到他身前，抬起前臂往他头顶使劲地砸下来。“嗡”的一声闷响，他立刻感到眼冒金星，于昏迷前梦呓般问道：“你藏了什么在……”

“这个嘛……”溪望轻晃手臂，一柄利刃立刻从袖口弹出。他看着利刃盈盈笑道：“对你来说是根钢条。”

收回利刃后，他又查看手表：“刚刚好，12点整，来得及跟榴莲吃夜宵。”

尾 声

一

穿着整齐警服的映柳将徐浚一案的报告交给厅长，严肃而拘谨地向对方行礼，并汇报调查情况：“报告厅长，相前辈已按照厅长的指示，在一日期限内将人民医院的命案侦破。疑犯赵凯已对诱导徐浚服食过量药物致使其死亡的事实供认不讳，现交由刑侦局依法处理。”

“做得不错。”厅长翻开报告，随意地看了几眼便放在一旁，“这宗案子对小相来说只是小菜一碟，破案是理所当然的。只是他能在如此仓促的时间内破案，倒让我有点意外。本想给他出道难题，挫挫他的锐气，没想到反而长他的气焰。失策，失策……”他摇头苦笑。

“相前辈的确很优秀，只是办事有点不按规则。”映柳欲言又止。

“按章办事的人局里有很多，但他们的办事能力都不及小相。”厅长瞥了对方一眼又道，“还有事要说？”

映柳面露难色，迟疑片刻终于开口：“相前辈虽然答应接管诡案组，但却不肯签合同呢。他说厅长一句话比十份合同更管用。”

厅长仰头大笑：“哈哈哈……这小子表面上奉承我，其实是想说，我要是翻脸不认人，签多少份合同也没用。”他突然收起笑容，严肃道，“你去跟他说，我不是出尔反尔的卑鄙小人，我的承诺不用白纸黑字记录下来也能兑现。不签合同也无所谓，只是领取酬金时，你得替他多办些手续。虽然没经过正式调任，但你现在已经是诡案组的成员，要尽量配合他办案。”

“我会努力做好厅长交代的工作，绝对不会让厅长失望。”映柳恭敬地向对方行礼。

“尽心竭力地工作是好事，但也需要注意自己的身体……”厅长往自己的脖子指了一指，“身体没什么大碍吧？需要休息几天吗？”

“已经到医院检查过，没任何问题，不需要休息。”映柳摸了摸脖子上因电击而留下的两道疤痕，不无担忧地喃喃自语，“至于这疤痕，在涂了相前辈托朋友买来的药膏后，已经没之前那么显眼了，再涂一段时间应该会完全消失了！”

“既然没事就赶紧工作，等你们调查的案子可多着呢。”厅长的手落在堆积如山的文件上，他思量片刻便将其中一份抽出抛给对方，“先处理执信公园的案子吧，已经拖了好几天了，死者家属要是向媒体爆料就麻烦了。”

“是家属声称死者遭神灵杀害的那宗案子吗？”映柳一脸煞白。

二

“徐医生，你在家吗？”

溪望于徐涛家门前趴下，透过门下的缝隙发现房内的灯亮着，而且还有声音传出。然而他已经敲门近5分钟，门后仍没任何回应。

“我会赔你门锁的钱。”他自言自语道，从肩包里取出一把经过改装的呈T字形的一字螺丝刀，强行插入大门的匙孔并用力扭动，以暴力方式破坏门锁将门打开。

“有人吗？徐医生，你在家吗？”

他走进光亮的客厅，虽然没发现徐涛的身影，但看见电视机开着，正在播放新闻联播。他打算到主卧室查看时，发现走廊湿了一大片，仔细一看，水是从浴室里涌出来的，便立刻冲向浴室。

打开浴室门的那一刻，他呆住了。

知道自己父亲死亡真相的徐涛就在眼前，但对方却不能将保守多年的秘密告诉他，因为在他眼前的只是一具泡在水里的皮囊。

全身赤裸的徐涛躺于陶制浴缸之内，从闭合的双目中流出的血液将他的脸颊染成鲜红。自来水源源不断地从水龙头流出，淹没了他的身体，从浴缸边缘溢出，在地砖上游走。殷红的血液从容而优雅地从他的脖子流出，于混浊的浴缸中勾画出绝美的线条后，便与自来水混为一体。

切断颈动脉的细长伤口以及缓慢的流血速度，足以说明徐涛已死于失血过多。但是溪望仍扑过去，指压对方脖子另一侧的颈动脉，奢望对方仍存一口气。可惜结果却令人无比失望，对方已经连体温都没有了。他将对方一双凹陷的眼皮翻开，发现两颗眼球皆不见踪影，只剩下两个可怕的血洞——死者的双眼应该已被凶手挖走。

“小喇叭，就不能晚一点再死！”溪望愤怒地往浴缸上踹了一脚，“早知道不跟柳姐回警局办那些烦琐的手续了。”（“小喇叭”在粤语中是“小你阿妈”的雅化，跟国语的“草泥马”有异曲同工之妙。）

溪望从肩包里取出一双纤巧的橡胶手套戴上，但并没有待在凶案现场搜寻凶手留下的蛛丝马迹，而是走向主卧室。相比于徐涛的枉死，他更想知道父亲死亡的真相。因此，他急不可待地走到主卧室，希望能找到与父亲死亡相关的线索。

然而，他刚将房门打开，又再一次呆住了——主卧室明显已被人翻箱倒柜过，在这凌乱不堪的房间里，大概不会找到他想到的东西。

就在他为此而气结时，手机突然响起，接通后听筒传来李梅轻佻的声音：“帅哥，要坐顺风车吗？”他皱了下眉头，立刻移步窗前，望向楼下的街道。

一辆显眼的红色双门奥迪停在路旁，李梅从车厢内走出来，抬头望向溪望，并给他一个飞吻，娇媚地笑道：“还没找到你想要的东西吧？我可以等你哟！”

“徐涛是你杀的？”溪望气得咬牙切齿。

李梅嘲讽道：“帅哥，作为一名资深律师，我得负责任地告诉你，诽谤是犯法的哦！”

“我也负责任地告诉你，我不会放过任何一个将我惹怒的人。”

“恐吓也是犯法的哦！不过见你是帅哥，这次我就当做没听见吧，拜拜！”李梅再次给他一个飞吻，并向他挥手道别，随即钻进轿车扬长而去。

“总有一天，我会把你跟你背后的老板一窝端。”溪望狠狠地往墙壁上打了一拳。

灵异档案　饥饿的老保安

根据国际惯例，先感谢提供灵异素材的网友赵凯，老求为你在本小说中躺着中枪表示惋惜，并在此向读者澄清：现实中的赵凯同学性取向正常。

据小赵说，一名任职于某宁静小区的张姓老保安在独自巡逻时发现，其中一栋住宅楼的电梯坏了。因为他平时也身兼电梯维修工作，所以就通过楼梯走到电梯上方，将外梯门打开，准备走到电梯上方进行检修。

不巧的是，走廊的电灯也坏了，所以张伯并没能看清楚梯门内的情况，从而错误估计了走廊与电梯顶盖的落差，一脚踏空就栽了进去。虽然落差并不高，但栽到凹凸不平的电梯顶盖上，可不是闹着玩的事情。这一栽不但使他头破血流，更让他昏迷不醒。

其后，更不巧的事情发生了——电梯突然恢复运作。

电梯恢复正常是好事，但问题是张伯仍躺在电梯顶盖上，而被他打开的外梯门却自动合上了。也就是说，没人知道他被困在里面。

他醒来后发现自己无法动弹，也不能开口说话，大概是摔下来时碰坏了脑袋，脑出血并且压住了中枢神经……好吧，我承认这些都是小赵自己猜的，因为大家发现张伯时，他已经死了，而且死了好几天。

但是，在张伯失踪的一个星期里，住宅楼的住户于夜间乘坐该电梯时，经常听见奇怪的咕咕声。在发现尸体的前一晚，甚至有一名年轻的女住户，听到电梯顶部传出微弱的求助声：“水，水，给我水……”（这段情节在小说中被改成“我饿，我要吃”。这只是为了营造惊悚的效果，实际上当人处于极度饥渴的情况下，先想到的应该是喝水。）

如果开始那几天是因为饥饿而使张伯的肚子咕咕作响，那么之后几天呢？人在不吃不喝的情况下，通常只能支持三天三夜，要是受伤流血就更糟糕。而且经法医检验，张伯被发现时死亡时间已超过72小时，在这72小时里，住户听见的咕咕声及求助声又是怎么来的?

答案恐怕只有张伯才知道。

如果您乘坐电梯时，突然听见奇怪的咕咕声，那很可能是“张伯”饿了。

[卷一 完]

卷二·弃神杀人

引子

一

“还留着这破烂干吗？”浑身酒气的洁玲刚进家门，就指着正对大门的神龛破口大骂，“李明航，你这窝囊废给老娘滚出来，赶紧给老娘把这块破木头扔到垃圾堆去！”

深红色的神龛在以淡米色为主色调的客厅当中显得相当碍眼，与新居简约的装修风格格格不入。

“有怪莫怪，有怪莫怪……”婆婆玉萍连忙走到神龛前，双手合十连拜三下，以求神灵宽恕，转头对洁玲说，“神龛可是用来供奉观音菩萨的，怎么能扔掉呢？要是菩萨怪罪下来……”

“要是菩萨怪罪下来，你们李家就断子绝孙，你儿子就当一辈子窝囊废！”洁玲脚步轻浮地走上前，对着婆婆疯癫地大笑，“哈哈哈……还用得着菩萨怪罪吗？你不看看你生的龟儿子有多窝囊！要不是我，你能住上这么漂亮的房子吗？要不是我求陈主任帮忙，你的龟儿子早就连饭碗也保不住了！你与其天天给菩萨烧香，还不如多向我叩头问安！”

“怎么了？”明航惊慌地从房间里走出来。

“你聋了？叫你半天现在才出来！”洁玲冲丈夫大吼，又指着神龛喝道，“赶紧给老娘把这块破木头扔掉，要是明天还让我看见，就把你妈赶回乡下去！”说罢便摇摇欲坠地走进房间，留下面面相觑的母子俩。

“妈，让你受委屈了。”经过良久的沉默后，明航终于开口。

“没事，没事，妈都几十岁了，不会把这点事放在心上。”玉萍向儿子投以怜悯的目光，随即又看着陈旧的神龛，“妈受点气没关系，但神龛千万不能扔，要不然菩萨怪罪下来，我们一家都不好过。”

“这……”明航看了看母亲，又回头望向紧闭的房门，自我安慰道，“洁玲只是多喝了几杯，或许明天就会把这事给忘了。”

“希望是这样。”玉萍忧心忡忡地向神龛上的观音像拜了三下，喃喃念道，“有怪莫怪，有怪莫怪……”

二

“到我家去吧……”午夜场散场后，张华紧张地握着周璃的手，生怕对方会因为自己的唐突拂袖而去。

对方突然提出邀请，让周璃感到片刻愕然。他们不过认识了半个月，算上今晚也就只看了四场电影、吃过五顿饭而已，现在就跟对方回家“滚床单”，会不会太快了？然而，这个念头在她脑海中一闪而过。长夜漫漫，又有谁愿意孤枕独眠呢？有人在枕边相伴，至少能得到心灵上的慰藉。

因此，她没有说话，只是羞涩地点了下头。

张华兴奋地牵着女友的手，急不可耐地往外走，以求能尽快一亲香泽。周璃则红着脸低下头，紧随对方的脚步。

两人于夏夜的凉风中步行，途经执信公园时，周璃不自觉地挨近男友。她这举动并非源于晚风略带凉意，亦非想借此增进两人之间的亲密，而是因为她觉得害怕。

皎洁的月光洒落于眼前这座宁静的公园之中，为茂盛的树木披上华丽而冷酷的银衣。日间的热闹景象在这子夜时分早已消散于无形，此刻仍于公园内徘徊的就只有草木的落寞，以及一丝诡秘的气息。

或许出于女生的敏感，周璃察觉到这丝诡秘气息源于公园东面入口的大榕树，不由得望向那昏暗的树阴。

茂盛的枝叶阻隔了月光以及部分路灯，使得树下格外阴森。在斑驳的灯光映照下，能看见多尊神像、佛像以及神龛被弃置于树阴下。或精美或破损的神像，于光影之下宛如活物，尤其是居中的一尊关帝像，怒目横眉，分外吓人。然而，这并非周璃惊惧的根源，令她感到畏惧的是神像下那丝诡秘的气息。

周璃被这丝充斥怨怒的诡秘气息吓到，缩着身子依偎于男友怀中，寻求一份安全感，并不自觉地加快了脚步，以求尽快远离眼前这棵阴森的大榕树。

她别过脸尽量不往榕树那边看，但当她走到榕树前时，她还是忍不住瞥了一眼。好奇心是最害人的东西，她要是不看还好，这一看就把她吓得魂飞魄散——她看见佛龛下闪了一下，仿佛是关帝圆睁的怒目，又似是枉死亡灵怨恨的眼神。

“怎么了？”张华关切地询问依偎于怀中不停颤抖的女友。

“那里好像有东西。”周璃往榕树下的神龛瞄了一眼，随即把脸埋在男友胸前。

“没事，不过是一堆破烂而已。”张华轻摸女友的脑袋，“不信我翻开给你看。”说罢放开怀中颤抖的躯体，大步走向神龛。

“别……”周璃怯弱地叫道，伸手想把男友拉回身边。

“没事，我每天都从这里经过，没什么好怕的。”张华回头自信地笑了笑，随即踩在榕树露出地面的巨大根茎上，走到女友所指的神龛前一脚将其踢开。

“我说得没错吧？这里什么也没有……”张华笑着掏出手机，开启闪光灯照明。

当灯光照亮眼前的事物时，他的笑容立即消失，并跌倒在凌乱的神像堆中。因为出现在他眼前的，是一张青紫色的可怕面孔，满带怨恨的双眼正死死地瞪着他。

第一章　入庙拜神

“风吹鸡蛋壳，财散人安乐。”花泽坐在麻将桌前点算手中的钞票，瞥了一眼蹲在店门口抽烟的发高烧，阴险地笑道：“早就叫你别下注，现在输得连吃饭的钱也没了。”

“你妈个害！老子本来稳操胜券，谁知道竟然爆冷门。”发高烧怒气冲冲地将烟头扔出门外。（“你妈个害”乃粤式脏话，“害”是女性生殖器的雅化音，此话意同“你妈×”，但亦能解作“都是你妈害我的”。）

“在结果公布之前，每个赌徒都以为自己稳操胜券。但如果大家都能赢钱，我们不就都得喝西北风去？”花泽将点算好的钞票收起，从放在桌面上的精美礼盒中取出一只粽子，剥开咬了一口，惊奇道，“咦，味道还不错哦！没饭吃就吃粽子吧！”他又取出一只扔给发高烧。

“谁说老子没钱了，老子只是懒得回家拿。”发高烧直接用牙齿撕咬粽叶，三两下就把整只粽子吃了。

坐在茶几前玩手机的人渣突然抬起头热情地说：“我可以帮你去拿呀！”

“渣滓退散！”发高烧跳起来，交手结印，猛然抬腿跺地，一副跳大神的模样，“放你进我家溜一圈，我家马上就变毛坯房了。”

“挑，狗咬吕洞宾，不识好人心。”人渣白了他一眼，继续玩手机。（“挑”在粤语中是个相当于“喊”的助词，表示不屑。）

“你们整天待在这里无所事事，难道就没想过要学点什么吗？”溪望坐在茶几前，自顾自地泡茶喝，“譬如学掌相、占卜之类，对你们的业务挺有帮助的。”

“这个还用学吗？”人渣凑近他身旁，向他展示手机里的占卜应用，“你今天的运气不太好，必有大难，须破财挡灾……”

溪望一掌按在人渣脸上，将他推开，又道：“占卦算命只是一种表演方式，其实质是心理学跟推理。通过已知的信息，对目标进行分析，从而判断对方的心态，说一些能取得对方信任的话，并将对方引导到设定的圈套当中。”

“老子才懒得琢磨这么多，直接把对方打得哭爹喊娘，想要他干啥就干啥。”发高烧不屑地别过头，随即又兴奋地跳起来大叫，“哈，乐子来了，乐子来了！”

众人一同望向门外，看见一辆警车驶到店门前停下。坐于茶几前的人渣立刻将茶盘的蓄水器拉出，握紧手机如临大敌地盯着警车。发高烧则摩拳擦掌，准备跟对方大干一场。

可是，从警车上下来的并非他们意料中的一群高头大马的民警，而是拿着一个文件袋的映柳。发高烧立刻泄气地蹲下来，向对方骂道：“靠，蘑菇头，你开警车过来干吗呀？害我还以为是来扫荡的。”

“我不开警车过来，难道要开消防车吗？”映柳厌恶地白了他一眼。毕竟已经来过几次，跟对方也算是混熟了，所以经过对方身旁时，她轻拍对方的脑袋，“小狗乖，姐姐待会儿买东西给你吃。”

“汪，汪汪！”发高烧装作要咬她的手，吓得她立刻弹开。

“你不乖，不买东西给你吃。”映柳瞪了他一眼。

“用不着你买了，我这里有的是吃的。”花泽往脚边一指。

“哇，过年了？”映柳往对方脚边望去，看见六七个精致的礼品袋，每一个都装得满满的。

花泽没有回答，只露出神秘的笑容。

“厅长不给你报销车费吗？”溪望向映柳招手，示意对方坐他身旁的位置。

映柳坐下来答道：“老是拿着一大堆发票去报销，也够烦的啦，还不如直接开警车代步。反正局里最不缺的就是警车。”

此时，一名提着两个礼品袋的中年男人从门外探头进来问道：“请问，王局长在吗？”

“真不巧，王局长刚刚走了。”花泽皮笑肉不笑地迎上前，“你过来是添香油，还是求神问卜呢？”

男人愣了一下，随即会意道：“求神问卜。”

“先进VIP房搓两圈麻将怎么样？”花泽搂住对方的肩膀，将对方带进房间，并招手示意两名正在看电视的喽啰一同进去。

映柳向溪望小声问道：“那个男的是什么人呀？怎么花泽跟他说的话，我一句也听不懂。”

溪望答曰：“他是来拜神的。”

“这里可以拜神吗？”映柳傻乎乎地四处张望。这间名为茶庄的黑店，怎么看也不像供奉神明的庙宇。

“当然可以，如果你想加官晋爵……”人渣一脸狡诈地凑过来，但马上就被溪望一掌推开。

“下次多带点香油钱过来，你这事不是烧一次香就能办好的。”花泽阴阳怪气的声音从房间内传出，随即跟中年男人一同走出来。

“是是是，我明白，拜神一定要够诚心。我知道，我知道。”男人唯唯诺诺地点头。

待男人走后，映柳便问花泽：“你们不是进去打麻将吗？怎么才一会儿就出来了？”

“那只是一种仪式。”花泽阴险地笑着。

“你们这里怎么跟邪教组织似的。”映柳顿感云里雾里。

溪望笑道：“这里的事你就别管那么多了，来找我是有新案子吧？”

“嗯，是执信公园那宗诡秘的案子，之前有跟你说过的。”映柳将文件袋递给对方，并作简要的解释，“前几天，有一对路过的男女在那里发现一具女性尸体，经过法医检验后证实死于窒息。但奇怪的是，死者口鼻没有被阻塞的痕迹，气管也没有堵塞物，当然也没发现勒痕、溺水等痕迹。也就是说，死者是在缺氧的情况下活活被闷死的。”

“这很正常呀，把受害人装进一个密封的箱子就行了。”溪望随意地翻看现场的照片。

映柳说：“虽然死者出事前曾经喝了酒，但也不至于被装进箱子里也没知觉吧？可是，法医没发现死者于死前曾有明显的挣扎痕迹呢！”

“拿一个最大号的真空压缩袋把人装起来，然后抽掉里面的空气，这样就算想挣扎也动不了。”花泽露出阴森的笑容，仿佛对此颇为熟悉。

映柳哆嗦了一下，拉了拉溪望的衣角，小声问道：“他们经常这么做吗？”

“你猜。”溪望将看过的文件装好，站起来说，“走，看死尸去！”

“榴莲这家茶庄到底是干吗的？刚才好像没看见他呢，而且喽啰也没平时多。”在前往法医处的路上，映柳终于忍不住发问。

溪望莞尔一笑：“这茶庄说白了，就是间专门用来收香油钱和供品的土地庙。”

“店里别说神像，就连香炉也没一个，怎么看也不像土地庙呀？”

“谁说拜神一定要烧香。”溪望忍俊不禁，“‘神’的其中一个定义是‘超越常人’。也就是说，只要做到别人做不到的事情，就能算得上是‘神’。”

“我被你越说越糊涂了，能说人话吗？”

“我就直白地告诉你吧！其实茶庄的老板并不是榴莲，而是他的伯父，也就是花泽口中的‘王局长’。”溪望如实地告诉对方茶庄的秘密。

榴莲的伯父是税务局局长，经常有人求他办事。既然有求于人，送礼、送红包自然就免不了。尤其是逢年过节的时候，送礼的人多得要排队，甚至有人想送礼也送不上。

因为在单位里收礼影响不好，而且送礼的人实在太多了，王局长也不可能天天待在单位里收礼。因此，王局长就开了这间所谓的茶庄，要是有谁要给他送礼，他就会说：“把东西放在我店里。”这样就方便多了。

虽然茶庄只是个幌子，但也总得有人待在店里，而且必须是王局长能信任的人。整天无所事事又养着一群喽啰的榴莲，自然就是不二的人选。

替王局长收受礼物只是榴莲的其中一项业务，除此之外他还充当中间人的角色，刚才花泽问那个男人“添香油”还是“求神问卜”，其实就是问对方的来意。

“添香油”是指礼节性的拜访，逢年过节都少不了，就像到土地庙上香、添香油那样。局长不会记住谁给他送礼，但能清楚地记得谁没送礼。当这些没送礼的人去找他办事时，穿小鞋自然就免不了。

“求神问卜”就更简单易懂了，说白了就是有事要求局长帮忙。要尽快把事情办好，当然不是提两袋礼物过来就能解决，所以花泽把他拉进房间里打麻将。至于为什么要打麻将，我想你会懂的……

“榴莲的茶庄原来是个腐败窝点！”映柳微微有点吃惊，但又心生疑惑，“光靠受贿就能养活这一大群人，王局长也太贪了吧？”

“当然不是了，接待送礼的人只是副业而已，他们的正业是地下博彩及高利贷。”溪望悠然地答道，“刚才发高烧之所以蹲在门口抽闷烟，是因为他在自家下注输了。榴莲他们不但经营私彩，还经营足球、赛马等博彩活动，甚至有自己的赌博网站。你别看店里只有一台电视机，连电脑也没有，其实人渣一直用手机监察赌博网站的情况，如果有警察来踹窝，他会立刻将手机扔进茶盘的蓄水器里销毁罪证。这就是他总坐在茶几前的原因。”

“没想到这间小小的茶庄，内里竟然大有文章，怪不得榴莲要养这么多喽啰。他今天不在，大概是去收钱了吧？”

溪望点头答曰：“今天是交收日，他得去找那些冤大头收钱。欧洲杯正在举行，这段时间他都会很忙。”

“等等……”映柳突然想到个问题，“他又经营赌博，又放高利贷，那他不就有很多钱吗？但我怎么看他也不像个有钱人呢，有时候还挺抠门的。”

“哈哈哈……”溪望放声大笑，“他的抠门是天生的，而且他也不算十分富有，因为他只是包工头，王局长才是真正的老板。经营赌博以及放贷的资金，主要来自王局长跟同僚收受的贿款。这些钱本来就不能见光，与其存在银行留下罪证，还不如让榴莲拿去放贷，让雪球越滚越大。”

映柳兴奋地叫道：“哇，这可是一宗贪腐大案呢，我们要是把茶庄查封，说不定马上就能升职。”

“我怕还没查出结果，你就先被停职了。”溪望没好气地白了她一眼，“我刚才就说了，赌博的罪证主要在人渣的手机里，他一察觉不对劲就会将手机毁掉。至于收受贿款及放贷的记录，很不幸，全都在花泽的脑袋里。”

“脑袋里？”映柳愕然问道。

“没错，就在他脑袋里。”溪望淡然一笑，“虽然花泽没念多少书，但他有一个特长，就是记忆力非常好。谁给王局长进贡了多少，谁又欠了多少贷款，谁谁谁又下注多少，他全都记在脑袋里。除非你能把他脑袋里的账本掏出来，不然最好别想打他们的主意。说到底，王局长也是某种意义上的‘神’，把‘神’给得罪了，肯定没好日子过。”

“要是你不能把执信公园这宗案子查个透彻，我才没好日子过呢。”映柳白了他一眼，随即又面露寒色，“根据家属的口供，死者很可能是因为亵渎神明而遭到神明降罪，惹来杀身之祸。”

溪望轻描淡写道：“神嘛，我见过。他们要是想杀人，就像我们踩死一只蚂蚁那么容易。”

“真的假的？你竟然遇到过真正的神？他有给你三个许愿的机会吗？”映柳睁大双眼看着他。

“你会给蚂蚁三个许愿的机会吗？”溪望没好气地白了她一眼，随即指着前方惊呼，“红灯，快停车！”

第二章　死不瞑目

“哇！”映柳急踩刹车，险些撞上前面的货车。

“柳姐，我还年轻，还有个妹妹要照顾，我可不想现在就去阎王殿报到。”溪望心有余悸地轻拍胸口。

“吓死我了，差点就撞上了。”映柳大口大口地呼气，“要不让你来开？”她解开安全带，打算跟对方换位置。

“我没有驾照。”溪望尴尬地回答。

“啥？”映柳一脸惊疑地看着对方，“我还以为你什么都会呢，原来你竟然不会开车。”

“我会开车，但没有驾照。”

“为什么？”

溪望颇为无奈地答道：“柳姐，我从18岁开始就得担起家里的开销，没饿死就已经不错了，还哪来的闲钱去考驾照？工作后虽然经济上还过得去，却总是忙个不停，根本腾不出时间去考试。所以，我到现在还没拿到驾照。”

“啊哈哈……刑侦新人王也不过如此嘛，竟然不会开车，还不如我。啊哈哈哈……”映柳得意扬扬地大笑，扣上安全带继续开车。

“我只是没有驾照，唉……”溪望轻声叹息，不再争辩。

两人来到法医处，映柳从刚才一直笑到现在，几乎笑到面瘫。溪望没理会她，径直走进流年的办公室，向对方了解执信公园那宗案子的尸检情况。

“这宗案子挺诡异的。”流年翻开一份档案，随即又将其合上，“或许，我该让你们看看尸体。”

“为什么？我们又不是法医，就算盯着尸体看上半天，也不见得会有比你更专业的发现呀。”映柳脸色渐白，“你直接把尸检结果告诉我们就好了。”

“就是因为不容易说清楚，所以才让你们去看。走吧，别再啰里啰嗦。”流年拿着档案，扬手示意两人一同移步停尸间。刚迈出两步，他突然转过身来，严肃地对映柳说：“待会儿千万别笑，那是对死者极大的不敬。”

映柳下意识地捂住自己的嘴巴，不敢再多言。

然而，流年的担心是多余的，因为他刚将尸体推出来，映柳就立刻退到墙边，扭过头不敢多看。虽然如此，但当他将盖着尸体的白布掀开，露出尸体的头部及胸部时，映柳还是偷偷瞥了一眼，就是这一眼，让她的脸色瞬即煞白。

因为她看见了一张脸色紫青、双目圆睁的可怕脸庞。

“单看脸色就知道了，明显是窒息死亡，而且眼睛还睁着，大概心有怨气，死不瞑目。”流年叹了口气，伸手在死者脸上轻抚，好让对方合上可怕的双目。可是，尸体的双眼刚合上，马上又再睁开，吓得偷看的映柳立刻弹到墙边。

溪望轻声叹息，向流年讨来一双手套戴上，走到尸体旁严肃地道：“冤有头，债有主。我既然接手调查，自会还你一个公道。安心上路吧！”说罢往死者双眼一抹。

这次尸体的双眼没有再度睁开，溪望亦没有再说话，只是仔细观察眼前这具身材玲珑浮凸的赤裸艳尸。死者的身材相当火辣，翘臀细腰，胸部更是傲人，若非脸部呈骇人的紫青色，绝对是一具惹人遐想的美艳胴体。

然而，溪望注视的并非死者的玲珑曲线，他的目光于死者的脸部停留片刻，又往胸部瞥了一眼，向流年问道：“僭建？”（“僭建”于粤语中本指违章建筑，即擅自对建筑物进行改建或加盖附加建筑，最常见的是加建天台屋，或将阳台改建成房间等。随着近年整容整形手术的盛行，“僭建”一词逐渐引申出另一个含义——隆胸。）

“看来你的观察力没有退步。”流年轻轻地点头，出于对死者的尊重，他没有就这个话题说出轻佻的话，而是严肃地向对方讲解，“死者双乳植入了假体。”说罢移动死者的手臂，展露其因隆胸手术而在腋下留下的隐蔽疤痕。

畏缩于墙边的映柳轻手轻脚地走近，好奇地问道：“你怎么看几眼就知道她……动过手术？”她本想直接把“隆胸”二字说出，但又怕对死者不敬，所以换了个委婉的说法。

“看脸就知道了。”溪望耸肩作答。

“怎么可能？”映柳向对方投以惊诧的目光，“光看脸怎么知道有没有动过手术？”

“他是用倒小人相法判断的。”流年将死者的手臂摆回原来的位置。

“倒小人是什么？”映柳心中有1000个问号。

溪望解释道：“面相中有倒小人及正小人两种相法，正小人适用于男性，而倒小人则适用于女性。倒小人即将脸部五官视为人形，以口为头、人中为颈、鼻尖为心、鼻翼为胸、鼻梁为身、眉毛为腿、印堂为……两腿之间是什么，大概不用说了吧！”他顿了顿，又继续解释，“鼻翼结实有肉则胸部丰满，通常性格外向乐观、不拘小节；反之胸部平坦，且不易相处，或心机深重。”

“按你这么说……”映柳往死者那张可怕的脸庞上瞄了一眼，马上哆嗦了一下，抬起头望向溪望道，“死者鼻翼扁平，应该是胸部平坦，而且是个不好相处的人？”

溪望点头答曰：“虽然不能一概而论，但十有八九能蒙对。”

“原来你还会看相呢！”映柳向对方投以仰慕的目光。

“只是略懂皮毛而已。”溪望盯着她的脸，故作认真道，“不过看你的面相，胸部应该还有拓展的潜力。”

映柳立刻双手护胸，并侧过身姿，就好像自己的胴体正赤裸裸地暴露于对方的目光之下。她娇斥道：“看什么看，我才不会去隆胸。”

溪望摇头道：“不一定要动手术才能拥有丰满的胸部，我有个方法能够让你的胸部自然地丰满起来。”

“什么方法？”映柳两眼放光，快步凑近对方身旁。

“将土鸡蛋去壳放在碗里，倒入一两70°以上的白酒，盖上盖子浸泡12小时。如果白酒的度数够高，鸡蛋应该会被泡熟，不能泡熟就说明度数太低了。把泡熟的鸡蛋连同白酒一起吃掉，每天早晚各吃一次，一个月内见效。”

“真的假的？光吃白酒跟鸡蛋就能丰胸？”映柳将信将疑地盯着对方。

“信不信由你。”溪望耸耸肩，随即又补充道，“我家丫头用这方法，一个暑假就从A罩杯变B罩杯。”

“变态，连自己妹妹的胸围大小也这么清楚。”映柳虽一脸鄙夷之色，心中却跃跃欲试。

“我还会帮丫头买卫生巾呢！”溪望没好气地白了她一眼。

“该谈正事了，虽然死者最不缺时间，但应该不会想听你们谈论丰胸秘方。”流年板着脸说。

溪望的目光又回到死者脸上，他喃喃道：“眉心宽阔易有桃花，死者生前应该不乏伴侣。”

“嗯，虽然有些不敬，但该说的还是得说。”流年翻开档案查看，“据资料显示，死者名叫何洁玲，27岁，是市63中的英语教师。已婚三年，丈夫为同一中学的体育教师李明航，两人至今未生育。不过我检查过，死者的子宫壁很薄，之前应该做过多次人流，甚至影响到她的生育能力。另外，在死者的阴道里发现了残留的精液，死者应该在出事前曾进行性生活。精液化验的结果已经出来了，奸夫的血型是B型。”

“奸夫？”映柳睁眼看着流年，不解地问道，“为什么说是奸夫呢？死者不是有丈夫吗？”

“就是因为死者是有夫之妇，所以才说奸夫。”流年将档案递给她，“刑侦局送来的资料没出错的话，死者丈夫的血型应该是O型。”

“讨老婆还是找个眉心别太宽的女人比较好。”溪望说。

“这里不就有一个？”流年往映柳瞥了一眼。

溪望也望向映柳，点头道：“嗯，或许还是个处女，如果不嫌她又土又丑，可能是个不错的选择。”

“什么跟什么嘛！”映柳满脸通红，恼羞成怒地跺脚。

“言归正传吧！”溪望为打破尴尬，立刻转换话题，向流年问道，“死者到底是怎么死的？”

“窒息致死，但口鼻没有任何被堵塞的痕迹。”流年将手伸到尸体的口鼻之上，做捂住嘴鼻状，“当然，口腔及呼吸道也没有堵塞或积液。”

“死者会不会是被真空袋……”映柳道出花泽所说的杀人方法。

“不可能。虽然死者的血液中酒精含量较高，但还不至于在窒息状况下仍不能醒过来挣扎。只要她曾经挣扎，就一定会留下痕迹……”流年脱下右手的手套，以食指指甲在映柳手臂上轻轻一划。

“你想干吗？”映柳夸张地往旁边弹开。

“只是做个试验。”流年无奈地耸肩。

约十来秒后，被指甲划过的皮肤呈现一道淡红色的刮痕，于白皙的手臂上极为显眼。映柳慌张地对流年叫道：“哇，你的指甲是不是有毒呀？我听局里的前辈说，你可是个变态尸魔！”

“变态尸魔？”溪望苦笑道，“你是听阿慕说的吧！”

“大概就只有他才会这样称呼我。”流年亦无奈地苦笑，随即解释道，“你的手臂只是轻微的皮下出血，这是十分常见的事情，常见到几乎没人会留意。其实在日常生活中，经常会碰到这种情况。像抓痒或者碰到桌子，都会引起皮下出血，但很快就会自行消退，所以通常不会引起注意。”

“还是真的呢……”映柳再度查看手臂，发现刮痕已经消失，她随即又道，“你无缘无故拿我做试验干吗？”

“活人的皮下出血会自行消退，死人却不会。如果死者是被你说的‘真空袋杀人法’杀死的，那么皮肤受到真空袋挤压，会造成皮下出血。”流年将白布往下拉，露出尸体腹部前的双手，并指着尸体乌青的前臂说，“那么，死者全身大部分皮肤都会是这个颜色。”

尸体一双前臂皆呈现乌青色，但两只手臂各有一道细如丝线且笔直如柱的痕迹，肤色如常，并没出现乌青。溪望不禁皱眉，就此向流年问道：“这是怎么回事？”

“我只能回答你，死者于死前双手曾被某些东西挤压或者说是包裹，所以才会造成乌青。至于这没出现乌青的地方，就是没有被挤压。”流年将尸体翻过来，露出尸背一块呈方形、几乎覆盖整个背部的紫红色斑块，“除双手外，最明显的尸斑就是这一块。不过对照现场照片，应该是源自压住尸体的物体。”

“这尸斑方方正正的，尸体被什么压住了呢？”映柳连忙翻查档案。

“你得多做事前准备才行。”流年指着档案里的一张照片，“是神龛。”

映柳尴尬地点了点头。

溪望对背后的尸斑不感兴趣，只是盯着死者的双手喃喃自语：“有什么东西既能将双手包住，又会留下一道笔直的缺口呢？”

流年摆出一副事不关己的嘴脸：“我的工作不包括回答你这个问题。”

溪望淡然笑道：“你的工作也不包括讲吓唬小妹妹的恐怖传说。”

流年耸肩道：“好了，死者已经向你们提供了不少线索，想听鬼故事就到办公室等我一会儿吧。”说罢便恭敬地将尸体推回冷库。

流年返回办公室，便向两人说道：“我老家那边曾经发生过一件有趣的事，我想应该会对你们的调查有帮助。”

“愿闻其详，不过最好别太玄幻。”溪望笑道。

“唉，跟你这没信仰的家伙一起办事真不容易。信者得救吧！”流年无奈地叹息，随即向两人讲述一个亦幻亦真的可怕传闻。

第三章　神罚禁言

“‘文革’时期提倡‘破四旧’，作为四旧象征之一的土地庙自然难逃此劫，被疯狂的人们大肆破坏。不过，我家乡有一座很奇怪的土地庙，却能在那个疯狂的年代中得以幸存。

“这个土地庙建于哪个年代，已经无从考证，但至少也存在了好几百年。土地庙本来是建在村口一棵大榕树前面，但随着榕树的不断生长，树根渐渐将土地庙包裹了起来。经历数百年后，榕树已长成近30米高、覆盖面积达500平方米的巨树。层层树根早已将土地庙包得严严实实，形成一间天然的‘树中庙’。

“树中庙只有两米高，内里大概10平方米左右，三四个人就能挤满，想进去上炷香也不容易。不过，在老人们的记忆中，这小庙向来香火不绝，甚至有村外的人特意进来拜祭，向土地公祈求各种心愿的实现。

“听我爷爷说，树中庙挺灵验的，信众几乎求什么得什么。当然这多是以讹传讹，不可尽信，但我们村从没出过重大天灾人祸倒是真的。

“树中庙虽然灵验，但并非所有人都受这一套，尤其是在那个可怕的年代。

“‘大跃进’时期，曾经有村民打大榕树的主意，想把树砍下来烧炉炼钢。村里的老人都站出来反对，认为榕树已跟土地庙融为一体，砍树必定触怒神明。年轻人当然不相信鬼神之说，坚持要砍树，但刚砍了几下，榕树就流出血红色的树液。

“这可把大家吓坏了，老人们赶紧烧香拜佛，求神明宽恕。年轻人亦不敢继续造次，树中庙也就逃过一劫。

“可是，到了‘文革’时期，树中庙又被推到了风口浪尖。那些疯狂的红卫兵不理会长辈的劝阻，非要将树中庙拆掉，为首的是一名叫叶卫国的年轻人。

“那天，卫国跟十来个红卫兵带上锄头、斧头等工具，浩浩荡荡地来到大榕树前，扬言要砍树拆庙。村中老人纷纷出来劝阻，说树中庙建于村口的风水宝地，是本村龙脉所在，绝对不能碰。更有部分长老跪下来，求他们千万别亵渎神明，以免给全村带来灾祸。

“这些话卫国当然听不进去，还被斥骂为封建迷信思想，威胁要把劝阻者当作臭老九抓起来批斗游街。

“老人们都被吓得不敢再开口，唯独村里辈分最高的二牛爷挺身挡在红卫兵前，责骂他们年少无知，不分轻重。他还提起‘大跃进’时榕树被砍流血的事，警告他们亵渎神明必遭天谴。

“榕树流血在村里是人所共知的事情，红卫兵们虽说不信鬼神，但心里多少有些忌惮，更有不少人萌生退意。

“卫国为挽回声势，大骂二牛爷妖言惑众，粗暴地将对方打倒在地。然后，他又指着树中庙放声辱骂，说尽污言秽语，还走进庙里往土地公的神像上撒了一泡尿。

“当他趾高气扬地走出树中庙，准备叫红卫兵动手砍树拆庙时，高亢的声音突然消失，全场顿时鸦雀无声。然而，大家却看见他的嘴巴仍在动，就是谁都没听见他在说什么。

“他自己也觉得奇怪，张口大叫几声，但大家还是没能听见他发出任何声音。他不但没能发出声音，而且脸色也不对劲，双手按着胸口，面露痛苦之色。

“接着，他的脸色渐变青紫，并作出近乎疯狂的挣扎，不断扑向众人。大家看见他这模样，别说是村中的老人，就连跟他一同前来的红卫兵也避之若浼。

“他就这样在众人眼前，脸色由青变紫，由紫变黑，最后倒卧在地上抽搐几下就死了……”

“他是中毒吗？”映柳惊慌地向流年问道。

“是窒息。”溪望亦望向流年。

流年点头道：“他之所以不能发出声音，大概是因为嘴巴附近的空气被抽走，继而使他无法呼吸，最终窒息致死。”

“为什么会这样？”映柳又问。

流年道：“据说有一种天谴叫‘禁言’，会让人不能说话。我想卫国大概是遭到了这种天谴。”

溪望接着解释：“声音是靠空气振动来传递的，嘴巴附近的空气被抽走，自然就发不出声音，同时亦不能呼吸，情况就跟卫国的遭遇一样。”

流年再度点头：“其实只要熟识空气动力学，以人力也有办法做出类似的效果。”

映柳的脸色虽然不太好，但还是好奇地问道："什么办法？"

"这种小问题应该难不倒我们的刑侦新人王。"流年对溪望竖起两根手指，"提示是风扇。"

溪望苦笑着作答："是前刑侦新人王。"

映柳认真思索片刻，突然惊叫："不对呀，卫国当时在室外，而且在'文革'时期要找台风扇也不容易呢！"

流年神秘地笑道："要做出类似的效果，必须符合多个条件，其中一个就是目标不能移动。像卫国那样疯狂的挣扎，是不可能令他窒息而死的。"

"那么……"映柳的脸色越来越难看。

流年得意地笑道："你猜得没错，他就是遭到了天谴！"

映柳的脸色发青，就差没叫出来。

溪望看着她无奈地摇头，没好气地对流年说："你再吓唬她，以后她就不敢来了。"说罢向对方挥手道别，并示意映柳一同离开。

映柳求之不得地往外走，但流年却招手把两人叫回来，说："有件事忘了跟你们说。"

"不会又是些神叨叨的传说吧？"映柳极不情愿地折回。

流年说："不是啦，这回是正经的。检验死者的尸体时，我在脖子附近闻到一股异味，应该是香精之类的东西，但又不像香水。我已把部分皮肤样本送往技术队化验，你们明天去走一趟，应该会有结果。"

"技术队啊……"溪望叹息一声，"唉，该面对的，终究要去面对。"

"有异味吗？我刚才只闻到了浓烈的尸臭味……"映柳皱眉思索，身体突然一个劲地颤抖，她向流年问道："你该不会对尸体有特殊癖好吧，不然怎么会发现死者脖子上有异味？"

流年板着脸答道："我下次验尸时，你要不要在一旁监督？"

"不要！"映柳惊慌地大叫。

两人离开法医处，来到发现死者尸体的其中一名目击者张华的工作单位，向他了解情况。然而，张华跟女友周璃只是碰巧路过才发现死者，能提供的信息相当有限，跟资料上的笔录也没多大差别，对调查的帮助不大。

有鉴于此，两人对另一名目击者周璃亦不抱希望，只是例行公务地拜访。映柳表明来意后，对方于颤抖中幽幽地道："很可怕，那一刻让我觉得非常害怕。"

"死者脸色紫青，而且还死不瞑目，样子的确很吓人。"映柳哆嗦了一下。

"不是这个原因。"周璃轻轻地摇头，"当时光线昏暗，我没能看清楚她的脸，但我非常害怕。”

“为什么？”溪望饶有兴致地问道。

“我也说不清楚，反正我当时觉得非常害怕，是种从心底冒出来的惊惧……”周璃娇小的躯体微微颤抖，徐徐向对方讲述自己恐惧的源头。

“当晚大概是凌晨两点多，我跟张华看完午夜场电影后一起离开。走到靠近执信公园时，我心里忽然感到有点不安，仿佛有人……或者说，是有东西盯着我。

“当时已经是午夜，街道上除了我跟张华之外，别说是人，就连流浪猫也没有一只。但我还是觉得有东西盯着我，而且那感觉很强烈，让我很害怕。我甚至感觉到，那双盯着我的眼睛就躲藏在公园里面。

“我不由自主地扭头往公园望过去，公园里也是人影全无，但当我把头转过来时，眼角却瞥见一点亮光。虽然亮光一下子就消失了，但我知道是源自榕树底下的垃圾堆，而且还感觉到那里藏着可怕的东西。

“纵然心里很害怕，但从榕树旁边经过时，我还是忍不住瞄了一眼。虽然只是一眼，却把我吓到了。因为我看见在榕树下堆放着的凌乱的神龛、佛像当中，好像有东西闪了一下。

“我没看清楚那是什么，只感觉到那东西是活的……或者，或者，怎么说呢，反正我当时觉得那里有东西动了一下，好像是眨了一下眼睛。那东西就躲在榕树下那个显眼的神龛下面，从光线照射不到的漆黑缝隙中盯着我，还向我眨眼睛。

“我甚至能感觉到，它好像想跟我说话。虽然我不知道它想说什么，但却能感觉到它的……情绪。它给我的感觉是愤怒、怨恨、迷茫……

“只瞄了一眼，你就能有这么多感觉？”映柳向对方投以怀疑的目光，脸颊却有一滴冷汗滑落。

周璃没有对对方的怀疑作出反驳，只是眉头紧皱，苦苦思索一个合适的词汇。良久，她终于想到了一个适当的词语：“求助！”当时的感觉虽然很复杂，但归根究底就是这个感觉。“我感觉到在神龛底下，有东西向我求助。”

刚走出周璃的工作单位，映柳就喃喃自语：“她到底是中了邪，还是受惊过度以致精神失常呢？怎么会跟我们说这些奇怪的话？”

溪望不以为然地答道：“她只是说出自己的感觉，我不觉得有哪里奇怪。”

“还不奇怪？”映柳夸张地叫道，“她当时只是跟男友经过案发地点，什么都没看见就觉得垃圾堆里有古怪，而且还说感觉到愤怒、怨恨。你不觉得她很可疑吗？”

“你把眼睛闭上。”溪望忽然停下脚步。

“怎么了？”映柳不明就里地闭上双目。

溪望将食指伸到对方眉心前方约一寸处停下来，对方立即紧皱眉头。他笑道：“有感觉吗？”

“嗯，好像有东西在面前。”

“睁开眼睛看看。”

映柳缓缓睁开双眼，立刻放声尖叫：“哇，鬼啊！”并往后弹开，差点没跌倒。因为她看见的并非悬于眉心前的手指，而是嘴巴横张、眼皮下拉、双眼上吊的鬼脸。

溪望放下双手，大笑道：“你的反应还真迟钝，哈哈哈……”

“你干吗吓唬我？！”映柳不岔地骂道。

“哈哈，人也是动物，或多或少也有点动物的本能，就像你刚才感觉到我的手指那样，那是一种超越感官的感觉，有人将其称之为‘第六感’。”溪望收起笑容，又道，“你经常问我，为什么我总能发现被人跟踪？其实是因为我的第六感比一般人强。每当有人盯着我，我马上就会感觉到，所以很轻易就能发现跟踪者。相对来说，你的第六感不是一般的弱，闭上眼睛就什么都不知道了。”

“我知道你比我强。”映柳没好气地翻白眼，随即又道，“这么说，周璃的感觉是源于她的第六感？”

“可以这么说，女生一般都比较敏感，能感觉到一些虚无缥缈的事物。”溪望顿了顿，又补充一句，“不过，你似乎是个例外。”

“我知道自己反应迟钝，你不用老是提醒我。”映柳脸上的羞愤之色渐退，取而代之的是畏惧，“如果周璃的感觉是源自她的第六感，那么……”她已经不敢再说下去了。

“嗯，她的感觉或许就是死者的情绪。”溪望轻描淡写道，“死者大概是心中有怨，所以才会死不瞑目。”

“会不会是因为她的灵魂被神明囚禁了？根据家属的口供，她是因为亵渎神明才惨遭横祸的。”映柳的脸色变青。

溪望沉默不言。

宁静的执信公园内，约有十来人在嬉戏，当中大多是老人和幼童。公园建于市63中旁边，邻近商业区，是闹市中难得一见的休闲场所。可惜规模实在太小，整个公园占地不足500平方米。园内设施亦十分简陋，除四套失修的康乐健身器材外，就只有几张长椅。绿化也不怎么样，只有三个缺乏打理的花圃，以及一棵枝叶茂盛，树荫下堆满弃置的神龛、佛像的大榕树。

映柳走到榕树前，皱眉道："这公园唯一像样的就只有这棵榕树，可是却堆满垃圾，真不像话。难道就没人负责清理吗？"

"谁说没有的？"溪望往她身后一指。

映柳回头一看，发现一名年约五十的清洁女工正推着垃圾车走过来。女工于不远处停下，取出环卫工具清理过道上的垃圾。

映柳板着脸上前责问："榕树下的垃圾是你负责的吗？"

女工头也没抬便答道："喜欢就拿去呗，反正没人敢要那些东西。"

被对方视为捡破烂的，令映柳为之气结，正想发难却被溪望捂住了嘴巴。溪望将她拉到身后，友善地对女工说："靓姐好。"

女工呆了一下，抬起头看着溪望，受宠若惊般问道："有事吗，小伙子？"

"嗯，有件事想请教靓姐。"溪望虚心求教。

女工爽朗地答道："有啥想问的就问呗。"

溪望回头望向榕树，问道："请问这些东西为什么没人敢要呢？"

"我劝你们最好别打它们的主意。"女工面露神秘之色，"因为这些都是弃神。"

第四章　舍佛弃神

"'弃神'？是什么玩意儿呀？"映柳好奇地从溪望身后探出头来。

"弃神就是被遗弃的神明喽，看你的样子也像读过一点书，怎么没能听懂呢？"女工横了她一眼，又向溪望解释，"这些神龛、佛像都是别人供奉过，随后又丢弃的。但凡神像、佛像，只要受过香火就会有神明附身，如果遭到遗弃就会变得很邪门。如果你们想在家里供奉神佛，一定要去买新的，别想省这个钱。把这些二手货捡回家，我怕你们还没得到神明保佑，就先惹祸上身了。"

女工往榕树下瞄了一眼，又道："前几天才有个女教师，把自己家里的神龛佛像全都丢在这里，结果没过两天就被神明降罪，莫名其妙地死掉了，尸体还被她丢弃的神龛压住。"

"我们才不会把这些破烂捡回家呢。"映柳取出警员证向对方展示，"我们就是来调查女教师命案的。"

女工似懂非懂地看着警员证，仍以不善的语气对映柳说："就算你是警察，也不该前一句垃圾、后一句破烂地亵渎神明。要是神明降罪下来，你身上的皇气也保不了你，下场就跟那女教师一样。”

映柳脸色渐变，求助般向溪望问道：“应该不会吧？”

溪望眯着眼笑道：“不好说。”

映柳神经兮兮地双手合十朝四方乱拜，嘴里喃喃自语：“有怪莫怪，小女子不懂事，若有得罪，还望神明见谅……”

溪望没理会她，向女工道谢后，取出文件袋内的照片，与现场逐一对照。

映柳发完神经后，便问他有何发现，他淡然答道：“可以肯定的是，这里并非凶案的第一现场，但地上也没明显的拖拉痕迹，尸体应该是被凶手扛过来抛弃的。也就是说，凶手很可能是成年男性，当然也不能排除是较为健壮的女性。毕竟死者的体重近50公斤，力气太小就扛不动了。”

“用手推车不就行了？”映柳往一旁的手推垃圾车瞥了一眼。

“有这个可能，但具体操作起来并不容易。”

“为什么？”映柳面露不解之色。

“你先看看附近的情况。”溪望示意对方观察公园内外的环境。

执信公园共有三个入口，除南面紧靠市63中的围墙外，东、西、北各有一个入口。为防止车辆进入，所有入口皆装有栏杆，间距不足半米，仅能够让一个通过。

东入口正对社区医院的门诊部；西入口位于川流不息的主干道旁；榕树位处北入口，与栏杆约有六米左右的距离，正对一栋十层高的住宅楼。

映柳环视一圈，并未发现异样，挠着脑袋向对方讨教。溪望指着住宅楼的窗户说：“如果我是凶手，我一定不想在抛弃尸体时被任何人看见。”

映柳觉醒道：“只要住宅楼其中的一个窗户仍有灯光，凶手就不会走这个入口。”

溪望点头又道：“凶手必定从其他入口进入公园，借助公园内设施的掩护接近榕树，将尸体弃置。因为有栏杆阻挡，所以不能用手推车之类的工具。”

映柳望向另外两个入口，喃喃自语道：“东面入口正对医院门诊，任何时候都可能有人出入，凶手肯定也不会从这里进入；西面是条大马路，凶手应该也不会走这里。那凶手是从哪里进入公园的呢？”

“从天下掉下来的。”溪望白了她一眼，指着西入口外的马路，“你认为到了凌晨，这条马路还会川流不息吗？”

映柳尴尬地摇头，随即掰着指头道：“周璃发现尸体是凌晨两点左右，而法医到达现场时，判断死者的死亡时间在三小时以内。那么，凶手应该是在23点到凌晨两点之间，将尸体弃置在这里的。”

“或许能将范围收窄。”溪望往马路对面的一间餐厅望去，“那间餐厅营业到凌晨一点，如果凶手要从西面进入公园，肯定会等餐厅关门后才行动，不然就会被人发现。”

“你经常去那间餐厅吗？怎么会知道人家啥时候关门？”

“营业时间不就写在餐厅门口上吗？”溪望又白了她一眼，“凶手应该是在凌晨一点到两点之间，驾驶汽车将尸体送到西入口，然后将尸体搬到榕树下弃置的。”

映柳不解地问道：“为什么一定是汽车，而不是手推车呢？”

溪望没好气地回答：“半夜三更推着辆手推车到处乱跑，你不觉得太显眼吗？就算是清洁工也没这么早啊！”

“笃笃笃。”

两人来到位处宁静校园内的教师宿舍楼，敲响死者生前住所的大门。没过一会儿就有一名年近六十的大妈开门，映柳向对方出示警员证。

“你们应该是为洁玲的事而来吧？我是她婆婆，邻居都叫我萍姨。你们先进来坐坐。”大妈神色黯然，但相当友善。

两人进门后，目光便落在了正对大门的神龛上。

神龛以仿红木制造，分为上中下三层：上层供奉一尊观音像，并放有电子莲花灯及观音杯；中层放有李氏先祖的神位牌，以及一个中年男人黑白照的相框；下层供奉着五方五土龙神牌位。上中下三层皆装有红色灯泡，香炉、茶杯、供果均整齐地放置。从内墙被烟熏的程度判断，神龛应该使用了好些年头，而且边角有碰撞造成的破损。

映柳盯着神龛良久，突然失礼地说：“这神龛三层的高度好像不一样呢，是不是制作时弄错尺寸了？”

萍姨愣了一下，随即脸色略沉。

溪望连忙按下映柳的头向萍姨道歉：“不好意思，小女孩不懂事，请勿见怪。”

“有怪莫怪，有怪莫怪……”萍姨双手合十，朝观音像拜了三下，然后才对两人说，“神龛上下中三层分别供奉天地人。上层供奉天神，肯定要比另外两层高一些；下层供奉地主，略微比上层矮；中层供奉祖先，当然是最小的。人不可能比天地更大，就算是要定做一个三层一样高的神龛，也没有师傅敢做。”

“原来如此，受教了。”溪望恭敬地向对方点头致谢，随后又道，“这神龛似乎用了些时日，是不是……”他故意没说下去。

“你猜得没错，这神龛就是压住洁玲的那个，我从榕树下搬回来了。唉，洁玲是因为对菩萨不敬才招来横祸的，我可不能任由菩萨在外日晒雨淋。”萍姨请两人到客厅就座，奉上热茶后，才开始讲述事情的经过。

“我男人死得早，我靠养鹌鹑赚钱，好不容易才把航儿养大，还供他念完大学。这孩子还算争气，毕业后在学校当教师，把我从乡下接过来，说要让我进城里享福。日子是过得比以前好多了，但当娘的都想早日抱孙子，眼见生活日渐安稳，我就催促他快点成家立室。

“我这儿子性格比较内向，平时就喜欢看漫画和动画片，不怎么喜欢说话，身边的朋友也不多，来来去去就只有学校里那几个同事。忽然间要他找个人成家立室，的确有些为难他。为了能让他早日结婚，我也顾不上自己的颜面，私下去找教务处的陈主任，软缠硬磨地求陈主任帮忙给他介绍一个对象。

“陈主任也挺热心的，不但介绍洁玲给他认识，还充当月老，为他们牵线搭桥。洁玲也是学校里的老师，虽然跟航儿教的班级不同，但他们之前偶尔也碰过面，互相都对对方有好感，所以交往没多久就结婚了。

“他们结婚后还跟我住在一起，到现在已经三年多了，相处得尚算和睦。可能因为学英语的关系，洁玲的个性比较洋气，不太喜欢我在家里供奉菩萨。不过，之前她只是偶尔说两句，从来没有干涉我的事。

“后来，他们买了现在这间房子，打算跟我一起搬过来。在搬家之前，洁玲就跟我说，一定要把旧房子的神龛扔掉，绝对不能搬过来。她说神龛太土气，跟新家的装修不搭配，搬过来会大煞风景。

“神龛又不是装饰品，而是用来供奉菩萨跟祖先的，怎么能因为不好看就扔掉呢？这些年要不是得到菩萨的保佑，让我们家事事顺利，我们也不能住上这么漂亮的房子。现在环境稍微好一点，就要把神龛扔掉，不就是过桥抽板吗?

“她读书比我多，也很有见识，别的事我都会让她拿主意。但这种事可不是闹着玩的，我当然不肯答应，不管她怎样发脾气，我也要将神龛搬过来。

“我本以为她只会唠叨一阵子，过十天半个月等气消了，就不会再提起这件事。可是自从搬进这里，她几乎每天都要说一遍，有时候甚至会大吵大闹。都已经两三个月了，她似乎还没有放弃的打算，看样子是非要把神龛扔掉不可。

“之前她已经好几次想把神龛扔掉，幸好都被我阻止了。可是上个星期，她竟然趁我出去买菜，叫航儿把神龛扔掉。航儿跟她吵了几句，但最终还是拗不过她，只好将神龛搬到学校旁边的公园里。

“我知道后想把神龛搬回来，但洁玲却向我发飙，说要是我敢搬回来，就立刻把神龛砸烂。我当时就有一股不祥的预感，感觉菩萨肯定会生气，甚至降罪我们家。没想到才过了两天，她就出事了……”

萍姨长叹一口气，忧心忡忡道：“洁玲出事后，我不顾航儿的反对，马上将神龛搬回来。菩萨都已经生气了，如果还让菩萨在外被风吹雨打，恐怕灾难很快就会轮到我和儿子身上。我倒无所谓，反正都已经几十岁了。但航儿还年轻，还要给李家继后香灯，要是他有什么意外，我怎么对得起他爸呢？”

在萍姨叙述期间，溪望稍微留意了一下客厅内的环境。客厅内的摆设简约而洁净，在素色布艺沙发两侧各放有一个配套的小茶几。左边的茶几上有一盏台灯，圆柱形的灯罩隐约流露出一股雅致的艺术气息。右边的小茶几上什么也没放，但隐约能看见茶几面上有一个圆形的压痕，大小跟左边的台灯底座一致。

沙发正对着一台42寸液晶电视机，电视机两旁分别放有机顶盒和影碟机，以及一个精致的CD架。CD架上插满光盘盒，从盒上的片名判断，大多是犯罪类电影，当中超过半数是动画片。

此外，客厅内再无其他能引起溪望注意的物件。但他发现阳台前有一个相对宽敞的地方空无一物，总让人觉得有些不对劲儿。正当他想开口询问此处之前是否放有家具时，大门处传来开锁声。

一名年约三十、身材高大健壮但面容木讷的男人推门进来。当他看见家中有客人时，在门口呆站了好一会儿，才向萍姨投以询问的目光。

萍姨站起来对他说：“航儿，这两位是警察，是为洁玲的事而来。”

明航呆滞地向两人点头，走到母亲身旁坐下，怯生生地低下头。

溪望留意到厨房有尚未处理的蔬菜、肉食，便对萍姨说：“真不好意思，耽误你做饭了。要不你先忙，我们跟令郎简单聊几句就走。”

“那我就先去做饭了。”萍姨尴尬地笑了笑，站起来走向厨房。

溪望向明航介绍自己及同伴后，便说道：“对于李夫人的死，我们深表遗憾。希望李老师你也别太伤心，毕竟人死不能复生，我们现在能做的就是帮李夫人讨还公道，及早找出杀害她的凶手。”

“人都已经不在了，找到凶手又有什么用？”明航掏出一包香烟放在茶几上，取了一根点上，深深地吸了一口，然后闭上双眼仰头吐出长烟，悲伤之情尽露于颜。

“李老师抽烟的时间不长吧？”溪望问道。

“你怎么知道？”明航淡漠地反问。

“你的牙齿没见多少烟垢，而且你是体育老师，应该会比较注重自己的健康。”

明航点了下头，将只抽了一口的香烟掐灭，答道：“嗯，我之前并不抽烟，只是这几天心情烦闷，才会抽几口减压。”

溪望安慰道：“与其将不愉快的事积压在心中，还不如说出来让大家一起分担。就算我们帮不上忙，至少也是一种宣泄。”

“或许正是因为我平日比较少说话，所以才会觉得烦恼。”明航点了下头，“你们想知道什么尽管问吧！”

“我们想多了解一些李夫人的事，可以的话请你从你们开始认识说起。”

第五章 隔墙有耳

“我们是经陈主任介绍认识的……”明航双手用力地抹了一下脸，却没能抹去脸上的悲哀，他于叹息中向两人讲述昔日与妻子经历的往事。

“洁玲长得漂亮，身材也非常好，在学校里算是半个名人。在陈主任介绍我们认识之前，我对她的事也略有所闻。

“她是学外语的，平时比较注重打扮，穿着也很时尚，学生都很喜欢她。当然老师之间也会经常谈及她，我在学校偶尔也会碰见她，所以对她的印象也挺深的。

“不过，当时我除了知道她是单身之外，对她的了解并不多。毕竟对我来说，她只是个美丽而遥不可及的女人。所以，当陈主任说打算给我们做介绍时，我还以为他在跟我开玩笑。

“我到现在还觉得，能跟她结婚像是在做梦。

“经陈主任介绍后，我跟她交往了个把月，她突然跟我提起结婚的事，说父母经常催促她早点结婚，快把她烦死了。我的情况也跟她差不多，我妈也是天天唠叨我，所以我们就决定结婚了。

“结婚后，我们租了间出租屋，跟我妈一起住。出租屋的环境虽然不太好，地方也不大，三个人一起住感觉有些拥挤，但我们能互相体谅，所以一直都能融洽地相处。

“大概半年前，洁玲说教师宿舍有个房要出售，跟我商量要不要买下来。我想买下来也好，毕竟是在学校里面，我们上班比较方便，不用每天挤公交。而且环境要比出租屋好得多，至少要安静得多，治安也比较好。

“可是，现在房价很高，我们的积蓄有限，仅仅够支付首付，以后每个月都得还房贷，生活恐怕会有些窘迫。她说对方出的价钱比市价低很多，她可以向娘家借50万，让我也向我妈借点钱，直接把房子买下来就是，不用向银行贷款。这样还钱也比较轻松，不用支付大量利息。

“不过，她向我提出了一个条件，就是房子要写她的名字，说是她父母提出的要求。反正是一家人，房子写谁的名字还不一样？所以我也没反对，就把自己跟我妈的积蓄全都拿出来，和她买下了现在这间房子。

“买房子本来是想改善生活，但我万万没想到，这样竟然会害了她。

“拿到新房的钥匙后，就该着手装修了。我跟我妈对此什么都不懂，也没特别的要求，所以从设计、买材料到请装修师傅，都是洁玲一手包办。直到搬进新房之前，我们之间都没出任何问题，但自从妈将神龛搬过来后，问题就出现了。

“洁玲喜欢西式装修，所以新房的装修采用现代简约的风格。我跟妈倒无所谓，反正怎么装修都是一样，只要住得舒适就行了。不过，我妈是个传统的人，一直都有供奉菩萨的习惯，所以想将出租屋里的神龛搬过来。可是洁玲却坚决反对，认为神龛跟新居的装修风格格格不入，搬过来会使客厅变得不伦不类。

“我妈什么事都能妥协，唯独这件事不能让步，非要将神龛搬过来。洁玲为了这件事跟我妈吵过好几次，但我妈还是坚决不肯让步。

“其实我也觉得没什么，只不过一个神龛而已，又不会占很多地方。说难看嘛，刚开始是感觉有点碍眼，但多看几天自然就会习惯的。但洁玲可不像我这么想，她是个追求完美的人，怎么也不能接受客厅里放着一个不搭配的神龛，总是想尽办法要把神龛搬走。

“上个星期她趁我妈出去买菜，就想先斩后奏，叫我把神龛搬到学校旁边的公园去。我知道这样做一定会让妈很生气，就劝她别搬了，反正只是占一点地方而已，又不是什么大不了的事。

“可她却坚持要我将神龛搬走，还跟我吵起来。她说房子是用她向娘家借来的钱买的，装修费也是她付的，我要是不肯搬，她就把我跟我妈一起赶走。我拗不过她，只好将神龛搬到公园去了……”

明航的叙述几乎是重复萍姨的话，并未能提供更多的信息，不由得令人感到失望。为了更了解案件，溪望有针对性地问道：“李夫人有什么爱好？喜欢去哪些地方消遣？”

明航茫然地答道：“她也没什么特别的爱好，休息日通常去逛街买衣服、化妆品，或者看电影；晚上一般会跟朋友到星巴克、酒吧之类的地方聊天。”

溪望又问：“她通常会跟哪些人在一起？”

“她的朋友，我大多都不认识。”明航仍是一脸茫然。

“不是吧，你竟然不认识自己老婆的朋友？”映柳吃惊地盯着他。

明航尴尬地答道：“她喜欢热闹，经常跟朋友出去玩。我却喜欢安静，从来不会跟她一起出去。”

“她出事当日有什么特别的表现吗？”溪望问。

“也跟平时一样，我不觉得有什么特别。”明航又取了根烟点上，“那天晚饭过后，大概8点多吧，她说约了朋友到酒吧坐一会儿，然后就出去了。平时她通常会在12点前回来，但那晚过了12点还没见她回来，我打她手机也没人接听，心里就有些着急，担心她会出意外。没想到她还真的出事了……”他把只抽了两口的香烟掐灭，苦恼地将脸埋于两掌之中。

溪望直接问重点：“知道她当晚跟谁一起吗？”

“不知道。”明航愧疚地摇头，“她从来不会告诉我，要是我多问两句，她反而会生气。”

“你好像对自己老婆的事全都不知道呢……”映柳被溪望捅了一下，马上住口不言。

溪望歉意道：“不好意思，我同事经常乱说话，请别见怪。”

“没关系，她说得没错。”明航苦笑道，“虽然我跟洁玲是夫妻，但她很多事情我都不怎么清楚。很抱歉，没能帮上忙。”

溪望说：“言重了，你跟令堂已经非常配合了。”

“两位警官，要不要跟我们一起吃饭？”萍姨从厨房端出冒着热气的饭菜。

“不必客气，我已经问完了，就不打扰你们吃饭了。”溪望站起来，并示意映柳一同离开。

明航送两人到门外，溪望突然回头问道：“李夫人出事当晚，你没出去找她吗？”

明航羞愧道：“有想过，但也不知道该去哪里找，所以就放弃了。而且学校的大门到12点就会锁上，那晚接到警察局的电话后，我好不容易才把门卫叫过来开门。”

“这对母子好奇怪哦，尤其是死者的丈夫，怎么可能连自己的老婆跟谁去酒吧都不知道？”刚走到楼梯口，映柳便迫不及待地道出心中的困惑。

溪望淡然道：“或许不是不知道，而是不想说。”

映柳愣了一下，随即叫道：“难道他们是凶手？”

“也不能就此妄下判断。”溪望摇头道，“家家有本难念的经，有些事情的确难以向外人启齿。”

映柳义愤填膺道：“家里都死人了，如果他们不是凶手，还有什么不能说的？摆明了就是心中有鬼！”

“我可不这么想。”

“为什么？”

“他们有不在场的证据。”

映柳沉默了片刻，然后恍然大悟地拍手叫道：“是欸，他们要在12点后进出校门，就得把门卫叫醒。而凶手必须在凌晨1点后，才有机会将尸体搬到公园。这就等同于不在场证据。”

“而且他们家没有汽车，要在不引起别人注意的前提下将尸体运送到公园，也不是一件容易的事。”

“你说得也是……”映柳连连点头，但突然又眉头紧皱，“可是他们真的很奇怪，口供像是串好似的，两母子说的都差不多。但都是些门面话，说了等于没说。”

“说不定有某些原因，使他们不愿意说真话。”

“你认为会是什么呢？”

两人走到接近楼梯出口的阴暗处，溪望突然停下脚步，回头往对方身后瞥了一眼，神秘地说：“或许你可以问问身后那个……”还没把话说完，映柳便浑身颤抖，尖叫一声跳起来扑到他身上，牢牢地将他搂住，娇小的胸部几乎紧贴他的胸口。

他无奈地叹息：“柳姐，虽然我们国家没有保护男性免受性骚扰的相关法律，但你这样明目张胆地揩油，我是可以向厅长投诉的。”

“我、我才没揩你油呢！”

映柳满脸通红，刚想放开双手，便听见身后传出来一个淫猥的声音：“我倒不介意让你揩油。”

“哇！”映柳惊叫一声，再次牢牢地搂住溪望，后者无奈地苦笑，对躲藏于楼梯拐弯处的男人说：“先生，你再这样躲躲藏藏的，我会被搂到断气的。”

“警觉性蛮高的嘛，是什么时候发现我的？”一名老气横秋、神色猥琐的中年大叔从拐弯处走出来，缓步向两人走来。

溪望答道：“刚下楼梯就注意到了，不过当时还以为你只是碰巧跟我们一起下楼。如果你不是故意躲藏，我也不会多加留神。”

大叔拍掌叫好：“果然经验老到。”

映柳战战兢兢地回头，随即又放声尖叫，因为她看见的是一张泛起白光的猥琐脸庞。

“先生，能把你的手机放下吗？”溪望哭笑不得，心中暗道：厅长到底跟我有多大的仇呀，竟然派这个白痴给我当拍档。

大叔收起为查看时间而取出的手机，猥琐地笑道：“你们还没吃晚饭吧？附近有间馆子，挺安静的，要不一起去坐坐？我想你们应该有兴趣听李家的故事，也不会吝啬请我吃顿饭。”

“当然，反正餐费可以报销。”溪望几经挣扎，才得以挣脱映柳的熊抱。

三人来到位于执信公园西面的西餐厅，此时正值饭点，餐厅内有不少客人，但还算安静。溪望特别选了张靠近窗户，能看见执信公园的桌子。

大叔刚坐下来，便拿起菜单点了好几个菜。待服务员走后，他才说道：“我住在李老师家隔壁，客厅那道间隔墙不是一般的薄，刚才你们跟萍姨和李老师说的话，我都清楚地听见了。哦，忘了自我介绍，我叫张海生，是一名悬疑小说作家。”

“原来你是作家呀，我平时也挺喜欢看小说的，你写过哪些书呢？”映柳犹如看到动物园里的大猩猩似的起劲儿地叫嚷，还跟对方握手。

“我写过的书很多，譬如……”海生如数家珍般道出好几个书名。

“你就是那个宇什么兰？”

“你看过我的书？”海生面露惊喜之色。

“不是，只是听别人说你的书动辄鬼怪满天飞，一点都不好看。”映柳一脸木然。

海生脸上的喜悦瞬即消失，隐约还能看见脸部肌肉的抽搐，良久才挤出一句无力的反驳：“那是我前期的作品，近期的作品成熟多了。”

溪望给他们打圆场：“张大作家，我们来这里并不是为了评论你的作品。”

“吃人的嘴软，这顿饭我不会白吃你们的。”海生跷起二郎腿，徐徐向两人讲述自己关于李家的听闻。

“你们别看李老师是教体育的，个子长得高，而且虎背熊腰，其实他是个‘气管炎’，洁玲瞪他一眼，他就一句话也不敢说。

“他们搬到我家隔壁虽然只有两三个月，但我几乎天天听见洁玲跟萍姨吵架。洁玲每次发飙都会拿李老师出气，但李老师总是唯唯诺诺不敢吭声。要是我女人敢骂我妈，我不立马赏她一巴掌才怪。

“可怜萍姨呀，老公死得早，一把屎一把尿地把这个不成器的儿子拉扯大，竟然连为自己说句话也不敢，还不如直接把他塞到马桶里冲进化粪池去。

“洁玲也不是什么好人，每天回家就为着一个神龛跟萍姨吵架。也不知道是间隔墙太薄，还是她中气十足，每次她开骂都会把我吓一跳。你们要知道，我是写恐怖小说的，最喜欢在夜阑人静的时候赶稿，可当我写到连自己心里都发毛的时候，被她一吼，立马就吓得跳起来。要不是我年轻，恐怕早就被她吓出个心脏病来……”

“年轻？你应该快50岁了吧！”映柳向对方投以质疑的目光。

“屁，老子是80后，今年还不到三十。只是我的人生经历很丰富，看起来要比实际年龄成熟一些。”海生作出严词反驳后，又继续讲述李家的家事。

第六章　弃神传说

服务员刚送来饭菜，海生马上如非洲饥民般狼吞虎咽，边吃边继续讲述李家的家长里短。

“洁玲在学校是个端庄的老师，在家里却是个十足的泼妇。在外呢？嘿嘿，你们大概想不到，她其实是放荡的淫妇。

“其实你们只要仔细想想就知道，李老师虽然长得高大，但相貌并不出众，而且性格木讷内向，怎么可能会得到洁玲这样的大美女青睐呢？我虽然不在学校里工作，但好歹也在宿舍楼住了两三年，关于洁玲的风流韵事，我可没少听闻。

“她这个美女老师在学校里是有名的，上至学校领导，下至老师校草，跟她有一腿的男人多不胜数。她虽然放荡，但也不是笨蛋，知道高富帅都是靠不住的。而且红颜易老，自己总有一天会变成残花败柳，到时候谁也不会多看她一眼，所以她才会跟李老师这种老实巴交的男人结婚。

“有道是，江山易改，本性难移。

“洁玲大概是放荡惯了，结婚后仍恶习难改，经常勾三搭四，让李老师头上的绿帽子天天换。这些传闻或许有些不可靠，但她连我这窝边草也不放过，却是铁一般的事实。

“大概是三四个月前吧，当时隔壁还在装修，李老师跟萍姨很少会过来，倒是洁玲天天过来转几圈，当然少不了会跟我这个未来的邻居打个招呼。当时天气还有些冷，但她那天的穿着倒是挺清凉的，是一套连衣裙搭小外套，裙子还很短。她在门口跟我客套了几句，知道我是作家后，就嚷着要我给她签名书，我只好先招呼她进来坐一会儿。

“她刚进门就说房内很热，竟然把小外套脱掉，故意向我展露宏伟的胸部。一会儿又说高跟鞋穿久了，脚不舒服，就往沙发上一坐，把鞋子脱掉了，还故意把穿着黑色丝袜的修长美腿抬起来，反正就是对我进行各种挑逗。

“要是一般的男人，恐怕早就按捺不住扑上去了。但我可是著名的畅销书作家，哪种大场面没见过，当然不会做这种荒唐事。她怎么说也是我邻居，以后还会经常碰面，要是让别人知道我们干过那档子事，我还有颜面在宿舍楼待下去吗……”

海生把话说得正义凛然，但吃相却极其难看，酱汁饭粒挂满了嘴边，实在让人难以信服。

“真的假的？哪有不偷腥的猫？”映柳的眼神中尽是质疑。

“我骗你干吗？人都死了，我还用得着隐瞒吗？”海生拿起一杯啤酒一饮而尽，连同口中的饭菜一并吞下肚子。

虽然仍不相信，但对方到底是否曾跟死者发生关系并非问题的重点，所以映柳也没继续在这个问题上纠缠，而是提出了另一个问题：“你不是老师，怎么会住在教师宿舍？”

“租的。”海生吃得肚皮大胀，松了松皮带，点上根烟，惬意道，“宿舍楼是在房改之前建成的，楼龄大概有15年，名义上是教师宿舍，又在学校里面，但其实是栋商品房。原则上，宿舍楼的房只能分配给校内教师。不过分配之后想怎么处置，就看个人意愿了。有的人把房卖掉，也有人租给外人。要不是这样，洁玲一家又怎么能把我隔壁的房买下？”

溪望将在死者体内发现不属于其丈夫的精液一事告知海生，并问道：“你知道奸夫是谁吗？”

“跟她关系暧昧的男人多得是，一时半会儿也说不准会是谁。不过我经常在接近凌晨的时候，看到一辆银色天籁轿车将她送到宿舍楼下。虽然我没看清开车的人长什么样，但车牌我倒有印象，尾号是三个3。”

“校外的车辆也能开进学校？”映柳问道。

海生摇头作答：“学校的职工跟宿舍楼的住户才能开进来，外人会被门卫拦住。宿舍楼的住户通常会将汽车停在楼下，所以我都有印象。这辆天籁的主人肯定不是住在宿舍楼的，应该是学校的老师或者领导。”

溪望又问：“何洁玲出事当晚，你有留意到他们家有什么特别的动静吗？”

“这个问题我恐怕回答不了，因为前一天晚上我通宵改稿子，所以那天快到黄昏就躺上床了，醒来的时候已经是凌晨了。等一下……”海生似乎想起些什么，思索片刻，又道，“当晚我被‘砰砰砰’的机关枪声吵醒，接着还听见了爆炸声、惨叫声，害我还以为是‘萝卜头’打过来了。当我头脑稍微清醒一些才发现，隔壁似乎在看电影，而且把音量调得蛮大的。我知道李老师平时喜欢在家里看动画片或者电影，要是白天把音量调得这么高倒挺过瘾，可当时是凌晨呀！正当我爬起床，准备过去骂娘的时候，那声音突然就变小了，整个过程大概只有三四分钟。”

见大家都已经吃饱，溪望便让映柳结账，并向海生致谢，准备离开。

“先别急着走，我还有话跟你们说呢。”海生剔着牙向两人招手，示意他们坐下。

“不知张作家有何赐教？”溪望虚心道。

海生故作神秘地瞥了他一眼，问道：“知道什么是‘弃神’吗？”

映柳抢先答道：“知道，今天在公园听一个清洁工说过，‘弃神’就是那些受过香火、有神明附身却遭到遗弃的神像。”

海生得意地笑道：“呵呵，作为一名专业的灵异作家，如果见识只跟清洁工同一个水平，你认为我还能在文化圈里混吗？”

映柳嘲笑道：“哎哟，我看你在文化圈混得也不怎么样，不然也不会找我们蹭饭。”

“要不是刚买了把按摩椅，老子也不至于无米下锅。”海生气得满面通红，“都是那些该死的出版社，老是拖我稿费。”

溪望瞪了映柳一眼，对海生说：“张老师见谅，我同事说话从来不经过大脑。请你详细解释何谓‘弃神’。”

“这才是专业刑警该有的态度，妹子，你得多学习学习。”海生白了映柳一眼，开始正经八百地讲述“弃神”之说。

“不论神像、佛像，还是木偶、洋娃娃，但凡经受过香火拜祭，自会有灵体附身。但我所说的灵体，并非人们所说的神明，而是于人间流离失所的孤魂野鬼。

“仙神圣佛并不是随便烧几根香就能请回家的，必须由有道行的师父主持开光仪式，才能请来神佛进驻神像之中。而且就算有名师开光，请来的也不是神佛的本尊，而是神佛的分身。

“譬如我想请观音菩萨回家供奉，天下间供奉菩萨的信众即便没一个亿，至少也有几千万，菩萨就算一秒钟走一家，一年也不见得能受尽所有香火，更别说保佑每个信徒了。因此，菩萨只能让她的千万分身分别进驻到已开光的佛像当中，接受信众的香火，聆听信众的诉求，化解信众的困厄。

“别以为这些分身是菩萨本尊的化身之一，其实这些分身只不过是一些道行较高的精怪，就像火车票的代理点那样，虽然在代理点能买到火车票，但真正出售火车票的是铁道部。

“你们可以把这些精怪看做菩萨的手下，它们替菩萨接受香火，也替菩萨保佑信众。虽然它们的能力不及菩萨的千万分之一，但好歹也是经过菩萨授权的‘正规军’，就算帮不上忙，至少也不会害人。

“至于那些没开光的神像，就相当于黑中介，光受香火不做事，甚至会害得信众家无宁日。其实它们不过是路过的孤魂野鬼，看见有香火供奉，又有神像栖身，自然就会附身于神像中白吃白喝。

“光是白吃白喝倒不要紧，这些孤魂野鬼早晚受香火供奉，日积月累多少也有点能耐，当中亦不乏贪得无厌之辈。正所谓‘吃喝卡拿要’，吃饱喝足之后，这些恶鬼自然就会想办法‘卡拿要’，轻则让信众及家属晦气缠身，重则大病不起。要这么多花样，无非就是要信众多烧香拜佛，给它们更多香烛冥镪。

“如果遇到搬迁等原因，须将神像弃置，经开光的倒好办，拜祭一番再送到榕树头或者十字路口就行。反正这些是正规军，想请都请不来，这家刚送走，那家马上就会把它们请过去。

“如果是‘黑中介’呢，那就麻烦大了。

“这些孤魂野鬼好不容易才找到一个能白吃白喝的好地方，你一脚把它们踹走，你想它们会怎么办？当然会跟你没完没了，非把你家闹个鸡犬不宁不可。最要命的是，它们受过香火，或多或少也有点能耐，耍起流氓来可不是闹着玩的，弄不好还会出人命。

“这些附身于没经过开光的神像当中，受过香火又遭到抛弃的孤魂野鬼，就是所谓的‘弃神’……”

“没想到拜神也有这么多学问，幸好我家没供奉神佛。”听完海生的解说后，映柳哆嗦不止。

溪望眼珠打转，闪现出一丝睿智的光芒，他追问道：“李家的观音像经过开光了吗？”

“呵呵，要是他们家的佛像经过开光，我用得着跟你们说这么多吗？”海生得意地笑道，“萍姨虽然诚心拜佛，但她根本什么都不懂，看见别人拜佛她也去拜。

她以为只要诚心，就能得到菩萨的保佑，也不知道自己拜的根本就不是菩萨。大概两个月前吧，我通宵赶稿后下楼去散步，刚巧碰见她晨练回来，就跟她说过这事。她竟然说只要诚心供奉，菩萨自会知道，还说我这个年轻人什么都不懂。呸，我可是著名的灵异作家，比那些装神弄鬼的神棍专业多了。”

“如果你说的都是真的，那么何洁玲很可能真的是被弃神害死的呢……”映柳脸白如雪，娇小的躯体不住地颤抖。

翌日一早，映柳来到溪望家，刚进门就看见花泽正在客厅摆弄两台奇怪的电器。两台电器外形一致，皆为塑胶外壳，圆柱形的底座上有一个竖立的圆形框架。两台电器的颜色略有不同，都以白色为主，一台辅以银色，另一台辅以蓝色，看上去就像两台没有扇叶的台式电风扇。

“这是什么？”映柳指着其中一台电器问道。

花泽答道：“电风扇。”

“电风扇？没有扇叶怎么会有风吹出来？”映柳蹲在那台电器前，睁大双眼仔细查看。

“这叫无叶电风扇。”花泽将开关打开，没有扇叶的圆形框架随即吹出强风。映柳被吓了一跳，身子往后退，一时重心不稳，像要被风扇吹倒似的。

“幸好你没穿裙子，不然就要走光了。”溪望从饭厅走出来。

“就算真的走光也不会有人看。”花泽阴阳怪气地笑道。

“先过来吃早餐吧！”溪望转身返回饭厅，花泽亦走过去。

映柳爬起来小声咕噜：“就没有人过来拉我一把，人家好歹也是个女生。”

“要不要把茶庄旁边的铺位租下来开茶餐厅？”花泽将一块煎成金黄色的火腿西多士塞进嘴里。

溪望笑道：“就算要开也不会开在茶庄隔壁，光养你们这群饿鬼就能让我破产。”

“我会付账。”花泽再把一块西多士塞进嘴里，“但不保证其他人也会。”

“客厅那两台奇怪的电风扇，不会是买来开店用的吧？”映柳也不停地将西多士送进嘴里，不过她吃的是内层抹有花生酱的香甜口味的，“太好吃了，你要是开店，我会天天捧场。”

“风扇是用来做实验的。”溪望掏出一张发票递给她。

映柳抱怨道：“又要报销？我又不是你的提款机。”

“你是他的奶茶，吸完就扔的那种。”花泽怪笑道，“打他主意的女生可多得数不过来。”

“呸呸呸，喝你的奶茶去。”映柳瞪了花泽一眼，将自己的奶茶推到他面前，抢了对方还没喝过的热朱古力，转头对溪望说，“你打算拿这两台电风扇做什么实验呀？你不说清楚，我怎么去报销？”

“吃完早餐你就知道了。”溪望望向花泽，两人相视而笑。

“我怎么有种掉进圈套里的感觉。”映柳忽然有种不祥的预感。

餐后，溪望让映柳坐在客厅中央，他和花泽分别将两台电风扇放在她左右两侧，风口正对着她的头部。

“你们到底想干吗？”映柳越来越觉得不对劲儿。

“放心吧，我对你没兴趣，望哥也一样。”花泽露出怪异的微笑。

映柳心里顿时感到拔凉拔凉的，立刻站起来想逃跑。溪望把她拉住，严肃地道：“坐好，别乱动。我们又不会把你卖掉。”

她忐忑不安地坐回去，手心不断地冒出冷汗，怯弱地道：“真的不会有事吗？”

“会有什么事？我们又没把你绑住，觉得不对劲你还不会跑吗？”花泽仍旧是那个怪异的微笑，总让人觉得他正准备做些不可告人的勾当。

“会、会有什么不对劲呀？”映柳惊慌地问道。

“待会儿你就知道。”溪望莞尔一笑，转向花泽问道，“准备好没有？”

花泽通过电风扇的圆形框架望向映柳，答道：“位置正确。”

“好吧，开始。”溪望一声令下，两人同时启动电风扇。

从两台无叶电风扇中同时吹出的强风将映柳的头发吹起，往上下飘动，露出一双耳轮紧贴脑袋的小耳朵，样子极其有趣。然而，此刻她却无暇顾及自己的形象尽毁，因为她渐渐觉得呼吸有些困难……

第七章 推理谜题

在两台新奇的无叶电风扇送出的强风对吹之下，映柳被吹得头发凌乱，部分发丝往上飞舞，部分则向下摇摆，构成一个让人忍俊不禁的奇怪画面。

花泽透过电风扇中空的风口，盯着她凌乱的发丝，失望地道：“要是头发再长一点，视觉效果会更好。”

“将就一下吧，暂时能找到的头发最长、又能配合我们的，就只有她一个。”

溪望微微调整电风扇的风口，以正对映柳的头部。

花泽又道：“这种风扇的风力也不怎么样，没传统风扇的风大，要不然就能让她的头发飞得更高。”

溪望点头道：“风力是弱了些，但送风比传统风扇更为平稳，比较适合做这个实验。”

“你们的实验不会就是为了让我出丑吧？”映柳的声音稍有改变，吓得她急问，“我的嗓子怎么了？”

“除声音改变外，你没觉得还有其他问题吗？”溪望问道。

“我、我觉得胸口很闷……”映柳按住自己的胸口，脸色略变，随即弹起来逃到客厅边缘。她大口大口地呼吸了几次，才回头惊呼：“刚才是怎么回事？我怎么觉得好像呼吸不了。”

溪望将电风扇关闭，并示意花泽解释。后者亦关闭电风扇开关，唧唧地笑道：“这就是所谓的神通，通过两台风扇对吹，制造局部的低压。”

他坐到茶几前，以笔纸画出一张气流示意图，向好奇地蹲在身旁的映柳解释：“两台风扇以你的蘑菇头为中心点对吹，使你头部附近的空气急速地上下流动，从而造成局部低压。说白了，就是将你头部周围的空气往上下挤压，使你面前的空气变得稀薄，这样你就会觉得呼吸困难，连声音也会略有改变。”

映柳吃惊地瞪着他，随即又望向溪望，问道：“这就是流年说的禁言天谴？”

溪望点头答道：“理论上用这种方法可以不留痕迹地使人窒息而死。”

“太可怕了！用两台风扇就可以杀人，要是大家都懂得这个方法，这世界不就乱套了？”映柳面露惊骇之色。

花泽怪笑道：“像你这么笨也懂得逃跑，还有谁会乖乖待着不动等死？”

溪望说：“嗯，这方法虽然理论上可行，但实际上目标必须停留在指定位置5分钟以上，才能使其窒息致死。正常人觉得呼吸困难，会本能地移动到其他位置。如果以捆绑等手段限制目标的自由，目标必定会本能地作出挣扎，这些挣扎痕迹会毫无保留地展现在尸体上。”

“死者没有明显的捆绑及挣扎痕迹，这种杀人方法显然不适用于本案。”映柳似懂非懂地点头。

“也不一定。”花泽唧唧地怪笑，“只要塞半颗摇头丸或者K仔，就能让人飘飘欲仙，甚至飘上了天堂也不知道是怎么回事。”（“K仔”乃毒品氯胺酮的俗称，因其主要成分盐酸氯胺酮的英文名为Ketamine hydrochloride，故被戏称为K他命，简称K仔。）

“如果单纯是为了杀人，用毒品反而容易留下线索，随便找间药店买几片安定就行。”溪望顿了顿又道，“不过遗憾的是，验尸报告并未提及死者的血液样本当中含有可疑的药物成分。倒是酒精含量略高，但也不至于让死者昏睡不醒。”

“凶手到底是用什么方法将死者杀死的呢？”映柳的眉头皱得快要打结。

“或许我们能在技术队得到线索。”溪望轻声叹息。

花泽淡漠地道：“很明显，你不愿意走这一趟。”

“该面对的事情，早晚也得面对。”溪望无奈地苦笑。

送花泽回茶庄后，映柳驾驶警车与溪望一同前往技术队，并于途中问道：“你不是说花泽没念多少书吗？但刚才看他好像懂得很多事情呢，他画的气流图也像模像样。”

“他可不只是记性好这么简单，还是个机关术专家。他不但对机械有很深的认识，动手能力也很强，经常会造出一些奇怪的玩意儿。”溪望抬起手臂晃了晃，“我衣袖里的刀刃就是他的杰作。”

“你们真是蛇鼠一窝，没一个是正常的。”映柳瞄了一眼对方身上的天蓝色修身长袖衬衣，又看了看自己穿着的锦葵色短袖T恤衫，厌恶道：“难道你就不觉得热吗？我好像没见过你穿短袖衣服呢！”

“穿短袖刀子会露出来。”

“你干吗整天把刀子带在身上？变态！”

“因为我怕会被你这种变态女屌丝袭击，女性强奸男性在我们国家不犯法。”

“我才不是女屌丝！”映柳在怒吼的同时，不经意地将油门一踩到底。

“哇，要撞了！”

一路上总算有惊无险，不过溪望刚下车就碎碎念：“我们以后还是坐的士吧！我家丫头有心脏病，我可能也有，要是被你多吓几次，说不定会猝死……”

“少忽悠我了，你别以为我不知道，局里的前辈告诉我，你妹妹不是你爸妈亲生的，而且她的心脏病也不是天生的。”映柳横了他一眼。

“就是因为不是天生的，才说不定会传染。”

“白痴才会传染！”

“那我得离你远一点。”

映柳气得说不出话。

两人步行至技术队，刚进门就有一名戴着眼镜、略带书呆子气息的年轻人跟溪望打招呼：“望哥，你来了。”并上前跟他拥抱，“我就知道你一定会回来，这位应该是你的新拍档吧？”他向映柳友善地点头。

“我给你们介绍，这位是厅长派来拖我后腿的月映柳同志。”溪望在映柳怨怒的眼神中搭着年轻人的肩膀，向她笑道，“这位是技术队的明日之秀郎平。”

“望哥又笑话我了，我只是个跑龙套的。”郎平亦轻拍溪望的肩膀，问道，“你们是来办公事吗？”

溪望答道：“嗯，来拿执信公园那宗命案的化验报告。”

郎平面露为难之色，说：“报告在队长那里，要不你们在这里等我一下，我马上去拿过来。”

“不必了，我直接去找悦桐就行了。”溪望收起笑容，“礼貌上，我该跟她打个招呼。”说罢便步向队长办公室。

映柳本想跟随，却被郎平拉住，后者道：“你不想被殃及池鱼的话，最好别进去。”

“为什么？”

“因为队长是望哥女友……或许该加上个‘前’字。”

笃笃笃，溪望敲响队长办公室的房门，随即听见屋里传来一个熟悉的声音：“请进。”推门入内，映入眼眸的是一个让人难以忘怀的亮丽身影——身穿浅色上衣和香槟黄半身短裙的技术队小队长桂悦桐，正坐在办公桌前埋头处理文件，她专注的眼神曾经让溪望为之着迷。

“有什么事……”悦桐抬头望向门口，当她发现站在门口的是前男友时，稍微愣了一下，随即冷漠地道，“你果然离不开这个圈子。这次是为公务而来，还是为了私务？如果是为私务，我可不方便帮忙。”

溪望将房间关上，走到办公桌前坐下，挤出牵强的笑容：“你不是已经帮我了？我这次来是向你道谢，谢谢你帮我检验那些信纸跟病历。”

“郎平那个大嘴巴。我只是顺手检验一下，用不着说谢。”悦桐虽然语气冷漠，但眉宇间闪现出一丝微仅可察的喜悦。

溪望莞尔一笑，又道：“我现在受雇于厅长，这次来除了道谢之外，还想拿执信公园那宗案子的化验报告。”

“是吗。”悦桐露出难掩的失望之色，但马上又恢复冷漠，将桌面上的一份文件递给对方，“这份就是了。”

溪望接过文件翻阅。据报告所示，从法医处送来的样本经化验后，其主要成分为薄荷脑、樟脑、桉叶油及液状石蜡。他将文件合上，向对方问道：“是风油精？”

悦桐点头答道：“几乎可以肯定。不过死者是年轻女性，通常不会喜欢风油精的味道，更别说涂在脖子上了。”

“那么就是凶手涂上去的喽，不过凶手为什么要这样做呢？”

“我的工作范畴不包括回答你这个问题。”悦桐的语气冷若冰霜。

“嗯。”溪望轻轻地点头。

两人随即沉入尴尬的沉默当中。

良久，溪望站起来准备向对方道别，悦桐却问道：“见华的身体已经没事了吧？”

“现在好多了，有心。”溪望又坐了下来，“前不久跟她到医院做全身检查，虽然她的身体还很柔弱，但已经没有大问题了，跟正常的女生一样。谢谢你这三年一直照顾她。”

“不知不觉已经三年了……”悦桐轻声叹息道，“还记得三年前你跟我打的赌吗？”

“当然记得，你的每一句话我都记在心里。”

回想三年前，溪望曾与悦桐打赌，由前者出题，后者若能答对，溪望就得送她一枚钻戒。当时溪望所出的题是：买香烟跟打火机一共花了11元，香烟比打火机贵10元，打火机的价钱是多少？

悦桐回答“1元”，溪望笑道：“你的答案跟99%的哈佛学生一样，都是错的。”

香烟跟打火机共11元，香烟又比打火机贵10元，因此香烟的价格应该是10.5元，打火机的价格则是0.5元。

“还好当时没被你骗到。”悦桐的话使溪望从回忆中返回现实。

他明白对方话里有话——对方当时要是答对了，奖品不仅仅是一枚钻戒，还有一辈子的承诺。

“现在该换我出题了。”悦桐露出挑衅的眼神。

“如果我答不出来会怎样？”

“我买车了，之前还跟见华约好一起自驾游，可惜一直都没能抽出时间。要是你答不出来，我们自驾游的所有开销由你全包。”

溪望没跟对方约定答对问题的奖励，便点头答应：“没问题，你出题吧！”

悦桐出题道：“小芳在晚上遇到一只精灵，对方说可以帮她实现一个愿望。她说家人对她不好，希望他们全部死光。精灵说，你的愿望明天就能实现。第二天早上，小芳醒来后发现，父母和哥哥都安然无恙。晚上，小芳再次遇到精灵，精灵跟她说了一句话，她立刻放声大哭。问题是，精灵跟小芳说的什么？”

溪望思索了片刻，答道：“精灵说，我是骗你的，我没有替你实现愿望的法力。”

“你答错了，精灵不但拥有法力，而且已经替小芳实现了愿望。”

“但小芳的家人明明还活着……”溪望眉头紧锁，摇头道，“想不出来，我认输好了。”

“记住你答应过开销全包哦，等我安排好时间就跟见华商量去哪里玩。”悦桐说完便再度埋头工作，不再理会对方。

“到时候，我会让见华把钱带上。”溪望挥手道别，对方却连头也没抬。

房门关上那一刻，一滴晶莹的眼泪从悦桐脸上滑落，她喃喃自语道：“你怎么可能不知道答案？你只是想给我一个台阶而已。我为什么会这么犯贱，明明知道你只在乎见华，却仍为你的施舍而兴奋不已。难道我仍未能放下这段感情吗？”说罢，强忍的泪水如泉涌般落下，她终于忍不住掩面而泣。

溪望刚走出办公室，郎平跟映柳便拿着消毒水和止血贴迎上来，两人围着他转了一圈，前者小声惊呼：“你竟然一点伤痕也没有，该不会是队长被揍晕了吧？”说罢转身欲冲向办公室。

溪望一手扯着他的后领，把他拉回来，沉声道：“你现在进去，被揍晕的肯定是你。”

郎平呆立了片刻，随即打了个冷战，惊惧道：“队长不叫我，我今天也不会进去。”

两人刚离开技术队，映柳便急不可待地向溪望问道：“你们刚才在里面聊什么？为什么这么久才出来？”

看着对方一脸八卦之色的鸡婆相，溪望心知不说点什么，是不可能蒙混过关的，便淡然说道：“她出了一道题考我。”然后道出悦桐提的问题。

“精灵对小芳说了些什么呢？”映柳好奇心大作。

溪望答道：“精灵说：‘你的愿望已经实现了，真相往往是残酷的。’”

映柳愣了一下，随即叫道：“不对呀，小芳的家人都没死，精灵怎么说她的愿望已经实现了呢？”

溪望叹息道：“正如精灵所说，真相往往是残酷的。小芳其实是养女，但她之前并不知道。”

映柳目瞪口呆地盯着他好一会儿，使劲摇了几下头，才开口说道：“小芳恨的是养父母一家，却把亲生父母害死了，怪不得她会哭。”

“你只说对了一半。”溪望解释道，“小芳其实是个极其自私的人，她并非为害死亲生父母而哭，而是为自己失去一个离开养父母家的机会而难过。”

映柳恍然大悟道：“说得也是，她的亲生父母要是还活着，她就可以去找他们，而不用再待在养父母家里。虽然不一定能找到，但至少是个希望，可是她却亲手将这个希望粉碎。”

溪望轻叹一声。这个问题别人或许会想不明白，但他却不可能答错。小芳的情况跟见华略为相似，刚才悦桐故意提起见华，几乎是预先告知他答案，他又怎么可能会答错呢?

这个问题与其说是赌约，还不如说是悦桐对他的试探。

该重拾旧爱，还是快刀斩乱麻?

这是个艰难的抉择。

第八章　神秘身影

上课铃声响起，各年级的老师陆续拿起教材走出教员室，前往各个课室给学生上课。位于2号教学楼3楼的八年级教员室，由原来的热闹瞬即变为安静。此刻偌大的教员室内，除了溪望和映柳之外，就只有一男一女两名教师。

女教师名叫林君兰，执教八年级中两个班的语文课，因为她的办公桌就在死者何洁玲旁边，所以溪望先向她询问死者生前的日常状况。

“洁玲呀，平时挺风骚的，而且还很会要手段。”年过四十的林老师似乎对刚离世的这位同事极为不屑，谈及对方时脸上难掩鄙夷之色。

“林大姐，何老师才过世不久，你这样说她似乎不太好吧！”说话的是教员室内另一名教师，名叫崔丰文，是一位数学教师，年约28岁。

林老师叉着腰，理直气壮道：“我说的是事实，跟警察说话用不着顾忌这么多。要是啥都不说出来，两位警官要怎样替她找出凶手，还她一个公道?”

溪望点头道：“对死者最大的尊重，莫过于尽力为其讨回公道。”

“这位警官就明白事理了，不像有些人总是是非不分。”林老师白了崔丰文一眼，又对溪望说，“洁玲的风流韵事在学校里早就不是什么秘密了，别说我们老师，就连学生多少也曾听闻过她的艳史。”

“晚生愿闻其详。”溪望拉来一把凳子，坐在她对面做洗耳恭听状。

“先声明，我说这些只是为了让警官查出凶手，那些无聊的人最好别说三道四。”林老师警告般地瞥了崔丰文一眼，随即道出死者的一些风流韵事。

“洁玲是独生女，父母都是乡下人，连字也不认识一个。不过他们也不笨，知道不让女儿多念书，以后就会跟他们一样，所以砸锅卖铁也要供女儿上大学。他们虽然供女儿念完了大学，让她学到了知识，却没教好她的品性。

“我不止一次听见洁玲在电话里骂她的父母，说他们是老不死、臭要饭的，反正什么难听的话，她都能说出来。而且，自从她来学校教书后，就没见过她回老家，也没见她父母来找她。就连在她跟李老师的婚宴上，也没看到她父母的踪影。

“你们说，洁玲一个人在城市生活，既没亲戚又没关系，刚从学校毕业就找到了工作，而且是很多人削尖脑袋都钻不进来的公立中学，凭的是什么?

“当然是出卖色相!

“她刚进学校，我们就听说不少传言，说她跟学校的领导关系暧昧。虽然没人能拿出确切的证据，但动一下脑筋就能知道，她当时只是个刚踏入社会的土包子，要钱没钱，要关系没关系，要能力没能力，不靠出卖色相，靠什么进我们学校？我前不久才听说，有人想花20万买一个教师岗位，可到最后还是没能挤进来。

“可是洁玲不但能进学校，而且一来就当班主任，直到这个学期，她每个学年都是班主任。虽然当班主任也没什么了不起的，就是多几百块钱津贴，谁做都无所谓。可是她每天都是最晚才来，又是最早离开的，而且还经常请假。像她这样的人，怎么能管好学生呢?

“刚开始我还想不通，但当我看见她在跟级长打情骂俏时，就明白是怎么回事了。她还不只勾引级长，平时要是没她的课，她就会往教务处跑。而且每次一去就是一整节课，甚至上课铃响了还不回课室给学生上课。像她这样懒散的工作态度，竟然还能连续几年评上优秀教师。

“更为人所不齿的是，她竟然还勾引那些家境富裕的男学生。不但课间时跟男学生在走廊上打情骂俏，放学后还偷偷摸摸地一起回家鬼混……”

林老师喋喋不休地说着，直到她的手机响起，才停下来接听电话。“喂，是，我是……”她没再理会溪望和映柳两人，拿着手机走出教员室继续接听。

溪望看了一眼在走廊上叽里呱啦地讲着电话的林老师，再环视整个教员室，此刻这里就只剩下正在批改学生作业的崔丰文。他走到崔老师身前，友善地笑道：“你不用去给学生讲课？”

崔老师点头答道：“我的课大多都安排在上午，下午主要是批改学生作业。”

“林老师似乎不太喜欢何老师。”溪望往走廊瞥了一眼。

“人走茶凉呀！”崔老师摇头失笑，“你别看她刚才说尽何老师的坏话，何老师在世的时候，她却是前一句美女、后一句好姐妹地称呼对方。而且每天都帮何老师买早餐，何老师要是想找人调课，她总是第一个跳出来。”

溪望稍微有点吃惊，随即笑道：“每个人都有一套属于自己的生存方式，何老师是出卖色相，林老师则是阿谀奉承。也不能说谁对谁错，大家都是为环境所迫。”

“不是，何老师没有她说的那么坏。”崔老师突然放下手中的钢笔，语气稍显激动。

“一家之言当然不可尽信，不如给我说说，在你眼中的何老师是怎样的人。”溪望狡黠地一笑。

“她其实是个可怜而又坚强的女人……”崔老师将眼镜摘下，揉着鼻梁徐徐道出他所认识的何洁玲。

“我跟何老师是同期进学校的，而且年纪差不多，所以特别聊得来，她也跟我说了不少心里话。

“林老师说得没错，何老师的确跟乡下的父母断绝了来往，但原因并非她所说的那样。何老师之所以跟父母的关系如此恶劣，是因为父母总是把她视作摇钱树。

“何老师家里很穷，父母亦目不识丁。两位老人盲目地认为，只要女儿能够念完大学，就一定能找到好工作，就能让他们从此过上富裕的生活。

“所以，自何老师毕业那天起，他们就不停地打电话过来，要她往家里寄钱。今天说家里的牛病了，明天说化肥被人偷走了，反正每天都有不同的借口，而他们的目的就只有一个，就是让女儿寄钱回家。

“当时何老师才刚毕业，不但没有收入，就连一个固定的住处也没有，又如何能满足父母不断的索求呢？她一再向父母说明自己的难处，但换来的却是无情的责骂。父母说她没良心，两人辛辛苦苦供她念完大学，她却一毕业就连父母的生死也不管了。

“何老师在父母无休止的辱骂中，硬着头皮到处托人找工作。或许是上天怜悯吧，她幸运地来到了这里当教师。不过她还没来得及高兴，父母的来电就已像讨债似的响个不停。

“刚到学校工作的头几个月，何老师几乎把所有工资都寄回家，但仍未能满足父母的贪婪。两位老人得知她当了教师，就不断要求她寄钱回家，而且提出的数额越来越大，她就算不吃不喝也无法满足他们。每当她向父母说明自己的难处，得到的就是一顿臭骂。

“为了能多给家里寄钱，她私下给学生补习赚取补习费。她以为只要多赚点钱寄回家，就能得到父母的谅解。可是后来发生了一件事，让她对父母彻底绝望了。

“找她补习的多是家庭环境不错的男学生，而她平日的衣着又较为时尚，甚至可以说是性感，难免会招来像林老师这样的长舌妇在她背后指指点点，甚至说她勾引学生。

“她对这些流言飞语多少也有耳闻，无奈但又不能告诉别人自己是私下给学生补习，只好任由对方诬蔑自己。她跟我说起这事时，好几次忍不住落泪，看见她那样子真叫人心痛呀，可惜我又帮不上忙。

“后来，她实在撑不住了，一来是流言飞语带来了精神上的压力，二来是缺乏休息时间，身体承受不了，终于使她病倒了。

“那天下着大雨，她因为发烧独自在出租屋里休息，父母又打电话来催她寄钱。她给父母说清楚自己的情况，说等雨停了再寄钱。可是父母却说家里明明是大晴天，天上连一朵云也没有，认定她撒谎，还说只要能给家里寄钱，她就算去做婊子也没关系。

“父母的无情令她勃然大怒，同时亦令她明白，在父母眼中她只是一件赚钱的工具。除了满足父母对金钱的贪婪和欲望外，她的存在根本就毫无意义。

“自此之后，何老师便对父母心灰意冷，决定从此不再理会他们。虽然两位老人曾威胁要来学校闹事，她亦曾为此担忧。不过后来她发现，父母每次找她都是要钱，竟然从来没问及她工作上的事情，甚至连她在哪所学校教书也没问过。也就是说，只要将手机号码换掉，父母很可能一辈子也找不到她……”

“有这样的父母，不能不说是一种悲哀。”映柳露出怜悯的目光，似乎在听完崔老师的叙述后，对死者的印象已经完全改观。

“没想到何老师竟然有这样的经历。”溪望亦轻声叹息，随即又道，“对了，你知道何老师晚上通常会跟哪些朋友外出消遣吗？”

崔老师稍事迟疑后答道：“那不该叫‘消遣’，或许该说是应酬。”

“何以见得呢？”溪望追问。

“何老师跟学校的领导关系很好，不过这种‘好’只是表面上的。她长得漂亮，而且酒量也不错，领导们要是有饭局，总喜欢把她叫上，一来能长面子，二来能让她帮忙挡酒。她跟丈夫都是学校的教师，自然不能得罪领导，要不然夫妻俩随时会一起失业。”

“原来是这样……”溪望狡黠地一笑，故意压低声音，“最后一个问题，你喜欢何老师吗？”

“我……”崔老师面露错愕之色，尴尬地扭头望向窗外，“我跟何老师只是同事，我们之间清清白白。”

下课铃声响起，众老师陆续返回教员室，溪望亦不再向对方追问这个尴尬的问题。

“给12班那群调皮鬼上课真是累死人了。”一名年近六十、头发稀疏、体形清瘦的男人从门外走进来，拉出位于教员室中央办公桌前的椅子，转身就坐了下去。他靠在椅背上，拉开抽屉取出一瓶风油精，用手指沾上少许，使劲地揉着额头两侧的太阳穴，还将风油精放在鼻子前用力地吸了一下。

他的神色略为舒缓后，看到溪望和映柳两人，惊讶道：“咦，两位警官还没离开呀？”

溪望点头上前，恭敬地对他说：“邓老师好，我们还想多了解一下何老师生前的事情。”

此人是二年级级长邓卫，刚才溪望他们到来时，他因为要给学生讲课，所以没来得及详谈，只是互相作了简要的介绍。

“何老师这么年轻就去世了，实在是可惜。你们有什么想知道的尽管问我，我也想给她讨一个公道。”邓卫伸直腰身，态度诚恳。

“何老师有用风油精的习惯吗？”映柳盯着他手中的小瓶子。

邓卫答道：“她啊，最怕的就是这种气味了。每次我拿出来，连盖子还没拧开，她就逃跑似的走开，说是沾上这气味，人也会老几岁。所以每次我擦风油精时，她总是避之若浼。我想她应该是怕风油精的气味太浓，一旦沾上会盖过她身上的香水味吧！”

“听说何老师生前跟学校的领导关系不错，邓老师能给我们说一下这方面的情况吗？”溪望拉来一张凳子在对方身前坐下。

“这个……”邓卫欲言又止，双眼有意无意地从其他老师身上掠过。

溪望正想追问，突然察觉出源自身后的异样，条件反射地猛然回头。就在他回头的一瞬间，眼角瞥见门外有一道人影闪过，溪望立刻起身往外冲。他冲出门外往两边张望，入眼的除了在走廊上嬉戏的学生之外，就只有仍拿着手机叽里呱啦地说不个停的林老师。

林老师并无异样，溪望的目光不由得转向走廊上的学生。然而，一众学生皆身穿校服，或聊天或嬉戏，一时间亦难以分辨出谁不对劲。

“你怎么了？”映柳慌张地追出来。

溪望答道：“刚才有人盯着我。”

“你后脑又不长眼睛，怎么知道有人盯着你？”

“不是跟你说过，我的第六感很强吗？”溪望没好气道，“唉，还是算了，跟你这钝胎谈第六感就跟对牛弹琴一样。”（“钝胎”乃粤语方言，用于形容笨拙、反应迟钝的人。）

“你才是钝胎！”映柳瞪了他一眼。

上课铃响起，众教师陆续走出教员室，仍打电话的林老师亦匆匆挂线，带上教材去给学生授课了。

“要不要跟我去散散步？”邓卫走到两人身旁。

溪望回头往教员室内扫了一眼，其他老师大多都已经动身前往各个课室，只有崔老师仍在批改作业，遂会意地答道：“好呀，我也想走走。”

第九章　校园遇袭

三人漫步于宁静的校园，邓卫说：“崔老师和林老师已经跟你们说过洁玲的事了？”

“嗯，都说过了。”溪望将两位老师所说的内容简略地告诉对方。

邓卫苦笑道：“他们只看到了表面。”

“姜还是老的辣，可以把你知道的告诉我们吗？”溪望狡黠地一笑。

“我也不想看见洁玲死得不明不白，大家总算是一场同事，而且……”邓卫突然止住话头，沉默片刻后又道，“你们应该处理过不少案件吧，肯定知道我也有自己的难处。”

溪望微笑着点头：“今天的谈话只有我们知道，不作录音，也没有笔录，更不需要你出面作证。”

邓卫如放下心头大石般松了口气，点头道：“其实早在洁玲来学校工作之前，我就已经认识她了。她之所以能得到这份工作，也是我帮她穿针引线的。”

“你们是怎么认识的？”映柳好奇的目光中带有一丝八卦的气息。

“其实，她是我儿子大学时的女朋友。”邓卫在两人愕然的目光中，徐徐道出他与洁玲之间错综复杂的关系。

“第一次见洁玲时，她还在念大学。

“那年暑假，儿子把她带回家，跟我说是他的女朋友。当时我对她的印象还不错，挺清秀的一个女孩子，也很斯文、很有礼貌。所以我也没反对儿子跟她交往，还让她在我家住了一个暑假，当然是跟儿子住同一个房间。

“第二年暑假，儿子又把她带过来了，这一次她跟之前明显不一样。可能是因为她化了妆，我觉得她比之前要成熟一些，也漂亮一些，性格也变得更为开朗。不过，最大的改变还是她的胸部。之前她的胸部很小，这时却能用‘宏伟’来形容。

“虽然非常尴尬，但这女孩说不定将来会是我儿媳妇，所以我还是硬着头皮私下问儿子到底是怎么回事。儿子说洁玲拿了下学年的学费去隆胸，说是为了他而去做的手术，还求我借钱给她交学费。

“这笔钱说多不多，说少不少，一学年的学费、生活费要一万多。虽然我能拿出这笔钱，可是让一个做过隆胸手术的人做自己的儿媳妇，我想大概没有哪个当父亲的会乐意接受。所以我跟儿子说：‘钱我可以给她，但你必须跟她分手，我绝对不能接受她做我儿媳妇。’

“他对我承诺：‘行行行，大学的恋爱就跟看电影一样，毕业时自然会散场，你用不着担心我会跟她白头偕老。’

“有了儿子这句承诺，我就没再管这事了，反正他们还有一年就毕业了，我没必要在这个时候棒打鸳鸯。

“毕业后，儿子果然信守承诺，跟他表哥到外地工作。我本以为这辈子也不会再见到洁玲，可儿子走后没几天，她竟然上门来找我。

“她进门后就一直哭个不停，我只好安慰她，男欢女爱是很正常的事，没必要过于执著。而且她还年轻，也很漂亮，要找个合适的对象并不困难。然而，她找我的目的并非为了跟我儿子再续前缘，而是她怀孕了——是我儿子做的好事。

“她声泪俱下地向我诉说她的困难——毕业后不但没找到工作，而且身上剩下的钱也不多，甚至连一个固定的住处也没有，意外怀孕更令她的境况雪上加霜。

“她向我坦言隆胸一事，并说怀孕致使乳腺增大，若不尽快中止妊娠，很可能会使乳房组织坏死，甚至危及生命。

“怎么说也是我儿子干出来的好事，而且看她这么可怜，我也不忍心置之不理，就提出给她一点钱，让她去把胎儿打掉。可是，让我意外的是，她竟然不要我的钱。

“她说长贫难顾，做完人流手术后，必须休息一段时间。她没有工作，在这里也没有亲人，甚至没有落脚的地方，就算拿了我的钱，也不见得就能熬过这一关。

“我说给钱也不行，总不能让我儿子回来跟你结婚吧？这样我是绝对不能接受的。她说不会要我一分一毫，也不会打我儿子的主意，只要我帮她一个忙，就是介绍学校的领导给她认识。

“我知道她是想通过领导找到一份合适的工作，但这样不见得就能立刻解决问题。而且我也没这么大面子，能让领导答应给她安排工作。可是她却说，其他事都不用我去管，只要多介绍几个领导给她认识就行了。

“我虽然只是个虾兵蟹将，但好歹也在学校里待了些年头，跟领导总算有几分交情。所以我就随便编个借口，把相熟的几位领导约出来吃顿饭，并把洁玲介绍给他们认识。

“席间洁玲主动向众位领导示好，跟他们谈天说地，举杯豪饮，而且举止亲昵……或者该用‘豪放’来形容她在席间的表现，虽然对一个已经去世的人来说显得有些不敬。

“领导们虽然都是饭局常客，但有洁玲把气氛搞热，这顿饭大家都吃得很尽兴。尤其是教务处的陈主任，连连跟洁玲碰杯豪饮，最后竟然还抢着把账给结了，害得我非常不好意思。

“之后的事情就如洁玲所说，我什么都不用管，她也没有再来找我。虽然我不知道她打算用什么方法解决问题，但从席间众位领导的反应看来，我似乎无须过分担心。

“果然，新学期开始，当我再次见到洁玲时，她已经是我的同事了……”

听完邓卫的叙述，映柳便问道：“何老师跟其中一位领导勾搭上了？”

邓卫道：“眼不见不为实，我不敢给你们肯定的答案。”

“那关于她跟你的绯闻呢？”映柳又起八卦之心。

“毕竟我儿子曾经有负于她，虽然她没再提起此事，但她孤身一个女人在外闯荡也不容易。所以在能力范围以内，我或多或少会给她一点优待，没想到竟然会惹来非议。”邓卫摇头苦笑。

“邓老师说了这么多，应该觉得口干了吧？”溪望向映柳扬了扬眉，指着不远处的小卖部，对她说，“去买瓶水给邓老师喝。”

“为什么每次都是我当跑腿的？”映柳抱怨了一句便跑向小卖部。

“其实我不渴……”

溪望扬手止住对方的话，小声问道：“大家都是男人，有个问题希望你能如实回答我。你究竟有没有跟何老师发生关系？”

邓卫面露难色，支吾着答道：“我、我女人死得早……”

“只有一次？还是一直保持这种关系？”

“就一次，自那次饭局之后，我再也没碰过她。”邓卫闭上双目，愧疚之色尽露于颜。

溪望侧过身子，背向正跑回来的映柳，于胸前竖起三根手指：“这是我们之间的秘密，我以我父亲的名义发誓，绝对不会告诉任何人。”

“谢谢！”邓卫的眼角泛起泪光。

“你们在聊什么？”映柳将饮料递给邓卫，看见对方神色怪异，不禁心中生疑。

“多事！”溪望瞪了她一眼，转头对邓卫说，“邓老师，再问你一件事。当年参加饭局的领导当中，现在是否有人拥有一辆车牌尾号是333的银色天籁轿车？”

邓卫看着正陆续离开的学生，答道：“或许你们明天能在教务处找到这辆车的主人。现在已经放学了，他这个时候应该已经走了。我能说的，就只有这么多了。”

送邓卫回到2号教学楼后，映柳于教学楼前向溪望问道：“刚才我去买饮料时，你们到底在说些什么？邓老师的表情怪怪的。”

溪望故作认真地答道：“我问他，我的拍档是不是长得很土气？他想了一会儿才回答说，还好，就跟他奶奶差不多。”

“我才不信邓老师会说这种话。”映柳气鼓鼓地瞪着他，随即想起一件事，便问道，“李老师不是说买房子的时候，何老师向娘家借了50万吗？但根据她几位同事的口供，她娘家不像很富有呢，而且她早已跟娘家断绝来往，怎么可能借到钱呢？”

“这个问题值得研究……”溪望说着突然扑向映柳，后者还没来得及作出反应，便感到头顶一黑，“砰”的一声巨响随即传入耳际。

突如其来的变故吓得映柳立刻闭上双眼并双手抱头。当她缓缓睁开眼睛后，发现身旁多了一张学生桌，而溪望则抱着左臂单膝跪下，脸色煞白，如黄豆般大小的汗珠不停地从他额角冒出。

映柳呆了好一会儿，才傻乎乎地问道：“发生什么事了？”

“还问！扶我去找医生呀！”溪望面露痛苦之色，咬牙道，“再不走，说不定马上又有桌子掉下来。”

映柳抬头望着教学楼的开放式走廊，立即反应过来，马上扶起溪望迅速远离教学楼。

“刚才到底发生什么事了？”在前往医院就医的路上，映柳仍没弄明白刚才的状况。

溪望躺在副驾驶座上，额头仍不断地冒出冷汗，他无力地说：“瞧你这智商，竟然还能当警察，连自己被袭击也不知道。”

映柳吃惊道：“袭击？谁会袭击我们？”

“还会有谁，当然是凶手呀！”

刚才两人在教学楼下面说话时，溪望察觉上方出现了一个黑影，立刻意识到将有东西掉下来。然而由于时间紧迫，他来不及跟映柳一同避开。因此，他只好扑向映柳并举起左手，以手臂抵挡冲击，保护两人的头部。

溪望强忍着手臂传来的疼痛，继续道：“在学校里认识我们的人没几个，谁会无缘无故将桌子扔下来砸我们？”

映柳急叫道：“如果扔桌子的是凶手，那我们干吗还要离开？应该马上封锁整栋教学楼，把凶手揪出来才对啊！”

“封你个死人头！”溪望气愤地骂道，“我救了你一命，现在手都断了，你还只想着抓凶手。你就不能先送我去找医生？”

“可是……让凶手跑掉，要再把他找出来就不容易了。”映柳的话显得底气不足。

“既然凶手都已经忍不住要出手，你还怕不能将他揪出来？”溪望抹去额上的汗水，杀气腾腾地说，“明天我就要把这个‘冚家铲’揪出来。”他顿了顿又道，“前面往左转。”（“冚家铲”乃粤语脏话，“冚家”即全家，“铲”有割除之意，全句的意思是“全家死”。）

两人来到位处住宅区内的一间跌打馆，一名年约五十、粗眉大眼的医师在了解了溪望的情况后，往他的手臂涂上药酒，说：“忍着，可能会有一点痛。”说罢，握住他的手臂使劲一扭。

“啊！”溪望额角冷汗狂冒，好不容易才回过气，“虾叔，这痛可不只是一点。”

“长痛不如短痛。现在好一点没有？”虾叔以娴熟的手法搓揉他的手臂。

“嗯，现在好多了。”溪望抹去脸上的汗水，脸色渐见好转。

“你的骨头移位了，还有少许破裂。虽然已经给你扭回了原位，但没一个星期也好不了，这段时间最好别乱动。”虾叔站起来，亲自去准备膏药。

虾叔刚走开，映柳便小声地问溪望：“你跟这个医生很熟吗？”

溪望看了看近20名正在排队候诊的患者，小声回答道：“还不是沾阿慕的光，虾叔是他前拍档的父亲。”

“原来他就是李前辈的父亲。”映柳偷瞄虾叔一眼，见对方拿着一贴膏药回来，两人立刻止住话头。

“你的骨头虽硬，但始终不是铁造的。要是桌子不是从3楼，而是从5楼扔下来，你这骨头说不定会断成两截。”虾叔将冒着热气的跌打膏药贴在溪望的手臂上，熟练地翻弄，使药力渗入经络而又不会烫伤皮肤。

“我们都没看见桌子是从哪里掉下来的，你怎么知道是从3楼扔下来的呢？”映柳瞪大双眼看着虾叔。

“用手摸一下就知道。”虾叔不屑地瞥了她一眼。

“真的假的？”映柳露出怀疑的目光，“你这双手难道比福尔摩斯的脑袋更管用？”

虾叔傲然笑道：“我只要摸一下你的手，就能报出你的身高、体重和三围，你要不要试试？”

“不要！”映柳本能地双手护胸，仿佛自己正全身赤裸地呈现于对方眼前。

“你就别怀疑虾叔的功力了，他这招牌可是名副其实的。”溪望指了指挂在墙壁上，写着“跌打神医”的牌匾，又道，“他未来的女婿也不弱，连手也不用碰，光是看一眼就能知道女生的胸围大小。”

“哼！”虾叔突然怒目圆睁，本来就大而微凸的双眼此刻尤见狰狞，“回去跟阿慕那小子说，你们年轻人的事，我不会过问。但他要是敢欺负我女儿，就算我不找他算账，我的徒弟也会让他四肢残废。”说罢将仍带余热的药膏敷在溪望的手臂上，并替他包扎。

“烫、烫。”溪望被药膏烫得想将手抽回，但虾叔牢牢地抓住他的手继续包扎。

包扎好后，虾叔拿起一根竖放于墙角的短棒仔细观察。此棒是刚才从溪望左臂上解下来的，以钛合金锻造，长度比他前臂稍短，棒身有一道接口，并有七个凹陷的圆点，两端各绑有一条白色的缎带。缎带两头接有小巧的塑料扣，能很方便地将短棒绑在手臂上。短棒前端有个精巧的开关，轻轻一碰即有一把精钢利刃弹出，再碰利刃又立刻弹回。末端是一个半月形的卡口，似乎是用于连接另一根短棒的。

“没想到现在这年头竟然还有人能做出如此精巧的短枪，绑在手臂上既便于隐藏，又可格挡利器，怪不得察觉到有东西掉下来，你就立刻伸手去挡。”虾叔将短棒扔给溪望，问道，“这根短枪叫什么名字？”

溪望单手接住短棒，答道：“这玩意儿是我朋友做的，他虽然精通机关术，但却没念多少书，只管这玩意儿叫组合棍剑。”

“那就可惜了，好武器该有个响亮的名字。”

“虾叔认为该管它叫什么好呢？”

虾叔沉思片刻后，说：“如此巧妙的组合枪，就叫‘百巧枪’吧！”

第十章 道德审判

“刚才你提起慕前辈，虾叔为什么突然就翻脸了？”刚走出跌打馆，映柳就八卦道，“他生气的时候，眼睛都凸出来了，就像虾的眼睛那样，怪不得大家都叫他虾叔。”

溪望答道：“还不是因为阿慕正跟他女儿闹别扭。”

“这个我好像听说过，慕前辈跟他的女上级关系好像挺暧昧的。”映柳暴露出八卦的本性，扯着对方追问，“他该不会是移情别恋吧？他之前跟李前辈不是一直都很好吗？虽然他们从来没公开承认拍拖，但大家都知道他们的关系不是普通的同事关系。”

溪望没好气地答道：“是厅长故意整他的。”

“这跟厅长有什么关系？而且解散诡案组不是厅长的弟弟主动提出的吗？厅长为什么要向慕前辈下刀？”映柳的问题越来越多。

“这事其实是因我而起。”溪望面露愧疚之色，“阿慕为了帮我，没按规定行事，厅长本可以将他降职甚至辞退，但这老狐狸没对他做任何处罚，而是用另一种更歹毒的方法惩罚了他。”

“是什么方法？”

“厅长趁他跟女友闹别扭，将他调派给喜欢他的女上级。他这边要应付女上级，那边又得跟女友修补关系。他这人的性格又有点优柔寡断，被夹在两个女人之间，对他来说比下岗更痛苦。”

“哇，厅长也太狠毒了，以后跟他说话得注意点。”映柳面露寒色，随即想到一件事，便问道，“既然你知道慕前辈跟李前辈闹别扭，为什么还在虾叔面前提起他？”

“你没发现我们刚才没付医药费吗？”

“哇，原来你早就计算好的。”映柳向他投以鄙夷的目光。

是夜，溪望于家中拨通旧拍档阿慕的电话，跟对方说道：“替我查一个人的银行记录，名字叫何洁玲，身份证号是……”他报出一串号码后又道，“明天回我电话。”

挂线后，他走到刚挂到墙壁上的白板前，拿起白板笔写上本案相关人物的名字：婆婆萍姨、丈夫李明航、邻居张海生、同事林君兰、崔丰文、上级邓卫。

“袭击我们的人会是谁呢？”溪望自言自语道，于脑海中迅速整理与本案有关的所有信息。

萍姨跟张海生不是学校的员工，在教学楼附近走动，必定会引起别人注意。李明航虽然是本校的教师，但他执教七年级的体育课，教员室位于另一栋教学楼，无缘无故走过来应该也会有人看见。

邓卫虽然在2号教学楼办公，但袭击发生在跟他分手后不到两分钟的时候。以他的年纪，就算来得及跑上3楼，应该也不够时间将桌子扔下来。

溪望将上述四人的名字划去，只剩下林君兰、崔丰文两个名字。

林老师是个趋炎附势的小人，死者生前跟她的关系不错，她似乎没有加害死者的必要。而且假若她是凶手，理应刻意隐瞒自己对死者的厌恶，而不是毫不忌讳地告诉警方。

崔老师跟死者同期进校，两人也算得上是知心好友，他更对死者有爱慕之意。他是凶手的可能性亦不高。

溪望在两人的名字旁各画上一个问号，喃喃自语道："如果他们都不是凶手，那将桌子扔下来的人会是谁呢？"脑海突然浮现出教员室门外闪过的身影，"难道是他？"

"还没想到凶手是谁吗？"一个女性声音从身后传来。

溪望回头道："柳姐，天都黑了，你还赖在我家不走，会让邻居说闲话的。"

"你早点做饭，我就能早点走喽。"映柳死皮赖脸地笑着。

"厅长又没有克扣你的伙食费，你干吗不回警局食堂吃饭？"溪望没好气地白了她一眼。

"你做的饭比较好吃嘛。"映柳仍赖着不走。

"你就好意思让我这个伤残人士给你做饭？"溪望愤慨地指着挂在脖子上的左臂。

"我相信你就算只用一只手，也能做出一席好菜。"映柳双眼射出崇拜的光芒。

两人对视片刻，溪望最终败下阵来，叹息道："想吃什么？"

"可以做吉列猪扒饭吗？我在肯德基吃过，挺好吃的。"

"那种猪食也叫好吃？"溪望做无力状，走向厨房并招手示意对方跟随，"过来帮忙吧！我保证从明天开始，你再看见那种猪食，会马上把它扔进垃圾桶。"

翌日上午，两人再次来到市63中，并于教务处主任室找到陈志东主任。映柳向对方出示警员证后，溪望便向其问道："楼下那辆车牌尾号为333的银色天籁轿车是否是阁下的座驾？"

年纪约四十出头、衣着光鲜的陈主任点头道："嗯，你们是来问洁玲的事吧？"

"我想陈主任大概已经知道我们的来意，我们不妨开门见山，谈谈你跟何老师的关系。"溪望顿了顿又补充道，"有宿舍楼住户看见你经常在凌晨时分送何老师回家，我想你们的关系应该不会只是普通同事。"

陈主任平静地答道："我跟何老师虽然比较熟，但我们的关系并非你们想象中的那样。我经常有应酬，喝酒自然是免不了，而她的酒量很好，所以每当有应酬，我都会叫上她，让她在酒桌上替我挡酒。"

"你们的关系就这么简单？"映柳露出质疑的目光。

陈主任点头道："就这么简单。"

溪望笑道："陈主任的血型是B型吗？"

陈主任没有作答，反问道："这跟何老师的死有关系吗？"

"当然有了，因为法医在何老师身上发现的精液，经化验后证实精液主人的血型是B型。"溪望狡黠地笑道，"虽然陈主任有权拒绝回答这个问题，不过我们亦有权请陈主任到警局做客。"

陈主任沉默良久，叹息一声，说："我跟洁玲虽然发生过关系，但她的死真的跟我无关。"

"我们这次拜访，并没有打算对你进行道德审判，我们只关心杀害何老师的凶手是谁。既然她的死跟你无关，你何必隐瞒你们的关系？"溪望狡黠地一笑，威迫道，"你隐瞒的事情越多，只会越加深我们对你的怀疑。我们既然会找上你，你应该清楚我们手头多少也有些对你不利的证据。"

陈主任脸上仍强作镇定，双手却微微颤抖，点了根烟连抽几口后，才向两人讲述自己与何老师之间的不道德关系——。

"跟洁玲认识应该是在5年前的暑假，当时老邓突然请我跟其他几位领导吃饭。虽然他没说清楚请客的原因，但大家心里都明白是怎么回事。

"但凡有人请我们吃饭，不外乎两个原因，要么找我们帮忙安排学位，要么就是安排职位。这种饭局在暑假这个'旺季'几乎每天都有，有时候甚至多得让人分身乏术。不过老邓是学校的'老臣子'，我当然不会推卸，其他领导的想法大概也和我一样。

"席间老邓带来一个长相不俗、身材姣好的年轻女人，并介绍给我们认识。这女人就是洁玲。看到这情况也不用多说了，大家都心知肚明，他就是想介绍这个人到学校来工作。虽然我们都会给他三分面子，但教师的职位有限，不是说随便带个人过来，就能给她安排工作。

“我本来只打算随便应付一下，但没想到洁玲挺热情的，连连跟我们举杯豪饮。我玩得高兴就多饮了几杯，最后竟然稀里糊涂地跟她到酒店过了一夜。

“男人逢场作戏是很平常的事，我本来也没太在意，也没打算给她安排工作。但这小妖精实在太会讨人喜欢了，我经受不起诱惑，之后又跟她见过几次面。

“临近暑假结束时，她突然跟我说她怀孕了，是我的种。我可不是三岁小孩，跟我偷欢几次就说怀了我的孩子，这种谎言谁会相信？不就是想诈我的钱吗？然而，当我让她开出价钱时，她却说不会要我的钱，也不求名分，只想留在我身边，一辈子做我的情人。

“虽然我早已结婚，而且还有个女儿，但我跟我老婆从一开始就没有任何感情。当年之所以会跟她结婚，纯粹是为了赶在房改之前分配一间房子。所以，当洁玲说愿意无名无分地跟我一辈子时，我多少也有点感动，哪怕我知道她另有目的。

“洁玲的目的就是让我给她安排工作，虽然聘用教师需要通过教育局，但有些事情也不用说得太直白。只要动一下脑筋，走走关系，没什么事是办不到的。

“这相当于一场交易，她付出的是青春和肉体，而我亦付出了不少精力。既然只是一场买卖，我当然不想给自己留下后患，就让她将孩子打掉，不管那是否是我的骨肉。

“本来我只把她当做一件玩物，安排她到学校教书，一来是为了兑现承诺，二来是可以方便跟她来往。可是，她实在太会讨我欢心了，而且她的身体也让我着迷。渐渐地，我发觉自己越来越喜欢她，所以在力所能及的范围内，我会尽量给予她方便，甚至是优待，譬如评选她为优秀教师之类。

“当然，我也经常带她出席各种饭局。我刚才并没有撒谎，她的酒量的确很好，替我挡下了不少酒。

“我跟她来往多了，自然会惹来闲话。虽然没有人确实地知道我们的关系，但这种流言飞语始终会对我的声誉造成声响，而且我老婆对此亦颇有微词。

“正当我为如何堵住悠悠众口而烦恼时，体育老师小李的母亲来找我。她跟我说小李的性格比较内向，身边没多少朋友，虽然年纪已经不小了，但还没谈对象。她希望我这当领导的能多关心一下下属，给他介绍个对象。

“她还真是来得及时，我连忙拍胸口答应，马上就给小李找个合适的对象。我所说的对象，当然就是洁玲了。

“虽然洁玲曾经反对，但最终还是同意跟小李相亲，并在我的劝说下跟小李结婚了。她成了有夫之妇，就没有人再敢公开说我们的闲话，我们的关系也得以继续保持……”

陈主任点燃谈话以来的第三根香烟，惋惜地道：“我跟洁玲的关系虽不为道德所容，但亦不算违法，而且我们保持这种关系已经有5年之久，一直都相安无事。她的去世对我来说，不但没有得益，反而是一种损失，我又怎么会伤害她呢？”

“通奸也是违法的！”映柳气愤地骂道，陈主任不由得脸色一沉。

“别乱说！”溪望瞪了她一眼，“民国之前才有通奸罪，新中国成立时已经废除了。”

陈主任大舒了一口气，脸色稍微有点好转，牵强地笑道：“既然没有通奸罪，那么……”

溪望扬手打断对方的话，狡黠地笑道：“你跟何老师的事要是传开去，对你来说或许比坐牢更不堪。”

“我已经把所有的事情都告诉了你们，你们就放我一马，别把这些事说出去吧？”陈主任露出哀求的目光。

溪望说：“你还没说完吧，何老师出事当日，你是最后一个跟她有接触的人。我想你最好仔细回忆一下当天的情况。”

陈主任颇为紧张地答道：“那天、那天也没什么特别的。我们就跟平时一样，在酒吧碰面，喝了点酒，然后到酒店开房。不过那晚她心情不太好，喝了不少酒，所以有点醉，到酒店后玩得也比平时要放荡些。除此之外，真的跟平时没两样。我怎么也没想到，送她回家没多久，她就会突然死掉。”

“她为什么心情不好？”映柳问。

陈主任说：“她跟我说，最近为了家里的神龛，经常跟婆婆吵架，所以很不开心。还说要把婆婆跟小李都赶出家门，我想应该是气话吧，她要是真的跟小李闹翻了，我们的关系也不好维持。”

“你什么时候送她回家的？”溪望问。

他答道：“十一点半左右，学校的门卫可以作证，他看着我的汽车驶进的学校。”

溪望又问：“门卫有看到何老师在车上吗？”

“要是让门卫看见，不就等于公开了我们的关系吗？”

“那就是说，没人看见你送何老师回家？”

“警察先生，有句话叫‘宁让人知，莫让人见’，这本来就不是光彩的事，难道我还要敲锣打鼓？”

“那么，你是亲眼看见何老师走进宿舍楼的？”

陈主任摇头道："虽然那时已经是深夜，但也难保不会被人看见，所以她一下车，我就开车走了，没注意她是否走进了楼里。"

"这对你来说很不利呢。"溪望狡黠地一笑。

第十一章　心理战术

"你相信他的话？"刚离开教务处，映柳便问道。

"只能信一半。"溪望解释道，"陈主任不像邓老师那么老实，他这人狡猾得多。如果没能抓住他的把柄，他不会把事情全说出来。"

映柳困惑道："我们干吗不拿他跟死者的奸情要挟他？"

"刚才不是说了吗，通奸又不犯法，我们能拿他怎么样？"溪望白了她一眼，"刚才他只是一时没反应过来，就算我们将他的事说出去，他只要打死也不肯承认，要蒙混过关也不是不可能的。"

"那我们现在怎么办？去找邓老师过来跟他对质吗？"映柳望向前方的2号教学楼。

"你认为邓老师会跟他撕破脸皮吗？"溪望又白了她一眼，"他好歹也是教务处主任，把他给得罪了，邓老师还能安然地在这里待到退休吗？"

"那我们去教学楼干吗？"

溪望指着挂在脖子上的手臂，怒道："要医药费去。"

"去跟谁要呀？我们都不知道是谁把桌子扔下来的。"映柳面露困惑之色，"总不能要邓老师他们负责吧。"

"我会这么无赖吗？"溪望已对她的智商感到绝望，无力道，"我已经跟邓老师通过电话，他告诉我昨天那张桌子属于12班，也就是何老师生前当班主任的班级。我们上去走走，应该会有收获。"

八年级12班的课室位于2号教学楼3楼，跟昨天扔下桌子的位置相距不远。据邓卫说，昨天在得知此事后，他已立刻去了解情况。然而事发时已经放学，大部分学生已经离开学校，所以没人看见是谁将桌子扔下楼的。

两人来到12班时，正有一名腼腆的年轻女教师在授课。溪望向女老师笑道："不好意思，打扰一下，10分钟就好。"

女教师昨天见过他们，知道他们是警察，唯唯诺诺地点头并退到一旁。刚才还在小声说话甚至打闹的学生都好奇地看着他们。溪望走到讲台上，拿起粉笔，以秀丽的字迹于黑板上写了两行字，分别是：妨害公务罪；故意杀人罪，未遂。

“各位同学，警察叔叔今天跟你们上一节课，给大家讲解一下黑板上这两条罪名的相关法律规定。”溪望看着台下一众迷茫的学生，指着自己被绷带包裹的手臂又道，“昨天放学后，警察叔叔在楼下偷了一会儿懒，可能某位同学看不过眼，将你们班的一张桌子扔了下去，恰好砸到警察叔叔身上。请问大家，这位同学所犯的是哪条罪呢？”

台下噤若寒蝉，谁也不敢说话，跟刚才的吵吵闹闹截然相反。没人答话，溪望只好自问自答：“我们国家是大陆法系国家，不采取独立罪名方式，所以没有袭警罪。因此，向警察扔桌子，应依照妨害公务罪处理，处3年以下有期徒刑。不过……”

他故意沉默片刻，审视台下的反应后又道：“昨天的情况有点特殊，因为掉下来的桌子有可能将警察叔叔砸死，所以可并处故意杀人罪。根据法律规定，可处以10年以上有期徒刑、无期徒刑甚至是死刑！”

他刻意在“死刑”二字上加重语气，随即又轻松地笑道：“当然，我还没死，故此属于未遂，可从轻处罚，主动认罪的有望争取10年以下有期徒刑。”说罢便离开讲台，行至右手边第一张学生桌，沿着过道一直往后走。

他每经过一张桌子，便在桌面轻敲一下，说：“顺带提醒一下，知情不报也会触犯窝藏、包庇罪，最高刑罚是3年以上10年以下有期徒刑。”

当他敲响第二列第五张桌子时，坐在该位置上的女生躯体微微颤抖。他停下脚步，突然用力地拍打桌面，高声喝道：“说！”

该女生立刻站起来，指着溪望左后方的另一名女生说：“我昨天离开时，教室里就只剩下肖灵萱一个。”

溪望回头望向名叫肖灵萱的女生，此女相貌清秀，长发及肩，是个难得的美人坯子。然而，此刻她脸色煞白，身体剧烈地颤抖，谁都看得出她做了亏心事。

正当溪望走到肖灵萱身前，想向她问话时，对方突然起身推了他一把，急忙向门口逃走。他没有立刻追上去，因为映柳就站在门口，正等着将这只乱撞的无头苍蝇抓住。

溪望看了看手表，向呆在讲台旁边不知所措的女老师笑道：“刚好10分钟，打扰了。”说罢便示意映柳将肖灵萱带走。

两人将肖灵萱揪上天台，溪望让映柳守住楼梯口，自己粗暴地揪住灵萱的衣领，将她拉到天台边缘，按倒在约一米高的护栏上。

溪望并未怜香惜玉，而是揪着她的衣领，凶狠地说："我讨厌浪费时间，你要么坦白告诉我是谁指使你，要么就让我把你从这里扔下去，就像你向我们扔桌子那样。不过，我得告诉你这里是6楼，摔下去就算不死，你下半辈子也得插上尿管躺在床上。"

灵萱被吓得面无人色，连忙大声惊呼："我不知道那个人是谁，我真的不知道。"

"那你就没有利用价值了。"溪望揪着对方的衣领，将其提起往外推。虽然他只用右手，但仍游刃有余，只须再稍微用力就能让对方掉下去。

灵萱腰压护栏，脚不沾地，双手为保持平衡本能地胡乱挥舞，拼命地呼叫："我说我说，我什么都说。"

溪望将她拉回来，顺势粗暴地扔到地上，脸上怒容未改，凶狠地道："你只有一次机会，要是没能给我满意的答案，我就立刻将你扔下去。"

灵萱惶恐地掏出一部iPhone4S，调出一条彩信向对方展示。

溪望接过手机查看，彩信中有一张图片，从角度看应该是偷拍。在照片中能看见一辆银色轿车，透过挡风玻璃可看到一对衣衫不整、搂在一起亲吻的男女。男的背对镜头，没能看清楚相貌，而女的赫然就是眼前的灵萱。

溪望为之咋舌，向灵萱问道："你多大了？"

灵萱诚惶诚恐地答道："刚过14岁。"

"什么世道……"溪望不可置信地看着她，片刻后目光才回到手机上，查看彩信的文字信息：如果有警察来学校调查何老师的事，你就想办法将他们杀死，否则所有人都会知道你的丑事。

"就为了这么一条信息，你就真的去杀人？"溪望皱起眉头。

"要是被爸妈知道，他们还不把我打死。"灵萱坐在地上委屈地落泪。

"那我现在就去通知你的父母。"溪望转身欲走。

灵萱急忙扑过来，将他的腿抱住，哭喊道："不要，他们一定会把我打死的。"

两人如闹剧般的表现终于使映柳按捺不住心中的好奇，她走过来问道："怎么回事？"

"自己看。"溪望将手机递给她。

映柳看了一眼，立刻发出惊呼，随即将手机塞回对方手里，说："这男人是谁呀？竟然做出这种禽兽不如的事，该把他拉去枪毙100次。"

"这人你刚才就见过了。"

“陈主任？”

溪望轻轻地点头：“就是那个衣冠禽兽。”

虽然在照片中没能看见男人的相貌，但勉强能看到尾号为333的车牌。再对照男人的身形及年纪，几乎可以肯定是陈主任。

“不想被父母知道你的丑事，就赶紧把你跟陈主任勾搭的经过说出来。”溪望用力地抖了一下腿将灵萱震开。

“我、我只是想买部手机……”灵萱往溪望手中的iPhone4S瞥了一眼，随即向两人讲述自己那段为人所不齿的援交经历——

“大概是半年前吧，当时班里有不少同学都买了苹果手机，有的是iPhone4，有的是最新款的iPhone4S。我也很想要一部，可是爸妈却不肯给我买，说小孩子没必要用这么贵的手机，能打电话就可以了。

“可是，他们给我的那部便宜货，不仅样子土得要命，而且很多功能都没有。就连愤怒的小鸟也不能玩，也不能切水果，这样的手机让人怎么用呀？我都不好意思在同学面前接电话。

“我跟他们都说了上百次了，他们就是不肯给我买，真是气死我了。哪有这样不讲道理的爸妈？好多同学都不用开口，爸妈就买给他们了。就我爸妈吝啬得要命，死活也不肯给我买一部。

“那段时间我很不开心，动辄发脾气，还经常跟同学吵架。班主任把我叫到一边，问我最近怎么突然跟变了个人似的？我告诉她因为爸妈不肯给我买手机，所以心情不好。

“她说有个方法能帮我，但我必须付出一点代价。我说只要能得到手机，要我做什么都行。她让我放学后去找她，还提醒我不能让任何人知道。

“放学后，她把我带到学校外面，在路边等了一会儿，就有一辆银色的轿车驶过来。开车的是个男人，我记得好像在学校里见过他，应该是学校的领导。她让我叫这男人陈主任，还说他会帮我买手机，让我上他的车。

“上车后，陈主任就把手放在我腿上，吓了我一大跳。不过他说待会儿就带我去买手机，我就随他了，反正让他摸一下又不会少块肉。他向班主任挥了下手，说：‘那件事你尽管放心。’然后就开车走了。我以为他是带我去买手机，可是他竟然把车开到了酒店。

“我又不是白痴，到了酒店当然知道是怎么回事，就问他会不会给我买手机。他说只要我听话，就会好好疼我，我要什么都会给我买。接着，他让我先留在车里，自己去前台开房，然后回来告诉我房间号码，跟我分别进房间。

“我们在房间里做什么也不用说啦，反正就是做大人做的事。他也不骗我，做完就真的带我去买了部iPhone4S。拿到手机时，我可开心呢，虽然觉得下面还有点痛，但还是觉得非常值得。那晚我还高兴得睡不着呢！

“之后，陈主任经常找我，大概每个星期一两次吧。他找我当然就是做那种事了，不过都没去酒店。他说我还小，去酒店不方便。他通常把车开到偏僻的地方，直接在车里面做。每次做完后，他都会给我一点零花钱，还叫我千万不要跟别人提起跟他在一起的事。

“我又不是白痴，当然知道这是援交，怎么会跟别人说呢……”

“你就是个白痴！”溪望狠狠地打了灵萱一巴掌。

“我什么都说了，你还打我。”灵萱脸上呈现出清晰的掌印，眼泪夺眶而出。

溪望又甩了她一巴掌，怒斥道：“这两巴掌是替你父母打的！身体发肤受之父母，你作践自己的身体时，有没有想过你父母的感受？”

灵萱委屈道：“谁让他们不给我买手机啊！”

溪望第三次掌掴对方，骂道：“这巴掌是我打你的！你父母这辈子做得最错的事，不是没给你买手机，而是把你生下的时候，没有立刻将你扔进垃圾桶！”

溪望稍微缓了一口气，又道：“这世上没人欠你的，包括你父母。他们没义务把你养大，也没义务供书上学。你现在拥有的一切，都是他们对你的恩赐。你不但没半点感激之心，反而怪他们不给你买手机？你要是我女儿，我立刻就将你扔下楼。”说罢便揪着对方的衣领，将对方拖向护栏。

“不要，不要！”灵萱放声尖叫，好不容易才从他手中挣脱，惊慌地哭道，“不要，我以后再也不敢了，我以后都会听爸妈的话，呜呜……”

溪望怒哼一声，从肩包内掏出两枚别针，扔到灵萱身前，说：“把衣服扣上，18岁之前别让别人解你的衣服。”他扬了扬对方的手机，“这部手机暂时由我保管，马上给我滚回去上课！”

灵萱恋恋不舍地看着他手中的iPhone4S，被他瞪了一眼，才捡起别针，连滚带爬地跑下了楼。

“你好凶哦……”映柳惶恐地看着溪望。

“是吗？”溪望瞬间恢复了平时的笑脸。

映柳愣了一下，追问道：“你刚才不会是装的吧？”

“一半一半吧，开始是装的，后来就真的生气了。”溪望把玩着手中的手机，解释道，“恐吓是警察必修的科目之一，对她这种心智未熟的小屁孩尤其管用。”

“我刚才还以为你真的要把她扔下去呢。”

“那你怎么不过来阻止我？”

“怕你会把我也扔下去。”映柳道。

“你的智商到底有多低呀？”溪望无力道，“刚才几十双眼睛看着我们将她带走，没一会儿她就摔死了，你认为厅长会放过我们吗？”

“你就只会笑我笨！”映柳气得跺脚，片刻后又道，“给灵萱发彩信的人，应该就是凶手吧，或许我们能从手机号码找到线索。”

“你会用自己的手机给厅长发恐吓信息吗？”

“不会。”

“嗯，你的脑袋还没坏透。”

“你又笑我笨！”映柳再度跺脚。

“从手机号码追查不但费时，而且收效甚微。”溪望狡黠地笑道，“我有更快捷的方法。”

第十二章　呼之欲出

“刚好50万？”溪望在前往教务处的路上接听阿慕打来的电话，“嗯，查到转账人的姓名吗？谢了，得闲饮茶。”（“得闲饮茶”是粤港俚语，“得闲”意为“空闲、有时间”，“饮茶”是指粤港地区的一种饮食习俗，即到茶楼喝茶、吃点心。此话包含好几个意思，主要含义有二：其一为客套话“有空就请你饮茶”，即找个时间跟对方聚会，但因为时间上的不确定，所以这种承诺通常遥遥无期；另一个含义跟前者几乎完全相反，就是“别再找我”。）

待他挂掉电话后，映柳便问道：“你怎么知道把桌子扔下来的是学生，而不是教师或者其他人？”

溪望收起手机答道：“我们受袭击时，学生早已放学，教师在这个时候还在课室溜达容易引起注意。邓老师在事后一问便会察觉出问题，但我们对话时，他并没有提及这方面的情况。所以，我判断袭击者很可能是学生。”

映柳又道：“那你怎么知道一定是12班的学生，而不会是邻班的学生跑过来搬的桌子？”

“说到底也是干坏事，有谁不会心虚？”溪望解释道，“鬼鬼祟祟地溜到邻班搬桌子，就算不被人发现，也会增加作案者的心理压力。从一个心智还不成熟的中学生的角度来看，只要不是自己的桌子，自己班的跟邻班的没什么区别。在自己熟识的环境中行事，比走进相对陌生的邻班课室，会让作案者觉得更隐蔽。”

“所以你就锁定袭击者是12班的学生？”映柳恍然大悟，并向对方投以仰慕的目光。

“其实只是碰碰运气，反正就算猜错了，我们也没什么损失。”溪望轻描淡写道，“大不了逐个课室试一次。”

映柳闻言差点没摔倒。

两人再度来到教务处主任室，溪望扬了扬手中的iPhone4S，向陈主任问道：“见过这部手机吗？”

陈主任故作镇定地答道：“见过，现在挺多人用这款手机。”

溪望又问：“包括你女友？”

“严格来说，洁玲不是我的女友。”陈主任脸色略沉，但仍镇定自若。

“我不是说何老师。”溪望调出威胁彩信向对方展示。

陈主任大惊失色，张着嘴巴呆望着对方手中的手机，过了好一会儿仍未能说出一句话。

溪望狡黠地笑道：“与年龄未满14周岁的幼女发生性关系，不管对方是否自愿，均以奸淫幼女罪处理，为情节严重的强奸罪，最高刑罚是……死刑！”

陈主任瞬即脸色煞白，急忙辩驳道：“我不知道她还没够14岁。”

“身为教务处主任竟然不清楚初中二年级学生的年龄，你认为法官会相信吗？”溪望把玩着手机，狡笑道，“你有两个选择，要么将你跟何老师的龌龊勾当全盘托出，要么就准备遗嘱。别想再有任何隐瞒，你应该明白自己现在的处境有多糟糕。另外，我得告诉你，我已经查过何老师的银行账户，发现你在半年前分三次给她转账50万。你最好把这些事都交代清楚。”

陈主任面露痛苦之色，几乎要哭出来。几经思想挣扎，他终于开口将自己那禽兽不如的龌龊行为毫无保留地说了出来。

“洁玲之所以愿意嫁给李老师，其实是想为我生个儿子。

“她是个聪明的女人，知道跟我的关系不可能一直维持下去。她的工作表现，我想你们多少也有所了解，如果没我在背后撑腰，她早就被辞退了。所以，当她怀上我的孩子时，便说可以为我生下来。

“我这辈子最大的遗憾，就是只生了个女儿。虽然我从事教育，但难免会有点传统思想，希望离开时能有个儿子为我送终。她既然肯为我生儿了，我当然乐意了。可是，当时大家都在议论我跟她的关系，如果她还未婚先孕，我说跟她没关系，谁也不会相信。

“就在我为怎么解决这个问题而烦恼时，小李的母亲突然来找我，拜托我给小李介绍对象。我当时差点没笑出来——只要让洁玲跟小李结婚，一切问题不就解决了？

“洁玲虽然对小李没什么好感，但知道他是个内向木讷的人，这种人最容易控制，不会对我们以后的交往有太大的阻碍。而且我还答应，只要她给我生个儿子，我会给她一笔钱，让她无后顾之忧。

“她是个聪明人，知道有我儿子做把柄，我绝不会对她们母子俩不闻不问。就算暂时不能公开身份，亦不必为往后的日子犯愁，甚至分得我部分家产也是早晚的事。所以，她答应了跟小李结婚，为我把孩子生下来。

“之后的事情都很顺利，她跟小李见了几次面，说过的话可能没有十句，两人就开始准备婚礼了。像小李这种呆头呆脑的傻瓜，要不是我们另有盘算，他别说能娶到洁玲这样漂亮的女人，就连能不能讨到老婆也是个问题。可他母亲还以为捡到了宝，讨到一个漂亮的儿媳妇，完全不知道她儿子只是‘喜当爹’。

“可惜啊，洁玲这次怀上的竟然是个女儿。她跟小李都是学校职工，要是生二胎就会丢掉工作。也就是说，她把女儿生下来，就再也没机会替我生儿子了。幸好小李的母亲也是个传统的人，很想要个孙子，就暗示洁玲把胎儿打掉。

“洁玲明白不能替我生个儿子，她就一无所有，而且她还跟小李结婚了，想另找出路也不容易，这个女儿是绝对不能要。不过，她还是做足了表面功夫，在小李两母子面前哭了好几次，哭得他们心都酸了。但他们不知道，洁玲哭的时候，其实心里正在笑他们笨得无药可救。

“之后，洁玲本想再给我怀个儿子，可是一直都没有怀上。她到医院里检查，医生说她之前做过好几次人流，对子宫内膜造成了损伤，要再次怀孕恐怕会相当困难。

“这件事对她的打击很大，她的脾气也变得越来越差。当然，她不会在我面前乱发脾气，但在回到家里就肆无忌惮了。因为在小李母子眼中，她的不孕是由他们造成的。

“洁玲知道不能替我生儿子，早晚会被我抛弃，所以经常有意无意地试探我口风。说实话，她虽然长得漂亮，身材也很迷人，但时间长了总会让人感到厌倦。大概是我无意中透露出了心中的想法，半年前她突然给我打电话，说给我准备了一个刺激的节目。

“她所说的刺激节目，就是让她的学生，那个叫灵萱的女孩跟我上床。我虽然玩过不少女人，但中学生还是第一次，而且还是处女，感觉当然不一样。我对她这个安排感到非常满意。

“她其实早在知道自己不孕时就已经另有打算，想给自己留一条后路。她想买一间房子。其实也不用着物色，我在学校宿舍楼里就有个房子。因为我在学校外面有房子，所以这套房之前都是用来出租。既然她想买，我就便宜卖给她好了。

“虽然我出的价钱比市价低，但以她跟小李的收入，要买下来还是非常吃力。她算了一下，要是向银行贷款，她跟小李的积蓄还能应付首期，但这样房子必然要写上他们两人的名字，而且以后还得每月偿还房贷。

“她觉得这样太没保障了，因为她对小李毫无感觉，说不定哪天会跟他离婚，到时候她充其量只能要回半间房子。

“因此，她打算跟我借50万，然后骗小李说，是跟娘家借来的钱。有了这笔钱，再加上他们的存款，还有小李母亲半生的积蓄，无须贷款就能将房子买下来。

“她总算跟了我好几年，给她一点好处也是应该的。但50万不是个小数目，说好听点是借，说得不好听的话，能不能还上也不好说。像现在这样她突然就死掉了，我也不知道该跟谁讨要这笔钱。而且我当时已经开始对她感到厌倦，所以一直没给她明确的答复。

“直到她把学生送到我车上，证明她对我还有利用价值，我才心甘情愿地把钱借给她，还送她一张按摩椅，祝贺她乔迁之喜……”

听完陈主任的叙述后，溪望问道：“你知道何老师做过隆胸手术吗？”

陈主任愕然道：“隆胸？怪不得她的胸部这么大。”

“那你应该也不知道，她根本没打算给你生孩子。”溪望狡黠地一笑，“因为怀孕会使乳腺增大，导致乳房组织坏死。如果她要给你生孩子，必须将乳房内的假体摘除。但是，她若失去了引以为傲的豪乳，你还会多看她一眼吗？”

陈主任沉默不言，似在回忆与洁玲相关的每一个片段，以确定对方所言是否属实。

溪望又道：“或许你一时会难以接受，你一直把何老师当做玩物，但却不知道自己才是被对方玩弄于股掌之间的玩具。”

“不可能！”陈主任发出歇斯底里般的吼叫，反驳道，“我承认洁玲的确是有点小聪明，但她只不过是个无权无势的女人，失去我这个靠山，她就什么都不是！”

“是吗？那你说，除了何老师，还有谁会知道你跟灵萱的丑事？”溪望晃了晃手机，再次展示记录对方禽兽行为的照片，又道，“还有谁能将你的丑态拍下来？”

“不可能，不可能……”陈主任一时无法接受这个残酷的现实，不断苦恼地摇头。

溪望冷笑道：“你过于自负，一直以为何老师完全在你的掌握之中，并为此自鸣得意。但实际上，一直掌握大局的是何老师，她利用你的兽欲，将你一步一步地引入她的圈套。若非惨遭他人杀害，单凭这张照片，她就能让你奉上所有家财，甚至让你这辈子也受她控制。”

“还跟他这种衣冠禽兽说这么多干吗？！”映柳对陈主任怒目而视，取出手铐准备将对方拘捕，怒道，“把屁股洗干净，准备坐牢去。”

“我不能坐牢，求你们了，放我一马吧！”陈主任面露哀求之色，几乎要跪下来给两人磕头。

溪望伸出五根手指，狡诈地笑道：“不想坐牢也不是没办法，就看你有多大的诚意了……”

将陈主任押回警局转交同僚处理后，映柳向溪望问道：“你不觉得陈主任很有可能是杀害何老师的凶手吗？”

“愿闻其详。”溪望故作糊涂。

映柳认真地分析道：“如果何老师是处心积虑地安排陈主任跟未成年的学生鬼混，那么拍下照片后，她肯定会要挟对方索要钱财。陈主任心高气傲，向来只有别人求他，哪受得了要挟，就一念之差动了杀机也是理所当然，而且何老师出事之前还跟他在一起。”

“就是因为这张照片，我才将他从嫌疑名单上排除。”溪望晃了晃灵萱的手机。

“为什么？”映柳露出疑惑的神色。

溪望笑问：“如果你得到一份可以让你坐一辈子牢的证据，你会怎么办？”

映柳不假思索地答道：“当然是尽快将证据销毁呀！”

溪望点了点头，又道：“给灵萱发彩信的人显然是想要我们的命，至少也希望能阻碍我们继续调查。会这样做的人，大概就只有杀害何老师的凶手了。而陈主任绝不可能将自己的罪证公开，也就是说他不可能是凶手。”

“他不是凶手，那凶手会是谁？”映柳眉心紧锁。

“能得到这张照片的人屈指可数，从这个方向去想，凶手不就是呼之欲出了？”溪望莞尔一笑，“动一动你的脑子吧！”

“邓老师不是，林老师不是，崔老师应该也不是……”映柳掰着指头念道，突然恍然大悟，“难道是……”

溪望将食指放在她唇前，示意她别说出来：“在没有实质证据支持的情况下，最好先别妄下判断。我们必须弄清楚凶手是用什么方法将何老师杀死，又是怎样神不知鬼不觉地将尸体搬到公园去的。”

“何老师死得这么怪异，除了叶法医说的禁言天谴之外，我实在想不到还有什么方法能让人死得如此诡异。”映柳面露寒色，怯弱地道，“你说，凶手会不会利用那个潦倒作家所说的弃神……”

“如果凶手有这种本事，我们早就完蛋了。”溪望做无力状，随即又道，“或许我们能从张作家口中得到一点启示。”

俗话说“过门都是客”，这句话有两个含义：一为客人到访必须以礼相待；二是到别人家里串门，最好别两手空空。毕竟有求于人，在拜访张海生之前，两人顺道到便利店买了些零食，当做拜访的礼物。当然，这该算是业务开支，所以溪望毫不犹豫地推映柳去结账。

“怎么又是我？厅长会让我报销才怪。”映柳极不愿意地掏出钱包付钱，并向店主问道，“有发票没？”

第十三章　疑团尽解

在前往宿舍楼的路上，一直不停地抱怨的映柳突然想起某事，驻足问道：“如果那张照片是何老师拍的，那她不就早已经有陈主任的把柄了，为什么她还要继续当对方的情人呢？”

“因为她比你聪明。”溪望笑道，“如果我拿你在我家混吃混喝的证据要挟你，要你付我伙食费，不然就告诉厅长。你会怎么办？”

“揍你一顿！”映柳做张牙舞爪状。

溪望解释道：“就像你之前说的那样，陈主任是个心高气傲的人，受到别人的要挟后，首先想到肯定不是妥协，而将对方‘解决’！就算他没起杀机，至少也不会让对方好过。何老师跟他相处了好几年，会不知道他的脾性吗？”

映柳不解地问道：“她没打算敲诈陈主任，那给对方设这个圈套干吗？”

“给自己留一条后路。陈主任抛弃她是早晚的事，留着对方的把柄总有用得着的时候。但这是她最后的王牌，不到万不得已，她绝对不会使出这个绝招。”溪望突然眉头略皱，隐约觉得有点不对劲，但一时间又没想到是什么问题，他接着道，“或许何老师另有计划，掌握陈主任的罪证只是计划中的一个环节，但她还没来得及动用这张照片，就已经被凶手杀害了。”

映柳忽然哆嗦了一下，颤抖着道：“我觉得何老师比那些虚无缥缈的鬼魅更加可怕。”

“你指的是活着的何老师，还是死后的何老师？”

一想到何老师那张青紫色的可怕脸庞，映柳不由得浑身颤抖。

两人提着一袋零食，来到张海生住所门前，敲了几下门后，门后传来声音：“谁啊？查水表的话，水表在外面。”

溪望笑道：“我通常会说送快递，而不是查水表。”

门后传来兴奋的叫声：“噢，是你们呀，又来请我吃饭吗？”

“你开门不就知道了？”映柳面露厌恶之色。

“门没上锁，你们自己进来吧！”

两人推门入内，发现海生躺在放置于客厅中央的豪华按摩椅上。

客厅内的摆设十分“简洁”，只有一套沙发、茶几、饭桌和几把凳子，而且都相当陈旧，应该是户主留下来的，跟海生躺着的按摩椅形成了鲜明的对比。

“这张椅子是从哪里偷来的？”映柳走到海生身前，打量着他身下的按摩椅。

这张按摩椅属于较为高档的型号，不但有多种按摩模式可供选择，而且从头到脚甚至双手都有相应的按摩器，可以松弛全身每一块肌肉。

海生翻着白眼答道：“我堂堂一个畅销书作家，会去做偷鸡摸狗的事吗？这张椅子是我用真金白银买回来的！”

“是吗？很令人怀疑呢……”映柳往周围看了看，客厅之中除了按摩椅外，其他家具就算搬到大街上，大概连捡破烂的也不会多看一眼。

“你这是什么意思呀？”海生勃然大怒。

溪望连忙赔笑道：“张作家，我们来得匆忙，没买到什么好东西，只给你带来一点小小心意，还请你笑纳。”说罢将零食递上。

“客气了，来坐坐就好，买这么多东西干吗呢？先放在茶几上吧！”海生怒意全消，露出一脸猥琐的笑容。或许因为太舒服，他并没有起身的意思，仍躺在按摩椅上。

溪望放下零食，搬来一把凳子坐到他身前，往按摩椅瞥了一眼，问道：“听说学校的领导送了张按摩椅给何老师，但我在她家没看见，该不会是卖给你了吧？”

“推理能力不错，这张按摩椅就是萍姨卖给我的。”海生得意扬扬地笑道，

“嘿嘿，才1000块，便宜吧！”

“1000块？你骗人家不懂价钱呀！”映柳打抱不平般瞪着他，“这种高档货，就算是二手也要上万块好不好。”

海生辩驳道：“别把话说得这么难听，如果是正常情况，这张椅子的确能卖三五千，但他们家死人了，我愿意出1000已经算对得起他们了。”

“椅子是何老师死后才卖给你的？”溪望若有所思。

“就在何老师出事后第二天。”海生竖起两根手指，“萍姨是个迷信的人，这张按摩椅平时就只有洁玲一个人用。她死了，萍姨当然不想留着这件不祥之物，就想便宜卖给我。怎么说也是件晦气的东西，除了我这个大好人，还有谁会买？所以我就当做好事，把这个月的伙食费都掏出来，买了下来。”

溪望突然站起来，用手捂住他的口鼻，笑道：“我们来做个实验，你别紧张。”

突如其来的变化把海生吓了一跳。他瞪着溪望，本能地作出挣扎，无奈双手被按摩椅的气囊夹住，无法抽出，所以不能将对方的手推开，也无法离开椅子，只能发出含糊的“唔唔”声以示抗议。

海生的口鼻被捂住约莫两分钟，在这个过程中他不停地挣扎，甚至使劲地摇头，但始终无法甩脱对手的手掌。

眼见他脸色渐变青白，呈现出缺氧的症状，溪望便将手松开，歉意道：“张作家，刚才得罪了。”

“操你妈！差点把老子给闷死。”海生大口大口地喘气。

“你要是给闷死了，不就能把伙食费省下来了？”映柳讪笑道。她虽然不太喜欢海生，但也觉得溪望的做法太过分了。若真的把这厮给闷死了，他们两人的乐子可会少不少。

然而，溪望并没有理会他们，而是双臂互抱皱眉沉思，脑海中闪现所有与案件相关的线索：醉酒、性行为、窒息、风油精、台灯、按摩椅……

他猛然捶打掌心，恍然大悟道：“原来是这样！”

“有发现？”映柳紧张地问道。

溪望点头道：“嗯，我已经知道凶手是用什么方法杀死何老师的了。”

“你就算被闷死，也死得有价值了，哈哈！”映柳对着海生大笑。

“呸，我要是被闷死，做鬼也不放过你们。”海生瞪了她一眼。

溪望向他问道：“张作家，请问过了12点，还有办法走出校门吗？我指的是，不会让别人知道的办法。”

“正常来说，过了12点就必须叫门卫开门才能离开学校。”手部按摩的程序刚结束，海生立刻将双手抽出，摇着食指道，“不过，肯定有办法可以神不知鬼不觉地离开学校，或许你们去问那些经常逃课的学生应该会有收获。”

“谢谢你的提示，打扰你这么久，我们也该走了。”溪望给映柳使了个眼色，两人一同转身走向大门。

“喂，你们不是来请我吃饭的吗？”

在海生悲愤的叫声中，两人已经步出门外，并顺手把门关上了。

映柳在前往2号教学楼的路上问道：“凶手用什么方法杀死何老师的呢？”

溪望答道：“你很快就会知道，现在我们得先弄清楚凶手是怎样将尸体搬到公园的。”

“你打算抓个坏学生来审问？”

溪望反问：“你会告诉我自己平时怎么翘班的吗？”

“我才没有翘班呢！”映柳的神情极其严肃。

溪望淡然地笑道：“所有翘课的学生都会像你这样回答。”

“说得也是……”映柳说着突然觉得不对劲，连忙纠正道，“我真的没翘班。”

“这跟我没关系。”

“那我们要找谁问？”

“找个有把柄被我们抓住的，譬如肖灵萱。”

两人来到12班，将正在上课的灵萱揪上了天台。

“我什么都说了，别再打我。”灵萱双手捂住仍未消肿的脸颊，面露惊慌之色。

“谁要打你？！”溪望瞪了她一眼，取出属于对方的iPhone4S晃了晃，问道，“想拿回去吗？”

灵萱盯着手机两眼放光，一个劲地点头，并伸手想将手机取回。

溪望突然收起手机，说：“想拿回手机也可以，不过得回答我一个问题。”

灵萱面露失望之色，随即又像小鸡啄米似的点头。

溪望问道：“你平时翘课是怎样离开学校的？”

灵萱警惕地作答：“我哪有翘课？不过我知道班里的男生怎么溜出去玩。”

“我不关心你有没有翘课，只在意怎么才能溜出学校。”

灵萱松了口气，说：“学校北面的围墙前有个小土包，站在土包上，围墙就只有一个人那么高，很容易就能翻过去。”

“学校北面？”映柳想了想，又问，“围墙北面就是执信公园？”

灵萱点头道：“嗯，班里的男生都是从那里翻墙翘课的，公园附近是商业区，想去哪里玩都很方便。不过也有些男生喜欢跑到后山的山洞里玩。”

映柳吃惊道：“学校里有山洞？”

“有啊，就在那里。”灵萱指向不远的一座山丘。

山丘位于学校西面，山坡上绿树成荫，本应是个嬉戏的好地方。但学校为了建体育馆，将山脚部分推平，要爬到山坡上似乎并不容易。至少溪望看了好一会儿，仍未发现上山的路径，只看到灵萱所说的山洞隐藏于树木之中。

“从后山能离开学校吗？”溪望问。

灵萱答道：“可以是可以，体育馆后面有一条小路可以上山，但山的另一面没有下山的路，而且非常陡峭，走起来会很危险。我没听说过有谁会从后山溜出学校，倒是经常有男同学跑到山洞附近抽烟。老师一般不会跑到山上，所以他们能肆无忌惮地抽。”

黄昏时分，溪望站在学校北面围墙前的土包上。眼前的围墙只到他肩膀那么高，围墙外执信公园内的情况，他能看得一清二楚。虽然围墙另一面跟地面的落差有近三米高，但要翻过去也不是难事。

回头望向约有300米远的宿舍楼，途中所经之处皆种有树木，或有楼房等遮掩物。要在凌晨时分将一具尸体从宿舍楼搬到此处，再翻过围墙走到公园北入口的榕树下，只要有足够的体力，再稍微留意一下周围的动静，应该不会被人发现。

溪望闭目于脑海中模拟了凶手行凶及处理尸体的整个过程。睁开双眼那一刻，他已对案发经过了然于胸，叹息道：“唉，从一开始这就注定是个悲剧。何老师固然有不是之处，但把她杀死就能解决问题吗？”

“你什么时候变得这么感性？”站在不远处的映柳问道。

“从你打死也不肯为晚饭结账时开始。”溪望看了看手表又道，“走吧，凶手该吃完最后的晚餐了。”

“你好歹也是个男人，请我吃顿饭很为难你吗？”映柳白了他一眼，跟在他身后走向宿舍楼，咕哝道，“我就不明白你为什么非要等凶手吃完晚饭才去拘捕他？”

溪望淡然道：“这世上没有天生的杀人狂，每一个残暴的凶手都有其可怜之处。何不在力所能及的范围内，给这些可怜人行个方便？如果我们在晚饭前将凶手拘捕，他和家人都会吃不下晚饭。”

“如果凶手听到风声跑掉，我们才可怜呢！”映柳双眼往上吊。

“放心吧，跑得了和尚，跑不了庙。”溪望莞尔一笑，“李老师不可能连房子也不要，那房子可花掉了他母亲一生的积蓄。”

第十四章　行凶过程

溪望跟映柳来到李明航家中，母子俩刚吃完晚饭，萍姨正在收拾碗筷到厨房清洗。

“两位警官，调查有进展吗？”明航问道。

“嗯，我们正为此事而来。”溪望取出手机，向对方展示从灵萱手机上复制过来的图片，“李老师对这个图片有印象吗？”

“这女生好像是洁玲的学生。”明航看着图片，面露忐忑之色。

溪望故作惊讶道：“你是第一次看到这个图片？”

“嗯，是第一次看见。”明航眼神闪烁，不自觉地回避对方的目光，“警官为什么会这样问呢？”

溪望问道：“知道什么是IMEI码吗？也叫手机串号。”

明航轻轻点头：“听说过。”

“每部手机的IMEI码都是全球唯一的，绝对不会出现两部IMEI码相同的手机。而作为手机的‘指纹’，只要手机连接了网络，不管是打电话还是发信息，都会留下IMEI码，警方可以从运营商手中获取这些信息。”溪望露出狡黠的笑容，“根据我手头的资料，发送这个图片的手机号虽然是个新号码，但发送的手机却曾经使用过你的号码。现在你能向我们解释一下，到底是怎么回事吗？”

“我的手机前不久刚丢了，可能刚好被凶手捡到了吧！”明航的神色极不自然，并一再回避对方的目光。

“哦，你的手机是什么时候丢的？这条信息昨天才发出呢，我想你应该还没来得及补办手机卡吧？如果是这样，凶手又何必多此一举，更换新的手机卡呢？直接用你的手机卡发信息不就行了？”溪望突然做恍然大悟状，狡笑道，“我刚才好像没说发信息的人就是杀害李夫人的凶手。”

明航意识到自己失言，急忙辩解道：“我只是猜测而已，会把这种照片发出去的，大概也不是什么好人。”

“李老师，我想你应该是个聪明人，但在临场应对方面就不敢恭维了。”溪望取出手机，狡黠地笑道，“问题并不在于谁将图片发出，而在于你的手机为何会存有这张图片？先别紧张，或许我拨打一下你的手机号码，答案便有分晓。”说罢便按下手机屏幕上的数字，装作要打电话。明航下意识地将手插入裤袋。

溪望立刻将手机抛给映柳，猛然扑向明航，将对方的手拉出来。一部智能手机从明航的裤袋里滑落，掉到地上。溪望将手机捡起，并笑道：“我还不知道你的手机号码呢！”

明航愣住片刻，恍然道：“你刚才说IMEI码的事是骗我的？”

“我连你的号码都不知道，又怎么能查到IMEI码呢？”溪望将手机交给映柳，狡笑道，“不过现在已经不重要了，只要把你的手机拿去给技术队的同事研究一下就行了。就算你已经将那张图片删除，他们还是有办法找出来。只要能够证明灵萱收到的恐吓信息是你发出的，那么要证实你杀害李夫人的事实，只不过是时间上的问题。”

明航低头不语，脸上的忐忑一下子消失，取而代之的是沉着与冷漠，似乎正在衡量自己的处境。他往正在厨房洗碗、不时朝他望过来的萍姨看了一眼，叹息道：“你是怎么知道的？”

“你的设计非常巧妙，一开始我就曾经怀疑你，但因为无法确定行凶方式，所以不停地徘徊于各个嫌疑人之间。可惜你沉不住气，竟然想对我们出手。你一出手，自然就会把尾巴露出来。”溪望从映柳手中取回自己的手机，向明航展示记录陈主任兽行的照片，“这张照片是李夫人准备用来要挟陈主任的，为了留住这张王牌，她绝对不会让任何人观看，包括你这位丈夫。如今她已经过世，这世上能得到这照片的人，除了替她整理遗物的丈夫外就没有第二个。因此，从灵萱向我展示这张照片开始，我便确定你是杀死何洁玲的凶手！”

“这只是你的猜测，只能证明我教唆学生袭击你们，并不能证明我是杀人犯。”明航异常冷静。

“时间还早呢。”溪望看了看手表，又看了眼电视机旁放满光碟的CD架，“你很喜欢看电影吧，要不我给你讲个故事，一个属于你的故事……”他看了一眼仍在厨房装作洗碗的萍姨，徐徐向明航道出了自己对此案的推理。

“或许在别人眼中，你是个不善言辞的人，甚至会觉得你很笨。但其实你有自己的一套想法，你只是不屑于跟那些低俗的人交流。

“当初洁玲答应下嫁于你，传到你耳朵里的风言风语肯定不少。大家都在说她的绯闻，认为她甘愿下嫁于你，必定另有原因。说不定她已珠胎暗结，嫁给你只是为隐瞒她的丑事。

“你当然不会天真地认为洁玲玉洁冰清，嫁给你纯粹是为了找一个终生侣伴。但你有自己的考量，你知道以自己的条件及性格，要找个称心的媳妇并不容易。而且萍姨非常关心你的婚事，你晚一天成家立室，她就为你多担忧一天。反正对你来说，只要对方是女人，能为李家开枝散叶，跟谁结婚都一样。所以你才会跟洁玲结婚，而目的仅仅是为了讨萍姨欢心。

“婚后，你发现洁玲早已怀有身孕，腹中的胎儿当然不姓李。虽然你对此并不在意，但你知道日后若让母亲得知真相，必会令她伤心欲绝。为此你私下向洁玲暗示，不想要这个孩子。

“洁玲亦心知这个孩子绝对不能要，但原因跟你所想的不一样——她从一开始就没打算要这个孩子。她曾做过隆胸手术，怀孕四五个月就会因为乳腺胀大而出现乳房肿痛。若不尽快终止妊娠，或将乳房内的假体摘除，用不了多久她的乳房组织就会坏死。因此，在不将假体摘除的情况下，她不可能顺利地将孩子生下来。

“虽然同床异梦，但你们的目标一致，就是不能让孩子出生。你们向萍姨撒谎说胎儿是女孩，以想生个男孩为借口将胎儿打掉。实际上，你们并不知道胎儿的性别，因为洁玲必须赶在乳房出现问题之前终止妊娠，而要准确辨别胎儿的性别一般要在怀孕20周之后，她等不及。

“你们在打掉胎儿一事上达成了一致意见，不过这事令你知道洁玲并不是一个可靠的妻子。虽然你本来就对她没抱多大期望，但自此之后，你对她多了一份戒心，或者说是一份怨恨。

“其后，洁玲因为人流导致不孕，她因此经常向你和萍姨大发脾气。这其实在她的计算之内，她早已计划好用这个方法钳制你们母子，以取得家中的主导地位。你虽然知道她心中的盘算，但大错已成，你也只能吃哑巴亏。

“她平日对你呼呼喝喝，你尚且能够忍受，为维持这个看似美满幸福的家庭，你一再向对方让步，甚至给人畏妻如虎的印象。然而，她对萍姨肆无忌惮的漫骂，却令你无法忍受。因此，你开始盘算如何摆脱这个如恶魔般的妻子。不过想归想，这个时候你还没有实行的打算。毕竟一日夫妻百日恩，若对方不是太过分，你也不想跟对方恩断义绝。

“你想跟洁玲凑合过一辈子，但她却不想跟你白头到老，总是不断挑起事端。尤其在迁入新居之后，因为房子写的是她的名字，她对你们母子的挑衅就更加有恃无恐。她以神龛为借口，一再辱骂萍姨，目的就是想逼你跟她离婚。

“你虽然知道她的目的，但你是个守旧的人，仍想继续维持这段婚姻。可是对方一再挑战你的底线，甚至要求你将母亲最为在意的神龛扔掉。你本以为顺从对方，将神龛搬到公园的榕树下，对方就再也没有找茬的借口。然而，你万万没想到，此举反而导致对方采取更加激进的行动。

“案发当天凌晨，你独自一个人在客厅看电影光碟。洁玲带着一身酒气回来，一进门就向你发难，要你将母亲送回老家。她借着酒劲向你说尽各种难听的话，甚至将她偷汉子一事公开，还告诉你此刻她体内还残留着奸夫的精液。

“虽然早已知道妻子跟陈主任有染，但为了工作和家庭，你一直装聋作哑。此刻对方公然跟你撕破脸皮，你再也按捺不住心中的愤恨，杀机油然而生。

“醉酒再加上翻云覆雨过后的疲累，使洁玲在向你发泄一轮之后，感到十分困倦，便想躺下来休息。她故意躺在陈主任送的按摩椅上，一边享受舒适的按摩，一边对你冷嘲热讽，拿你跟她的情人作比较，在不知不觉间进入梦乡。

“虽然极少使用按摩椅，但你知道按摩椅运作到某个时段，会利用气囊对双手进行按压。这个时候使用者的双手因被气囊挤压而无法抽出，亦无法离开椅子。

“你趁洁玲睡着时，将沙发右边台灯的灯罩取下，拆除了内部的支架，然后装进收纳衣物的真空压缩袋，一起套在她的头上，再用胶布封好袋口与脖子间的空隙。在这个过程中，洁玲虽然觉得有点不舒服，但因为受酒精的影响，没有醒过来。

“你算准了时间，当按摩椅开始对洁玲的双手进行按摩时，你就将电视机的声音调至最大，同时启动吸尘机抽走压缩袋内的空气。因为有灯罩的支撑，压缩袋并没有贴近她的皮肤而留下痕迹，电视机的声响也将吸尘机发出的噪声掩盖住。

“虽然洁玲很快就因为噪声和呼吸困难而醒过来，但双手被按摩椅的气囊夹住，使她不能抽出双手，亦无法挣脱你的施虐，只能眼睁睁地瞪着你将她闷死。她甚至连呼救的机会也没有，因为在真空状态下，她无法发出任何声音。

“面对死不瞑目的洁玲，你并没有表现出应有的惊慌，此刻你比任何时候都更加冷静。这些年来你经常看电影，尤其是犯罪类的电影，目的就是为了迎接这一刻的到来。

“你将胶布、压缩袋、灯罩一一从洁玲头上取下，每一个动作都非常小心谨慎，以防在尸体上留下犯罪痕迹，再用沾有风油精的棉花球轻轻地擦拭她的脖子，以清除胶布的残留物，然后将所有使用过的物品连同台灯放在一起，准备丢到垃圾堆里去。你没担心这些重要证物会给警方提供线索，因为你知道明天一早，会有捡破烂的将它们从垃圾堆中带走，你要做的只是尽快将它们扔出家门。

“处理好这些东西后，你小心谨慎地将尸体抱起来，然后走出家门。此时已经过了12点，校门已经上锁。不过，就算校门没锁上，你也不会大摇大摆地抱着尸体走出校门。上锁的校门不但没给你造成困扰，反而为你提供了不能离开学校的证明。

“你抱着尸体徒步走向校园北面的围墙，作为体育教师必备条件的强健体魄，使你在体能上能轻易地完成这项差事。对校园的熟识亦令你可以在神不知鬼不觉的情况下，将尸体抱到北墙的土包上。只有一米半左右的围墙对身高超过一米八的你而言，不过是一道小篱笆，就算抱着一具尸体亦能轻易翻过去。

“在确定围墙外的执信公园内外皆无人影后，你抱着尸体翻过围墙，落在寂静的公园内。你借助公园内的设施，在确认不会被人发现的情况下，将尸体搬到榕树下，并把日前弃置的神龛压在尸体上，以营造弃神杀人的迷局。

“然后，你利用自己强健的身体，通过跳跃及攀爬翻过围墙。这对一般人而言有点困难，但如果你会被这道围墙难倒，恐怕就当不了体育老师……”

溪望翻看着CD架上的光碟，淡漠地道：“你回到家里，慢条斯理地洗了个澡，再将换下来的衣服连同用于杀害李夫人的所有物品一同扔到宿舍楼旁边的垃圾房，让清洁工替你处理这些罪证。然后就回到家躺在床上，等待警局打电话来告诉你，你的妻子死了。”

第十五章 弃神附体

溪望将光碟放回原处，回头对明航说：“李老师，我的推理没错吧？如有错漏之处，还请不吝赐教。”

明航没有像一般罪犯那样表现出应有的紧张与不安，他只是沉着脸盯住溪望，说：“整体而言，你的推理没有重大错漏，但有一点你猜错了。”

“请问李老师，是哪里出错了呢？”溪望虚心地求教。

此刻对视的两人仿佛并非警察与疑犯，而是学生与老师。

“激发我杀机的并非洁玲承认自己偷汉子，我从不在意洁玲在外面鬼混，因为我根本不喜欢女人。”明航在两人惊愕的目光中，道出与妻子的爱恨情仇。

“你们别误会，我并非同性恋，我只是不喜欢现实中的女人。在我眼中只有动漫世界的女性才称得上完美，现实中的女人都是势利、肮脏的婊子。

“或许你们觉得我是神经病，严格来说我这种情况属于‘二次元禁断综合征’，也叫‘二次元空间情结’，不属于精神病的范畴，充其量只能称为特殊精神状态。

“我知道以自己这样的情况，要跟女人结婚会很困难，所以才答应跟洁玲这个浪货结婚。自结婚至今，我从没碰过她的身体，虽然我每晚都跟她睡在同一张床上。我总是觉得她的身体很脏，留有其他男人的气味，所以从来也不会碰她一下。

“因此，我从不阻止她在外面鬼混，她亦乐得不受约束。

“我们俩名义上是夫妻，但实际上只是同住的室友。她利用我堵住悠悠众口，继续跟陈主任做他们的奸夫淫妇；我则利用她掩饰自己的异于常人之处，大家各取所需。

“正因为我从没碰过她，所以在得知她怀孕后，我就跟她说得很清楚，我可以装作什么都不知道，但我绝对不会替别人把孩子养大。正如你刚才所说，她也有不能把孩子生下来的原因，所以我们就一起编借口把孩子打掉了。

“我本以为只要她不给野男人生孩子，我们就能继续维持这种类似于室友的关系。但没想到她从一开始就想算计我们，她跟我结婚的目的，并非为了掩饰跟陈主任的奸情，而是冲着我跟我妈的积蓄而来。

“她说陈主任这个房子打算出售，而且能以低于市价的价格卖给她。我知道她跟陈主任有一腿，这宗买卖只是变相支付嫖资。她说我妈年纪大了，该换个舒适一些的环境，又说陈主任出的价钱很划算，买下来就算不用于自住，卖给别人也能赚一笔。

“她说多了，我不由得也有些心动。

“我妈为我辛苦了半辈子，若条件允许，我也想让她住得舒服一些。但我们的积蓄并不多，全拿出来也不够付首付。我本想跟我妈借点钱凑够首付，然后再慢慢还钱给我妈。

“可是洁玲却说这样不划算，要付银行很多利息，而且宿舍楼又不是商品房，办房贷会很麻烦。她说自己可以向娘家借钱，也让我跟我妈借钱，把房子的全款凑齐，直接把房子买下来，这样就不用找银行贷款了。

“我知道她跟娘家的关系不好，说向娘家借钱根本就是瞎掰，会借钱给她的就只有陈主任。先说便宜卖给她房子，然后又借钱给她买房，说不是付嫖资谁也不会相信。既然是付嫖资，那么这笔钱就可还可不还，只要我妈肯出钱，房子就能买下来。

“我妈也想我们能够买房，自然就不会吝啬那些钱，毫不犹豫地就将所有积蓄交给了我。可是这时候洁玲突然说，买房的钱她占了一大部分，所以房产证上要写她的名字，这也是她娘家借钱给她的条件。当时我也没太在意，心想反正大家一起住，房子写谁的名字都一样，就没多说什么。没想到她竟然会算计我们，处心积虑地想吞占我跟我妈的所有积蓄。

“自买房之后，她就开始露出原形，经常因一点小事就跟我妈吵起来。后来更是越来越离谱，几乎只要她在家，吵闹就没停过。搬进新房后，她变本加厉，每天都拿我妈最在意的神龛大做文章，对我妈不停地漫骂。我受不了她的叨唠，就将神龛搬到公园去了。本以为这样她就再没借口胡闹，没想到她失去借口后，就干脆跟我摊牌。

“那晚，她带着浑身的酒气回家，说要跟我离婚，要把我和我妈赶出她的房子……”

“你不甘心自己跟令堂的积蓄被妻子侵吞，所以就动了杀机。”溪望给映柳使了个眼色，示意对方将明航拘捕。

“那浪货该死……”明航往正在掏出手铐的映柳瞥了一眼，猛然起身抓起身旁的台灯朝她扔过去。

“小心！”溪望话刚出口，台灯已砸到映柳头上。随着一声惨叫，映柳瞬即倒地。溪望没时间去照顾她，立刻向李明航扑过来。

明航虽然看起来较为文静，但动起手来却并不逊色。毕竟他拥有魁梧的身躯，左臂受伤的溪望要将他制伏，并非一时半刻就能办到的事，但要阻止他逃走倒不是难事。

然而，明航突然发难，目的并不是逃走。他在跟溪望纠缠之际，突然回头向待在厨房不知所措的萍姨大喊：“妈，你快走！”

他为什么叫萍姨逃走?

溪望瞬间明白了一切：自己的推理除了忽略明航患有二次元禁断综合征外，还有一个致命的漏洞，就是凶手行凶时将电视机的音量调高，必然会吵醒房子里的每一个人。因此，在凶手行凶的过程中，萍姨不可能什么也不知道。

然而，这并非问题的重点，此刻明航叫母亲逃走，足以证明他刚才所说的一切并非事实的全部，杀害洁玲的真正凶手是萍姨!

溪望可不想让嫌疑犯在自己眼皮底下逃脱。他冲明航喝道：“请你食鸡翼！”突然使出狠劲以手肘撞击明航的脸颊，“拆你祠堂！”再抬腿用膝盖狠狠地撞向对方的胯下。（“拆祠堂”于粤语中意为断绝香火，不过在实际应用中通常是指攻击男性的子孙根。）

明航双手护阴，两眼微凸，张嘴无声，于剧痛中全身紧缩。

“别以为我受伤了，就打不过你。”溪望往明航肩膀使劲一推，将对方推倒在地，看着对方不屑道，“当年我一个打七个还游刃有余，要放倒你还用得着使出双手？！”

“你真的这么厉害吗？”被台灯砸伤的映柳好不容易才爬起来，刚睁开眼即见刀光一闪，一柄菜刀正砍向溪望的后背。她还没来得及惊叫，菜刀已经落在溪望身上，在他背后划出一道带火花的轨迹。

溪望往前踉跄一步，被斩断肩带的肩包跌落在地。他扭头望向背部，勉强能看见衬衣背后开了个大口子，露出里面银色的背心。然而诡异的是，被砍了一刀后，他竟然没流半滴血。

他转过身来，对手持菜刀、身体不断颤抖的萍姨说：“我不想打女人，更不想欺负老人家。但你拿刀砍我，我总得自卫吧！”说罢往前迈出一步。

倒在地上的明航立刻抱着他的腿，冲萍姨喊道：“妈，我没事，你快走！”

萍姨愣了约莫半秒，随即夺门而出。溪望想追上去，但腿被体重超过80公斤的明航死死地抱住，一步也走不了。他叹息道：“母慈子孝，可惜了。”说罢举手狠狠地敲向对方的天灵盖，利用藏于衣袖之内的百巧枪将对方打晕。

映柳以看待妖怪般的眼神盯着他，怯弱地问道：“你、你没事吧？你被砍了一刀欸。”

溪望皱了一下眉头，将背后进风的衬衣脱掉，露出隐约带有金属光泽的银色背心，向映柳扬了下眉，说：“美国原装进口钢丝防砍背心，直销价4999元，你要不要买一件？好像只有男装，不过你的话，应该没问题。”

“什么跟什么嘛！”映柳杏目圆睁。

“女的也好，男的也罢，只要你还活着就好。”溪望瞥了一眼昏迷不醒的明航，又看看额头被台灯砸得淤青的映柳，判断她应该能应付前者，便说：“赶紧给这个死胖子戴上手铐，我得去把他妈抓回来。”说罢便冲出门外。

映柳边给明航戴手铐，边咕哝道：“早晚会让你不敢再笑我。”

溪望冲出宿舍楼，放眼四周，并未发现萍姨的身影，便于心中思量她会往哪里逃。对方刚被揭发杀人罪行，必然惊慌失措，肯定想隐藏自己的行踪，不被任何人发现。因此，她绝对不会从校门逃出学校。从北面的围墙虽然可以逃到执信公园，但对已经五十来岁的人来说，翻越围墙并不是一件容易的事。

“那么，她就只剩一个地方可以去。”溪望望向体育馆后面的山丘。

此时天色已经全黑，因为不熟悉环境，溪望花了不少时间才在体育馆后面找到一道狭窄的小路上山。他在小路旁边的树枝上发现一块碎布，颜色跟萍姨所穿的衣服一致，应该是她经过时被树枝勾破了衣服。由此判断，她果然是逃到山上藏匿了。

刚才追出来时过于仓促，没将装有照明工具的肩包带上，所以溪望只能以手机照明，沿着杂草丛生的小路上山，寻觅萍姨的身影。一路上没发现任何动静，茂密的山林如墓地般寂静，除踩在杂草上发出的细微声音外，他没听见其他声响。转眼间来到山腰，小路的尽头是一个漆黑的山洞，犹如猎人设下的陷阱，正等待将他捕获。

他站在洞口前，谨慎地审视洞内的情况。山洞并不大，洞口略比成年人高少许，宽约四米，内里漆黑一团，因此不知道有多深。朦胧的月光照亮了洞口前约半米的地面，在这寸草不生的泥地上尽是烟头，应该是经常在此翘课的学生留下的。还好洞口附近没有草木生长，要不然这座山丘上的树木恐怕早就被烧光了。

在满布烟头的泥地上，有一个明显的鞋印，从大小和形状判断应该属于成年女性，且鞋头朝向洞内。若鞋印为萍姨所留，那么她现在应该躲藏于洞内。

正当溪望的注意力落在鞋印上时，眼角突然瞥见一点蓝光。他猛然抬头，发现一个带有幽蓝微光的球状物体正从洞内疾飞而出，往自己身上砸过来。眼看已经来不及躲避，他只好抬手用绑在前臂上的百巧枪抵挡。

在碰击的瞬间，骨裂声响起，幽微的蓝色光点往四周飘散，飞撞而来的球体随即掉落在地上。溪望借助月色仔细地观看，发现地上的球状物体竟然是一个带有磷火的骷髅头！

“你这个妖孽，我奉菩萨之命取你贱命！”一脸凶神恶煞的萍姨手举菜刀从山洞内扑出来，以怒斩华山之势劈向溪望。

刚才已经得知溪望的背心能抵御利刃，所以萍姨这一刀朝他头顶劈过来。对方来势汹汹，溪望岂敢轻视，立刻举起右臂以百巧枪抵挡。菜刀砍在钛合金枪身上，撞出零星的火花，足以证明力道非轻。对年过半百的老人而言，这一刀显然不遗余力。

溪望虽挡下对方的全力一击，但亦不由得后退两步，还没来得及站稳，萍姨已再次挥刀袭来。萍姨使出超乎其年龄的蛮力，接连挥刀砍向溪望，而且下手极其凶狠，每一刀都砍向他的要害，并发狂般大叫：“我要替菩萨诛杀你这妖孽！”

对方虽是半百老人，但溪望是单手应战，在对方的猛攻之下，明显处于劣势。若非身穿防砍背心，恐怕得在身上留下几道性感的疤痕。

“要是被一个老太太放倒，我以后还有脸见人吗？”溪望于心中暗道，看准对方因攻势过猛以致下盘不稳的破绽，使出“老树盘根”起脚踢向对方的小腿。

萍姨被踢了一脚，顿时失去重心倒下。溪望没给她起身的机会，立刻扑上去压在她身上，以前臂的百巧枪敲向她紧握菜刀的右手。在细微的骨裂声中，她发出凄厉的号叫，终于被溪望制伏了。

溪望将菜刀扔向远处，再把萍姨拉起来，将她受伤的右手扭往腰背，笑道："萍姨仍宝刀未老呢，晚生三年来还是第一次被老太太弄得这么狼狈。"回想三年前与老妖怪阿娜依交手的那一幕，他至今仍心有余悸。

"妖孽，我看你能神气到什么时候！菩萨要你死，你就活不长！"萍姨高声咆哮，并疯狂地扭动身体，毫不在乎右手骨折所带来的剧痛，跟平日判若两人。

溪望见此不禁皱眉，疑惑道："鬼上身？"

第十六章　弃神之惑

走进久违的审讯室，溪望总觉得有点别扭。虽然三年前他经常在这房间进出，不过他向来都不喜欢在这种环境下盘问嫌犯。因为嫌犯在审讯室内会有强烈的压迫感，交谈时自然会感到拘束，而且警惕性非常高，不容易套取口供。可是，对已进入近乎癫狂状态的萍姨而言，在哪种环境下审讯似乎并没多大区别。

萍姨被制伏后，一直都在胡言乱语，所说的不外乎是菩萨向她显灵，她所做的一切都是菩萨的意旨，所有妨碍她的人都是妖孽，她要替菩萨诛杀这些妖孽之类。

"她疯了吗？"脑袋缠上一圈绷带的映柳向身旁的溪望小声问道。

溪望朗声回答："根据《中华人民共和国刑法》第十八条，精神病患者可以不负刑事责任。不过，如果萍姨不将事情的经过如实交代，李老师就得扛上所有罪名，枪毙恐怕是跑不了的。"

被拷在椅子上的萍姨突然安静下来，不再胡言乱语，眼珠打转似在考量自己的处境。溪望盯着她，冷漠地道："你们母子俩总得有一个为何洁玲的死负上责任。以现在的情况要将你儿子送往刑场，只须按程序处理几份文件就行了。而你作为从犯，就算患有精神病，在没有家属照顾的情况下，下半辈子也别想离开精神病院。我不妨告诉你，那是个比监狱更可怕的地方。"

"那贱人是我杀的，但这一切都是菩萨的旨意。"萍姨终于恢复正常，安静地讲述自己的灵异经历。

"我老家有一座菩萨庙，庙里供奉观音、弥勒等菩萨。菩萨庙很小，连住持都没有，但村里的人都很诚心，所以庙里常年香火不断。可到了'文革'时期，红卫兵闹得很凶，甚至想把小庙拆掉。不过村民供奉庙中菩萨多年，即使这些红卫兵再猖狂，也不敢贸然冒犯菩萨。

“后来，有个从部队转业过来的民兵连长大概是想建立威信，就怂恿大家去拆庙。那些红卫兵被他煽动起来，跟他一起拿着锄头跑去拆庙。

“我当时大概10岁出头，什么都不懂，看见一大群人浩浩荡荡地经过，就跟在他们后面看热闹。

“他们闹得可凶呢，不但将菩萨庙揭瓦推墙，还将庙里最大的菩萨像打碎，其他较小的菩萨像就直接扔到庙旁的河里去。尤其是那个民兵连长像对付杀父仇人似的，一进庙里就挥舞着锄头打在菩萨像上。

“他们当时是砸得痛快，不过报应来得也很快。

“大概半年后，民兵连长的大女儿突然无缘无故地跳河自杀。她的丧事还没办好，二女儿又莫名其妙地跳河。两个女儿都死得不明不白的，而且都死在河里。大家不用想就知道怎么回事，肯定是因为民兵连长亵渎了菩萨，菩萨以牙还牙，要他两个女儿淹死在河里。

“果然，两个女儿死了没多久，一向身壮力健的民兵连长突然得了个不知名的怪病，全身骨头生痛，到医院却检查不出原因，过了个把月就死了。村里的人都说，他是被菩萨打死的。

“跟他一起去拆庙的红卫兵也没有好下场，要么得了怪病，要么遭遇横祸惨死，全都在拆庙后三年内死掉。

“我当时虽然没动手破坏菩萨庙，但亦没有阻止他们，眼见他们逐一死于非命，自然会觉得害怕。所以，当政府说可以拜神的时候，我马上就找来一尊观音像带回家供奉，诚心诚意地向菩萨忏悔，以求得到菩萨的宽恕。

“我的诚心感动了菩萨，所以这些年来不论遇到什么事情，我都能逢凶化吉。当我遇到困难时，菩萨甚至会在梦里给我指示，教导我怎样化解厄难。

“航儿出生后，我男人就对我不好，经常无缘无故地打我，我还发现他每天都会去找村里那个不要脸的寡妇。我把这些事告诉菩萨，求菩萨替我化解厄难。当晚菩萨就给我托梦，在梦中告诉我，只要每天给我男人吃16颗鹌鹑蛋，半年后他就不会再打我。

“我们家靠养鹌鹑过活，随手就能捡到一篮子鹌鹑蛋，麻烦的是要怎样才能让我男人吃进肚子里。我为了让他每天吃下16颗鹌鹑蛋，可花了不少心思。盐焗、蛋饼、炒滑蛋这些菜倒不难做，但每天都做这些菜，他就算不起疑心也会吃腻。所以我就用鹌鹑蛋做馒头、做面条，不断地换新的做法，让他吃了也不知道。

“菩萨果然没有骗我，过了半年他就没有再打我。他去卖鹌鹑时突然昏倒，医生说他是高血压引起的中风，在医院住了几天就死了。他死了，自然就不会再打我了。

“自此以后，我就更诚心地供奉菩萨，把所有心思都放在航儿身上，将他养大成人，供他念书。菩萨也很照顾他，不但保佑他顺利毕业，还保佑他找到一份好工作，在城里当体育老师。

“他也很孝顺，工作稳定下来后，就把我接到城里生活，我亦不忘将菩萨迎接过来。因为如果没有菩萨的保佑，我们也不会有今天。

“本来我跟航儿在菩萨的保佑下，每天都过得很开心。但自从洁玲嫁给航儿后，她总是在菩萨面前胡言乱语，说些对菩萨不敬的话。我说她两句，她就跟我大吵大闹。幸好菩萨没有在意，仍继续保佑我们。

“她是李家的媳妇，大家好歹也是一家人。我本想以和为贵，可是她却越来越过分，尤其是搬进新房子以后。虽然他们很多事都瞒着我，但大家都住在一个屋子里，就算他们不说，我也能猜到。

“航儿是跟一般人有些不一样，但她总不能以此为借口欺负我们，她自己也不见得是个好人。其他事情我都能忍受，但她要将神龛扔掉，我怎么也不能妥协。可是，她竟然非要强迫航儿把神龛扔掉，我实在不能再忍受她，就连菩萨也开口跟我说她该死！

“自从神龛被扔掉后，菩萨就向我显灵，在我耳边说了很多话，告诉我洁玲是狐狸精转世，是个该杀的妖孽。菩萨还告诉我怎样才能对付这个妖孽——只要等她喝醉酒，喝得昏昏沉沉的时候，就是下手的最佳时机……”

萍姨露出酣畅淋漓的表情，仿佛想再一次将洁玲置于死地。溪望摇头问道：“李明航是什么时候发现你要杀死何洁玲的？电视机的声响一定会惊动他，他必定会在洁玲死之前发现问题。”他顿了顿，又补充一句，“你最好如实回答，撒谎只会让你跟你儿子的处境更加糟糕。”

“当晚的情况其实是这样……”萍姨思量片刻后，徐徐道出案发当晚的经过。

“那晚我进房间睡觉时，航儿还在客厅看电影。我睡得迷迷糊糊，突然听见客厅传来吵闹声，心想肯定是那个狐狸精回来了。她每次回家都会大吵大闹，非要把我们家闹得鸡犬不宁。

“我越想越生气，睡意一下就没了。就在这个时候，我突然听见菩萨的声音。菩萨跟我说，这妖孽留不得，不把她铲除，早晚会让我们李家家破人亡。我听从菩萨的指示，起床走出客厅，发现航儿受不了那妖孽，洗澡去了，而那妖孽则躺在按摩椅上闭着眼，看样子像是睡着了。

“菩萨告诉我，现在是将这妖孽铲除的大好机会，让我将灯罩拿下来，拆掉里面的支架后装进压缩袋，再套到她头上，然后用胶布将袋口的空隙封好。我按照菩萨的吩咐办好，再把吸尘机接上压缩袋的抽气口，准备替天行道，诛杀这个妖孽。

“就在我打开吸尘机的开关时，航儿洗完澡出来，看见我要诛杀这妖孽，他什么也没说，拿起遥控器将电视机的音量调到最大。电视机的声响掩盖了吸尘机的噪声，我们一起看着这妖孽在按摩椅上挣扎，却无法摆脱被诛杀的宿命。

“这妖孽透过半透明的压缩袋，死死地瞪着我，张着嘴巴似乎想骂我。我没听到她在鬼叫什么，想必是些恶毒的咒骂。看着她垂死挣扎的样子，我心里觉得很痛快。菩萨也跟我说，多行不义必自毙，亵渎神明都没有好下场。

“我看着她的脸色渐渐发紫，身体由挣扎变成抽搐，然后就一动不动。虽然她仍睁开双眼死瞪着我，但我知道她已经被菩萨消灭，菩萨必定会将她的灵魂投进十八层地狱。

“诛杀这妖孽之后，航儿替我处理她的臭皮囊，我则处理那些被她弄脏、沾了她身上妖气的东西，第二天还把她的按摩椅也卖掉了。但凡她这妖孽用过的东西，我一件也不想留下……”

萍姨突然疯癫地大笑：“最重要的当然是选择吉时，将菩萨接回家中。菩萨对我的表现非常满意，答应会保佑我跟航儿一辈子。你们要是想害我们，菩萨一定不会放过你们！”

“你还是先让菩萨搭救你，然后再想怎样不放过我们吧！”溪望摇头叹息。

将萍姨交由同僚押送看守所后，面露惊惧之色的映柳向溪望问道：“她被弃神迷惑了？”

“不好说。”溪望思索片刻后答道，“她袭击我时的表现，的确不是一个年近六十的老太太能做到的。不过，如果你这样写报告，厅长肯定会骂你一顿。”

映柳苦恼地道：“那报告该怎么写呀？”

“就说她是精神病吧！”溪望耸耸肩，向对方道出心中的假设。

萍姨因为年幼时的经历，对菩萨极其敬畏，由此产生对神明的依赖，形成一种近乎病态的信仰，以致她在生活中一旦遇到挫折，便立刻向菩萨求助。

她不仅认定菩萨的存在，而且认为菩萨无所不能，一定会为她这个虔诚的信徒解除一切困难。因此，当她的诉求没得到回应时，她便开始感到焦虑与不安，继而为自己带来更大的困惑。

在这种情况下，她的“菩萨”诞生了。

这个所谓的“菩萨”，其实是她为缓解自身压力而创造的，只存在于潜意识之中，只能通过梦境呈现于她眼前。她说“菩萨”教她用鹌鹑蛋杀死丈夫，我想应该是她平日听闻吃太多蛋类食物，会导致严重的疾病甚至死亡。

她觉得或许能用这个方法杀死丈夫，使自己得以摆脱家庭暴力。但杀人毕竟是犯罪，她没勇气付诸行动。这时候，她的潜意识就通过梦境，以“菩萨”的身份向她下达指令，教她摆脱家暴的方法。

这样她就能摆脱弑夫的罪恶感，因为在她心中这是“菩萨”的意旨，是神明的指导。

经过这件事后，她对自己塑造的假菩萨更为崇拜，甚至达到盲目的程度。她坚信只要诚心供奉菩萨，服从菩萨的意旨，就能得到菩萨保佑。然而，在迁入新居后，邻居张海生却告诉她，她的观音像没经过开光，所以她一直以来供奉的并非菩萨，而是路过的孤魂野鬼。张海生还告诉了她弃神之说。

海生这番话对她的打击很大，她一直以来的信仰因此而动摇，使她的潜意识出现两极分化：一方面她仍坚信自己供奉的菩萨是神明；另一方面她又担心自己受了鬼怪的迷惑。

这种思想冲突在神龛遭弃置后，变得更为突出，甚至使她出现幻听。弃神之说令她惊惧万分，她极其害怕遭到弃神报复。为缓解这份恐惧，她塑造的“菩萨”在她自己的幻听中向她下达指令，命令她将洁玲杀死。

这其实是一种焦虑转嫁，她害怕弃神会对她进行报复，这份焦虑就迫使她将罪名归咎于洁玲，并假借“菩萨”之名，将对方杀死……

“你这说法似乎也说得通……”映柳皱起眉头，又道，“可是以萍姨的文化水平，她有可能想出如此诡异的杀人方式吗？”

“嗯，正常来说是没可能，之前我推断是李老师经过长时间的思考才想出来的。如果硬要给一个合理的解释，只能说是李老师经常看犯罪类电影，萍姨耳濡目染，不知不觉间在潜意识中形成了杀人方案。”溪望自嘲道，“当然，这个解释非常牵强。或许弃神真的存在，萍姨的所有行为都是受弃神指引的。”

“你也认为这世上有鬼神存在？”映柳面露寒色。

溪望淡然地答道：“曾经有个无神论专家到农村进行破除迷信的演讲，其间一位农妇问他：‘我一生信佛，如果在临死前发现佛说的全是谎话，我会有损失吗？’专家说好像没有。农妇又问：‘如果你临死前发现佛说的都是实话，你又会有什么损失？’”

尾　声

一

映柳于厅长办公室门前整理了一下警服和头发后才敲门入内，将弃神杀人案的调查报告交给厅长，并向对方汇报："主犯刘玉萍已承认杀害儿媳何洁玲，从犯李明航亦已承认协助母亲将尸体弃置，两人已经交由刑侦局的前辈处理。刘玉萍虽然患有精神病，但鉴于她并非不能辨认自己的杀人行为，而且她亦承认20多年前有预谋地导致丈夫死亡，对社会有一定的潜在危害，不应免除她的刑事责任。"

"报告写得不错。"厅长认真地翻阅报告，"既将嫌犯口供中的鬼神之说归咎于精神病，又说清楚了不能免责的理由。"

映柳尴尬地笑道："是相前辈教我写的。"

"我知道，要不然我也不会找他接管诡案组。"厅长呼了口气又道，"之前阿慕那小子交上来的报告，几乎能当做鬼故事看。"

映柳傻笑着点头，随即又收起笑容道："另外，在调查该案时，意外发现市63中教务处主任陈志东涉嫌与该校女学生发生性关系，而且是从该学生未满14周岁的时候开始的，已经交由局里的前辈另案处理。相前辈说从保护该学生的角度考虑，应该尽量避免公开她的身份，相关事宜应交由其父母代为处理。"

"嗯，做得不错，还有意外收获。"厅长将报告放到一旁，抬头向她点了下头以示嘉许，却发现对方神情郁闷，便问道，"怎么了？"

"处理该案的前辈说，陈志东的律师认为他每次跟学生发生关系，均有给对方零花钱，相当于支付嫖资，应属嫖宿幼女罪，而非强奸罪。"映柳气鼓鼓地道，"未满14岁的小女孩哪懂得保护自己，不管是否自愿，也不管是否收取利益，反正跟她们发生了性关系就该属强奸罪呀！也不知道是谁想出这条脑残的嫖宿幼女罪，最高只能判15年有期徒刑，跟可以判处死刑的强奸罪根本是两回事，这不是变相鼓励侵犯幼女吗？"

"嗯，或许我能向人大代表反映一下你的意见。"厅长低下头继续处理其他文件。

映柳意识到自己失态，连忙歉意道："我只是觉得有些气愤，不是故意想给厅长添麻烦。"

"没事，我也觉得这条法规没有存在的必要。"厅长又抬起头看着她，叹息道："你还年轻，很多事情没能看透其本质。每一条法律法规其实都是不同利益集团之间的角力。有些法律在你眼中可能没有存在的必要，但却能为另一部分人带来利益。你懂吗？"

映柳思考了片刻，会意地点了下头。厅长见她仍没离开的意思，便问她还有什么事，她欲言又止，思量了好一会儿才开口："相前辈在知会女学生的父母时，就女学生从3楼扔下桌子砸伤他的事，向她父母敲了一笔……"

"这臭小子的胆子还真大。"厅长哑然失笑，"名义上他并非警务人员，遇袭受伤，要跟对方私了也说得过去。"

"他敲了人家5万块呢！"

"胃口还真大，怪不得他都不怎么在意那份顾问费。"厅长苦笑道，"虽然有点过分，不过这是他的私事，我就当做不知道好了。"

映柳怯弱地问道："那如果他敲诈跟女学生发生关系的陈志东呢？"

厅长皱起眉头，严肃道："把具体情况说清楚。"

映柳慌忙答道："陈志东被捕时哀求我们放过他，相前辈向他伸出五个指头，暗示要他给500万。他说前段时间炒股票亏了，拿不出这么多钱，问能不能少付一点。相前辈没有答话，直接把他押回了局里。"

"原来是这样，哈哈……"厅长仰头大笑。

"怎么了，厅长？"映柳露出困惑的目光，问道，"相前辈虽然没能敲诈成功，但索贿本身就是犯法呀！"

"他不是警员，又怎能算索贿呢？"厅长瞪了她一眼，"真正索贿的人是你！"

"没有没有，我没有索贿。"映柳连忙摆手摇头。

"哈哈，你先别慌，我又没说要把你抓起来。"厅长大笑道，"小相是借你的名义索贿，他要是真的想要钱，就不会在你面前向对方提出来了。他知道最终只能控告对方嫖宿幼女罪，觉得这个罪名太轻了，所以想给对方多添一条行贿罪。如果那姓陈的真的给他500万，他就会把钱拿给我，让我给他举报行贿的分红。可惜他算得太精了，姓陈的没能拿出这么多钱，要不然至少得多坐10年牢。"

"原来相前辈这么狡猾。"映柳吃惊道，"还好他是帮警方办事，如果他是罪犯，我们就麻烦了。"

厅长突然沉着脸，不无忧虑地说："如果他要犯案，别说警队里没人能奈何他，就连有没有人能发现问题都不好说。"

二

振华路53号8楼B室，徐涛生前的住所。

“我说你呀，放着一大堆案件不去调查，老是来这里瞎折腾干吗呢？厅长刚交了好几宗案子给我们，等着我们去办的事情可多着呢。”映柳双手叉腰，不断地数落正在浴室中检查的溪望。

“这里也发生了命案。”溪望仍在仔细检查浴室内的每个角落，完全没有在意对方所说的话。

“这宗案子有其他前辈处理，我们还是先完成手头上的工作吧！”映柳望向对方，盯着对方身上的长袖衬衣，不禁皱眉，“我说你呀，这么热的天气，你穿着长袖衣服，里面还穿着背心，难道你就不觉得热吗？”

溪望答道：“心静自然凉，别想太多就不会觉得热了。而且你不觉得这里特别凉快吗？”

“说起来，我也觉得这里好像比外面凉快很多。”映柳突然打了个冷战。

“死过人的地方都会比较冷，听说是因为有枉死的冤魂徘徊的关系。”

“你别吓唬我，我才不相信这一套。”映柳嘴里虽然逞强，但却双臂互抱，惊慌地往四周张望。

溪望没有管她，继续在浴室里搜查。他发现浴缸旁边的墙壁上有一处细微的凹痕，随即瞥见一点亮光。他仔细查找后发现，浴缸边缘有一块细如沙粒的金属片。他用镊子将金属片夹起，放在鼻子前闻了闻，隐约闻到了微仅可察的血腥味。他狡黠地笑道：“得来全不费工夫。徐医生，我一定会替你找出凶手。”

灵异档案　弃神蛊惑迷案

给老求提供本卷素材的是一位刑警朋友，鉴于职业的敏感性，老求就不公开他的名字了，暂且称他为“某刑警”。

某刑警办案多年，遇到的奇闻怪事可不少，譬如有些犯人被逮捕后会一而再地将钉子、纽扣等金属物吞进肚子里。犯人之所以这样做，当然不是因为他们有这个癖好，而是因为吞下钉子，警察就不能将他们送进看守所，要不然他们很可能会死在看守所里，必须先送他们到医院将钉子取出来。待在医院里总比蹲看守所舒服吧。

跨省押送犯人时，最容易出现类似的情况，尤其是乘坐火车的时候。因为一旦出了问题，刑警必须在中途带犯人下车，尽快送其到就近的医院。利用刑警对当地环境不熟而且缺乏支援的弱点，犯人往往很容易就能找到逃走的机会。

年轻的刑警往往对此束手无策，那老刑警呢?

“上车前一罐啤酒十颗安眠药，要么吃掉一觉睡到目的地，要么揍一顿再灌进肚子里。”这是某刑警的原话。

这些是闲话了，在某刑警跟我说的稀奇事当中，最不可思议的要数“弃神杀人”。

此案的主角是位婆婆，跟小说中的一样，其丈夫早年去世，她一个人含辛茹苦地将儿子养大。不同的是，婆婆跟儿媳妇的关系很好，至少两人从不吵架，也没向别人说过对方的坏话，还经常在傍晚一起到公园散步。此案就是从她们某次散步开始的。

她们经常会到住所附近的公园散步。有一晚，她们从公园旁的大榕树前经过，婆婆突然说看到榕树下有闪光，就走过去查看，随后竟然抱回一个别人弃置的佛像。

婆婆说自己跟这个佛像有缘，兴冲冲地将佛像带回家供奉。媳妇当时就觉得不妥，但又怕让婆婆扫兴，所以不敢多言。

自此之后，婆婆就变得越来越古怪，以前经常到公园散步跟邻里闲聊，现在天天待在家里不出门。除了购买香烛祭品外，她几乎足不出户，一天到晚只对着佛像自言自语。

恰巧这个时候，丈夫外出公干，媳妇在家里对着婆婆越想越慌，就趁对方外出购买香烛时，将佛像抱回榕树下弃置。婆婆回来发现佛像被媳妇扔掉了，立刻勃然大怒，竟然将媳妇活生生地掐死。

随后，婆婆于众目睽睽之下，将尸体抛弃于榕树下，并若无其事地将佛像抱回家供奉。

某刑警审问婆婆时，她说自己是奉神明的意旨将媳妇掐死，还说神明告诉她，媳妇是妖孽，要她替天行道。

某刑警本不相信鬼神之说，但在逮捕婆婆时，他跟另外一名刑警可谓费尽九牛二虎之力。年过半百的婆婆，竟然能使出比两名健壮的刑警更大的力气，把他跟同僚抓得满身伤痕。

“这绝不是一个老太太能办到的事情。我们两个说能制伏三四个小混混可能有点夸张，但要把两个年轻人打趴下并不难。我们有可能被一个老太太弄得如此狼狈吗？”这也是某刑警的原话。

某刑警就此案特意去请教一位于当地颇有名气的师父，师父问清楚情况后，怒道：“放屁，神明怎么会教唆信众杀人？！”随即告知某刑警弃神之说，说婆婆不是得到神明的意旨，而是受弃神迷惑。只要将婆婆捡回来的佛像打碎，使弃神失去藏身之所，弃神自会落荒而逃。

佛像是该案的重要证物，不能随便损毁，某刑警为此向领导请示，得到上级同意后才将佛像交由师父处理。说来也奇怪，师父将佛像打碎后，婆婆随即恢复本性，对自己杀死儿媳妇一事痛心疾首，好几次想自行了断。

虽然婆婆对所犯的过错非常后悔，而且她极有可能受了弃神的迷惑，不过精神病虽可免责，但法律没规定中邪也能免责呀！所以婆婆最终还是被送进了监狱，有生之年恐怕也不能恢复自由了。

某刑警说，师父一再交代他，若发现弃置的神像最好别看，也不要谈论，更不能触摸，最重要的是绝对不能带回家。若要在家中供奉神明，一定要购买全新的神像，而且必须请师父开光，不然拜了也白拜，说不定还会给自己及家人惹来麻烦。

大家要是经过那些弃置神像的地点，千万别好奇地胡乱张望哦！

此外，老求还得鸣谢小明老师。

自老求出道以来，小明老师就是老求的忠实粉丝，不知道请老求吃了多少顿饭。现在老求终于兑现承诺，给他在小说中安排了一个角色——虽然小说中的李明航忒悲摧，希望嫂子不要介意，哈哈！

最后特别鸣谢声称是80后的60后悬疑作家宇尘庸兰友情客串神棍作家一角。老求不才，未能将他的猥琐描写到极致，在此向他致以万分抱歉，哇哈哈哈……

[卷二　完]

卷三·蛊眼狂魔

引　子

一

天雄药业研究所3楼，副所长办公室。

李梅站于窗前，面向窗外优美的绿化景色，但却无暇欣赏，因为她正在接听一个非常重要的电话。她认真聆听从手机听筒里传出的每一句话，仔细琢磨对方的语气，以及每个用词背后隐含的意义，如履薄冰地以敬畏的语气答道：“请您放心，我一定会按照您的吩咐将事情办妥。”

挂掉电话后，她如释重负般松了一口气，转身望向一直静心等候的副所长陈亮，冷傲地道：“BOSS向来极少亲自跟下属联系，现在特意打电话来确认研究所内的资料是否已经全部销毁，足见对此事的重视程度。要是没把这件事办妥，我想你应该知道会有什么后果。”

“知道，知道。”陈亮面露畏惧之色，惶恐地答道，“所有参与泥丸研发的研究员，都已经按照你的吩咐，以各种借口分批离职。我还亲手将所有书面资料销毁，相关电脑亦已经更换硬盘。我已经吩咐维护部，在今天之内将所有换下来的硬盘销毁。从明天起开始，不会有任何人知道研究所曾经研发过泥丸这种神奇的药物。”

“泥丸的研发计划必须绝对保密，BOSS不希望出现任何差错。像上次那个无赖突然插手的情况，绝对不能再次发生。”李梅心底萌生的怒意毫无保留地展现于脸上。

“那个姓相的假警察，只不过是认识王所长而已，对泥丸的研究不见得会有什么影响。而且泥丸的研发已经进入最后阶段，只要再给我半年时间，我保证能研发出没有任何副作用的成品，实在没有必要在这个时候转移研发地点。”陈亮心有不甘地叹了口气。

“不要对BOSS的判断存有任何质疑。”李梅瞪了他一眼，冷傲地道，“别小看这个姓相的，他好歹也是昔日的刑侦新人王。一旦被他发现了我们的计划，BOSS近20年的心血就会付诸东流。”

年约二十五六岁、长发披肩、肤色皎白胜雪、双眸澄如秋水的女秘书杨露，走进一墙之隔的所长办公室。她以毫无感情色彩的冰冷语气向所长王重宏汇报所内事务：“副所长负责的研究室最近接连有研究员请辞，当中大多是入职近十年的老员工，而且都走得很匆忙。”

重宏翻看着请辞员工的资料，喃喃自语道：“大多都是老二出事后没多久聘请的研究员，难道……”他没道出心中的疑虑。

杨露又道：“上周因电脑病毒导致所里的电脑全部瘫痪，随后虽然都修理好了，但副所长还是更换了一批新硬盘，理由是防止再次出现类似的事故。”

“有这个必要吗？换一批新硬盘可得花不少钱，他怎么不跟我商量就私自下决定。”重宏思索片刻后又道，“这老狐狸不会是想销毁证据吧？”

杨露没应答，自说自话地继续道：“另外，副所长最近跟法律顾问李梅接触频繁，刚才我看见她进了隔壁办公室。”

“这姓李的可不是个普通律师，他们或许正在进行某个阴谋。”重宏眉心紧皱，思索片刻后又道，“你尽快替我安排一下，让李律师过来跟我聊几句，就说我想请教她关于劳动法的事。”

“我待会儿跟她约个时间。”杨露点了下头，退出办公室。

另一边的副所长办公室里，陈亮不无忧虑地说："虽然我有信心资料不会外泄，但我近期接连几个动作，难免会惹人猜疑，尤其是那个好管闲事的王重宏。"

李梅漠不关心道："这方面你无须操心，只要确保将所有资料销毁，BOSS绝对不会亏待你。"

"我知道，我知道。"陈亮唯唯诺诺地点头，双眼突然露出凶狠的目光，他险恶地道，"其实，只要把那个碍手碍脚的老王解决掉，一切就好办多了，根本用不着如此大费周章。"

"别老在这个问题上纠缠。"李梅面露不悦之色，斥骂道，"王所长一旦出了状况，那姓相的必定会追查到底，甚至会因此而坏了大事。而且王所长能在研究所待上近20年，必定有其存在价值，BOSS的判断从来没有出错。"

"是的，是的，BOSS绝对不会出错。"陈亮又唯唯诺诺地点头。

李梅冷傲地道："我知道你想借泥丸留名史册，但我劝你最好别轻举妄动，任何有可能阻碍计划的人，BOSS都会毫不犹豫地将其清除。那个想将泥丸的秘密说出来的徐涛就是个例子。"

"那个、那个徐医生是栽倒在传说中的'杀手王'手上？"陈亮怯弱地问道。

"知道太多对你没好处。"李梅展露娇媚的笑容。

二

"钥匙放在这里，我先走喽，你把剩下的硬盘处理完再走吧！"苏志强向入职不足三个月的下属唐永交代好工作，并将维修部的钥匙放在工作台上，收拾背包准备离开。

"还有很多硬盘没销毁呢……"唐永盯着工作台上那堆硬盘，于心中计量，若只有他一个人的话，恐怕没两个小时不能将这些硬盘全部销毁。

"年轻人别这么多抱怨，不多吃点苦头怎能熬出头呀！"苏志强将背包背上，训斥道，"想早点下班就别偷懒，赶紧干活去。副所长交代一定要在今天之内将所有硬盘销毁，没把这事办好，你明天就不用来上班了。"说罢便离开了维修部。

"不就是比我在这里多待了些日子吗，老是对我呼呼喝喝的。我可不是你徒弟，论技术，你连给我递工具也不配！"唐永在空荡的维修部内叫骂道，回应他的却只有电钻发出的单调声响。

本以为进入天雄药业研究所这种颇具规模的单位，应该能有一番作为，可没有想到竟然沦落到要做这种体力活。纵然心有不甘，但为了保住工作，唐永也只好继续将工作台上的硬盘逐一拆开，取出内里的磁碟，用电钻打孔销毁。

经过近两小时的机械性重复动作，终于将工作台上的大堆硬盘销毁，只要再将手中这块硬盘敲碎，他就可以下班了。然而，他盯着这块尚未拆卸的硬盘，突然放下了手中的电动螺丝刀，喃喃自语道："这些硬盘我都已经修好了，用起来一点问题也没有。而且就算要换新硬盘，也没有必要把这些旧硬盘全部销毁呀，难道硬盘里储存了某些机密资料？"

心念至此，唐永不由得好奇心大作，难忍窥秘的欲望。

"说不定硬盘里有能让我飞黄腾达的东西。"唐永心中窃喜，急不可待地将硬盘连接到电脑上，窥探内里隐藏的奥秘。

然而，他发现硬盘是空的，里面没有任何资料，显然已经有人将原来的数据清空。好歹他也是计算机专业毕业，这点小问题当然难不倒他。通过数据恢复软件反复搜索，他终于找到了部分残存的数据。

搜索到的数据大多都受到了损坏，部分甚至连文件名亦已丢失，根本不知道是什么东西。不过，皇天不负有心人，在锲而不舍的努力下，他最终还是找到了一个名为《泥丸研发报告》的文档。

正当他为此兴奋不已，准备将文档打开时，他突然感到异样，觉得有一双眼睛在身后盯着他。他猛然回头，身后是虚掩的大门，维修部里除了他没有任何活物，也没有什么让他感到不安的眼睛。

他蹑手蹑脚地走到门前将门反锁，然后才安心地返回电脑前，准备打开可能隐藏着惊天秘密的文档。然而，就在他点击文档的那一刻，不安的感觉再一次涌现。他觉得有一双充斥着怨恨的眼睛正在死死地盯住自己，但这次并非来自于身后，而是头顶。

他抬头望向天花板，并未察觉任何异常之处，目光遂往四周游走，最后停留在通风口上。通风口内光线不能到达之处，除了无尽的黑暗之外，什么也没有，正确来说是什么也看不到。或许，在黑暗之中隐藏着一双漆黑的眼睛，正在窥视他的一举一动。

死亡的气息，在唐永将目光转移到电脑屏幕上那一刻，充斥着维修部的每个角落……

"知道太多对你没好处。"

明狡猾得很。”

“你也不觉得自己笨啊！哈哈……”溪望放声大笑，随即又对映柳说，“你不是要给厅长汇报调查情况吗？怎么才一会儿就跑出来蹭饭了？”

“厅长刚才给我们派了宗案子，我想你一定会感兴趣，所以就先出来找你。”映柳将一份资料递给溪望。

“又哪里死人了……”溪望接过资料，翻开看了一眼便立刻驻足。

“怎么了？”阿慕问道。

溪望皱眉道：“我叔叔的单位出了宗命案，这顿海胆女体盛先记账好了。”说罢便挥手跟阿慕道别，并示意映柳跟他一同离开。

映柳可怜巴巴地盯着阿慕，说：“你们啥时候去吃日本菜，可别把我给忘了，不然我就向花队长和李前辈打你的小报告。”说完快步追上溪望。

阿慕看着她远去的身影，自言自语道：“我就不信你跟我们吃完女体盛，回来不向她们告密。”

溪望跟映柳来到法医处，向流年了解死者的情况。流年拿起案件资料翻看，对两人说道：“是早上发现的命案，我刚在现场给死者做了初步的尸检。死者左侧颈动脉被割断，因失血过多致死，生前无任何打斗或挣扎的迹象，应该是被凶手从背后袭击，而且一击毙命。”

映柳惶恐地往自己的脖子摸了一下，怯弱地问道：“只在脖子上划一刀，就能要了人家的命吗？”

“嗯，只要位置准确就行了。”流年点了下头，解释道，“这是最干脆利落的杀人方式，颈动脉被割断后，鲜血就像喷泉一样涌出来，大脑随即缺氧。受害者别说反抗，就连说话也非常困难，5分钟内就会因为失血过多致死。就算案发地点在医院门口，而且受害者遇害后立刻被送进医院抢救，救活的机会也微乎其微。”

“职业杀手？”溪望皱眉道。

“如果单从这宗案件判断，凶手是职业杀手的可能性不是特别高，因为但凡对解剖学有点认识的人都能做到，而且案发地点是医药研究所，所内每个研究员都有可能是凶手。不过……”流年眉头深锁，将一张尸体的照片递给溪望，又道，“死者的双眼被挖掉了。”

照片中的死者仰卧于血泊之中，从凹陷的眼皮下流出的血液已于脸颊上凝固，形成一幅诡秘的图画。溪望仔细观看照片后，露出凶狠的目光，咬牙切齿道：“跟杀害徐涛的手法一样。”

流年点头道：“两个案件的杀人手法几乎一致，一刀将受害人颈动脉割断，等其死后再将眼球挖出，手法非常专业。”

映柳问道：“既然凶手的手法这么专业，只用一刀就能将受害者杀死。为什么又要多此一举，将尸体的眼睛挖走呢？这样一来增加了行凶的时间，二来又给警方留下了线索。”

“或许是迷信吧，凶手怕死者的眼睛会记下他的样子。”流年解释道，“人眼在观察景物时，光信号传入大脑神经须经过一段短暂的时间。光的作用结束后，视觉形象并不立即消失，这种残留的视觉称为‘后像’，视觉的这一现象则被称为‘视觉暂留’。然而，有不少人对这种现象产生误解，认为人死后一定时间内，眼球能保留死前一刻看到的影像。可是，视觉暂留实际上只是神经信号的暂留，而并非像照片一样的成像。据我所知，以现今的技术，暂时仍无法将这种神经信号还原为影像。”

“我听说人在死前一刻，如果碰巧打雷，的确有可能将眼前的影像记录在眼球上。”溪望道。

“有这个可能，但概率不大，原理应该跟照相机差不多吧！不过，这跟两宗命案关系不大，毕竟案发时并没有打雷。”流年顿了顿又道，“若两宗凶案皆为同一凶手所为，那么凶手是职业杀手的可能性极高。至少你到现在还没想到，凶手是如何无声无息潜入徐涛家中的。”

“已经想到，如果是职业杀手的话，很可能有高超的开锁本领。”溪望将照片交还对方，又道，“凶手趁徐涛洗澡的时候将门锁弄开，然后进入浴室将他杀死。可惜门锁被我撬坏了，无法验证这个推测。”

“如果你的假设是对的，那么凶手除了懂得开锁之外，上锁的本领也很高欸。”映柳翻看案件资料，继续道，“根据凶案现场的情况判断，这是一宗密室杀人案哦。如果不是死者两眼被挖，而且没在现场找到凶器，处理现场的前辈还会认为死者是自杀的。”

溪望接过资料仔细翻阅，得知死者的尸体于天雄药业研究所的维修部内被发现，以现场遍地的血迹判断，应该是凶案第一现场。尸体被发现之前，维修部的门被锁上，保安开门进去后发现钥匙在尸体旁边。也就是说，除非凶手能在没有钥匙的情况下，在外部将维修部的门锁上，否则这就是一宗密室杀人案。

“应该没人会有这么厉害的本领吧？”流年疑惑道，“相对于开锁而言，在没钥匙的情况下从门外上锁要困难很多。而且应该没有谁会这么无聊，钻研这种没多大用处的技术。”

“所谓的密室杀人，往往是凶手布下的迷局，就像魔术那样……”溪望将右手放到映柳的蘑菇头上，从发间翻出一枚硬币，放到左手里，重复三次相同的动作后，他在两人好奇的目光中将双手摊开，向他们展现手中只有一枚硬币，“只不过是障眼法而已，从头到尾就只有一枚硬币。”

“如果小月的蘑菇头真的能长硬币，其实也挺好的，至少乘公车时不用翻口袋找零钱。”流年笑道。

“你才长硬币，你两个头都长硬币。”映柳不悦地骂道。

溪望扬手示意映柳收口，向流年问道：“知道死者的死亡时间吗？”

流年答道：“根据尸斑判断，死亡时间应该在13至15小时之间。也就是说，死者应该是在昨晚6至8时之间遇害的。”

“死者的遇害时间在下班之后，那么就能将已下班回家的员工都排除掉。”溪望狡黠地一笑。

两人离开法医处，前往凶案现场——天雄药业研究所。途中，映柳看着乌云密布的天空，说：“天气预报说傍晚会下雨呢！”

溪望没好气地答道：“还用得着天气预报？大白天黑得像晚上一样，不下雨才怪。”此时本应是下午阳光最为猛烈的时候，但由于厚厚的乌云将天空遮盖，使整座城市笼罩于黑暗之中。任谁都能看出，暴雨即将降临。

第二章　旧事重提

大白天竟然昏天黑地的，而且还刮起大风，驾驶技术不济的映柳好不容易才将警车驶近天雄药业研究所。当然，经历了一路上的险象环生，溪望下车后难免又抱怨：“柳姐，你的驾照该不会是买来的吧？”

“在警局外面的天桥底下买的，100块搞定，你要不要买一个？买了驾照，你以后就可以自己开车了。”映柳羞愤地骂道，“自己连个驾照也没有，竟然还敢嘲讽我技术不好。”

溪望无奈地耸耸肩，随即跟对方一起走进研究所。映柳向门卫室的保安员出示证件，并道明来意。年约三十、名叫曾于峰的保安员恭敬地请他们先到3楼的所长办公室走一趟，说所里出了命案，所长极为紧张，要亲自协助警方调查。

小曾本想为两人带路，不过溪望之前经常过来找宏叔，知道办公室的位置，所以就没有劳烦他，直接带着映柳上了3楼。

“健仔，怎么突然又想起我这糟老头了？”宏叔看见溪望进门便爽朗地大笑，张开双臂跟对方拥抱。

跟对方客套几句后，溪望就道明来意：“其实我这次是来办案的。”

宏叔略感意外，笑道：“我听朋友说过，你现在又替警队办事了。刚才我还在担心，要是不能尽快将凶手找出来，所里的人都没有心思做事了。现在你来了，我总算能放下心头的大石了。”

他重重地拍打溪望的肩膀，豪爽地笑道：“健仔，让我看看你的本事，赶快把这事查个水落石出。有什么要帮忙的尽管开口，在研究所里所有事都是我说了算。”

溪望点头道：“嗯，那我就不客气了，麻烦宏叔先把首先发现尸体的维修部主管叫过来吧！”

“行！”宏叔爽朗地答应，按下电话机的通话键，“小杨，替我把维修部的阿苏叫过来。”

“苏主管已经来了。”一个文静的声音从电话里传出，敲门声随之响起。

溪望略显惊讶，笑道：“你的秘书也挺机灵的，我们进来时只是简单地向她说明来意，也没提及要向谁问话，她就懂得把人叫来。”

“小杨的办事效率很高，要是没她帮忙，我这所长恐怕当不下去。”宏叔得意地笑着，遂叫门外的人进来。

进门的是一名年近四十、身形略为肥胖、戴着眼镜的男人。宏叔招手叫他坐下，介绍道：“他是研究所的维修部主管阿苏，苏志强，在我们单位已经工作了好几年，刚出事的小唐是他的下属。”

溪望跟苏志强客套了几句后，便询问发现死者时的情况。阿苏答道：“今早上班时，我发现维修部的门还没开，就给小唐打电话。我打了几次都没人接听，还听见维修部里面有声音传出来。虽然听得不是很清楚，不过好像是手机铃声。我想他会不会没把手机带走，就去门卫室找保安老周要钥匙……”

“可疑！”映柳突然打断他的话，并对他投以怀疑的目光，质问道，“身为维修部的主管，你怎么可能连钥匙也没有？”

阿苏一脸无辜地望向宏叔，然后转头对映柳说：“维修部就两把钥匙，一把放在门卫室，另一把平时由我保管。昨天小唐要加班，我就把钥匙留给他了。”

宏叔补充道：“研究所大部分门锁都是电子锁，需要磁卡及密码才能开启，部分地方甚至要用上指纹。不过像维修部、配电房及休息室等保密要求不高的地方，就用一般的防盗门锁。虽说是一般的门锁，但采用的也是超B级标准的高档货，钥匙必须到原厂复制，一般的配钥匙机复制不了。”

刚才还侦探基因空前爆发的映柳，此刻一脸挫败的表情，她失落地问道：“钥匙丢失了就得去找厂家配钥匙，不会很麻烦吗？”

宏叔答道：“也不算太麻烦，通常员工遗失钥匙，我就会叫人把门锁给换了。”

“一把钥匙在门卫室，那另一把钥匙找到了没？”溪望问道。

“找到了，在维修部里面。”阿苏向众人讲述发现尸体的详细经过。

“昨天到了下班时间，小唐还有些活没做完，我就把钥匙留给了他，交代他要锁门，第二天早点来开门，然后就回家去了。今天我来到维修部，发现门锁上了，也没看见他的踪影，给他打电话还听见维修部里面有声音，就去门卫室找保安讨要钥匙。

“当时在门卫室值班的是老周，他打开钥匙柜把维修部的钥匙找出来，跟我一起去开门。走到门口，我又给小唐打了一次电话，老周刚把门打开一道缝，我就清楚地听见从门内传出的铃声。

“我当时还在想，小唐可能忘记把手机带走了，没有手机做闹钟，所以睡过头了。可是，当老周把门完全打开时，我们都愣住了。

“我首先看到的是一大摊暗红色的液体，几乎把维修部的地板覆盖了一半。当时，我第一个念头是，谁把油漆罐踢翻了？但随着浓烈的血腥味涌入鼻孔，我开始意识到地板上不是油漆，而是血！

“老周突然大叫一声‘死人了’，把我吓了一大跳，连手机也没握住，掉到地上摔坏了。他一手抓住我的手臂，一手指着维修部里面，慌乱地大叫：‘死人了，死人了，那里有个死人躺着。’

“他指的位置正好是门口的对角，那里放了一大堆损坏的电脑、打印机之类的杂物。因为有杂物阻挡，我未能看清楚墙角的情况，只看见地上有两条腿，裤子已经被血染红了一半。看到这种情况，最笨的人都知道里面死人了。

“老周问我要不要进去看看。虽然心里挺害怕，但有人在身边壮胆，我就大着胆子跟他一起走进了维修部。

“跟我想象中一样，躺在墙角的是小唐。他仰卧在血泊之中，脖子上有一道可怕的伤口，凝固在脖子上的血迹触目惊心。更恐怖的是，他脸上的血迹由眼眶一直流到脸的边缘，几乎覆盖了整张脸。

“老周壮着胆子走了过去，伸手到小唐鼻子前面探了一下，回头跟我说：‘没气了，真的死人了。’说完竟然去翻小唐的眼皮。

“看见小唐眼皮底下没有眼珠，只有一个可怕的血洞时，我就忍不住想吐，马上跑到走廊上把早餐全吐出来了。

“快把胃里的东西吐个干净时，我突然想到一件事，就是我留给小唐的钥匙。正想叫还在维修部里的老周找一下钥匙有没有在里面，我就看见王所长跑了过来……”

溪望对宏叔说：“你也说说当时的情况。”

宏叔点了下头，说：“当时我本想下去巡查一圈，看看有谁偷懒或迟到，突然听见有人大叫，而且还像是在叫死了人什么的，就跑过去看看是怎么回事，没想到还真的死人了。于是我就赶紧打电话报警。”

“你没进去看看吗？”映柳问道。

宏叔尴尬地笑了笑，答道：“你别看我活了快半个世纪，其实我挺怕看到血的。这事健仔应该很清楚吧！”

溪望点头笑道：“我还记得小时候，丫头常常要到医院检查。你每次陪我们去，一看见她准备要抽血，就会找借口走开。”

宏叔用大笑掩饰尴尬，又道：“看见维修部遍地是血，我没吓得晕倒就已经算不错了，哪还敢进去呢？而且当时阿苏还一个劲地吐，我不把他扶着，他恐怕连站也站不稳。”

“我跑出来之后，维修部里就只有老周一个人，所长一直扶着我，直到警察赶到……”阿苏继续讲述当时的情况。

“所长看见维修部里面满地都是血，吓得脸色都白了，连忙扶着我，问我发生了什么事。我告诉他小唐死了，他就马上打电话报警。这时我又想起钥匙的事，就问老周在里面有没有看见钥匙。

“老周往四周看了看，又蹲下来摸小唐的口袋，回头跟我说没有。我想钥匙肯定是被凶手带走了，因为没有钥匙，凶手就不能把门锁上。而且维修部的钥匙只有两把，如果凶手不用小唐的钥匙锁门，就只能舍易取难，到门卫室偷钥匙。

“可是，我似乎想错了。

“所长打完报警的电话后，叫老周没事别在里面瞎转，以免破坏现场证据。老周往周围看了看，还是没看见钥匙的踪影，就转身想走出来。可他刚走了一步，就说好像踩到了什么东西，蹲下来一看，竟然是维修部的钥匙……”

“这么说，维修部的两把钥匙都在这位姓周的保安手中？”映柳的侦探基因又爆发出来了。

宏叔更正道：“在维修部捡到的钥匙早上被警察带走了，说是用来作证物。后备钥匙就放回了门卫室的钥匙柜里。”

“保安能自由开启钥匙柜吗？”溪望问道。

宏叔答道：“可以是可以，不过钥匙柜是用电子锁上锁的，每次开启都有记录。”

“那就是说，保安不可能是凶手了。因为他不能在别人不知道的情况下取得维修部的钥匙。”映柳的热情瞬间熄灭。

“那也不一定。”溪望向宏叔使了个眼色，后者会意地吩咐阿苏先回去工作。等阿苏离开办公室后，溪望便向宏叔问道：“应该没人定期核对钥匙柜里的钥匙吧？”

“你想说，老周上次开启钥匙柜时，就已经将维修部的钥匙拿了出来？”宏叔面露讶异之色。

“我只能说，不排除这个可能。”溪望轻轻摆手，示意对方别太紧张，又道，“不管怎样，也有必要请这位周保安过来聊几句。”

“这没问题。”宏叔通过电话吩咐秘书，对方答道，“老周现在休班，我已经通知他马上过来，约莫要再等15分钟。”

“你的秘书还不是一般的聪明呢，连我们想见谁都能预先知道。”溪望笑道。

“你要是肯来研究所做事，我把她让给你怎么样？”宏叔爽朗地大笑。

“嗯，这个条件还挺吸引人的，起码比整天跟个笨蛋待在一起要强多了。”溪望往映柳瞥了一眼。

映柳气鼓鼓地道：“我才不是笨蛋呢！”

宏叔突然想起某事，盯着溪望的手臂说：“听李虾说，你衣袖里藏了件宝贝。反正现在有时间，快拿出来给我看看。”

“你也认识虾叔？”溪望惊讶道。

“我早就认识他了。”宏叔笑了笑，突然故作神秘地说，“知道他为什么会被人叫作李虾吗？”

映柳抢着回答：“我知道，因为他生气时，眼睛会凸出来，就像虾的眼睛一样。”

“你只说对了一半。”宏叔轻晃着食指，解释道，“他年轻时挺狂傲的，以为自己学了几年散打，就能打遍天下无敌手。开了间武馆招收门徒，还到处耀武扬威，胡乱向别人下战书。打赢了还好，打输了就瞪大双眼。他的眼睛本来就又大又凸，这一瞪就像虾眼一样，所以大家就嘲笑他，叫他李虾。”

“原来虾叔的绰号是这样得来的。”溪望点头微笑，又道，“还真看不出他也曾经如此狂妄，虽然他有时候脾气比较大，不过也是个很容易相处的人。”

宏叔说：“说起来，他是被老二教训了一顿，才突然性情大变，从此收心养性，不再到处找别人麻烦了。”

映柳惊讶地瞪着溪望，问道：“你爸也打架啊？”

“谁不会打架？”溪望没好气地白了她一眼。

“老二那不叫打架，他只耍得一手上好的太极，可是却一直没有机会教自己的儿子，可惜了。”宏叔叹了口气，遂向两人道出溪望父亲与虾叔昔日的一段旧事……

第三章　不速之客

宏叔在两人期待的目光中，开始讲述溪望父亲相云博与虾叔认识的经过。

“差不多是近20年前的事了，当时研究所刚开始运作，所里大小事务多得忙不过来，光是招聘人手就让我一个头三个大。那时候，我聘请了一位叫董毅的退伍军人来当保安，上班也没几天，李虾就上门闹事，非要跟他比试一下。

“董毅是个懂得分轻重的人，上班没几天就跟别人打架，就算只是比试，也难免会落人话柄，所以一直都没有应战。他越不肯应战，李虾就越嚣张，甚至在门卫室外大骂他是缩头乌龟。

“被羞辱了两三回后，董毅就忍不住了，想跟他大干一场。不过在此之前，他先来找我，为给研究所带来麻烦而道歉，并向我提出请辞，以免再给研究所带来不好的影响。

“碰巧这时候老二也来找我，他对李虾的事多少也有听闻，认为对方一再强人所难，实在是欺人太甚。他对董毅说，如果李虾再来闹事，就叫他过去会会这个莽夫。

“老二一副文弱书生的模样，董毅当然不会把他的话当真。但老二好歹也是个研究室主任，而且是我的好兄弟，有他撑腰一切就好办了。所以李虾再次前来挑衅时，董毅就真的跑去把老二叫过来。

“李虾看见老二那弱不禁风的模样，嘲笑他挨不了自己一拳头。老二不怒反笑，对李虾说：‘能往我胸口打一拳就算你赢。’这话把李虾惹怒了，立马就向他扑过来。

“李虾练的是散打，出手又快又准。他一个前滑步冲向老二，脚刚落地，右直拳已直奔老二胸口。

“眼见拳头就要打在老二身上，老二竟然气定神闲，往左侧过身子，出掌以柔劲化解对方刚猛的直拳。他将对方的右臂往外推，令对方的直拳失去目标，同时又因攻势过猛而使身体失去重心。这时候，他轻轻把脚伸出，就将对方绊倒了。

“李虾来势汹汹的猛攻竟然被老二轻易化解，而且还让他摔了个大跟斗，这可让他的面子往哪里挂？他立刻爬起来，再次扑向老二。老二还是一副气定神闲的模样，不管他如何猛攻，仍能见招拆招，以慢打快，借力打力。李虾出手越重，反而被伤得越厉害。

“两人打了半天，李虾渐显力竭，瞪着那双又大又凸的虾眼，大口大口地喘气。可老二仍是原来那模样，似乎没消耗多少体力。他们两人就像一个在跑马拉松，另一个在悠闲地散步。

“单看他们脸上的气色，就已能分出高低，更何况打了这么久，李虾竟然还没能往老二身上打上一拳。这样继续打下去也没啥意义，但李虾就是不肯服输，非要将老二打倒。老二也不着急，竟然跟他打到了天黑。

“他们两个就在研究所门口，从下午打到天黑，连看热闹的人都走光了，李虾还是不肯服输。虽然他死不认输，但总有筋疲力尽的时候。又一次被老二推倒后，就没能再爬起来，呈大字形躺在地上喘气。老二蹲在他身旁，问他要不要继续打下去。他喘着气说还要打，但现在天已经黑了，大家先回家休息，明天再分高下。

“老二很认真地对他说：‘不行，今天的事今天做，明天还有很多事等着我去忙呢！’说完就走到他两腿之间，往他的子孙根上使劲踩……”

“哇噻！你爸比你更歹毒。”映柳盯着溪望叫道。

溪望耸耸肩，轻描淡写道：“我爸平日倒是挺正直的，但不代表他不会出狠招。”

宏叔笑道：“老二这招的确很令人意外，虽然会让人有犯规的感觉，但他们事前并没有约定不能攻击对方胯下，所以也说得过去。”

“那虾叔最后认输了没？”映柳比较关心比试的结果。

宏叔说：“开始时他还死命地忍着，但那毕竟是男人最脆弱又最重要的部位。而且他当时已经没力气反抗，不认输的话，命根子恐怕会被老二踩个稀巴烂。所以，他最后还是认输了。”

“虾叔好像只有李前辈一个女儿呢……”映柳似乎想到了些什么。

溪望点了下头，故作严肃道：“嗯，按他女儿的年纪算，跟我爸比试时，应该可以生第二胎。”

“嘘！”宏叔将食指放于唇前，对溪望说：“别在他面前提起这事，不然他会立刻翻脸。”

两人对视而笑，宏叔随即又道：“自此之后，李虾就没之前那么嚣张了，而且还跟我们做了朋友，开跌打馆也是老二给他出的主意。老二说打人不如救人，一来能换个好名声，二来赚钱比开武馆多。”

“虾叔的跌打馆生意的确挺好的，我们之前过去的时候，才待了一会儿，他就已经收了上千块诊金。”映柳又望向溪望，“你爸比你精明多了。”

“我至少比你聪明一点。”溪望没好气地白了她一眼。

“陈年旧事说完了，快把你的宝贝拿出来给我看。”宏叔心急地催促。

溪望掀起左臂衣袖，将绑在前臂上的百巧枪解下来递给对方。

宏叔急不可待地将百巧枪夺过来仔细观察，马上就发现了其精妙之处。他轻触枪头开关，使利刃弹出，再双手握住枪身一扭一拉，原来只有溪望前臂长短的枪身，瞬即变成约一米长，配合枪头的利刃，便是一把轻巧实用的短枪。而且原来七个凹陷的圆点，在枪身拉长后全变成打开的气孔，似乎另有妙用。

映柳虽然见过百巧枪，但并不知道枪身能拉长，不由得发出惊呼。然而，宏叔并非对此感到满意，他摸着枪尾凹陷的位置，对溪望说：“这是把组合枪，还有一截呢？”

“我就知道你最喜欢这种精巧的武器，一起拿出来恐怕不能带走。”虽然言语间并不情愿，但溪望还是大方地从右臂解下另一支百巧枪递给对方。

宏叔将两支百巧枪拼接，合成一把长两米许的两头枪。他如观珍宝般盯着手中的长枪，盯了好一会儿，目光最终落在枪身的气孔上，他兴奋地叫道：“妙，妙，李虾那个大老粗，竟然完全没注意到这把枪最精妙之处。”

“那些小孔有什么用呢？”映柳不解地问道。

“我耍几下你就知道了。”宏叔竟然在办公室里挥舞起手中长逾两米的两头枪来。

百巧枪经他挥动，空气从气孔进入中空的枪身，发出如鬼哭般的刺耳鸣叫，让映柳顿感毛骨悚然，浑身起鸡皮疙瘩。更要命的是，他的枪法实在笨拙，险些刺到映柳的脸颊，他连忙向对方道歉：“小月你别怕呀，我这里有最新研发的除疤膏、美白霜，就算我真的不小心把你弄伤了，你也不用担心会留下疤痕。”

宏叔本来只是说句客套话，但没想到映柳竟然两眼发光地缠着他要这些药膏，并向他展示之前在电梯藏尸案中因为被凶手袭击而留下的疤痕。虽然在涂抹溪望给她的进口药膏后，疤痕已不太明显，但仔细看还是能看到。

宏叔眼见推搪不了，只好通过电话叫秘书拿一些试用品进来。结束通话后，他才恋恋不舍地将百巧枪拆开，还原为短棒状，亲手为溪望扣回手臂上，并说道："枪身以耐蚀性优异的钛合金制作，既可有效地防止因长期与皮肤接触受到汗水侵蚀而生锈，又不会引起皮肤过敏，而且还能减轻重量，的确是个一举三得的好办法。不过钛合金的强度始终不及精钢，短棒状态下还好，枪身完全伸展后，中空的部分难免会有抗击打力薄弱的缺点。这精妙的鬼鸣的设计，既是优点亦是缺点，一旦遇到力量型的高手，恐怕三两下就被会打断。"

"宏叔，你过虑了。现在这年头，要遇到一个能将钛合金钢管折断的高手，恐怕比寻找彩票头奖得主更困难吧！"溪望对百巧枪的缺点毫不在意。

"那也是，我是武侠小说看太多了，哈哈……"宏叔豪爽地大笑，随即又道，"李虾告诉我，你之前把手臂弄伤了。我想你这把枪还有可以改进的地方，譬如手腕上弄一个带缓冲功能的支架，这样你再用手臂挡天上掉下来的桌子时，就不会被砸断了。"

"宏叔你又笑话我了。"溪望笑道，"不过你的建议我会认真考虑。"

"李虾好像给这杆枪取名叫百巧枪吧？"

溪望点头道："宏叔是不是有更好的建议？"

"那个大老粗根本不知道这杆枪的奥妙，不如这样吧，就叫'百变鬼鸣枪'……"宏叔迟疑片刻后又道，"这名字好像太长，叫'百鬼鸣'吧，更霸气。"

"好，我也觉得叫百鬼鸣更适合。"溪望与宏叔相视而笑。

敲门声响起，映柳趁宏叔应门的空当，将溪望拉到身边，小声问道："宏叔到底是这里的所长，还是个打铁的？他一下子就发现了你那杆枪的奥妙，为什么对耍枪的功夫却一窍不通呢？"

溪望小声答道："他算是半个冷兵器专家，家里收藏了很多冷兵器。尤其是匕首跟瑞士军刀，几乎满屋子都是。但不是每个美食家都是烹饪高手，他只喜欢收藏，没有武术根底，当然不会耍枪了。"

在两人窃窃私语时，有三个人走进了办公室。除了提着一袋美颜药膏的秘书杨露和一名四十有余、身材矮小但很结实的保安外，还有一个让他们意想不到的人。

"嗨，帅哥，我们又见面了。"李梅风骚地跟溪望打招呼。

溪望愣了一下，正想问对方怎么会在这里出现时，映柳已经抢先开口："你来这里干吗？"

李梅娇媚地笑道：“来看帅哥呀！”

“我都快50岁了，帅哥这个称呼我可受不起。”宏叔察觉到映柳与李梅在暗中较劲，便为两人打圆场。

李梅向他抛了个媚眼，媚笑道：“才不是呢！正所谓‘男人四十一枝花’，王所长这个年纪才是男人最有魅力的时候。”

杨露主动介绍李梅的身份：“李律师是研究所的法律顾问，因为所里发生命案，所以副所长通知她过来，为需要协助调查的员工提供法律咨询。”

李梅接过话头道：“嗯，我是来保障研究所员工权益的，以防有人滥用职权，对所里员工严刑逼供。听说啊，前不久有个警痞，为了逼女学生招供，差点把人家从天台上推下去，真可怕。”她佯装畏惧，婀娜的娇躯微微颤动。

溪望怒目瞪着映柳，后者连忙摆手摇头，辩解道：“没有，没有，我没把那件事告诉别人。”

“呵，这不是‘鬼拍后尾枕’嘛。”李梅狡黠地一笑（“鬼拍后尾枕”乃粤语方言，意思与“不打自招”相近。传说人若做了亏心事，只要被鬼魅拍打一下后脑勺，就立刻会说出来。因此，便有人以“鬼拍后尾枕”来形容人在不经意的情况下，将本想隐瞒的事情说出来。）。

“我相信他办事有分寸。”宏叔轻拍溪望的肩膀，对李梅说，“只要能将凶手找出来，我不介意两位警官使用某些非常手段。研究所内所有员工都希望能够尽快将这件事查个水落石出。”

李梅摊开双手道：“既然王所长这么说，那我就不再多嘴了。不过作为研究所的法律顾问，在员工接受问话时，我必须在场陪同。”

“随你喜欢吧！”溪望虽然面露笑容，但双眼隐约流露出一丝怒火。

“你怎么弄成这个模样？”宏叔向下半身几乎湿透，裤管仍滴着水珠的保安员老周问道。

老周指向紧闭的窗户，答曰：“所长，外面正下着大雨呢，要不是我穿着雨衣，恐怕要做落汤鸡了。”

办公室的窗户都关上了，所以溪望等人并未注意到，刚才在他们交谈时，窗外已经下起了大雨。宏叔望着李梅道：“你也穿雨衣了？”

李梅娇嗔地骂道：“王所长好坏哦，你们男人才会穿雨衣。”

老周会意而笑，替她解释道：“李律师开的是轿车，当然不像我开摩托车那样，会弄得半身湿透。”

“这雨可能会越下越大。”宏叔望向窗外，回头对溪望说，“还是别浪费时间了，你有什么要问老周的，现在就问吧。”说罢扬手示意杨露先出去。

杨露将装满一袋的美颜药膏交给映柳，简要地告诉她使用方法后，便退出办公室。李梅好奇地盯着映柳手中的药膏，竟然坐到她身旁，跟她聊起美容心得来，没再理会溪望等三个男人。

一分钟前还针锋相对的两人，此刻却如同闺密，女人的心思还真不好捉摸，至少她们的表现让宏叔目瞪口呆。然而，溪望对此却另有想法。在天台向女学生逼供一事，除当事人外，就只有映柳知道。若非映柳将此事告诉李梅，她又怎么会知晓?

映柳肯定仍跟李梅保持联系，并将自己的事情全部告知了对方。

心念至此，溪望对映柳不禁多添了一分猜疑，但现在并非揭穿此事的时候。既然李梅兴致勃勃地教映柳美容心得，他也乐意少个麻烦人在身旁指手画脚，便请老周坐下来，询问其发现尸体的过程。

第四章　互揭老底

因为之前已经听过阿苏的叙述，所以溪望要求老周尽可能将事情的经过详细地说出来，以免忽略当中的细节。

老周整理了一下湿漉漉的裤子，好让双腿舒服一点，然后才道出发现尸体的经过。

“昨晚我值夜班，整晚都没有特别的事发生，所以快天亮时，我就把脚伸到桌子上，挨着椅子打起了瞌睡。大概七点半左右吧，突然有人推了我一下，差点让我从椅子上掉下来。

“我被吓了一大跳，马上就醒过来了，睁眼一看，发现推我的人是所长。所长骂了我一顿，说要是让小偷摸进来就麻烦了。

“研究所的大门装有电子锁，要刷卡才能开启，外人如果不把我叫醒，绝对进不了门。不过，我还是立刻翻查监控录像，确定昨晚一整夜都没人从大门进出，所长是今天第一个来上班的人。

“看过监控后，所长就没有再骂我，只叫我以后别再偷懒，然后就上楼去了。刚被骂了一顿，我哪敢再偷懒，马上打起精神继续值班，反正过不了多久，小曾就会过来接班。

“之后，大家都陆陆续续地来上班，跟平时没什么不一样，就是维修部的阿苏突然跑过来跟我要钥匙。他说昨夜小唐要加班，他把钥匙留给了小唐，可今天却迟迟未见小唐过来，而且也不接他的电话，所以让我拿后备钥匙给他开门。

“我当时就觉得奇怪，昨夜我也没看见有谁在加班，就李律师过来跟所长谈了点事……哦，还有杨秘书和副所长。昨晚下班后，就他们四个人还留在研究所里，除此以外我就没有看见其他人。刚才翻查监控录像时，也没看见有其他人进出研究所。

“虽然觉得奇怪，但我还是把钥匙拿出来，跟他一起去开门。研究所有规定，后备钥匙是不许外借的。如果谁把钥匙弄丢了，我们保安员会亲自拿后备钥匙去开门。要是下班前还没把丢失的钥匙找回来，那就得更换门锁了。

“这规定听起来挺麻烦的，不过研究所里要用钥匙的地方也没几个，而且休息室、配电房这些地方的钥匙就放在门卫室，所以阿苏跟我要后备钥匙的时候，我想了很久才记起后备钥匙柜的密码，上次开这柜子也不记得是多久之前的事了。

“我拿了钥匙就跟阿苏去维修部，他边走边给小唐打电话，但始终没人接听，走到维修部门口还听见里面有手机铃声传出来。他说小唐肯定是没把手机带走，所以睡过头了。我想应该是这样子吧，也没多想，就用钥匙去开门。谁知道门一打开，把我们都吓了一跳。

“刚把门打开，我就看见里面一地都是血，还看见墙角里躺着一个人，我就跟阿苏进去看是怎么回事。我们走进去就发现，躺着的是小唐，脖子上有一道刀痕，脸上全都是血，一看就知道已经‘翘辫子’了。

“一大早就发现出了人命，我心里也挺慌的。不过我之前在医院当过保安，见过不少死人，胆子还是有一点，就壮着胆子去探他的鼻息。他的鼻子一点气也没呼出来，不过看见地上这么多血，他要是还能活着，那真是见鬼了。

“见他脸上的血应该是从眼睛里流出来的，我不知道抽哪根筋，突然好奇地想去翻开他的眼皮。不翻还好，一翻就吓一大跳——他的眼珠竟然没了，翻开眼皮就只能看见一个吓人的血洞。

“阿苏看了一眼就立刻跑到外面呕吐，我一时间也六神无主，呆在那里不知道该怎么办。幸好这时候所长来了，马上就打电话报警。

“这时候，阿苏想起小唐拿的钥匙，叫我在里面找找，看能不能找到。我往四周看了看，没看见有钥匙，又蹲下来摸了摸小唐的口袋，虽然找到一串钥匙，但不是维修部的钥匙，应该是小唐家里的。

“我喊了一声没找着，所长说没找着就快出来，免得破坏现场证据。我想这样也对，反正警察马上就来，把事情交给他们处理好了。可是，正当我准备走出去的时候，脚底好像踩到了什么，低头一看竟然是一把钥匙，而且是维修部的钥匙……”

“进去的时候没发现钥匙吗？”溪望问道。

老周仔细地想了想，摇头答道：“可能是当时太惊慌了吧，我进去时没注意到钥匙就在地上。”

正向李梅讨教美容心得的映柳插话道：“有没有可能是开门后，有人从外面把钥匙带进去的？”

老周沉思了片刻，困惑地道：“老实说，我也觉得很奇怪。维修部的钥匙只有两把，一把锁在后备钥匙柜里，就只剩下另一把能从外面把门锁上，怎么可能会出现在维修部里面呢？这不科学呀！我今天一整天都在想这个问题，觉得可能性只有一个，就是钥匙一直都在阿苏手里，他进去后趁我不注意，偷偷将钥匙丢在地上。”

李梅狐媚地瞥了宏叔一眼，娇媚道：“为什么丢钥匙的一定是苏主管，而不是王所长呢？”

宏叔还没开口为自己辩解，老周已经替他反驳：“所长从头到尾都没进入维修部，他怎么可能将钥匙丢进来？而且所长走过来后，就一直扶着阿苏，如果他有什么异常的举动，阿苏肯定知道。”

李梅娇媚地笑了笑，说：“你也进了维修部呀，而且你在里面待的时间比苏主管更长。”

“这……”老周一时语塞，紧张地对溪望说，“警官，不是我，我跟小唐的关系还算不错，怎么会无缘无故地把他杀死呢！”

“那你知道谁跟死者有过节吗？或者我可以问得更直接一些，你觉得谁最有可能是凶手？”溪望问道。

要破解这宗密室杀人案其实并不难，以现在情况看来，钥匙在开门后再带进维修部的可能性比较大。因此，现在问题是谁用什么方法将钥匙带进去了？

以现时的情况判断，阿苏跟老周都在发现钥匙之前进入了维修部，他们两人的嫌疑最大。所以，溪望打算从行凶动机入手，先锁定疑凶再推断其作案手法。

“阿苏！”老周毫不犹豫地回答。

溪望狡黠地笑道：“我理解你想尽快为自己洗脱嫌疑的心态，但警察办案必须以事实为基础。你要证明自己是无辜的，就得告诉我们你怀疑苏主管的依据。”

“我可不是信口开河，阿苏跟小唐的关系一向都不太好。而且从上周开始，他们之间的矛盾就更加激烈了……”老周言之凿凿地道出平日的见闻。

“小唐到研究所工作的时间不长，但我们都喜欢足球，经常在一起聊球赛，所以十分熟络。他经常跟我说阿苏的坏话，说阿苏老是摆起上司的架子，把所有工作都推给他做，做不完就要他加班。

“他还说阿苏其实什么都不懂，尤其在电脑方面，一些很简单的小问题也不会处理，可又不肯承认，老是跟他说：‘这种小问题，你去修就好了。’

“反正，自从到研究所工作后，小唐对阿苏的抱怨就从没停止过。他说若论技术，阿苏连做他徒弟都不配，只不过他比自己早几年入职，所以才能骑在自己头上。要是有机会，他一定要向大家证明，阿苏根本不配做他的上司。就在上个星期，他一直等待的机会终于出现了。

“上周，所里的电脑突然全都出了问题，都不能正常使用，就连门卫室的电脑也进不了系统。我正想去维修部找小唐过来修理，就看见他背着背包走了出来。

“我问他电脑是怎么回事，他说所里的电脑都中病毒了，应该是局域网病毒，大概是哪个好色的浑蛋偷偷浏览色情网站，使自己的电脑中了病毒，连累大家的电脑都受到了感染。

“我问有没有办法修好，他说只要动几根指头就能搞定。不过他有点不舒服，想回家休息一下，就请了一天假。想找他修理电脑，只能等明天了。

“我问他哪里不舒服，他没说话，只是狡猾地对我笑了笑。我想他肯定是在装病，因为他知道阿苏没办法将电脑修好，就故意为难阿苏。等到第二天，他一上班就把电脑都修好了，这样大家就知道他比阿苏厉害。

“可是人算不如天算，小唐似乎低估了病毒的破坏力。第二天，他的确是把所有电脑都修好了，但大部分电脑都出现了资料丢失的情况，而且他也没办法把所丢失的资料找回来。

“副所长为了这件事大发脾气，把他跟阿苏骂了一顿。前天，副所长买了一批硬盘回来，要他们将旧硬盘全都换掉，以防再次出现病毒感染。还说要是再发生这种事，他们俩就得马上收拾东西走人。

“阿苏虽然没敢直接说出口，但好几次都跟大家暗示，这是小唐做的好事。因为这次惹出大乱子的是一种局域网病毒，只能在局域网内传播，如果没人故意给所里的电脑输入病毒，是不可能所有电脑都出问题的。

“阿苏知道小唐故意让他出丑，心里自然有怨气，想要小唐的命也在情在理。而且，我听小曾说，阿苏下班离开后，就没看见小唐的踪影……”

老周滔滔不绝地说着阿苏的坏话，目的虽然是为了给自己洗脱嫌疑，但他所说的话也并非没有道理。毕竟，阿苏是最后一个跟死者见面的人。

“苏主管昨天是什么时候离开研究所的？”溪望问道。

老周答曰：“大概下午6点，他跟大家一起下班的。”

宏叔补充道：“研究所的正常下班时间是下午6点。”

根据流年的估计，死者的死亡时间为昨夜6时至8时之间。若阿苏杀人后，装作若无其事地下班回家，的确能蒙混过关。然而，老周彻夜留在研究所内值班，他也有充裕的时间将唐永杀死，并伪造密室杀人的迷局。

从已知信息判断，阿苏和老周都有行凶的可能，而阿苏更有杀人的动机。不过这只是初步的判断，或许能从阿苏的口中得到对老周不利的口供。毕竟这事关系到自己的切身利益，阿苏必定不会有任何保留。

不过再次向阿苏问话之前，溪望想先到凶案现场查看。每个人都有自己的立场，同一件事各人有各自主观的判断，甚至为了自身利益而撒谎。因此，不会说话的证物往往能更“诚实”地还原事情的真相。当然，要知道真相，首先必须揭穿凶手刻意布置的“谎言”。

正当溪望准备去凶案现场查看时，敲门声响起，宏叔还没应门，就有一个40多岁、身形略肥的男人推门进来。若有人要见宏叔，通常会先由秘书通传，此人连等待宏叔回应的环节都省掉，可见他并非一般的小职员。依据其光鲜的衣着判断，溪望认为他应该是研究所的副所长陈亮。

男人一进门就冲宏叔叫道：“老王，外面正下着暴雨，很多公路都被雨水淹没了。市政府刚发了预警通知，要求各单位做好防范，你看是不是该让员工提前下班。”

“哟，副所长，不就是雨大了一点吗，用不着这么着急，王所长自会处理啦。”李梅对男人笑道。

宏叔看了看窗外越下越大的暴雨，又看了看手表，说：“现在也快下班了，你去通知大家，现在就下班回家去，不过离开之前要检查门窗是否关好。你叫维修部的阿苏先别走，待会儿警察还有点事问他。”他又向对方介绍溪望及映柳。

陈亮向李梅点了下头，又上前分别跟溪望及映柳握手，说：“两位警官，真不好意思，我现在有事要办，待会儿再来跟你们坐坐。”说罢便匆忙退出办公室。

“李律师，你要不要先回去？”宏叔向李梅问道，又转头望向窗外，“这场雨恐怕要下一整夜。”

“下雨的夜晚最容易让人感到寂寞呢！”李梅娇媚道，“与其一个人待在家里，还不如在这里多待一会儿，我挺期待能看到相警官将凶手逮捕。”

"李大状愿意留下最好不过了。"溪望狡黠地笑道，"在死者遇害的时段里，你好像也在研究所吧？"

"帅哥，你不会怀疑我是凶手吧？！"李梅向他抛了个媚眼。

溪望严肃地作答："在查明真相之前，每个有可能作案的人，我都不会将其从嫌疑名单上排除。"

"那王所长也有嫌疑哦！"李梅向溪望投以挑衅的目光，又转头望向宏叔，"昨晚我可陪了他一整夜呢。"

第五章　各执一词

"准确地说是两小时。"宏叔矫正道，"李律师可真是个大忙人啊，我们明明约好下午4点见面，可我等到晚上7点，你才姗姗来迟。"

李梅撒娇道："哟，人家不是已经向你道歉了嘛，还足足陪了你两小时呢，几乎把劳动法的每条规定都给你讲解清楚了。"

"你这样说很容易让人误会呀！昨晚小杨也在场，而且你也没有陪足我两个小时。"宏叔特意补充道，"快8点的时候，你去了趟洗手间，让我们干等了15分钟。"

映柳讶异道："去趟洗手间得花15分钟？你不会是拉肚子吧？"

"才没有呢，人家是去补妆。"李梅白了她一眼，奚落道，"我总不能像你这样灰头土脸地出来见人吧？！"

溪望说："要杀一个人，15分钟绰绰有余。"

"帅哥，你可别乱说话哦！"李梅娇媚地笑了笑，但眼神露出一丝威胁的意味，"别忘了我是个律师，会告你诽谤哦！"

溪望回应道："李大状也别急着对号入座，我没说你杀人了。"

两人再次针锋相对，宏叔见氛围不对劲，连忙给他们打圆场，跟溪望说："你刚才不是说想去维修部瞧瞧吗？现在就去吧！老周你也去把制服换上，别穿着湿衣服，要是生病了可不好。"说着轻拍老周的肩膀，示意他先离开办公室。

随后，宏叔本想让李梅在办公室稍等一会儿，好让他带溪望和映柳到维修部调查。但李梅说独自留在办公室很无聊，想跟他们一块儿去维修部，顺便一睹溪望办案的风采。

"既然李大状有这个兴致，那我们就一块儿去吧。"溪望表面上毫不在意，心中却知道李梅必定另有目的，她这次来似乎是为了监视自己。

虽然知道李梅心怀鬼胎，但溪望并没有反对她一同前往维修部，只是于心中思量着该如何让她露出狐狸尾巴。

四人一同前往位于研究所1楼的维修部，溪望在途中小声地向宏叔问道："副所长跟李梅的关系怎么样？他刚才好像故意装作跟李梅不熟悉，进办公室后就只跟对方点了下头。"

宏叔瞥了李梅一眼，确定不会被对方听见，才小声说："小杨跟我说，他们俩这段时间走得很近，我就是怀疑他们在我背后做小动作，所以昨晚才会约李梅见面。我本想借机向她套话，没想到她挺机警的，说话滴水不漏，所以我也不知道他们在搞什么鬼。"

四人刚走到维修部门口，就看见副所长迎面而来，焦急地对宏叔说："老王呀，不得了，雨下得越来越大，水都能淹过膝盖了。那些开摩托来上班的员工，因为发动机进水，启动不了，全都没办法回家。得给他们想想办法，不然他们今晚都得在所里过夜。"

"就让开轿车的同事送他们回家吧，你跟我去安排一下。"宏叔转头又对溪望等人说，"我得去安排员工离开，你们自便吧！"说罢便跟副所长匆忙离开。

溪望跟二女对视一眼，耸肩道："虽然没有导游，但不碍事。"说罢便将维修部门前用于封锁凶案现场的警示带拨高，做了一个优雅的邀请动作，请两名女性入内。

维修部约莫30平方米，放有两张办公桌及一张工作台，本来应该挺宽敞的，但因为空出来的地方大多都放置了损坏的办公设备，如打印机、电脑等物，所以显得较为拥挤。而且，没有放置杂物的地方大多已被凝固的血液覆盖，所以三人并没有多少地方可以下脚。

两名女生似乎不愿意沾污鞋子，都站在门边没有往里面走。溪望没她们那么多顾忌，踮起脚从布满血污的缝隙中往里面走。他这样做并非怕弄脏鞋子，而是不想破坏现场。

在维修部最里面，血污最为集中的一个角落，地板凝固的血液上，有一个用粉笔画成的人形图案。这是死者被发现时倒卧的位置，旁边是一堆损坏的打印机及电脑胡乱地堆在一起。

地上有明显的拖尸痕迹，依据这些痕迹，不难发现死者是从背向门口的办公桌前被拖过来的。而且电脑屏幕上有飞溅的血迹，综合尸检报告的内容，可以推断出当时的情况——

唐永正坐在办公桌前使用电脑，丝毫没察觉到凶手正从背后靠近。凶手走到他身后，用左手捂住他的嘴巴，右手握着一把利刀，准确无误地将他左侧的颈动脉割断。

鲜血犹如喷泉般从唐永的脖子喷出，飞溅到显示屏上。他顿即感到头晕目眩，想说“怎么了”，却发现自己连发出一点声音的力气也没有。意识渐渐变得模糊，眼皮越来越沉重……终于，他倒下来了，至死仍没明白发生了什么事。

凶手看着他徐徐倒下，躺在地板上抽搐了几下，带着疑惑与不解离开了这个世界。随后，凶手将他的尸体拖到维修部深处……

“为什么要移动尸体？”这个念头在溪望的脑海里涌现时，另外一个问题亦随之而来——死者生前在做什么？

他立刻从肩包里取出一双纤巧的橡胶手套戴上，迅速按下电脑的启动键。电脑主板的检测声响起，但之后并没有正常地进入系统，只是显出一堆英文。

正当溪望为此皱眉时，一个男性的声音从身后传来：“硬盘不见了。”

溪望回头一看，发现阿苏站在门外，他弯腰穿过警示带走进来，对溪望说：“所长叫我过来看看有没有能帮忙的地方。”

“这部电脑出什么故障了？”溪望指着不能正常启动的电脑问道。

阿苏答曰：“这台电脑没出问题，只是硬盘不见了。”

溪望望向被打开的机箱，发现机箱内的确没有硬盘，遂问道：“这台电脑之前也没有硬盘？”

阿苏摇头道：“不是，上周才换上新硬盘，昨天还一切正常，今天却发现硬盘不见了。”

“那里不是有很多硬盘吗？”映柳往堆满硬盘零件及磁碟碎片的工作台指了指。

阿苏答道：“那些都是之前换下来的旧硬盘，而装在这台电脑上的是新硬盘。两款硬盘的型号不一样，我看一眼就能分辨出来。而且我点算过，旧硬盘也少了一块。”

映柳皱眉道：“新旧硬盘各少了一块，凶手该不会是为了两块硬盘而杀人吧？”

李梅轻蔑地瞥了她一眼，取笑道：“哎哟，两块硬盘能值多少钱，值钱的是里面的资料。这可是研究所的硬盘，里面说不定有最新的药物研究资料，要是把这些资料卖给其他医药企业，价钱可能比你一辈子的薪金还高。”

"李大状似乎很清楚行情。"溪望话中有话。

"我只是就事论事，帅哥你可别乱猜哦！"

溪望没理会她，向阿苏问道："能把唐永的日常情况告诉我吗？譬如他的嗜好，他在研究所里的人际关系如何，又或者有没有跟别人结怨？"

"别说我说死人的坏话，他这个人只能用八个字来形容——好高骛远、好吃懒做。"阿苏面露不屑之色，徐徐道出自己对唐永的印象。

"小唐到研究所工作还没三个月，连试用期也没过，就整天想着升职加薪。他经常抱怨自己空有一身技术，本以为进了研究所后能有一番大作为，可没想到只能待在维修部当苦力。还说以他的能力，当个部门主管也是大材小用，就差没开口叫我把主管的位置让给他。

"出来社会上工作，不是说懂得一点技术就能得到重用的，领导更看重的是实际的办事能力。像他那样凡事都怕苦怕累怕脏，整天就想着不劳而获的人，有可能得到领导的重用吗？所长没把他轰走，已经算对他不错了。

"像他这种人，在研究所里大概就只有老周才会跟他交上朋友，因为他们都好赌成性，整天想着不劳而获。

"他跟老周都喜欢赌球，经常在一起聊球赛。前段时间电视直播欧洲杯，他们俩几乎每晚都通宵达旦地看球赛。老周还好，可以利用上夜班的时间看球赛。可他呢，晚上看完球赛，第二天上班就整天打瞌睡，根本干不了活，所有事情都得我来做。他工作懒散也就算了，竟然还因为赌球的事跟老周吵架，几乎要打起来。

"就是前一阵子欧洲杯的时候，他跟老周整天琢磨着哪个球队能拿冠军。他认为西班牙一定能赢，老周则说意大利肯定能拿冠军。两个人预测的结果不一样，其实也无所谓，大家各自下注，等球赛结束就自有分晓了。

"可是，问题就出在下注这个环节上。

"小唐到研究所工作的时间不长，对附近的情况不是太熟识，在这里也没有相熟的庄家，赌球都是让老周帮他下注。之前，他的下注都是小数目，而且输多赢少，一直也没出什么问题。但这回他认定西班牙一定会赢，竟然不计后果地下了10万块大注。

"你们说有哪个傻子会替他下这么大的赌注？要是赌输了，他不肯认账，又或者干脆拍屁股跑掉，替他下注的人麻烦可大了，庄家肯定会咬住这人不放。可这赔本买卖，老周竟然答应了。

"但你们别以为老周真的是个傻子，他可狡猾得很，其实他从头到尾都没有给小唐下注。小唐之前输掉的那些钱，全都进了他的口袋，这次他又打算故技重施，准备吃掉小唐那份巨额赌注。可是，这次他没那么幸运，小唐竟然蒙对了，西班牙赢得冠军，按赔率他得给小唐8万多块。

“老周就一个当保安的，哪来这么多钱，他就算砸锅卖铁也拿不出这笔钱。所以当小唐兴奋地找他要钱的时候，他就装作失忆，说忘记打电话给庄家下注了。

“呵呵，这可是10万块的事情，怎么可能会忘记呢？之前小唐输钱的时候，怎么又没见他忘记下注。小唐当然不会相信他，一口咬定他想私吞自己赢来的钱，跟他在门卫室吵起来。眼见他们就要打起来，幸好所长及时赶来将他们喝止。

“所长问清楚事情的经过后，也不相信老周的鬼话，训了他一顿，要他说实话。老周不敢骗所长，只好老实交代自己从来都没有替小唐下注，之前小唐所输的钱，全都进了他的口袋。至于小唐赢钱那两三次，是他自己贴钱出来给小唐的。

“听完他的解释，所长对他说：‘你这样做，不就等于自己当庄家吗？’

“大家都觉得所长说得有道理，小唐输了，老周就把钱装进自己的口袋；小唐侥幸赢了两三次，他又掏钱出来赔给小唐。这根本就是他自己当庄家嘛！

“所长接着又对他说：‘我不赞成员工赌博，但你这次的确是理亏，这8万块理应赔给小唐。不过……’所长又对小唐说，‘小唐啊，你也知道老周拿不出这笔钱，你一刀子把他捅死也无补于事。这事要不就这样解决，我跟财务打个招呼，以后每个月发工资时，从老周的工资里扣500块划到你的账上，一直到他把所有钱还给你为止。’

“一个月500块，要十三四年才能把这笔钱还清，小唐心里肯定不愿意，但这又是唯一的解决办法，所以也只好接受了。

“老周本来想赖掉这笔账，但所长亲自出面调停，他也不敢继续耍赖，只好跟所长去找财务，签了份同意书，以后每个月在工资里扣500块给小唐。这500块对他来说，可不是一个小数目，占了他工资的四分之一。

“他经常为这事抱怨，有一次我还听见他说，要是小唐在路上给车撞死了，他就不用还这笔钱了……”

“你的意思是，老周很可能是凶手？”映柳问道。

阿苏摇头更正道：“我没这么说，但在研究所里，就只有他跟小唐有过节。”

“这事挺有趣的。”溪望狡黠地一笑。

让他觉得有趣的，并非老周跟小唐之间的瓜葛，而是阿苏针对性的言论。阿苏似乎已经知道老周说了些对他不利的口供，所以才会道出明显带有针对性的口供。

刚才在办公室内就只有五个人，除老周本人外，阿苏只能从叫他过来的宏叔身上得知此事。宏叔并非一个喜欢搬弄是非的人，肯定不会直接把这事告诉他。因此，他应该是从宏叔的语气中，察觉到有人说出了一些对自己不利的话，并推断此人是老周。

也就是说，他并非蠢笨之人。

第六章　窥降传说

阿苏跟老周各执一词，都认为对方有杀害唐永的可能。虽然他们的口供都带有主观臆断，但毕竟这些事情可以向宏叔求证，因此在某种程度上他们的话是可信的。

不能从死者生前的人际关系中锁定凶手，溪望只好将注意力集中在不会说话的证物上，再次仔细搜索凶案现场以查找线索。维修部内并没有特别值得注意的东西，正如流年所说，凶手相当专业，没留下任何证据。

经过良久的搜索，终于有一物件引起了溪望的注意。那是一块只有半个烟盒大小的金属物，上面有两个大小一样的线圈，看上去就像从某种装置上拆卸下来的零件。

这个零件是在尸体位置的右侧发现的，夹杂于凌乱的杂物之中，距离地板约有三四十厘米。溪望蹲下来仔细观察，开始时以为是打印机的墨盒，多看几眼又觉得不像，于是便请教阿苏。

阿苏看着这个不知名的零件，皱眉道："我好像没见过这玩意儿。"

"维修部里的东西，不都是你管的吗？你怎么会不知道？"映柳问道。

阿苏答道："我们主要负责维修电脑、打印机之类的办公电器，配电房要是出了问题也归我们管。但这玩意儿看上去像是门锁的零件，不应该出现在这里。"

"研究所里门锁如果坏了，或者弄丢了钥匙，得找谁来处理？"溪望仔细观察着眼前这件疑似门锁零件的东西。

阿苏说："研究所里的门锁都由同一家公司提供，有什么问题就让他们派人前来处理。不过上一次让他们派人过来，好像是半年之前的事了。"

"你昨天看见这东西了吗？"溪望问道。

"没有。"阿苏指着零件下面的打印机，"这台打印机是昨天下午才搬进来的，我还没来得及修理。"

"那就是说，这东西不属于这里了。"溪望将零件拿起来细看，发现背面有一些电子元件，应该属于电子锁一类。

阿苏突然哆嗦了一下，不安地说道：“小唐生前跟我说过一件事，不知道跟他的死是否有关。”

“什么事呢？”映柳好奇地问。

“小唐说他晚上一个人加班的时候，总觉得有人在背后盯着他。我觉得可能是因为他的位置刚好背对门口的关系吧，但他却说不是这个原因，就算把门锁上，还是觉得有人盯着他。”

映柳对溪望戏谑地笑道：“喂，这不就是你说的第六感吗？”

溪望将零件放进自己的肩包里，认真地答道：“嗯，人在寂静的环境下，感觉是会比较敏锐，甚至会捕捉到一些平时察觉不到的感觉。”

阿苏沉默了片刻，开口道：“其实有件事，我一直没敢告诉他，怕他以此为借口不肯加班。”

一直待在一旁发短信的李梅突然饶有兴致地问道：“你是说窥降的事？”

“李律师也知道这件事吗？”阿苏略显惊讶。

李梅答道：“听副所长提过，但不太清楚具体情况。”

“那我简单地给你们说一下。”阿苏略胖的躯体微微颤抖，露出不安的表情，徐徐向三人讲述流传于研究所员工口中的荒诞故事。

“我们老板并非这栋厂房唯一的租户，之前曾有一名姓蔡的台湾老板将这栋厂房租下来，开设了一间塑料厂。那差不多是20年前的事了，塑料厂具体是产什么的，已经没人记得了，只知道蔡老板疑心很重，从不相信自己的员工，总是把‘你们这些大陆人全都是好吃懒做的蛀米虫’这句话挂在嘴边。

“因为怕业务员收取回扣，又怕他们会把客户拉走，所以但凡是业务量较大的客户，蔡老板都会亲自联系。他整天都在外面跑业务，自然不能兼顾厂里的事情。他总是担心自己不在工厂，工人就会停下双手不干活，又怕工人会把厂里的东西偷走。反正，只要离开工厂，他就会疑神疑鬼，无法让自己平静下来。

“既然要亲自跟客户联系，又要兼顾工厂，最好的办法当然是让客户到工厂跟他洽谈。可是，那年头的经商环境虽然不错，台资又能得到各种超国民待遇，但竞争还是有的，跟他做相同生意的台湾老板多如牛毛。想客户亲自上门洽谈，几乎是没可能的事。

“为了解决这个问题，他专程从泰国请来一名颇负盛名的降头师，希望借助对方的降头术监视自己的员工。

“降头师来到工厂后，就叫蔡老板准备一双从刚死的人身上挖出来的眼球。这要求挺怪异的，但有钱能使鬼推磨，不管在哪个年代，只要愿意花钱，没有买不到的东西。

“为了给降头师提供眼球，蔡老板通过关系找到在医院值夜班的冯老头。他给了冯老头一点钱，要求对方到太平间挖一双眼睛给他，还强调一定要从刚死的人身上挖出来。

“冯老头是个见钱眼开的人，当晚就把蔡老板想要的东西弄来了。

“降头师将这双眼球放进一个装满福尔马林的透明玻璃瓶里，并用刀划破蔡老板的指头，往瓶子里滴了一滴鲜血，然后盖上盖子，向瓶子里的一双眼球做法事，施展神奇的‘窥降’。

“法事完成后，降头师将瓶子交给蔡老板，叫他藏在工厂的天花板上。还说，有了这双‘眼睛’，以后不论他身在何方，只要闭上双眼就能看见工厂里的情况。

“蔡老板按照降头师的吩咐去办，果然只要闭上眼睛就能看见工厂里的情况。哪怕离开工厂很远距离，也丝毫不影响窥降的效果。只要闭上双眼，工厂内的一切情况，他都能看得一清二楚。

“不过，他还没来得为此高兴，麻烦就找上门来了。

“冯老头给他的一双眼球，是从一具无名尸身上挖出来的。本来谁也没在意这具尸体，但当尸体的身份被证实后，冯老头可后悔得想死，因为这具尸体竟然是某位高官的儿子。

“这个官二代是被人谋杀的，好像是因为强奸了一个女生，后来被女生的男朋友杀死，脸也被划花了，所以刚开始时没被认出来。后来身份得到证实，警察当然不敢马虎处理，马上将尸体送去做尸检。一检验就发现眼球不见了，是死后一段时间才被挖掉的，应该不是凶手干的。

“儿子被人杀死，本来就已经够可怜的，死后眼睛还被人挖走，这可让那位高官气得七窍生烟，掀桌子要警察马上把凶手和儿子的眼睛都找回来。

“处理这宗案子的警察哪敢有丝毫怠慢，很快就将凶手抓获，也通过排查将挖眼的冯老头抓住，然后顺藤摸瓜地将蔡老板也抓了。

“蔡老板虽然是台湾人，在那个年头警察一般不会找他麻烦。但这次他惹上不该惹的大人物，警察当然不会轻易放过他，要他立刻将高官儿子的双眼交出来。

“如果把眼球交出来就没事，他倒挺乐意。虽然这双窥眼大有用处，但只要肯花钱，要再弄一双出来也不难，就当花钱买平安好了。可是他收到风声，高官不但要他交出眼球，还要他跟凶手一样，以死向其儿子谢罪，不管用什么方法都要取他性命。

“这可把他吓坏了，知道若不立刻逃走，恐怕连命也保不住。他只好丢下自己的生意不管，通过朋友的帮忙连夜逃到香港，再乘飞机返回台湾老家。

“他这一走，工厂马上就得关门。这倒没什么关系，他人跑了，工厂里的货物和机器都没跑，房东把这些东西卖掉，给工人结算工资后，竟然还赚了一笔。厂房随后也就被我们的大老板天雄药业租下来，改建成现在的研究所。

“这听起来好像什么事都没有，可问题就在于蔡老板跑得太仓促，竟然忘记处理藏在天花板上的窥眼了。降头师在施展窥降时，就已经给他说清楚，这双眼球必须吸食人血，每隔一段时间，就得往瓶子里滴一滴鲜血，不然它们就会作乱。但是他人都跑了，哪还有谁知道这双眼球被藏在天花板上，当然也就不会有人给它们喂血。

“没人喂血，这双窥眼自然就开始作乱了。

“研究所刚建成的时候，人员不是很多，经常需要在晚上加班。经过一段时间后，大家就开始议论，晚上加班时总觉得背后有人盯着。男人还好，顶多就是觉得有点不自在，女人被这感觉吓得心里发毛，都不愿意加班。可是，当时需要做的事情很多，不加班根本完成不了，所以这些可怜的小女人只好硬着头皮加班。

“本来只觉得被人在背后盯着，充其量只会心里发毛，可后来发生了一件事，却把所有人都吓坏了。

“有个女研究员晚上要加班，碰巧那几天是生理期，需要换卫生巾。之前加班的时候，她都不敢一个人去厕所，但那晚同一个研究室就只有她一个女的加班，其他加班的同事都是男同事。她总不能跟男同事说，‘我要换卫生巾，你陪我去趟厕所’这种丢人的话吧？所以，她只好硬着头皮，独自跑去上厕所。

“可当她走进厕所刚把裤子脱下来，就觉得有人在头顶上盯着她。在这种情况下被人盯着，可不是一件好受的事，就算是男人也会觉得不安，更何况是个女的。

“她觉得心里发毛，既害怕但又忍不住想往盯她的人看，就抬头看了一眼。这一眼可把她给吓坏了，因为她抬头看见的不是人，而是一双悬浮在她头顶的眼球。

“这双眼球浮在半空中跟她对视，把她吓呆了。她保持着之前的姿势，连提裤子也不敢。可让这对眼球感兴趣的，似乎并不是她——她发现眼球竟然盯着她的下身。

“当她惊慌地提起裤子时，那双眼球竟然立刻飞向她的下体……”

“讨厌，这个鬼故事也太恶心了。”李梅露出娇嗔的厌恶之色。

“这可不是鬼故事，而是真实发生过的事情。”阿苏表情认真，绝无半点开玩笑的意思，“听说那双窥眼因为太久没有吸食人血，所以就想以女研究员的经血充饥，几乎把这女的吓疯了。”

“那后来怎么样？那对眼球还藏在研究所里吗？”映柳不知何时移步到了溪望身后，牢牢地抓住他的一只手臂，身体不停地颤抖。

“不知道，这事我也是听老员工说的。”阿苏摇了摇头，又道，“听说所长曾经要求所有员工不得再谈论这件事，我想他应该会比较清楚。”

“那我们去问宏叔吧！”映柳非常在意眼球是否仍留在研究所，一再摇溪望的手臂。

溪望没好气地说：“这事不急，宏叔现在大概还在忙，待会儿再找他吧！我还想在这儿再看看有没有别的发现。”

“阿苏，阿苏。”副所长于门外出现，急忙向阿苏招手，“休息室的电视机突然没有画面，我们都想知道外面的最新消息，你赶紧过来看看能不能修好。”

“外面的雨很大吗？”映柳问道。维修部没有窗户，所以她不清楚雨势的大小。

“大得不得了，我这辈子也没见过这么大的雨。”副所长越说越焦急，“刚才电视机还没出问题时，新闻里说这是近半个世纪以来最大的暴雨，城区所有街道都被淹了，水深至少及膝高，不少地下停车场都变成蓄水池了。”

“研究所的员工都撤离了？”溪望问道。

“我跟老王就是为这事着急。员工刚走不久，雨就像瀑布似的落下来，我们怕他们会被困在路上。刚才新闻里说，有好几条水比较深的公路，经过的汽车被淹在水里，车里的人都被困住，逃不出来。”副所长焦急地把阿苏拉到门外，回头又对溪望等人说，“我们都在休息室等着看新闻报道，从这里往前走再往左转就到了，你们调查完就过来找我们吧。千万别往外面跑，外面的路都被水淹了，跑出去会很危险的。”

一股诡秘的气息悄然笼罩着暴雨下的研究所。在那不为人知的黑暗角落里，仿佛有一双没有躯体的眼睛，默默地注视着研究所内每个人的一举一动。

到底是外面危险，还是研究所里更危险？

第七章　聚首一堂

副所长跟阿苏走后，映柳便向溪望问道：“我们的警车就停在外面，会不会被水泡坏呀？”

“就算是泡坏了也没办法，现在也不可能将车驶到地势较高的地方。”溪望耸耸肩，又道，“反正公车开支每年几千亿，也不差这一辆。倒是李大状的跑车就可惜了，恐怕得送去大修。”

李梅故作忧愁地说：“要是汽车都被泡坏了，待会儿就算停雨，我们也得在研究所里过夜呢！”

研究所位处工业园，在没有汽车的情况下，要回家几乎不可能。一想起要整晚待在这个随时会被一双可怕眼球偷窥的地方，映柳就不由得浑身发抖，畏惧道：“是啊，我们至少也得去看看车子的情况吧！”

“那好吧，我们去大门口瞧瞧。”溪望耐不住映柳哀求的目光，只好跟两名女生一同前往大门口。

他们来到大门口的玻璃门后，因为门卫室没人，怕走到外面就不能进来，所以只好隔着玻璃门观看外面的情况。

门外狂风暴雨正烈，呼啸的烈风无情地将一切阻碍其前进步伐的障碍物吹倒，数棵两层楼高的大树竟然在狂风中连根拔起。滂沱大雨亦使研究所外的绿化景色变成了泽国，横流的洪水如末日清算般冲刷着人间的一切污秽。

映柳被门外的景象吓呆了，良久才道出一句：“哇噻，2012提前了。”

“情况还不算很坏，至少我的车子还没被淹。”李梅悠然地看着一辆停在围墙下的红色双门奥迪。

外面虽然洪水横流，但因为奥迪停在地势较高的地方，所以只把部分轮胎淹没了，应该还可以启动。反观映柳开来的警车，因为停在低洼之处，洪水已经淹到后视镜了。

“李大状可别高兴得太早了。”

溪望刚把这话说出口，奥迪旁边的围墙就倒下来了。把车身砸坏倒不要紧，要命的是围墙一倒，洪水如出笼的猛兽般肆无忌惮地涌过来，一下子就将奥迪车顶以下的部分淹没。更不幸的是，奥迪竟然随着汹涌的洪水缓缓移动。

“李大状，快拿手机出来拍视频，发微博啊！这种机会可能一辈子也没第二次，赶紧拍下来，不然你的跑车就要被冲走了。”

溪望欢天喜地地掏出手机拍摄奥迪车被洪水冲走的画面，而李梅则目瞪口呆地看着自己的跑车被冲走，之前的镇定早已飞往九霄云外。

映柳轻拍她的肩膀，安慰道：“没关系的，保险公司会赔你钱。”

“赔你妹呀！”李梅冲她大吼，随即可怜巴巴地喃喃自语，“车保前几天就到期了，本来打算这两天去续保的。”

溪望挤出一副大义凛然的模样，严肃地道：“嗯，都怪宏叔不好，昨晚把你拉过来问这问那，今天又让研究所闹出命案，害你没时间去续保，这事理应由他负责。”

“你少给我幸灾乐祸了！”李梅气得跺脚，转头往里面走。

映柳向她叫道：“你去哪儿呀？只是一辆汽车而已，千万别做傻事。”

李梅回头骂道：“你妹才做傻事！我去洗手间。”

“等等我，我也要去。”映柳往前追了两步，又回头对溪望说，“你大概不会陪我去洗手间吧，我一个人不敢去……”

溪望没好气地摇头，挥手示意对方赶快跟上，并说道：“快换你的姨妈巾去。”

“你怎么知道？”映柳一脸的诧异。

“你平时最喜欢喝冷饮，这两天却改喝热饮，不是大姨妈来了，难道是怀孕了？”溪望挤出一个笑脸。

“你到底走不走啊！”李梅等得不耐烦，又气愤地跺脚。

“马上来。”映柳回头应话，然后向溪望骂道，“你才怀孕，你全家都怀孕。”说罢就小跑着追上李梅。

溪望看着两人的身影，耸肩道：“我妈不怀孕，又怎会有我这个儿子？”说罢又回头望向门外那百年不遇的暴雨洪水。

围墙倒塌后，外面的水位陡然升高。虽然研究所的地基较高，但如果暴雨持续，洪水涌进来是早晚的事。以现在的雨势判断，大概两三个小时后，研究所内就会跟外面一样，变成一片泽国汪洋。然而，这并非他所担忧的事情，他更关心的是，如何尽快找出凶手，替宏叔解除烦恼。

以现在的情况判断，阿苏跟老周都有可能是凶手，当中又以老周的杀人动机较为突出。因为唐永一死，老周那笔长达数十年的债务就能一笔勾销。对一个收入不高的保安而言，这或许是一个能让人铤而走险的诱因。

然而，溪望暂时还没找到任何决定性的关键证据，要推测谁才是真正的凶手，现在还早得很。还是先到休息室继续询问众人，看能不能得到一些线索。

他独自走到休息室，发现里面有五个人，分别是宏叔、副所长陈亮、秘书杨露、维修部主管阿苏以及保安老周。众人都全神贯注地看着电视机中的特别新闻报道，聆听有关暴雨的最新消息：“从今天下午开始，全市范围内降下特大暴雨并持续至目前。本次暴雨已经造成多处街道及道路受浸，并引发山洪、泥石流等灾害。

据中央气象台预测，本次暴雨将会持续至明天早上，敬请各位市民尽量留在室内，并做好防范措施……”

“这场雨得下到明天，今晚大家都不能回家了。”阿苏叹了口气。

老周笑道：“呵呵，我倒无所谓，反正就算不下雨，我今晚也要值班。”

“那可浪费了一个美好的夜晚呀！”阿苏向老周投以挑衅的目光，后者对其怒目而视，两人如剑拔弩张，似乎马上就会动手打起来。

宏叔连忙走到两人中间，爽朗地笑道：“怎么会浪费呢？陪我喝两杯，聊聊天，不好吗？”他又向杨露招手，说，“小杨，冰箱里有啤酒吗？快拿几罐出来，再看看有没有花生、薯片之类的零食，顺便把方便面也拿出来。现在外面还下着大雨，大家今晚只能将就一下，随便吃一顿了。”

杨露点了点头，马上打开冰箱拿啤酒。宏叔看见溪望站在门口，便招手叫他过来，笑道：“健仔，怎么就只有你一个？被两位美女甩了？”

“没办法呀，我又没你那么帅。”溪望笑着走到对方身旁。

“反正现在也走不了，不如坐下来陪我聊聊。”宏叔拉溪望坐下来。

杨露取来啤酒及零食，放在茶几上。溪望知道宏叔正为自己创造轻松的问话气氛，便故作惊讶道：“研究所的福利还真让人羡慕呢，休息室竟然有啤酒。”

“所长一向都对我们很好。”阿苏开了罐啤酒，喝了一口。

老周接过宏叔递过的啤酒，赞同道：“所长不但在工作上很照顾我们，在生活上也很关心我们。就像前一阵子，我为儿子上学的事弄得焦头烂额，所长知道后就找朋友帮忙，替我儿子找学位，要不然这小子就上不成学了。我真不知道该怎么答谢所长。”

“只是举手之劳而已，大家都是自己人，用不着这么客气。”宏叔豪爽地拍打着老周的肩膀。

老周突然眼泛泪光，激动地说：“这事能说是举手之劳，但我骗小唐那件事，你对我就像恩同再造。”

溪望察觉到有些不对劲。老周所指的应该是赌球那件事，这事宏叔虽然出面调停，但根据阿苏的叙述，老周并没有从中得到利益，至少他没能如愿地赖账。

然而，老周此刻的神情又不像为奉承宏叔而献媚。而且此事关系到老周跟小唐的过节，甚至能证明他是否有杀害小唐的动机。就算想讨好上级，也没有人会这么笨，故意在这个时候提起。

或许阿苏所说的版本并非事实的全部，现在当事人都在场，是弄清楚这件事的最佳时机。因此，溪望装作不知情，询问老周事情的经过。阿苏知道溪望此举是为验证自己是否撒谎，所以没有多言，让老周将事情的经过详细地说了一遍。

去除一些个人的主观因素外，老周所说的版本跟阿苏刚才说的没太大差别。但是，正如溪望所想，老周既然会在此刻提起这件事，就说明宏叔已经妥善地处理了他跟小唐的关系，两人不会因此事而记恨对方。

“所长虽然每月从我工资里扣取500块还给小唐，但他又从自己的工资里拿出400块来补贴给我，要不然我恐怕连房租也付不起。”老周热泪盈眶地道出阿苏没说出来的那部分，随即又道，“所长自己掏腰包出来为我们解决这件事，小唐自然就不好意思继续追究了，要不然我也不知道怎样还这笔债。”

“都几十岁的人了，说这些干吗呢？不就是几包烟的钱吗？”宏叔递了张纸巾给老周，“只要大家能和睦相处，我少抽几包烟又算什么，对身体还有好处呢。不过你得记住这次的教训，以后再有类似的事发生，我可要连本带利地跟你算账。”

老周抹去眼角的泪水，激动地说：“你对我这么好，如果我还去赌，我还算是人吗？”

“这事大家都知道了？”溪望向宏叔问道。

宏叔坦荡地说：“事无不可对人言，没事是不能让大家知道的。”

“并不是所有人都像宏叔这么正直的。”溪望向宏叔笑道，并瞥了阿苏一眼。阿苏不自觉地望向别处，显然是为自己刻意隐瞒事情的关键部分而感到心虚。

既然老周跟小唐的芥蒂早已经消除，那么他的行凶动机便不复存在。相反，阿苏刻意误导警方，除了说明他心中有鬼之外，难以让人想到还有其他原因。

假设阿苏是凶手，他有行凶的时间，也有将钥匙放回维修部的机会。但他为何要移动尸体，溪望却没能想出原因。

凶手的手法非常专业，一刀就能将受害人杀死，在行凶的过程中并没有多余的动作。挖走死者眼球之举，或许可以理解为迷信眼球会留下映像，又或者是类似于标记的习惯性行为。但是，移动尸体似乎完全没有必要。

在徐涛一案中，死者的双眼虽然同样被挖走，但尸体却没有被移动的痕迹。为何凶手杀害唐永后，要将尸体移离原来的位置呢？

这个问题让溪望百思不得其解，于沉思中突然想起那个不该在维修部出现的门锁零件。这个零件很可能是凶手留下的，而且又放置在尸体旁边，跟移尸这一举动或许有某些关联。

正当溪望为此苦苦思索时，坐在面向门口位置上的宏叔突然抬头望向门外，笑道：“现在人齐了。”并向门外两人招手，“快过来坐下，一起聊聊天。”

溪望扭头一看，发现李梅跟映柳正一起走进来，但后者额角上有一小块红肿，他不由得皱眉问道：“柳姐，你怎么了？”

映柳快步走到他身旁坐下，扯着他的衣角，颤抖着道：“刚才碰到了。”

溪望问道：“碰到什么了？”

“碰到、碰到……”映柳声音颤抖，好不容易才挤出两个字：“窥眼。”

“你是不是听到什么传言了？”宏叔眉头紧皱。

映柳道出刚才从阿苏口中得知研究所内窥降传闻的事，宏叔立刻怒目圆睁地瞪着阿苏，责骂道，“我不是说过不准再谈论这件事吗？你把我的话当做耳边风是吧！”

阿苏连忙解释道：“所长，我哪敢把你的话当耳边风。他们不是研究所的员工，而且我想他们知道这件事，对调查小唐的死或许会有帮助。”

宏叔怒哼一声，正要继续责骂，溪望便出言相劝：“宏叔，你就别再为这事责怪苏主管了，他只是想帮忙查明真相，还死者一个公道。现在我倒想知道，你为什么不让员工谈论这件事。”

“哼，下不为例。”宏叔瞪了阿苏一眼，怒气渐消，向溪望解释道，“我之所以不让大家谈论这件事，是因为他们根本不清楚事情的经过，却对此胡乱猜测，甚至以讹传讹，闹得人心惶惶。老员工倒问题不大，至少他们比较熟悉这里的情况，知道不会发生奇怪的事情。但是新员工刚到陌生的环境工作，就听到这么可怕的传闻，整天都提心吊胆的，还哪有心情做事？”

溪望说：“既然如此，宏叔何不趁现在这个机会，把事情的真相说出来，好让大家以后不再胡乱猜测。”

宏叔皱了皱眉头，终于在众人好奇的目光下，道出窥降传说的真相……

第八章　传闻真相

“其实这事我早就说过千百遍了，唉……算了，也不差再多说一遍。”宏叔望向映柳，“不过，在我把真相说出来之前，我倒想知道你刚才在洗手间里遇到了什么事？”

映柳面露尴尬之色，答道：“听过关于窥降的事后，我总觉得有双眼睛在背后盯着我。刚才上洗手间，眼角突然瞥见一点亮光，我心里一慌，就撞到头了。”

“你刚才补妆时，用小镜子了？”溪望向李梅问道。

“不拿镜子又怎么补妆呢，帅哥？”只是一会儿不见，李梅已恢复平日的媚态，仿佛忘记了自己轿车被洪水冲走的事。

溪望以鄙夷的眼神望向映柳，没好气地说：“你刚才看见的，应该是李大状镜子的反光。”

映柳瞪大双眼，将信将疑道：“真的吗？”

“疑心生暗鬼呀，这就是我不让大家谈论这件事的原因。”宏叔点了根烟，徐徐向众人讲述一个发生在近20年之前的恐怖故事。

“这件事发生在研究所成立之前，我是从一名当刑警的朋友口中听来的。

“原来租用这厂房的是一个姓蔡的台湾人，大家都叫他蔡老板。那年头，台湾人到国内做生意，有数不清的优惠政策扶持，几乎只要不是笨得无药可救，都能赚到盆满钵满。

“蔡老板不但不笨，而且还挺精明的，所以到国内办厂没几年，他就已经富得流油。不过他是那种为富不仁的奸商，尤其是对员工特别刻薄，每天都让工人加班加点，但又想方设法克扣他们的工资，就跟周扒皮一个样。

“虽然他对工人吝啬得要死，但有一件事他却花多少钱也愿意，那就是寻花问柳。

“他是个有老婆儿子的人，不过家人都在台湾，在国内怎么玩也没人管，所以他经常出入风月场所。刚开始时，他在夜总会之类的地方玩得挺爽的，可慢慢就觉得没什么意思。

“‘不就是谁给钱都会脱裤子的妓女嘛，多玩几次就感到没意思了。’跟经常和他一起去玩的朋友说完这句话后，他就真的没有再去夜店鬼混了。但是他不再嫖妓，并不代表他从此就修身养性，他只是将目标转移到了‘良家妇女’身上。

“这王八蛋认为，每个人心目中都有一个价钱，只要能拿出对方中意的价码，就能让对方做任何事。哪怕是让羞答答的处女脱光衣服爬上自己的床，也是轻而易举的事情。

“然而，他这歪理竟然屡试不爽，不管看中哪个姑娘，就上前甩一叠钱给人家，还真有人会默默点头。当然，大部分女生还是会犹豫，甚至拒绝这种肮脏的交易，但随着他不断地提高价码，最终能抵抗诱惑的人可谓凤毛麟角。

“一而再再而三地得手后，他更加坚信金钱是万能的，胆子就变得更大，竟然觉得这样还不够刺激，干脆玩起‘强奸游戏’。不过说是游戏只是对他而言，对受害人来说却是真正的侵犯。

“他先后强奸了好几个不肯接受交易的女孩，事后给对方一笔钱私了。当时的社会风气还很保守，没有谁想将这种丑事公之于众。而且台湾同胞的身份又使他受到政府的特别对待，就算想告他也不容易。所以大部分被侵犯的女孩最终都只能选择接受他的赔偿，不再追究他的兽行。

“不过凡事皆有例外，并非所有问题都能用钱来解决。

“在连接糟蹋几个女孩后，他又在深夜将一个在街上遇到的女孩抓回工厂，并向对方施暴。完事后，他抽着烟给女孩抛出一叠钱，叫对方把钱拿走，就当什么事也没发生过。

“通常这个时候，受害者要么拿着钱立刻逃离这个可怕的魔窟，要么就是六神无主地不停抽泣，直到他抛出更多钱甚至出言恐吓才会离开。

“可是，这次跟以往不一样，女孩不但没有哭泣，还将钱捡起来狠狠地掷到他脸上，冲他怒骂：‘你知道我是谁吗？你知道我是谁的未婚妻吗？我未婚夫的父亲是省里的高官！我出了这个门，马上就有人来把你拍成肉酱！’

“蔡老板当场就懵了，虽说当时台湾人在国内享有特权，但有一件事却是绝对不能做的，那就是招惹手握大权的高官。如果这女孩没撒谎，他很可能真的会被拍成肉酱。

“他顿时方寸大乱，也不知道该怎么办才好，只知道绝对不能让对方离开。所以当发现女孩想离开的时候，他就将对方扑倒，还随手拿起一把剪刀，想将对方杀死。

“当他举起剪刀想插向对方的胸口时，女孩死死地瞪着他，跟他说：‘我已经记住你的样子，就算我死了，我未婚夫仍能在我眼睛里看见你的模样。你跑不掉的，你一定要死！’

“蔡老板活了半辈子，大概从没想过自己会被一个黄毛丫头唬到。他既感到害怕，又莫名地感到愤怒，便举起剪刀拼命往对方身上插，直到把女孩的胸口插出一个可怕的血洞才停下手来。

“稍微冷静下来后，他开始思考女孩刚才说的话，怕警察真的会在女孩的眼睛里看到自己的映像。他越想越害怕，干脆一不做二不休，把女孩的眼睛挖了出来，然后将尸体装进纸箱，藏在仓库里面。

“他怕离开工厂后会被警察抓住，因此杀人后就不敢走出厂门半步，一直都躲在自己的办公室里。他本想先躲几天，看看外面的情况怎样，然后再作打算，谁知道第二天工人就发现了仓库里的尸体。工厂的厂长是本地人，不想惹祸上身，连招呼也没跟他打一个，就跑去报警了。

“警察核实了死者的身份，并通知家属，女孩的官二代未婚夫马上就带着一群人杀过来。尸体是在工厂里找到的，蔡老板怎么也脱不了干系。更何况门卫为求自保，告诉警方亲眼看见蔡老板将女孩拖进厂里，他根本就找不到抵赖的借口。

“未婚妻被人先奸后杀，还连眼睛也给挖了，这让官二代怒不可遏，就在警察面前将蔡老板暴打一顿，谁也没敢出手阻挠，甚至没人敢劝阻一句。官二代还对处理这案子的警察说，如果不能把蔡老板往死里整，他们全都得下岗。

“官二代的父亲虽然位高权重，但蔡老板好歹也是台湾同胞，可不能没经过审判就把他弄死。而且他已经被官二代打了个半死，律师以此为由要求送医院治疗，并以国内医疗水平低为借口，把他送到香港去了。

“蔡老板好不容易才逃到香港，当然不会乖乖地等伤势复原，然后回内地受审。他马上就坐飞机回台湾去了。

“回到台湾，他基本上算是安全了，因为根据两岸协议，台湾人就算在大陆犯罪，也不会被引渡回大陆受审。大陆公安机关只能向台湾警察机关提供相关的犯罪证明，让对方进行抓捕及审理。可是，两岸相隔千里，受害人家属、证人、证物、犯罪现场全都在大陆，要钻空子脱罪，有多得数不清的办法，要把他绳之以法可谓难于上青天。

“虽然没能把蔡老板弄死，但至少也要将眼睛找回来，好让死者能有个全尸。可是，警察将整间工厂翻了个底朝天，竟然未能找到这双眼球。

“蔡老板自事发后就没离开工厂，警察也没在他身上发现特别的东西，按理说眼球肯定还留在厂房里。可是不管怎么找，就是没能找出来。而蔡老板已经逃回台湾，要从他口中知道眼球的下落，当然是不可能的事。

“正因为眼球没找着，所以厂房被改建成研究所后，这件事就一直在员工口中流传，并以讹传讹，变成多个版本。当中流传得最广的版本，就是阿苏说的窥降。还有更离谱的，说蔡老板为监视员工，自挖双目下降头。还有的说蔡老板加入了邪教，把女孩的眼睛吃了，修炼什么邪术。全都是一派胡言。

“我禁止员工谈论这件事，并非想隐瞒些什么，而是因为之前我已经跟大家解释了很多遍，大家都清楚是怎么回事。可是，每当有新员工进研究所，总会有些喜欢无事生非的家伙拿这件事来吓唬新人。后来我说烦了，就干脆来个一刀切，谁也不准再谈论这件事。谁说，我就让谁吃不了兜着走……”

“女研究员上洗手间被吓到的事，也是以讹传讹的鬼话吗？”映柳更在意这件事。

“这件倒是真事，不过实际情况跟阿苏说的不一样。”宏叔欲言又止。

“实情是怎么回事呢？”映柳一脸认真，看样子不把此事弄清楚绝不会罢休。

“其实这件事的经过跟阿苏说的差不多，不过女研究员在洗手间看到的不是眼球，而是一尊古曼童。”宏叔欲言又止，终于在众人讶异而又好奇的目光中，道出了此事的经过。

“那时候研究所才成立不久，全所上下都忙得要命，加班几乎是家常便饭。可当时蔡老板的故事正在所里流传，大家都知道死者的眼球还没找到，很可能就在研究所里面。所以一到晚上，大家多少也会有点害怕。

“当时有个女研究员晚上加班的时候，因为月事而独自上洗手间。就在她脱下裤子时，突然听见身旁传来一声脆响，好像有玻璃之类的东西从天花板上掉下来，落到她身旁摔碎了。

“这把她吓了一跳，连忙提起裤子查看，想看看是什么东西掉下来了。这不看还好，一看就吓得她魂飞魄散。因为她发现掉下来的，是一尊装在玻璃瓶里的古曼童。

“蔡老板虽然没有请降头师来给他下窥降，但他是个迷信的人，曾经专程到泰国请了一尊古曼童回来供奉，以求为自己带来财运。

“这古曼童就是俗称的鬼仔像，据说附有枉死幼童的灵魂，大致可以分为阿赞古曼童和龙波古曼童两种。后者经庙宇的僧侣开光，没什么能耐，只能给供奉者带来少许运气。而阿赞古曼童就不一样了，因为是由降头师以禁忌手法甚至残杀活婴后做成的，因而怨气冲天，能力亦非常强大，被称为‘邪鬼仔’。

“蔡老板这一尊古曼童就是最可怕的邪鬼仔。他平日会将这尊装在玻璃瓶里的古曼童放在自己办公室的神龛里供奉，每隔一段时间，就会将自己的血滴进玻璃瓶里供古曼童吸食。据说他的生意之所以能赚大钱，就是靠这尊古曼童。

“不过，蔡老板被警察带走后，就没人见过这尊古曼童。当时大家注意力都集中在死者的一双眼球上，所以没人留意到神龛上的古曼童不见了。当然更没有人知道，古曼童为何会出现在洗手间的天花板上……”

“邪鬼仔虽然法力高强，但跟供奉者的关系只是互相利用。供奉者大祸临头时，可别指望它会患难与共。”李梅娇媚地一笑，又道，“正所谓‘大难临头各自飞’，自己的老板都被抓了，还不躲起来给自己留一条后路，难道要等着被清理到垃圾堆去？”

“它、它自己会动吗？”映柳惊惧地问道。

李梅道：“要是它不会动，又怎能躲到洗手间天花板的上面？别告诉我洗手间的天花板是蔡老板花钱安装的，像他这样吝啬的老板，肯定不会花这个钱。而且工厂的洗手间，似乎也没有安装天花板的必要。”

宏叔点了下头，说："这事最奇怪的地方就在这里，天花板明明是改建研究所时安装的。按理说，就算之前没找着古曼童，也不应该出现在这里。"

映柳顿时脸色煞白，惶恐地对宏叔说："我怎么觉得你说的版本比阿苏说的要恐怖100倍。"

溪望耸肩道："真相往往比传闻更可怕。"

"这还不算最恐怖的。"李梅不怀好意地看着映柳，故作阴森地说道，"你没想过邪鬼仔为什么会在这个时候掉下来？"

映柳困惑地摇头，李梅又道："我想它是饿昏头了，看见女研究员的经血就扑下去……"

"哇，你不要再说啦！"映柳惊恐地抱着溪望，把脸埋在对方的胸膛之中。

"柳姐，你老是这样不分场合地骚扰我，会让我很困扰的。唉……"溪望无奈地叹息。映柳尴尬地放开他，缩作一团不敢说话。

宏叔爽朗地笑道："哈，你个死健仔，得了便宜还卖乖。来，跟我干了！"说罢拿起啤酒跟溪望干杯。

喝了一口啤酒后，溪望说："我突然想到一件事情。"

"有头绪了？"宏叔紧张地问道。

"或许吧。我在想小唐的眼睛哪里去了？"溪望顿了顿，分析道，"我记得离开研究所需要检查随身物品，如果凶手要将眼球带走，就得通过门卫这一关。"

宏叔立刻向杨露招手，吩咐道："小杨，立刻给小曾打电话，问他这两天下班时，有没有从员工的随身物品里发现特别的东西，譬如盒子或者瓶子之类的容器。"

杨露立刻取出手机拨号，并走到一旁小声地跟电话彼端的人交谈。略过一会儿后，她突然错愕道："呀，没电了？"随即走到宏叔身前，对他说，"手机刚好没电了，不过小曾已经清楚地告诉我，这两天没发现特别值得注意的东西，所有员工的随身物品都跟平日差不多，也没发现能用来装眼球的容器。"

"那就是说，眼球应该还留在研究所里，或许我该再去维修部走一趟。"溪望站起来向宏叔挥了挥手，随即走向门外。

"把我也带上。"映柳连忙追上去抱着他的手，像怕被对方丢下来似的。

李梅亦缓步跟上，自言自语道："不知道待会儿找到的是眼球，还是邪鬼仔呢？"

"哇！"映柳惊叫一声，牢牢地将溪望搂住。

第九章 窥娥传说

假设阿苏是凶手，在杀害唐永并将其眼球挖出来后，他只有两种方法处理眼球：一是将眼球带离研究所；二是将眼球藏在维修部某个地方。

刚才杨露已从保安小曾的口中得知，这两天检查员工的随身物品时，并没有特别的发现。而杨露故意走到一旁打电话，很可能是为了针对性地询问小曾，是否发现阿苏的随身物品里有能装入眼球的容器。

既然保安没有特别的发现，那么眼球藏在维修部内的可能性极高。阿苏上班时的主要活动范围就是维修部，如果把眼球藏在其他地方，很容易被其他人发现。而且唐永的死亡时间是昨晚6至8时，阿苏6点左右就离开了研究所，如果他是凶手，应该没时间将眼球藏在维修部以外的地方。

因此，若在维修部内找到死者的眼球，那么阿苏的嫌疑就更大了。

三人再次来到维修部，映柳跟李梅还是站在门口，没有进入这间血迹斑斑的恐怖房间。溪望对此并没怎么在意，只是尽量避免踏在血迹上，以免破坏现场证据。

他仔细地搜索维修部每个角落，甚至将堆放在一起的破旧电器逐一搬开，但仍未能找到那双眼球。正当他为此皱眉时，突然想起女研究员的故事，目光不由得移至天花板。他仔细地审视每一块天花板，发现唐永办公桌上方那一块天花板的边缘沾有微仅可察的少许灰尘，便招手叫映柳走过来。

映柳极不情愿地走到他身边，问道："叫我过来干吗？"

溪望指着那块沾有灰尘的天花板，说："去打开那块天花板，看看上面是不是有东西藏着。"

"为什么你自己不去？"映柳眼神中流露出惊惧之色。

"我怕摔下来呀。"

"你就不怕我摔下来？"

"放心，我会接住你。"溪望莞尔一笑。

映柳向李梅投以求助的目光，但得来的却是对方幸灾乐祸的坏笑。无奈之下，她只好硬着头皮爬到办公桌上面，把手往上伸，想推开溪望所指的天花板。可是，她的身高只有166cm，虽说对女生而言也不算矮小，但在此刻却踮起脚尖仍未能触及天花板，还差那么一点儿。

"你就不能长高一点吗，如果你能像李大状那么高，应该能将天花板推开。"溪望瞥了李梅一眼，显然话中有话。

李梅明白对方的暗示：如果在天花板上发现与命案有关的证据，那么她就会被列为嫌疑对象。因为以她的身高，能轻易地将物件藏在天花板上。她没有反驳对方的假设，只是娇媚地笑道："帅哥，你还真好色呢！人家穿的可是裙子，怎么能像小月那么粗鲁，爬到桌子上面呢？"

李梅穿着一身玫瑰粉套裙，下摆短得不能再短，是传说中的"齐×小短裙"，走在大街上绝对能让大部分男性回头。然而美色当前，溪望的目光却只集中在对方的腰带上。她的腰带十分前卫，是由手指长的钢片配合钢圈连接而成，看上去很重的样子。

一个念头在溪望脑海中闪过：凶器不一定是匕首。

从死者的伤口判断，凶器必定是极为锋利的利器，大多数人首先想到的通常是匕首。但仔细一想，美工刀或者其他锋利的钢片亦能达到相同的效果。

印象中，每次跟李梅见面，她都会佩戴类似的腰带。如果腰带上的钢片能分拆，如果钢片的边缘极为锋利……溪望定眼看着她的腰带，恨不得立刻解下来细看，以确定自己的假设是否正确。

李梅给他抛了个媚眼，娇笑道："哎哟，我都被你看得不好意思啦，要不改天我们约个时间，让你看个够？"

"你们约炮也得看场合好不好！"站在办公桌上的映柳板着脸抱怨。

溪望回过神来，走到废旧电器堆前，将一台没有底座的旧式显示器抱起来，搬到办公桌上，并对李梅说："我很想看你戴上手铐的模样。"

李梅扭动婀娜的纤腰，装作难为情道："我又不喜欢玩SM，怎么办呢？"

溪望没有理会她，将显示器摆好，让映柳踏上去查看天花板的情况。映柳抬起一只脚踩着不平坦的显示器，怯弱地道："好像很不稳当呢。"

"你就放心吧，就算摔下来也死不了。"溪望挥手催促她赶紧爬上去。

"我要是摔断了腰，你得养我一辈子。"

"我不会让这种悲剧发生在自己身上。"

映柳虽然很不放心，但还是踩在显示器上，伸手去推天花板。有显示器垫脚，她很轻易地就能触及天花板，并将溪望所指的那块天花板推到一旁。

"把手伸进去，看能不能摸到些什么。"溪望说。

看着天花板上漆黑的缺口，映柳哆嗦不止，胆怯地向溪望问道："天花板上面会不会有老鼠和蟑螂啊？"

"说不定还有蛇呢！"溪望瞪了她一眼，"你赶紧把手伸进去，不就知道了？"

映柳露出“囧”字般的表情，闭上双眼，咬紧牙关，将手伸进天花板的缺口内乱摸一通。她本想随便摸几下交差，没想到指尖竟然碰到一件冰冷且坚硬的东西，当即吓得把手缩回来。

因为缩手的动作过猛，而且受到惊吓时没能保持平衡，映柳的身体徐徐往后倾斜。眼看就要摔跟头，她不由得急得大叫。就在这时候，她的身体突然间稳住，回头一看发现是溪望扶住了她，不过对方双手所扶的位置似乎有点不合适。

“哈哈哈……我要不要到外面回避一下？”李梅掩嘴大笑。

映柳站得较高，以致溪望的双手没能伸到她的腰部，要让她不摔下来，就只能托着她的屁股。此刻两人正以一个滑稽的姿态呈现于李梅眼前，使后者忍不住大笑。

溪望尴尬地叹了口气，说：“我不是故意的。”

映柳连忙站到办公桌上，脸色绯红，羞臊地道：“我知道。”

“有什么发现吗？”溪望立刻转换话题以打破尴尬。

映柳哆嗦了一下，颤抖着道：“上面好像真的藏了些东西，又冷又硬，就像冰块似的。”

“只要不会咬人就好，赶紧拿下来。”溪望又催促她爬上去。

“真的要人家去拿呀？”映柳又露出可怜巴巴的“囧”字表情。

“难道要我去拿吗？”溪望瞪了她一眼。

“其实我不介意。”

虽然心中有千万个不愿意，但映柳还是再次踩在显示器上，将手伸进漆黑的缺口，搜查那件既冷又硬的未知物体。冰冷的触感再次从指尖传来，她哆嗦了一下，强忍住心中的恐惧伸手一抓，把这件神秘的物体抓住，并将其从漆黑的空间中取出来。

当她看清楚手中的物件时，恐惧瞬即爆发，再次惊叫着失去平衡。而且这次来得更加激烈，以致溪望未能及时将她扶住，只好接住她坠落的躯体。可是她下坠的势头过猛，溪望于仓促中不但未能将她接住，反而被她压倒，两人一同摔倒在地。

在两人摔倒的同时，一声脆响于维修部内回荡。

“柳姐，你好像胖了。”溪望将压在自己身上的娇躯推开，于污秽的血迹中爬起来。他看着一身沾满血污的衣服，不由得叹息道：“虽然不是名牌货，但也花了不少钱啊，看这模样恐怕要报废了。”

“真恶心。”李梅面露厌恶之色。

溪望无奈地道：“我也不想这样呀，李大状。”

“我说的是地上那个。”李梅往他身旁指了指。

溪望扭头一看，发现血迹斑斑的地上有一摊无色的液体，并有多块玻璃碎片散落，一双恐怖的眼球置身于液体之中，其中一只还在缓缓地滚动。空气中弥漫着浓烈的刺激性气味，地上的液体显然是福尔马林。

正当溪望想仔细观察地上的眼球时，被身后发出的尖叫吓了一跳。惊慌的映柳大叫着跑到李梅身后，指着地上的眼球问，“是、是死者的眼睛吗？”

溪望没好气地说：“肯定不是你的眼睛。”说罢蹲下来，仔细观察眼球。

“我知道凶手是谁了。”李梅狡黠地一笑。

“想自首吗？”溪望仍在观察眼球，连头也没抬。

“才不是呢！”李梅娇媚地笑道，“我又怎么会杀人呢，而且还将眼睛挖下来，太恶心了。不过，我知道有一个人喜欢这样做。”

溪望漠不关心道：“不妨说来听听。”

“我听说过一个关于杀手王的传说……”李梅自言自语般道出一个传说中人物的辉煌事迹。

“20多年前，亚太地区曾经出现一个名噪一时的神秘杀手。没人知道他的长相，因为见过他的人都已不能再说话，全都被他杀死了。也没人知道他的名字，只是出于对他的尊重，或许该说是畏惧，大家都称他为‘杀手王’。

“据说，杀手王13岁出道，凭着一套自创的‘零距离猎杀术’，荣登亚太区杀手排行榜第一位。被他杀死的人，已证实的就有163人，未得到确认的更多达千人。他行事极为诡秘，往往于无声无息中置人于死地。但他又有一个奇怪的习惯，就是喜欢将猎杀目标的眼睛挖走，所以才能将他杀人的数目统计出来。

“除此之外，他还是个开锁专家，这世上几乎没有什么锁是他开不了的。因此，他能悄然无声地将目标杀死，然后悠然地将尸体的眼睛挖下来。

“他挖走尸体的眼睛是有原因的，因为他除了是个杀手之外，还是个降头师。他会将眼球放入装满福尔马林的玻璃瓶里，并对眼球施法，使这些眼球变成他的傀儡，供他差遣。

“传说他能通过施了降头的眼球窥视眼球附近的地方，或许他现在正通过地上这双眼球盯住我们……”

“别说了，别说了，再说我以后就不敢一个人睡觉了。”映柳惊恐地扯着李梅的衣服，后者连忙惊叫：“别再扯了，这套裙子要4000多，扯破了有你赔的。”

将映柳推开后，李梅又道：“这些都只是传说，你用得着这么惊慌吗？这世上哪来这么神奇的降头术，而且杀手王已经沉寂了近20年，还不知道是否尚在人间呢！”

“降头术其实是源自九黎族的蛊术。”溪望严肃地道，“我听说九黎七十二蛊中，有一种叫‘窥觑蛊’，可以利用眼球窥视别人。”

“世上真有这种事情？”李梅露出怀疑的目光。

溪望解释道：“传说窥觑蛊分雌雄，蛊师让蛊蛾雄虫钻进眼球内，藏在要窥探的地方，然后通过翅膀上有眼睛图案、飞舞时犹如一双人眼的成年雌蛊蛾进行窥视。不过，这种蛊术早已失传，当代应该没人会这种诡异的法术。”

“我想起来了，杀手王好像有一个外号叫‘蛊眼狂魔’呢。听你这么一说，我越来越觉得他正在窥视我们。”李梅狡黠地一笑，但随即发现自己不该说这话，因为胆小的映柳又在扯她身上那套价值4000多的裙子。她向对方发飙骂道，“扯你妹呀！再扯真的要破了。”

溪望调侃道：“你们的感情还挺好的。”

“我才不想跟这蠢货扯上关系。”李梅以不屑的眼神瞥了映柳一眼。

“你们是啥关系，我倒不在意。”溪望冷笑道，“我感兴趣的是，作为一名律师，你为何会对一个沉寂了近20年的过气杀手如此了解？”

“多掌握一些资讯，并不是坏事。”李梅面露媚笑，“我对你妹妹的大学生活也了如指掌。”

面对她的公然挑衅，溪望紧握拳头，咬牙切齿道：“你要是敢动丫头一根头发，我会让你知道这世上有多少种方法能让人生不如死。”

溪望剑拔弩张，仿佛随时会扑向对方，将其打倒在地。虽说他不会随便对女生出手，但事情一旦涉及见华，他会连自己的性命也不顾，更别说原则、风度等小事。李梅亦不甘示弱，趾高气扬地盯着他，一副“你能拿我怎样”的姿态，毫不畏惧对方双眼里喷出的炙热怒火。

映柳看着他们两人快要打起来，不由得有些担忧，正想说点什么缓和气氛，突然从天际传来一声巨响，随即眼前一黑……

第十章　风雪山庄

就在溪望跟李梅快要起冲突的时候，天空传来一声震耳欲聋的惊雷，所有灯光随之熄灭，整座研究所均笼罩于黑暗之中。

“哇……”映柳放声尖叫，紧紧抱住身旁的李梅，后者使劲地将她往外推，并骂道：“抱着我干吗？衣服都被你弄皱了。”

“可能是停电或者跳闸了。”溪望取出一张卡片灯照明，微弱的灯光勉强能照亮三人的脸颊，“我去休息室看看有没有照明工具，马上就回来。”

假设地上那双眼球属于唐永，那么就能证明两件事情：一是凶手无法将眼球带离研究所；二是凶手不方便在研究所内随处走动。两者都适用于除保安外的所有人。也就是说，可以将老周从嫌疑人名单上去除。

此外，凶手既然无法将眼球带走，很可能也没有将凶器带离研究所，甚至就藏在维修部的某个角落。因此，溪望想找来照明工具，继续在维修部内搜索。可是，他从映柳身边经过时，却被对方死死抱住，想动一下腿也不成，便皱眉问道：“柳姐，你又怎么了？”

“现在到处都黑乎乎的，我很害怕，你别走，留下来陪我。”映柳娇小的身体剧烈地颤抖。

溪望没好气地说：“不是有李大状陪你吗？”

“不要，她会吓唬我的。”映柳使劲地摇头。

“见你们这么缠绵，我就当一回好人，去休息室找支手电筒回来吧。”李梅掩嘴偷笑，转身走出门外。

“唉，你这万年吊车尾就不能少拖我一次后腿吗？”溪望摇头叹息。

“人家真的很害怕嘛。”映柳委屈道，强忍眼眶内充盈的泪水，不让其落下。

溪望正想说几句安慰的话，手机却突然响起。原来就想哭的映柳被铃声吓了一跳，泪水立刻夺眶而出，哗啦啦地落下。

“柳姐，你消停一会儿吧，只是电话而已。”溪望连跳海的心都有了，但映柳还是哭个不停，而且把他抱得更紧，眼泪、鼻涕都往他身上蹭，毫不在意地蹭到了他衣服上的血污。

没能让映柳停止哭泣，溪望只好在她的哭声中接听电话。电话接通后，听筒便传出郎平的声音：“望哥，你上次送来的金属片，已经有化验结果了。”

溪望略感愕然，此刻早已过了下班时间，对方怎么会在这个时候来电告知化验结果？虽然急于知道化验结果，但他更想知道对方为何此时来电，便问道：“你们那边没出状况吧？怎么这时候打电话过来？”

“嗯，这个嘛……”郎平支吾了一会，问道，“你那儿怎么会有女孩的哭声？好像哭得挺凄凉呢！”

溪望轻描淡写道：“哦，没事，跟叔叔他们一起玩玩而已。”

听筒里突然传出一个熟悉的女性声音愤怒地骂道："相溪望，你到底在干什么？"

溪望将手机移离耳朵，以免耳膜被震破。待骂声消停后，他才继续接听，对电话彼端那位熟识的女性说："悦桐，你应该知道我跟宏叔不会去风月场所。"

对方没再说话，经过良久的沉默后，听筒里又传出郎平的声音："望哥，是我。这电话其实是队长让我打的。"

"她还在吗？"

"她回办公室去了。"

"那你现在可以告诉我是怎么回事了吧！"

"我想你已经猜到一半了，哈哈……"郎平尴尬地笑了几声，"今天快下班时下起大雨，我跟队长就待在技术队里，打算等雨停了再走。谁知道雨竟然越下越大，还把很多地方都淹了。下午叶法医送样本过来时，跟队长聊了几句，提起你要去工业园办案。刚才队长又在网上查到，那附近的灾情十分严重，她怕你会出意外，就让我给你打电话。"

"其实她可以直接打电话给我。"溪望轻声叹息，"那化验的事，该不会是随便说说吧？"

"没有，结果真的出来了。"郎平似乎想将功补过，连忙道出详情，"就是因为暴雨让我们走不了，所以我跟队长下班后就一直在研究那块金属片。经过化验后，已证实金属片的主要成分是74碳钢。这种钢材通常用来做刀片，就是那种老式的双面刀片，用来刮胡子的那种。"

"凶器是一块刮胡子的小刀片？"溪望对这个结果大感意外。

掉挂电话后，溪望闭目回想发现徐涛尸体时的情况，当时徐涛躺在浴缸里，遇害时应该正在洗澡。如果他发现凶手闯进浴室，肯定会本能地站起来，再思考如何反抗。但凶手显然没给他这个机会，趁他还没来得及站起来，甚至还没发现有人闯入，就已经动手将他杀死。

如果凶器是一块刀片，那凶手就只有一个方法将徐涛杀死——以刀片为飞镖，在打开浴室门的那一瞬间，将刀片掷向受害人，并准确无误地划破对方的颈动脉。因为用力颇猛，刀片在划破受害人的脖子后，撞到墙壁上留下痕迹，并碰崩了一个小角。

能以如此干脆利落的手法杀人，绝非一般杀手可以做到。或许李梅的猜测没错，杀害徐涛和唐永的凶手，是传说中的杀手王？！

一丝寒意从脊骨涌起，瞬间扩散到全身，使溪望微微抖了一下。与传说中的高手为敌，能否全身而退尚且是未知数。倘若未能及早确认对方的身份，很可能会像徐涛和唐永那样，死了都不知道是怎么回事。

因此，必须尽早查出杀手王的真正身份。

据李梅说，杀手王13岁出道，活跃于20多年前。她没把当中的年份说清楚，只凭这两项推算，杀手王的年龄应该在35岁以上。

在唐永的死亡时间内，有机会进入维修部的人一共有6个，分别是48岁的宏叔、45岁的副所长陈亮、38岁的维修部主管阿苏、42岁的保安老周、26岁的秘书杨露和27岁的法律顾问李梅。

以上六人除杨露及李梅外，年龄均在35岁以上。除却宏叔，另外三人都有可能是凶手。然而，若刚才发现的眼球属于唐永，那么老周的嫌疑就相对减少……溪望突然发现，自己竟然一直没有留意副所长陈亮。

听宏叔说，副所长跟李梅的关系密切，两人近日亦往来频繁。而发现徐涛的尸体时，李梅现身挑衅，说明她知晓此事，就算她不是凶手，至少也知道凶手是何时犯的案。以此推断，副所长有可能是传说中的杀手王。

心念及此，溪望便将凶手锁定在阿苏跟副所长两人身上。

“喂，喂，你没事吧？别吓我。”一脸血污的映柳伸手在溪望面前晃了几下。

溪望被她脸上的血污吓了一跳，还以为她被凶手袭击了。但仔细一看，发现对方只不过是刚才哭泣时蹭到自己衣服上的血污，于是掏出纸巾给她清理。

刚才一直在沉思，溪望竟然没注意到电力已经恢复。本想继续在维修部内搜索凶器，但念及凶器极可能是一块细小的刀片，他便放弃了这一想法。毕竟像刀片这种便于携带的物品，藏在鞋底就能轻易地带离研究所，继续搜索大概也不会有任何收获。

映柳抹掉脸上的血污后，对着门外自言自语道：“李梅干吗去了，怎么还没回来？”

“既然这么想念你的好基友，怎么不给她打电话？”溪望刚把这话说出口，手机就响起来了，是宏叔打来的电话。接通后，听筒里传来宏叔焦急的声音：“傩仔，又出事了，你快来休息室。”

溪望冷静地问道：“发生什么事了？”

“阿苏死了。”

“什么？”溪望惊住片刻，随即追问道，“他怎么死的？”

“你过来再说，电话里说不清楚。”

“好，我马上过来。”

溪望挂线后，立刻拖着映柳跑到休息室。

休息室内，除李梅面露一贯的风骚媚笑外，其他人皆神情凝重。尤其是宏叔，紧皱的眉头几乎可以夹死蚊子。溪望问他发生了什么事，阿苏为何会无缘无故地死掉？

“你受伤了？身上怎么全都是血？”宏叔指着溪望衣服上的血污，惊慌地问道。

溪望慌忙解释：“刚才在维修部蹭到的，不碍事。”

宏叔这才松了口气，望向正在抽烟、身体微微颤抖的老周，对溪望说：“刚才停电了，我让老周跟阿苏去配电房检查一下是不是跳闸了，没想到阿苏竟然有去无回。”

知晓老周是此事的关键人物后，溪望立刻转头向他询问详情。

老周瘫坐在沙发上，拿着香烟的右手不停地抖动，抖得烟灰全落在了自己的衣服上。杨露蹲在他身前，正用绷带替他包扎右腿。从地上那半截被撕破的裤管上染有的大片血迹来判断，他的右腿似乎伤得不轻。

良久的沉默后，老周终于调整好情绪，向溪望讲述刚才的可怕经历。

“刚才我们都围在电视机前，看新闻报告外面的最新消息，刚看到报道说工业园附近的松山水库水位已经严重超出安全线，突然听见巨大的一声雷响，接着就停电了。

“阿苏说应该是跳闸了，得去配电房检查一下。配电房的钥匙在我身上，所长就叫我陪他一起去。大家都很心急，想知道外面的最新消息，而且这里漆黑一团，窗外又打雷又闪电的，感觉挺吓人的。虽然杨秘书把窗帘都拉上了，看不见外面的闪电，但突然听见雷响也会吓人一跳。与其待在这里，还不如走动一下，所以我啥都没说，就拿起手电筒跟阿苏去配电房了。

“配电房在走廊尽头，我跟阿苏一前一后地走过去，一路上也没觉得有什么不对劲。直到我们进入配电房之前，一切都没有什么不妥。

“走进配电房那一刻，我突然觉得有人在背后盯着我。我立刻转身往后看，还用手电筒照了几下，连人影也没看见，可是刚才就是觉得有人盯着我。因为只带来一支手电筒，我站在门口往外照，阿苏在里面就什么也看不见。他不耐烦地叫我进去帮忙照明，不然他摸到明天也找不着哪里出了问题。

“我听他这么说，就走到他身后，用手电筒替他照明，让他检查设备。他检查了一会儿就说：‘都没问题，只是打雷导致跳闸而已，把总开关重新打开就好。’

“他说完就伸手想把开关打开，可就在这时候，突然有一只手从背后拍我的肩膀。我本来就觉得背后有人，被拍了一下，马上就弹起来，转身看是怎么回事。

“可是，我转过身去，却只看见打开的房门以及门前空荡荡的楼梯，别说人，就连鬼影也没一个。我立刻觉得头皮发麻，配电房里就我跟阿苏两个人，他刚才就在我眼前，会是谁从背后拍我的肩膀呢?

“我回过头来想跟阿苏说，我可能见鬼了，但刚刚还在眼前的阿苏转眼就不见了。这可把我吓了个半死，觉得被人盯住还能说是心理作用，被拍肩膀也勉强可以解释为心里紧张。但眼前一个大活人突然不见了，如果不是他出了状况，那就肯定是我疯了。

“这时我心里只有一个念头，就是跑。可是我突然觉得右腿竟然不听使唤了，想跑也跑不了。我想肯定是小唐冤魂不散，回来找阿苏报复，碰巧我不走运地跟他在一起，就干脆把我也一块带走。

“我心想这次死定了，但突然又想起了家里的儿子。要是我死了，他妈肯定不要他，马上跟野男人跑掉。为了儿子，我绝对不能死，我得想办法把小唐的鬼魂赶走。

“听说鬼最怕光，刚才阿苏说设备都没问题，只要把开关打开不就有光了？虽然右腿不听使唤，但左腿还能动，而且开关就在眼前，只要往前跳一步就能将开关打开。可是，我往前跳了一步，脚好像碰到了什么，使我的身体失去平衡。眼见就要摔倒了，我的手刚好伸到开关上，就顺势将开关打开了。

“灯亮起来那一刻，我马上就愣住了，因为我发现把我绊倒的竟然是躺在地上的阿苏。他的眼镜掉落在身旁，眼皮凹陷着，还有血流到脸上，脖子上有道细长的伤口。情形就像小唐那样，但鲜血正源源不断地从他脖子上的伤口涌出来，血腥味充斥着整个配电房……”

老周一根接一根地抽烟，惊惧之色尽表于颜。他苦恼地摇头道：“我也不知道自己是怎么逃回来的，太可怕了，实在太可怕了。才一眨眼的时间，一个大活人就这样无声无息地死掉了。太可怕了，太可怕了……”他不停地重复类似的话，看来阿苏被杀使他受到了极大的惊吓。

“他的腿怎么了？”溪望向杨露问道。

杨露淡漠地回答：“应该是被刀片之类的利器划伤了吧，似乎伤了腿筋，所以他的右腿现在不太灵活，刚才他是用一条腿跳回来的。”

“外面还下着暴雨，实在没办法送他去医院。只能先简单地包扎一下，把血给止住，等雨停了再送他去医院。”宏叔不无担忧道。

映柳呆望着老周，喃喃自语道：“我们现在的情况，就跟暴风雪山庄一样。”

第十一章 凶器现形

“什么暴风雪呀，外面下的是雨。”李梅白了她一眼。

“她说的是推理小说中的一个类别。”溪望解释道，“简单来说，就是一群人因为某种原因，譬如暴风雪，被困在一个与外界隔绝的地方。而凶案就在这时候发生，情况跟我们现在一样。”

映柳接着道：“因为暴雨使研究所跟外界隔绝，外面的人不能进来，里面的人也不能出去。”

宏叔恍然大悟道：“也就是说，凶手在我们当中？”

此言一出，众人不约而同地露出警戒的眼神。

“大家先别紧张，凶手只有一个人，只要我们聚在一起，他就没有动手的机会。”溪望仔细观察各人的神情，又道：“现在我们每个人都有嫌疑，为了大家的安全，我建议大家都把自己刚才在什么地方、做什么事向大家交代清楚。”

他随即又道：“由我先说吧，刚才我跟柳姐还有李大状在维修部调查。停电后，李大状就过来找照明工具。直到接到宏叔的电话之前，我跟柳姐都在维修部，我们能互相证明对方没离开维修部半步。”说罢他望向李梅。

然而，李梅还没开口，宏叔已先开腔：“我也说吧，阿苏跟老周出去后，我就一直在休息室里抽烟，这堆烟头也算是证据吧！”他指了指茶几上堆满烟头的烟灰缸，随即看着坐在身旁的杨露，又道，“小杨一直坐在我身边，能做我的人证。当然，我也能证明她一直没有离开休息室。”

他再指向坐在远处的副所长，并向其问道：“刚才虽然停电了，但老陈你应该能看见我抽烟时的火光吧？”

副所长答道：“你还敢说，不停地抽烟，把我呛了个半死。”

“那么你们三个都有不在场的证据了。”溪望眉头略皱，随即便露出狡黠的笑容，对李梅说，“李大状，你刚才去哪儿了？”

“哎哟，帅哥你该不会怀疑我是杀人犯吧？”李梅娇媚地道，“刚才本来想替你拿手电筒，可是一路黑灯瞎火的，而且研究所每条走廊的样子都一样，所以我迷路了。直到灯亮起来，才找到来休息室的路。”

“那就没人能为你作不在场证明了？”溪望紧握拳头，缓缓步向李梅。

“等一下。”杨露像个小学生般，举手要求发言，待众人的目光汇聚到其身上，她便说道，“刚才所长一直在为小唐的事以及其他员工的安危而烦恼，所以有一件事没注意到。”

“什么事？”溪望问道。

“副所长曾经离开休息室，大概5分钟后才回来。”

众人一同望向副所长，他当即摆手摇头，慌忙说道：“喂喂喂，别都盯着我，我只是去趟洗手间而已。刚才老王不停地抽烟，呛得我喉咙不舒服，我就喝了杯水。不知道这水是不干净，还是太凉了，我一喝下去就觉得肚子不舒服，所以就上了趟洗手间。”

副所长的一连串解释并未能消除大家对他的怀疑，在场每一个人都向他投以戒备甚至是敌意的目光。

溪望迅速于脑海中对现有的信息进行分析——

凶手能在老周转身的瞬间悄然无声地将阿苏杀死，其动作必定极其迅速，5分钟足够从休息室到配电房之间走一个来回。

李梅离开维修部后，肯定不会因为迷路而延迟到达休息室的时间，而副所长又于停电期间离开休息室。他们两人很可能在这个时候暗中接触，李梅甚至有可能向副所长传达杀死阿苏的指令。

昨晚他们两人亦留在研究所内，徐涛遇害后李梅也曾现身挑衅……综合上述种种因素，副所长是凶手的可能性极高。然而，他或许只是一名杀手，真正的幕后主谋应该是李梅，或者说是李梅的“老板”。

要将这个幕后老板揪出来，首先要摆平李梅。而要让李梅就范，必须先解决副所长。然而，溪望想到了一个更有效的办法，他狡黠地笑道：“副所长，现在没有不在场证据的人，就只有你跟李大状。鉴于现在情况特殊，为了大家的安全，我认为有必要为你跟李大状戴上手铐……”他顿了顿又补充一句，“除非你能证明，李大状比你更有可能是凶手。”

“你这是什么歪理呀？！我不是凶手，为什么要我自己拿出证据证明自己的清白？”副所长气得满脸通红，有意无意地瞥了李梅一眼。

溪望要的就是这个效果，逼得他们两人窝里反。他淡然地说道：“或许你可以就这个问题咨询李大状，我们国家向来奉行有罪推定。既然你不能证明自己无罪，那么我们就假定你是凶手！”说罢，他向李梅投以挑衅的眼神。

“你要将我们锁起来，未免有滥用职权之嫌。”李梅露出严肃的表情，“现在是非常时期，在未能确认凶手的身份之前，如果被限制自由，我们很可能会成为凶手下一个猎杀的目标。所以，必须在我们的安全得到保障的前提下，才可以行使你的‘职权’。”她故意在“职权”二字上加重语气，以嘲讽溪望并非警察，无权给她跟副所长戴上手铐。

“我会亲自向厅长解释这件事。”溪望抬起左手，亮出一副手铐。映柳盯着他手中的手铐，越看越像自己那一副，连忙检查口袋，发现里面的手铐不知何时被“偷”走了。

在“暴风雪山庄”的环境下，谁都不能相信谁。被戴上手铐就等于自由受到限制，一旦出现危急情况，就别指望能得到别人伸出的援手。

刚才从老周口中得知，附近的水库出现险情，今夜必定会紧急排洪，甚至不排除会有决堤的可能。洪水一旦涌入研究所，被锁上手铐的人必然命悬一线。李梅绝对不会让自己陷入险境，副所长亦会想尽办法自保。只要能让他们两人窝里反，那么事情就好办多了。

然而，溪望的如意算盘并未能打响，因为副所长没有为自保而出卖李梅，而是指着老周高声叫道：“如果说嫌疑，他的嫌疑不是更大吗？阿苏被杀之前跟他在一起，他转个身阿苏就死了，会有人这么厉害，眨眼间就能无声无息地杀人吗？所以我能肯定他就是凶手，而且在我们七个人之间，就他最恨阿苏，最想阿苏死！”

“副所长，你可别乱说话，我怎么会想阿苏死呢？”老周想站起来反驳，但因为右腿受伤没能站起来，又坐下来继续道，“你可不能冤枉我。”

“我没有冤枉你，你的事情老王最清楚，他也可以作证。”副所长望向宏叔，又道，“老王，你告诉大家，阿苏是不是把老周的老婆搞上了？他们还为这事打了个你死我活呢，最后还是你出面摆平的。”

宏叔怒目瞪着副所长，责备道：“你不该把这种事说出来。”

副所长理直气壮地道：“都什么时候了，现在不说，难道要留着跟阎罗王说？我可不想死在这里。”

老周羞愤地盯着副所长，若非右腿受伤，恐怕早已扑过去跟对方扭打起来了。然而，他很快就意识到，这不是报复对方的最佳方法，他冷笑道：“我想起来了，刚才还没有停电的时候，大家都围在电视机前看新闻报道，但阿苏却把副所长拉到一旁窃窃私语，不知道在谈什么秘密。阿苏还掏出一个U盘，副所长当时脸色都青了。可能阿苏发现他什么把柄，想要威胁他，可是没想到才一会儿，就把自己的命给丢了。”

宏叔点头道：“我也记得有这回事，本来大家都在聚精会神地盯着电视机，但阿苏却把老陈拉到墙角。虽然他们距离我不是很远，但我当时只关心新闻报道，没留心听他们在说什么。现在想起来，老陈当时说话的声音特别小，好像挺怕被我听见他们的对话。”

“副所长，请你告诉大家，阿苏到底跟你说了些什么。”溪望晃了晃手中的手铐。

副所长慌张地辩解：“他、他只是告诉我，他发现小唐私下将一些电脑零件带走变卖了。”

“离开研究所时不是要检查吗？他怎么可能将零件带走？”映柳问道。

“这个问题你该问他。”副所长将矛头指向老周。

老周连忙解释：“那都是之前的事了，自从跟小唐闹翻之后，我再也没有跟他干过这种见不得人的勾当。”

杨露道：“阿苏跟我说过这件事，我也已经回复过他，所长认为没有老周的协助，小唐不可能再将所里的东西偷走，让他以后多注意小唐的举动就是了。”

“阿苏就算对小唐的小偷小摸再怎么不满，似乎也没必要旧调重弹，尤其是在小唐刚去世的情况下。”宏叔怒目瞪着副所长。

副所长眼神闪烁，欲言又止，似有难言之隐。他思索片刻后，反驳道：“阿苏跟我说什么，是我们两人之间的事。不管他跟我说了些什么，就此推断我想杀他，未免过于武断了吧！”

“好吧，既然你不肯承认，那我们就往配电房走一趟。”溪望向宏叔使了个眼色，两人一左一右地将副所长夹在中间，以防他突然发难。

老周右腿受伤，行动不太方便，本想留在休息室。但基于安全，溪望建议大家不要分开，他只好在杨露的搀扶下，步履蹒跚地跟随大家一起前往配电房。

配电房位于走廊末端，地势较地面低一截，门后有一道仅容一人通过的楼梯，高度约为1.5米。因为梯道狭窄，且房内不甚宽敞，所以溪望让行动不便的老周及三名女生留在外面，自己跟宏叔一前一后地夹着副所长走进去。

阿苏的尸体躺在鲜红的血泊之中，位置就在电源总开关旁边。凹陷的眼皮以及脖子上细长的伤口，几乎可以让人肯定杀死他跟小唐的凶手是同一个人。

溪望戴上橡胶手套，蹲下来翻开阿苏的眼皮，确认他的两眼已被挖走，并翻看他的口袋，看U盘是否在他身上。在确认他身上没有U盘后，便仔细检查其脖子上的伤口。

阿苏的伤口跟小唐并无多大区别，但溪望这次是有针对性地检查，仔细辨认伤口切面是否呈水平状。确认了他所需的细节后，他便站起来对副所长说：“你跟老周、阿苏三个，谁要高一点呢？”

副所长愣了一下，不知对方为何有此一问，因而不敢随便作答。倒是宏叔皱眉道：“健仔，你打什么鬼主意呀，这不是摆明的吗？老周比老陈和阿苏明显要矮一截。”

“身高是副所长跟老周最明显的区别。”溪望移步到尸体后方，假设阿苏就站在他身前，模拟凶手行凶时的情景，从后面伸出左手捂住阿苏的嘴巴，右手持凶器划过阿苏的脖子。做完示范后，他说：“凶手的身高会直接影响到伤口切面的倾斜度。如果凶手是比阿苏矮一截的老周，那么切面应该会出现明显的倾斜。但是，阿苏脖子上的伤口切面接近水平，那就说明凶手的身高跟他差不多。”

溪望指着副所长，厉声道：“综合各种因素，你是凶手的可能性最高！”

“你瞎说！”副所长踉跄着后退一步，一块纤薄的金属片从他右侧的裤袋掉落到地上，发出清脆的响声。

溪望仔细一看，掉落的竟然是一块沾有血迹的双面刀片！他与宏叔对视一眼，两人瞬间明白了对方的想法，一同扑向欲转身逃走的副所长。

第十二章　黑暗再袭

众人返回休息室，溪望向大家展示从副所长身上掉落的刀片，严肃地道：“凶器已经找到了，待风雨停后，将这块刀片送去技术队，就可以验证上面的血迹及指纹，到时候凶手的身份便能得到确认。不过这块刀片既然是从副所长身上掉下来的，那么在风雨停止之前，先给他戴上手铐，我想大家应该不会反对吧？”他的目光落在李梅身上，等待对方的回应。

其实他刚才所说的身高和切面倾斜度的理论，纯属个人猜测，根本没有科学依据可言。他这么说只是想将凶手的罪名强加在副所长身上，从而迫使对方向李梅倒戈。然而，他万万没想到副所长竟然在这个时候老马失蹄，将关键证物掉落，几乎等同于承认自己是凶手。

然而，作为一名能瞬间置人于死地，且行凶时能让旁人毫不察觉的一流杀手，有可能犯这种低级错误吗?

这个问题只在溪望的脑海中一闪而过，哪怕副所长并非真凶，他和李梅亦跟此事必有关联。只要能迫使他们狗咬狗，要查清真相就容易得多。

“你不能把我铐上，待会儿要是发生突发情况，我想走也走不了。”副所长不断地挣扎和叫嚷，并向李梅投以求助的目光。可是，李梅对此却无动于衷，摆出一副事不关己的姿态。

溪望瞥了李梅一眼，随即强行给副所长戴上手铐，并把他铐在窗户内侧的防盗网上，使他不能自由活动。虽然李梅表现冷漠，但只要再给副所长一点压力，要迫使他向李梅倒戈并非难事。

“好了，现在大家可以安心看电视了，等到风雨停后再作打算。”溪望悠然地坐在映柳身旁，拿起遥控器切换到正在报道暴雨消息的频道。

李梅瞥了副所长一眼，便坐到映柳的另一边，又跟对方聊起美容的话题来。这女人挺奇怪的，平时总是对映柳冷嘲热讽，但偶尔又会莫名其妙地变得热情。溪望实在看不透她们两人之间的关系，但有一点是可以肯定的，就是映柳并非一个能绝对信任的拍档。

电视机传出一个字正腔圆的声音，把所有人的注意力都吸引住：“特别新闻报道，因暴雨持续，松山水库的水位已经严重超出警戒水位，正面临决堤的危险。为贯彻上级领导的指导精神，防止造成更大的灾害，现决定紧急排洪。下游村落及工业园内的各单位，请及早做好防洪防汛措施……”

“我操！这不是草菅人命吗？现在外面到处都被水淹了，这时候排洪，得淹死多少人啊！”老周焦急地叫骂，掏出手机给家里拨电话。

“如果不排洪，等堤坝承受不了而决堤，那可会死更多人。”宏叔担忧道。

杨露站起来说：“我们该尽快做好预防措施。”

天空突然闪现一片白光，几乎使黑暗变成白昼，轰隆隆的雷鸣随之传入每个人的耳朵里，将其他声音完全掩盖。与此同时，电灯再度熄灭。

闪电过后，休息室里漆黑一团，伸手不见五指。虽然眼睛看不见，但溪望凭感觉察觉到有人在悄然走动，位置正是副所长被铐上的那个窗户附近。他意识到对方想逃走，立刻起身想扑过去。然而，他刚想站起来，马上就被映柳娇柔的躯体抱住了。

“你干吗？！”他愤怒地冲映柳叫骂。

映柳惊慌地大叫：“你别走，我很害怕。”

这万年吊车尾没什么本事，缠身的功夫倒是一绝，任由溪望如何挣扎，就是不能摆脱她的熊抱。

片刻后，黑暗中出现一束亮光，是杨露打亮了一支手电筒，溪望立刻叫她查看副所长的位置。光束于黑暗中移动，落到窗户前，只看见挂在防盗网上的一个手铐，副所长却不见踪影。

溪望仔细一看，发现手铐上插有钥匙，当即向映柳问道：“手铐的钥匙呢？”

“刚才还在口袋里……”映柳极不情愿地松开抱住溪望的双手，慌忙搜查自己的口袋，寻找手铐钥匙。然而，她找了好一会儿也没找着，茫然地道：“刚才明明还在口袋里，不知道什么时候不见了。”

坐在她身旁的李梅娇媚地一笑，嘲讽道：“跟这蠢货当拍档，感觉还不错吧？”

“钥匙是你偷的！”溪望愤然站起来，揪着对方的衣领，将对方扯起来。

李梅处变不惊，冷酷地道：“我劝你说话最好注意点，小心我告你诽谤。”

溪望揪着她的衣领，将她拉过来，使两人的脸几乎贴在一起，他在她耳边小声道：“那要你能活着离开研究所才行。”

李梅将他推开，怒道：“你想怎样？想趁乱把我杀死吗？”

溪望冷笑一声，学着对方的语气说：“李大状，我劝你说话最好注意点，小心我告你诽谤。”

两人再度对峙，夹在他们中间的映柳一时间不知如何是好，怯弱地劝解道：“副所长跑了，你们再怎么吵也没用，不如想想办法，看要怎样才能把他……”

“闭嘴！”两人同时喝令，映柳当即畏惧地低下头。

“小月说得没错。”宏叔走到他们身前，“现在不是吵架的时候，我们得把老陈找回来，还要到配电房打开电源开关。”

溪望冷静下来，思考应对的方案。

李梅将副所长放走，说明她亦担心对方会出卖自己。以现有的证据，就算不能证明副所长是凶手，亦能堂而皇之地将他抓回去严加拷问。不管他最终是否会出卖李梅，对李梅而言都是潜在的威胁。

因此，必须尽快将副所长找回来。

宏叔见没人反对，便继续道：“我们现在有六个人，要不分成两队：我扶着老周，跟李律师一起去配电房；犍仔就跟小月、小杨一起，去找老陈那家伙。”

“我反对。”李梅恢复平日娇媚的语气，“我才不要和两个大叔在一起呢！我要跟帅哥一队。”

“那小杨跟我和老周一队吧！”宏叔向杨露招手，随即扶起老周走向门外，回头又道，“有事电话联系。”

杨露找来两支手电筒，将其中一支交给溪望后，便快步跟上宏叔，一同走向配电房。

虽然不知道李梅的心里有何盘算，但跟她在一起，至少能防止她私下接触副所长，甚至将其灭口。不过映柳并不能信任，对溪望而言，现在的处境并不乐观。

纵然如此，他亦只能随机应变，希望映柳别在关键时刻再拖后腿，甚至在自己背后捅刀子。

三人一同走在漆黑的走廊上，依靠溪望手中手电筒发出的光束，搜索每个可以进入的房间。离开休息室后，李梅就没有说过一句话，只是默默地跟在溪望和映柳背后，只有高跟鞋发出的响亮声音证明着她的存在。

“副所长真的是凶手吗？他很可怕呢，像个幽灵似的，能无声无息地绕到别人身后，只用一眨眼的时间就能将人杀死。”映柳牢牢地挽住溪望的手臂，躯体不住地颤抖。

溪望冷笑道：“他不一定是凶手，真正杀人不眨眼的大魔头或许就在你身后。”

“你别吓我。”映柳惊恐地将头埋在他肩膀上。

“奇怪了，李梅怎么没有反驳？”溪望心中暗想。

刚才那句话摆明是暗示李梅是凶手，以对方的性格，就算不立刻反驳，也会出言嘲讽。可是，李梅这回竟然不声不响，这让溪望怀疑她是否还跟在身后。然而，从背后传来的高跟鞋声并无异样，频率和大小都和刚才一样。

溪望突然醒悟，转身用手电筒照往身后。一直跟随在身后的高跟鞋声就在他转身的一刹那消失。在漆黑的走廊中，并没有发现李梅的身影，她仿佛凭空消失了。

“哇，怎么回事？李梅怎么会突然不见了？”映柳惊恐万状，牢牢地抱着溪望，仿佛害怕他也会突然消失。

一股怒气涌上心头，溪望目露凶光，揪住映柳的衣领，将她重重地摔在墙上，随即以手臂架住她的脖子，怒火中烧地骂道：“这是最后一次，如果你再装疯卖傻地妨碍我，我有1000种办法让你生不如死！”

“你干吗？我都不知道你在说什么！”映柳惊慌地大叫。

“你少给我装蒜！”溪望往手臂上增添了几分力道，压着映柳娇小的胸部，使她透不过气来，他凶神恶煞地说，“你跟李梅上洗手间时，不是自己碰到头，而是受她的威胁，被她修理了一顿；第一次停电的时候，你按照她之前给你的指示，故意创造机会让她单独行动；刚才再次停电时你抱着我，表面上是因为害怕，实际上是要阻止我去追副所长；至于手铐钥匙，到底是被她偷走的，还是你悄悄塞给她的，你自己最清楚！”

溪望用力地在映柳的胸部上压了一下，便将其放开，并威胁道：“如果你再敢做任何小动作，就别怪我不客气。你喜欢看小说，应该知道在暴风雪山庄的环境下，多死一个人并不会引起警方多大的怀疑。”

映柳接连咳嗽了几下，好不容易才喘过气来，楚楚可怜地盯着溪望，怯弱地道：“我、我有苦衷……”

“我不想听你的任何解释，自始至终我就没对你抱多大期望。”溪望的眼中凶光一闪，“但也不会容忍你一再出卖我。”说罢便转身离开。

他刚踏出第一步，便听见脚下传来清晰的踏水声，用手电筒向脚下一照，竟然看见一片莹亮的水光，随即发现走廊上都是积水。

“洪水涌进来了？”映柳惊慌地叫道。

洪水涌入研究所，说明水库已大规模排洪，水位必定会继续上升。1楼恐怕是待不下去了，必须尽快转移到2楼。配电房地势较低，洪水大量涌入后必然会被淹没，就算重新开启电源开关，亦会因为洪水涌入而短路。届时宏叔等人的情况将会非常危险，尤其是行动不便的老周。

正当溪望想通知宏叔尽快离开配电房时，手机响起来了，是宏叔打来的电话。他连忙接听，听筒里传出宏叔慌乱的声音：“健仔呀，你宏叔我这回真是活见鬼了，老周竟然死在我怀里了。”

“什么？”溪望感到了片刻的惊诧，随即追问道，“到底发生什么事了？”

宏叔答道：“老周右脚不好使，我们好不容易才走到配电房门前。正准备进去的时候，发现里面竟然一地的积水，就算把开关打开，恐怕也会短路。正想回休息室跟你们会合，突然有一摊水喷到我脸上，而且我还闻到一股血腥味。我连忙叫走在前面的小杨回过头来，用手电筒照一下我脸上的是什么。她一回头就叫起来了，说我脸上全都是血。借助手电筒的光线，我这才发现老周的脖子被划了一刀，眼睛也被挖了。”

惊诧在瞬间转变为惊骇，使溪望遍体生寒，他又追问道：“凶手行凶时，你一点也没有察觉？”

“我就说是活见鬼，我一直扶着老周，完全没察觉到有什么不对劲，更没发现有人在附近。他突然就死了，眼睛也被挖掉了，但除了走在前面的小杨外，我真的没看见附近有其他人出现。”宏叔的声音因为恐惧而变得颤抖，略微稳定情绪后又道，“不过，小杨说她看见了副所长的身影，独自追上去了。我当时还扶着老周，没来得及跟上，等我把老周放下来，她已经不见踪影了。打她的手机又关机，只好跟你商量一下，看看该怎么办。”

溪望紧张地道：“宏叔你先跟我们会合再说，现在这情况，落单非常危险。”

“好，洪水开始涌进来了，我们在2楼的楼梯间会合吧！”

挂掉电话后，溪望便冷酷地对映柳说：“不想死就跟着我。”说罢走向楼梯间。

映柳没敢说话，立刻跟上去，并悄然地又挽上了他的手臂。

第十三章 原形毕露

两人来到2楼楼梯间，发现正在此处等候的宏叔右脸和肩膀，乃至胸口上全是血迹。他看见溪望，立刻张开双臂将他紧紧地抱在怀中，激动地说："我刚才还在想，不知道还能不能见到你。"

溪望毫不在意对方身上的血污，紧紧地拥抱对方并安慰道："别说这种傻话，看面相就知道我们都不是短命鬼，要活到100岁也不成问题。"

宏叔放开溪望后，看了一眼他身旁的映柳，疑惑地问道："李律师呢？她不是跟你们一起吗？"

"她刚才明明还跟在我们后面，走着走着就突然消失了。"映柳往溪望身上靠，又不自觉地挽着他的手臂。

"别听她瞎说。"溪望横了她一眼，遂向宏叔讲述刚才的情况，并解释道，"李梅很聪明，利用高跟鞋的声音使我们误以为她一直跟在身后，其实她在我们行经路口时就已经停下来了，并在原地继续踏步。当看见我用手电筒往回照时，她知道我们已经发现问题，就立刻脱掉鞋子，赤脚逃走了。"

"原来是这样，脚步声一直没停止，自然就会让人产生错觉，以为她一直跟在身后。"宏叔突然皱起眉头，"可是她为什么要溜走呢？在现在这种情况下，单独行动是很危险的事呀！"

溪望严肃地道："如果她是凶手，或者跟凶手一伙，那就另当别论。"

"李律师她……"宏叔面露讶异之色，"健仔，不是宏叔不相信你，李律师就一个大姑娘，怎么可能跟杀人不眨眼的杀人狂扯上关系呢？你至少也得给她一个解释的机会吧！"说罢便掏出手机拨打李梅的号码。

"奇怪，电话怎么打不通了。"宏叔查看手机屏幕，愕然道，"一点信号也没有。"

溪望跟映柳各自掏出手机，同样也没有信号。溪望说："应该是暴雨使附近的移动基站发生故障了。"

"那现在该怎么办？"

映柳此话刚出口，宏叔便警觉地望向楼梯间外的走廊，跟着跑到走廊上，回头对两人说："我好像看见了李律师的身影，你们快跟上来。"说罢如离弦之箭，没入漆黑的走廊之中。

溪望立刻追上去，可是挽着他手臂的映柳一时未反应过来，踉跄地踏出一步，竟然扭伤了脚踝。映柳扭伤了走不动，被她挽着手臂的溪望当然也跑不了。

眼见宏叔已踪影全无，溪望不由得愤然拂袖，将挽着他手臂的映柳重重地甩到地上，怒骂道："你真的认为我不会杀你？"

映柳摔在地上，揉了揉左脚脚踝，楚楚可怜地说："我不是有心拖你后腿的，我真的扭伤了。"

溪望冷哼一声，怒意渐消，单膝跪在她身前，温柔地将她的鞋子脱掉，替她揉搓略微肿胀的脚踝，没好气地道："感觉好一点没有？"

"你是个好人。"映柳颇为感动。

"那要看对谁……"溪望抬起头望向对方。

两人四目对视，情感通过眼神于无声中交流。

映柳突然抱着溪望的头，将湿润的双唇送往对方唇上。四唇紧贴，又瞬即分离。虽只是短短的一瞬间，但却如投入湖中的小石，在湖面上激起一波又一波的涟漪，久久未能消散。

在给对方突如其来的一吻后，映柳娇羞地道："别误会，我只是想感谢你。"

"呸呸呸，哪有这样感谢别人的？！"溪望一个劲地吐口水，以掩饰心中的悸动。

映柳羞愤地骂道："什么跟什么嘛，人家好歹也是个女生欸！人家主动亲你，你竟然还要吐口水，算什么意思嘛！"

"你们相处得不错哦！"李梅突然出现在楼梯口，调笑道，"希望我没有妨碍到你们的好事。"

溪望站起来，面无表情地向李梅问道："你刚才去哪儿了？"

李梅娇媚地笑道："我只是去洗手间补妆而已，似乎没必要征得你的同意。"

"老周死了，副所长这回跳进黄河也洗不清了。"溪望冷酷地道，"我想他应该有兴趣，以某些秘密换取减刑。"

"你的如意算盘恐怕打不响了，我刚才经过208研究室时，碰巧遇见了副所长。"李梅顿了顿又道，"不过，他已经不能说话了。"

"你把他杀了？"溪望目露凶光，缓步向对方迫近。

李梅毫不畏惧对方的进逼，昂首挺胸道："在没证据的情况下，你最好别妄下判断。"

溪望亮出再度从映柳身上偷取的手铐，冷峻地道："你先将副所长放走，随后又故意摆脱我们单独行动，我有理由怀疑你动机不良。就算厅长在这里，应该也不会反对暂时限制你的自由。"

"别把话说得如此正义凛然，你没任何证据能证明是我放走了副所长，喜欢去哪儿也是我的自由，没必要向你交代。你以此为由给我戴上手铐，分明是滥用职权。在安全未得到保障的情况下，我有权拒绝你的任何要求。”李梅摆出戒备的姿态，补充道，“哟，我好像忘了，你不是警察，根本无权要求我配合。”

“那就只能用武力解决分歧了。”溪望猛然扑向对方。

“想找借口杀我，没这么容易。”李梅敏捷地转身后退，避开对方的扑击。当她再次面向溪望时，手里多了一条鞭子，并借助转身的势头，顺势向对方抽击。

溪望慌忙后退，避开对方的攻击。鞭子竟然在墙壁上打出一道凹痕。他这才看清楚，对方手上的原来是一直佩戴于腰间的腰带，之前还觉得其款式前卫，没想到竟然是一根九节鞭。

“你果然不是一个普通律师。”溪望顿感热血沸腾，摩拳擦掌准备跟对方大干一场。

“没两下子，又怎么敢在帅哥面前献丑呢？”李梅的声音依旧娇媚，但气势却如排山倒海，在挥舞九节鞭的同时接连转身后退，退到空间更大的走廊上，以将手中兵器的优势发挥到极致。

溪望将绑于双臂上的百鬼鸣抽出，触动机关，同时双手往外甩，两根短棒瞬即变成两支短枪。他疾步前冲，以一双短枪迎战对方的九节鞭。

呆坐在楼梯间内的映柳连忙捡起溪望掉落的手电筒，往两人身上照。可是两人的动作幅度太大，手电筒只能照亮狭小的方寸之地，根本无法看清楚战况，还不如放下手电筒，依靠兵器撞击时产生的火花观战。

溪望跟李梅于漆黑的走廊上对决，视觉在此刻几乎失去作用，要感知对方的位置、判断对方的攻势就只能依靠听觉、触觉及经验。九节鞭每次挥动都带有尖锐的风啸声，百鬼鸣挥击时亦会发出如鬼鸣般的刺耳鸣叫。两声合奏，于漆黑中犹如从冥府炼狱传出来的凄怆鬼哭。

李梅发挥九节鞭的优势，根据百鬼鸣发出的声音判断溪望的位置，转身后退拉开两人的距离并控鞭抽击，以使对方无法靠近。溪望亦根据九节鞭发出的啸风声判断对方的攻势，以枪身抵御对方猛烈的抽击。

骤眼看两人都没讨到便宜，但实际上溪望明显处于下风，因为他无法接近李梅，一直处于挨打状态。

“看来得出大招了。”溪望心中暗道，然后疾速旋转身体并挥舞一双短枪向对方袭去。

空气通过百鬼鸣的气孔进入中空的枪身，发出刺耳的鸣叫，犹如百鬼齐鸣，让人心惊胆战、不寒而栗。李梅不敢怠慢，立刻转攻为守，双手持鞭戒备，以迎接如狂风暴雨般的攻击。她冷声道：“听闻帅哥以五郎八卦棍为基础，自创了一套枪法名为‘无相多变枪’，这招大概是第一招‘孝女夜哭’吧！”

就在李梅准备迎接对方的猛烈攻势时，鬼鸣声戛然而止，猛攻过来的溪望仿佛凭空消失了。她立即觉悟，花容失色道：“中计！”

“你对我的了解也挺深入的，不过你似乎没注意到无相多变枪的奥妙就在于一个‘变’字。”溪望不知何时绕到了她身后，以缩短为匕首形态的百鬼鸣架着她的脖子，锋利的精钢刀刃紧贴着她娇嫩的脸颊，“不是只有你才会耍小聪明的，李大状。”

百鬼鸣枪身上的气孔只有在完全伸展的状态下才会打开，枪身缩短后气孔便会闭合，自然就不会再发出声音。溪望刚才故意营造声势浩大的猛烈攻势，意在让李梅转攻为守。九节鞭的特点在于攻势展开后，对手便难以靠近，但若被对手攻入三尺范围之内，要作出反击却难于登天。

溪望从李梅手中夺过九节鞭，随手抛向远处，冷酷地道：“你有两个选择，要么告诉我，你的幕后老板是谁；要么让我在你完美无瑕的脸庞上，画一个可爱的狐狸头。”

“你舍得吗？”李梅轻轻推开紧贴脸颊的刀刃，转过身来双手搂住溪望的脖子，丰满的胸部刻意压在对方胸前。她踮起脚往对方的耳朵呵气，娇柔道：“既然我已经落在你手上，你要我做什么，我就做什么……”说着温柔地亲吻对方的脸颊。

“你们在干吗？”映柳拖着扭伤的左脚，一拐一拐地从楼梯间走出来，用手电筒照着这对搂在一起的男女。

“在做你们刚才做的事喽。”李梅如示威般搂住溪望的脖子，踮起脚吻住对方的嘴唇，还将舌头伸进对方嘴里。溪望慌忙挣扎，并将她推开。

李梅后退两步，猛然起脚，竟然以尖细的高跟鞋头踢向溪望胯下。溪望还没完全适应手电筒的亮光，一时反应不及，硬吃下这一重击，当即双腿一软，几乎要跪下来。

“呵呵，老娘的豆腐可不是随便让人吃的哦！拜拜喽，帅哥。”李梅风骚地向他挥手道别，转身瞥了映柳一眼，随即快步没入漆黑的走廊之中。

李梅走后，映柳走到溪望身前，查看他的情况，责怪道：“都说色字头上一把刀，你以为她是什么人，没有目的会主动向你投怀送抱吗？”

溪望强忍下体的痛楚，骂道：“你还敢说，要不是你出来搅局，我已经把她宰了。”

“我要是不出来，谁把谁吃掉还不好说呢！”映柳白了他一眼，随即捡起地上的百鬼鸣，替他绑回手臂上，问道，“现在怎么办？还要去找她吗？”

溪望稍微缓了一口气，脸上痛苦之色大减，说：“这倒不着急，我们先去看看副所长的情况吧。”

两人互相扶持，缓步走向李梅所说的208室。

溪望经常过来找宏叔，对研究所的地形略有了解，纵使现在漆黑一团，仍不至于迷路。他们没花太多时间就来到了208室门前，副所长的尸体就躺在冰冷的地板上。溪望拿着手电筒，仔细地观察副所长的情况。

副所长的死状跟小唐和老周不一样，并非颈动脉被割断，眼球也没有被挖走。从他紫青的脸色及脖子上深紫色的勒痕判断，他应该是被勒死的。

溪望仔细观察勒痕，勒痕极其细小，从喉结开始斜斜向下往后延伸。凶手应该是从后面袭击副所长，并因为力量不足，所以使用下坠的方式增加力道，以将副所长勒死。以此推断，凶手应该是力气较小的女性。现在研究所内只有三名女性，其中映柳一直跟在自己身边，所以凶手只可能是李梅或者杨露，当中以前者的嫌疑最大。

副所长肯定知道李梅某些秘密，鉴于他有杀人的嫌疑，被抓回警局审问是必然的事情，李梅担心他出卖自己亦合情合理。以此为据，李梅极有可能为求自保而将副所长灭口，以除后顾之忧。

“我们现在该先去找宏叔，还是先找李梅呢？”映柳问道。

“都不用找，直接去副所长办公室就行了。”

“为什么？”

溪望答曰：“凶手既然要杀死副所长，肯定是因为他掌握了某些秘密。现在他人虽然已经死了，但难保他没有保留一些重要的资料或者证据。如果你是凶手，杀死副所长后会怎么办？”

映柳想了想，答道：“去翻查他的东西。”

“那就得去他的办公室。”

第十四章　兵不厌诈

两人走上3楼，来到副所长办公室门前，隐约听见里面传出翻东西的声音。溪望立刻将手电筒关闭，并示意映柳别出声，然后蹑手蹑脚地推门。门没有上锁，被他轻轻地推开。

宏叔曾经说过，研究所内大部分房间都采用电子锁，需要刷卡才能开启，部分保密级别较高的地方，更需要输入密码才能进入。而在停电状态下，须输入密码的门锁会自动锁死，恢复电力之前谁也无法开启。

至于只须刷卡即可开启的门锁，在断电之后可以用应急钥匙拧开。应急钥匙是全所通用的，可以把所有刷卡即可开启的门锁拧开，并且在电力恢复之前，被拧开的门也不会锁上。而应急钥匙一共只有两把，宏叔跟副所长各持有一把。

溪望顿感疑惑，李梅是从哪里弄来的钥匙？难道是从副所长身上找到的？答案或许就在门后。他在映柳耳边轻声地交代了几句，吩咐对方待在原地，别再给他添乱，随即悄然潜入办公室内。

办公室内漆黑一团，连里面桌椅的位置也看不见，更别说是人了。溪望缓步摸索到办公室中央，驻步凝神聆听周围的动静，竟然没听见任何声音，就连呼吸声也没听见。方才明明有声音传出，难道对方已经发现自己潜入？

就在溪望为此担忧之际，突然察觉出源自身后的异动，还没来得及作出反应，一双手便从他耳边划过，并以强劲的势头缩回。副所长脖子上的勒痕在溪望脑海中闪现，使他意识到对方想勒自己的脖子，便本能地伸出右手阻挡。可惜他的动作稍慢了那么一瞬，手还没完全伸上来，就已经被一条如丝线般的纤细钢丝勒住了脖子。

幸好在那电光石火之间，他的中指及时挡在了钢丝前，要不然这次肯定必死无疑。然而，就这么半截指头，充其量只能多争取10秒半分的时间，因为对方下手极其狠毒，他的指头几乎要陷进喉咙里。

非常时期就得用非常手段，溪望左手五指作爪，往身后袭击者的胯下抓去，想以一招“猴子偷桃”退敌。可是，他往对方下体一抓，竟然什么也没摸着，这才发现对方是女生，根本无“桃”可偷。

“命都快保不住了，就别怪我用卑鄙的招数。”他在心中暗道，随即竖起二指往对方私处猛戳。

“啊！”身后传来一声惊呼，脖子上的束缚稍微松开，溪望立刻屈身逃脱，身后传来娇嗔的怒骂：“下流！”他连忙转身，并取出手电筒照向对方，发现眼前的人竟然并非李梅，而是宏叔的秘书杨露！

溪望顿感惊愕，但马上就回过神来，冷嘲道：“从背后袭击就不下流？”

杨露放开右手拿着的纤细钢丝，钢丝瞬即缩回她左手的手镯内。这是一只看似平凡的手镯，若非仔细观察，实在难以发现手镯内竟然藏有能置人于死地的凶器。由此看来，对方并非一名普通的秘书。

溪望冷声道：“副所长是你杀的？”

“将死之人没必要知道这么多，想知道就问阎罗王去。”杨露的语气冷若冰霜。

“那就只好得罪了。”溪望将手电筒开启放在办公桌上，摆出备战的姿态，调笑道，“虽然我不想向女人出手，但我年少时也曾是御女高手。”

“劝你最好别小看我，从来没有人能在零距离猎杀术下活下来。”杨露突然拉高裙子，从大腿上抽出一把精巧的匕首，向溪望扑过来。

此匕首长不足5寸，刀刃大概只有中指那么长，实在是一件短得不能再短的兵器。除了便于隐藏之外，溪望实在想不到这把匕首还有其他什么优胜之处。然而，他此刻不敢有丝毫的怠慢，因为对方竟然提及李梅所说的“零距离猎杀术”！

据李梅所说，零距离猎杀术为杀手王自创的暗杀术，而杀手王的年龄应该在35岁以上，但眼前这名女生怎样看也只有二十五六岁，怎么可能是传说中的杀手王呢？

然而，溪望并没有时间思考这个问题，因为杨露接连向他发动攻势。短小的匕首在杨露手中犹如一道流光，在手电筒的照射下，每一下挥舞都带有残影，而每一道残影的终点均是溪望身上的要害之处。

在对方灵巧而急速的攻势下，溪望接连后退，正想抽出百鬼鸣御敌时，突然意识到一个问题——杨露的匕首那么短，零距离猎杀术应该是一种超近身的搏击术。而百鬼鸣就算是短枪状态，也是应对中近距离的搏击，一旦被对方贴近身体，情况就跟刚才与李梅交手时差不多了，只是角色调换了而已。

若无法将杨露牵制于三尺之外，这双短枪只会成为累赘。然而现在的情况是，杨露已经闯入三尺的范围内。而且她还在不断进逼，就差没找着机会扑到溪望身上戳上十个八个血洞，以报刚才下体受袭之辱。

长兵器讨不到便宜，溪望只好以短兵器应战，幸好百鬼鸣设计精妙，能应对不同类型的对手。溪望触到棒身机关，刀刃从衣袖中弹出，以袖剑的形态与对方周旋。

交锋两轮后，溪望便开始后悔没早些将百鬼鸣拿出来给宏叔看，并按宏叔的建议添加一对支架。因为棒身只是用绸带绑在手臂上的，刀刃一经碰撞棒身便会移位，平时用来吓唬一下人还可以，实战中根本使不出力，几下交锋便劣势尽显。

杨露的零距离猎杀术亦名不虚传，虽然手持极其短小的匕首，但每一次都朝溪望的要害攻击，并且封锁了他所有的退路，使他处于挨打的状态。

眼见对方将自己的活动范围不断收窄，再不想办法就只有死路一条，溪望把心一横，决定兵行险着，跃身扑向对方，以身体抵御对方手中的利刃。

溪望以奇招反击，让杨露大感意外。但她并未因此停止攻击，而是挥舞手中的匕首，狠狠地在对方胸前划了一道大口子。溪望在挨了一刀的同时，借势将杨露扑倒，并坐在对方身上，以一双袖剑向对方头部猛刺。

杨露处变不惊，左手抵御对方的攻势，并摇头闪避，右手以匕首划向对方腹部。然而，纵使她的身手如何敏捷，在如此近的距离下，要闪避对方的攻击仍力有不逮，白皙的脸颊硬被划出两道血痕。反观溪望，虽然腹部被她连划十数刀，但竟然毫无反应，甚至连血也没流一滴。她意识到事有蹊跷，立刻转划为刺，持刀直取溪望裤裆。

溪望被她这招吓了一跳，连忙跳起来往后翻身，虽使尽全身之力，但裤裆仍被刺破，幸好未伤及子孙根。

两人再度摆出备战姿态对峙，但溪望这次学聪明了，知道袖剑不好使，立刻改变对敌的方式。他趁机拉开两人的距离，并抽出百鬼鸣组合成两头枪，摆出一副准备作中长距离攻击的姿态。

杨露冷笑道："你身上的奇怪东西还真多，不过如果你以为用长兵器就能使我无法靠近，那你就太小看零距离猎杀术的威力了。"

溪望狡黠地笑道："一寸长一寸强，我倒想看看你怎样才能攻过来。"

"这还不简单，零距离猎杀术——疾步·翔！"杨露疾步前冲，并扬手向对方掷出一片闪亮的物体。

该物体细小而纤薄，在手电筒的照射下发出闪亮的光芒，仔细一看竟然是一块刀片！

回想徐涛的死状，溪望当然知道这块小小的刀片足以取他性命，不敢有丝毫怠慢，立刻闪身避开。杨露借此空当，以极其迅速的步法冲到他身前。当他回过神来持枪向对方挥击时，对方已闯入三尺范围内。

杨露左手托枪借力御力，化解他的攻击，右手紧握匕首刺向他的喉咙。眼见胜负马上便有分晓，溪望却露出狡黠的笑容："你中计了。"

此话才刚刚传入耳际，杨露便感到身体失衡了。溪望竟然舍枪反击，趁杨露身体失去平衡时，避开她的致命一击，再次扑到她身上。跟之前不同的是，这次溪望没把她扑倒，而是利用她身体失衡，顺势绕到她身后，伸出左手往她的胸部狠狠地抓了一下。

"流氓！"杨露愤然怒骂，随即感到右手传来剧痛。

原来溪望以"袭胸"分散她的注意力，趁机抓住她的右手，使劲地扭她的手腕，并且利用戴在食指上的戒指边缘锋利的切口，在她手背上硬生生地刮下一块皮。剧痛使她的五指本能地松开，手中的匕首随之掉落。

"这不叫流氓，该叫兵不厌诈。"溪望把她的右手扭到背后，以此将她制伏，并将掉落在地上的匕首踢开，笑道，"你就乖乖地在这里待到天亮，然后跟我回警局交代你的罪行吧！"

“想得美。”杨露左手后翻，往对方脸上袭去。

溪望眼角瞥见杨露手中闪现的一点亮光，察觉到她的反击，立刻倒退闪避。无奈对方出手太快，溪望闪避不及，下巴被划了一道口子。倘若稍慢半秒，这道伤口恐怕会出现在脖子上。

两人分开后，溪望这才看清楚对方手中的利器原是双面刀片。而且刀片并非只有一块，此刻杨露两手的指缝间各夹有三块刀片，正张开双手似要施展绝技。只听她怒气冲冲道：“我让你在临死前，见识一下零距离猎杀术的真正威力。”

这回可麻烦大了，溪望本以为将对方的匕首打落，这场对决就能分出胜负。杨露毕竟是女生，力气始终不如男性。若以赤手空拳近身搏击，他有八成把握能将对方制伏，大不了用上袭胸、踢阴等流氓招数。然而他万万没想到，对方身上竟然藏有大量刀片，而且这些刀片在对方手中可是能在瞬间置人于死地的可怕凶器。反观自己此刻手无寸铁，别说是反击，就连保命也是个大问题。

杨露不给溪望任何思考对策的机会，双手交叉于胸前，正欲前扑施展必杀绝技。就在溪望不知该如何应对之时，他突然发现杨露的身后出现了一个人影。仔细一看，发现那人竟然是高举花瓶的映柳。

杨露正怒火中烧，注意力全集中在溪望身上，完全没注意到映柳悄然走到了她身后。当她察觉有异的时候，为时已晚——映柳狠狠地将花瓶砸到了她头上。

一声脆响，花瓶被砸个粉碎，杨露应声倒地，手中的刀片亦随之散落在地。

溪望大松了一口气，向映柳责骂道：“不是叫你在外面等我吗？跑进来干吗？”

“进来帮你呀！”映柳一拐一拐地走到他身前。

“你不拖我后腿就算是帮忙了，要不是你跳出来搅局，我已经把她制伏了。”溪望蹲下去伸手探向杨露的颈动脉，确认对方还活着，“还好没把人砸死，不然就麻烦了。”

“我见你打不过她，才进来帮忙呢。”映柳不服气地嘟起嘴。

溪望白了她一眼，反驳道：“这是诱敌之计，待她攻过来，我马上就能将她制伏。”

“撒谎，你明明打不过她，看你的衣服都被她划破了。”

溪望看了一眼如布碎般的衬衣，不由得心有余悸——要不是穿了防砍背心，现在大概肠子都掉出来了。他叹了口气，不再在映柳面前逞强，而是默默地移步到她身前，抹开她额前的刘海，温柔地亲吻她的额头，说道：“谢啦。”

映柳愣了一下，随即掏出纸巾猛擦前额，并骂道：“哪有这样谢人家的？死色鬼，臭流氓，呸呸呸！”

溪望皱眉道：“你也是这样谢我的呀，而且你亲的还是嘴。”

“那可不一样。我是女生，你是臭流氓，而且你刚才还不是一个劲地吐口水！”

溪望正跟映柳你一言我一语地吵着，突然发现倒卧在地上的杨露不见了。他急忙拿起办公桌上的手电筒照往四周，发现满脸鲜血的杨露不知何时已经走到了窗前，并将窗户打开。

杨露盯着他冷笑道：“我会记住今晚的耻辱。”说罢便纵身跳出窗外。

第十五章　当局者迷

溪望急忙跑到窗前，发现杨露的身影已没入汹涌的洪水当中，一下子就没影了。他气得一拳打在窗台上，骂道：“宏叔这吝啬鬼，当年卢所长就在隔壁跳的楼，事后你就不会给窗户装上防盗网吗？！”

“她跑了，我们现在该怎么办？”映柳一拐一拐地走过来。

“既然得入宝穴，当然不能空手而归。”溪望示意她一同在办公室内搜查，看副所长是否留下了重要证据。

然而，他们找了好一会儿，却什么也没找着，只找到一把L形的钥匙。经试验后得知，这把钥匙是断电后用来拧开门锁的应急钥匙，应该是杨露从副所长身上得到的。

“看来杨露已经把关键证据带走了。”溪望失望地道。

“你觉得所有人都是她杀的？”映柳困惑地道。

溪望点了下头，晃了晃手中的应急钥匙，说：“我们到宏叔的房间等他吧，顺便告诉你今晚发生的一切到底是怎么回事。”

两人走到隔壁的所长办公室，用应急钥匙将门锁拧开，走到里面等待宏叔。映柳进门后，不无担忧地问道：“我们真的不去找宏叔他们吗？”

溪望答曰：“杨露都已经跑了，除了我们，整间研究所就只剩下了宏叔跟李梅。我想李梅应该没有对宏叔出手的必要，所以他很安全。他没找到我们，自然会回自己的办公室，在这里等他准没错。”

映柳困惑地道：“你确定人都是杨露杀的？我总觉得有点不对劲儿，比如阿苏死的时候，她跟宏叔都没离开休息室，怎么能将在配电房的阿苏杀死呢？”

“让我从头到尾给你分析一遍吧！”溪望将破碎的衬衣脱掉，露出银色的防砍背心，瘫坐在沙发上伸了伸懒腰，徐徐向映柳道出自己对整件事的推理。

“副所长受李梅的幕后老板所托，在研究所内进行某项秘密研究。这项研究或许已经完成，又或者因为某个原因而必须终止。反正为了防止此事被他人发现，必须将所有电脑资料销毁。

“为做到万无一失，副所长偷偷在局域网内传播电脑病毒，使所有电脑瘫痪。随后，他以防止再次发生类似事件为由，更换了所有电脑硬盘，并吩咐阿苏跟小唐将旧硬盘全部销毁。他的目的就在于，销毁所有旧硬盘，以确保秘密不会被他人发现。

“在销毁硬盘时，阿苏依仗着自己的主管身份，命令小唐加班处理硬盘，自己则按时下班离开。小唐于抱怨中将大部分硬盘销毁，当剩下最后一块硬盘时，他突然对副所长为何要销毁硬盘感到困惑。在好奇心大作之下，他将硬盘连接主机，并利用自己的技术翻查硬盘内被删除的资料，从而发现了副所长的秘密研究项目。

“他本想以此向宏叔邀功，却在让杨露通传的时候，被她拦下来。

“杨露其实是李梅的幕后老板安插在研究所的内应，但李梅跟副所长都不知道她的身份。她以宏叔正跟李梅交谈为借口，让小唐带她到维修部查看从旧硬盘中发现的秘密。其实当时李梅并不在办公室内，而是以上洗手间为名溜出来跟副所长见面了，大概是商讨如何不让宏叔发现他们要销毁资料。

“在确认小唐发现了秘密项目后，为确保此事不被泄露，杨露杀死小唐灭口，并且将对方的眼睛挖了下来。

“因为要赶在李梅返回办公室之前回到自己的岗位上，杨露没时间处理刚挖下来的眼球，只好将眼球藏在天花板上。在布置好密室杀人的迷局后，她匆匆将小唐电脑上新旧两块硬盘一同拆下，返回自己的岗位藏起来。然后她装作若无其事地等待李梅，再跟对方一起进入宏叔的办公室。

“至于她为何要将死者的眼睛挖下来，我想有可能是为了扰乱警方的视线，又或者是类似于签名的个人标记。而那两块硬盘，我想已经被她带走或者销毁了。

“我们跟李梅在维修部调查的时候，其他人都在休息室看新闻报道，其间阿苏将副所长拉到一旁窃窃私语。他们所说的，当然不是小唐偷取零件变卖图利，而是关于小唐发现的秘密。

“杨露因为急于返回岗位，所以没来得及仔细搜查维修部，只是匆匆将两块硬盘拆走。她没想到小唐竟然将资料复制到U盘里，并将U盘藏了起来。

“小唐死后，阿苏无意间发现U盘，查看了里面的资料后，得知了研究所的秘密项目。他认为小唐的死跟U盘的资料有关，并怀疑要将所有硬盘销毁的副所长是主谋。于是，他便想以此要挟副所长，希望能在对方身上得到好处。

“他们谈论此事时，就站在宏叔附近，而且杨露一直坐在宏叔旁边，因而偷听了他们的对话。杨露怕副所长没办法摆平阿苏，甚至因此将秘密泄露。所以，她就想找机会将阿苏杀死，并且将U盘偷走。

“第一次停电时，她趁宏叔正为员工安危犯愁时，偷偷离开休息室，潜入配电房将阿苏杀死并偷走U盘。为防止被老周发现，她还用刀片在对方大腿上划了一刀，将其脚筋割断，使对方行动能力大减。

“因为刀片极其锋利，老周挨了一刀也不知道，还以为是鬼魅作祟，使他的右腿动不了。这让杨露钻了空子，悄然退出配电房，而没有被老周发现。

“副所长逃走后，杨露跟李梅一样，担心他会将秘密说出来，所以借机甩脱宏叔，独自寻找副所长并将其杀死。其后为防止副所长留下证据，她就到对方的办公室内搜索，结果被我们逮个正着……”

“等等，我有点不明白。”映柳故作认真地想了想，问道，“杨露为什么要杀死老周？按理说老周应该没机会接触到秘密项目的资料，也不会知道此事，杨露没理由杀他。”

溪望答曰：“杨露虽然身手敏捷，但她是在老周身旁杀死的阿苏，而且还拍了老周一下肩膀。老周大概在仔细回想当时的情况后，开始怀疑她是凶手。于是她就一不做二不休，干脆杀了老周灭口。”

“那也不对。”映柳的侦探基因再度空前爆发，向溪望摇着指头道，“她杀死老周时，宏叔就在老周身旁。宏叔怎么说也比老周精明，如果她连老周也瞒不过，就更不可能瞒过宏叔了，为什么她不连宏叔也一起杀掉？”

溪望愕然地盯着映柳，愣了片刻才说：“你怎么突然变聪明了？”

“屁，是你当局者迷。”映柳白了他一眼，又道，“还有，如果第一次停电时，杨露曾经离开休息室，她怎么知道副所长也离开了休息室，而且还知道对方离开了5分钟？”

溪望沉思不语，映柳继续说：“还有最重要的一点，维修部开门后到发现钥匙之前，杨露不但没进入维修部，甚至没在门口经过，她怎么将钥匙放进去？”

映柳接连提出的三个疑点让溪望的思绪陷入极度凌乱的状态。或许正如她所说的那样，这是因为自己当局者迷，忽略了一个极其重要的疑凶——宏叔！

或许副所长的确是杨露所杀，但其余三名死者——小唐、阿苏及老周并非死在她手上，真正的凶手极有可能是宏叔。

溪望闭目沉思，于脑海中重新梳理案情——小唐遇害时，宏叔亦在研究所内；

阿苏遇害时，他正在休息室抽烟，除杨露外，还有副所长做他的人证；老周遇害时，他就在对方身旁，没任何人能证明他所说的是真话……

“我们需要证据。”溪望示意映柳一同在办公室内搜索，看能否找到相关的证物。如果宏叔是凶手，那应该能在这里找到一些线索。

两人在办公室内翻箱倒柜，连电脑机箱都拆开了，却并未发现值得怀疑的物品。映柳皱眉道：“是不是哪里出错了？”

“要是这么容易就能找到证据，才值得怀疑呢，说不定是栽赃。”溪望仍在继续搜查，“如果你是凶手，你会把罪证放在哪里？阿苏的眼球还没找到呢，老周的眼球也很可能被凶手挖走了。”

“会不会藏在上面？”映柳抬头望向天花板。

“同一种伎俩，应该不会用两次吧！”溪望拿着手电筒往上照，看了好一会儿也没看出天花板有曾移动的迹象，便望着映柳说，“要不我们逐块天花板推开看看？”

“你盯着我干吗？”

“还用说吗？”溪望往天花板指了指。

“怎么又是我？我的脚扭伤了欸！”

“没关系，我会扶着你。”

映柳盯着对方好一会儿没有说话反驳，之后道：“你别又摸我屁股。”随即走向墙边的单人沙发。

溪望没好气地说：“你以为我是故意的吗？那是意外，我回家还得消毒呢！”

映柳爬到沙发上，踩着椅背伸手去推天花板，并回头骂道：“我才要消毒呢，臭流氓！”就在她回头的时候，稍不留神脚底一滑，失去平衡掉下来，溪望见状连忙扑过去。

幸好溪望反应及时，映柳并没有掉到地上，而是落入了他怀中。不过事出突然，他接住映柳的同时，手不小心按在了不该按的地方。

映柳盯着他按在自己胸部上的手，并没作出任何反抗或挣扎，只是娇嗔地骂道：“臭流氓，还要摸到什么时候？”

“冤枉啊，这次也是意外。”溪望慌忙将对方抛到沙发上。

或者过于仓皇，溪望并没有将映柳抛到沙发中央，而是抛到了靠头的一边。映柳一屁股坐在扶手的位置上，沙发随即往一边翻倒，竟然翻过来把她压倒在了地上。

映柳从沙发底下爬出来，骂道：“你是故意捉弄我的！”

溪望没有答话，只是盯着沙发原来的位置，并示意对方也一同观看。

沙发翻倒后，在原来遮盖的墙身上，竟然藏有一个壁式保险柜。映柳凑近观看，发现保险柜需要以密码开启，不由得眉头大皱，回头道：“我们又不知道密码，找到保险柜有什么用？”

溪望也凑上前去，跟映柳并肩站在保险柜前。经过一番仔细观察后，他发现保险柜需要以一组8位数的密码开启。一般人会以自己或亲人的生日作为密码。在保险柜的按键上，1跟9两个数字有微仅可察的磨损，由此证明这个推断是正确的。

对宏叔而言，最重要的人莫过于他一直不敢相认的女儿刘倩琪。溪望曾参加倩琪的生日会，所以知道她的出生日期，便以此为密码输入。然而，结果却让人失望——密码错误！

“宏叔该不会是用自己的生日做密码吧？”虽然觉得不太可能，但溪望还是输入了宏叔的出生日期。可是，结果还是令人失望。

“你这样瞎猜，怎么可能将保险柜打开？”映柳白了他一眼，“再输错密码就麻烦了。”

一般而言，连续输错三次密码便会触动保险柜的警报系统，轻则发出刺耳的警报声，重则导致保险柜锁死。这两种情况都不是溪望愿意看到的。这时，他脑海里突然灵光一闪，想到了一组号码，遂将其输入。

“咔”的一声响起，密码正确，保险柜打开了。

“哇，你刚才输入的是谁的生日？”映柳惊讶道。

溪望也觉得难以置信，声音略微有点颤抖：“是我爸的生日。”

“你爸跟宏叔到底是什么关系呀？他竟然会用你爸的生日做密码？”映柳双眼里八卦的光芒大作。

“先别管这个，快打开保险柜，看看里面有什么。”溪望没再理会她，将保险柜打开。

手电筒的光线照进保险柜的那一刻，溪望愣住了，因为在这窄小的空间里面，放有他想要的证物——两块硬盘。

单凭两块硬盘就认定宏叔是凶手，似乎过于武断，但保险柜内还放有一个拇指大小的遥控器。溪望拿起遥控器并按下上面的按键，一声细微的金属碰撞声从他的肩包内传出。

他立刻打开肩包查看，发现在维修部内找到的零件跟应急钥匙靠在了一起。他再按一下遥控器，钥匙立刻被零件吸住了。

“原来是这样……”他瞬间明白了一切。

第十六章　王的身世

“你们别怪我这糟老头唠叨，乱翻别人的东西可是一件很不礼貌的事。”宏叔突然出现在门口。

溪望缓缓地站起来，声音不带丝毫的感情：“有话要跟我说吗？”

“嗯。”宏叔点了下头，“这里太闷热了，要不我们上天台透透气？”

“好。”溪望瞥了映柳一眼，示意对方留在原地。

映柳双眼流露出担忧之色，但她尊重对方的决定，没有跟着。她知道这是两个男人之间的事情，必须由他们私下解决。

溪望走出楼梯间，来到宽阔的天台，任由暴雨无情地打在自己身上。宏叔就站在前方的水塔旁边，背向他张开双臂，让雨水冲洗身上的血污。

他默默地走到宏叔身后五步之处，停下来说道：“你是杀手王。”

“已经很久没人这样叫我了。”宏叔转过身来，面容跟平日一样和善，不带丝毫杀气。他掏出一个U盘，拇指用力一压，将其掰成两截，随手丢在地上，算是承认自己是凶手。

他对溪望笑道：“别想太多，这个绰号并不代表什么。我姓王又是个杀手，所以别人就叫我杀手王。就像卖鱼张、保安陈、电工李那样，只是职业配合姓氏的称呼而已。”

“但你对得起这个名字，至少你能无声无息地将小唐、阿苏和老周杀死。”溪望顿了顿又补充道，“差点忘记了，死在你手上的还有徐医生。”

“好！”宏叔拍掌叫好，掌声于暴雨中仍十分清晰，“虎父无犬子，你跟老二一样，有一颗聪明的脑袋。”

“如果我真的有一颗聪明的脑袋，就不会到现在才发现你的身份。”

“这并非你不够聪明，而是我已经有10年没杀人了，当然不会被你发现。”

溪望愕然道：“卢所长也是你杀的？那父亲的死……”

宏叔扬手打断他的话，严肃地道：“老二是我一生中最重要的朋友，我绝对不会伤害他。我杀的人比你想象中的还要多，没必要为一条人命作任何隐瞒。”

“父亲知道你是杀手吗？”

“知道我为什么要将受害人的眼睛挖下来吗？”宏叔从水塔后方拿出两个瓶子，瓶内各装有一双浸泡在福尔马林里的眼球。

“是父亲要求你这样做的？”残酷的现实几乎使溪望崩溃。

宏叔察觉到他的心理变化，急忙解释道：“别误会你的父亲，他跟我不一样，并非一个嗜血的杀人机器。而事实正好相反，他的双手从未沾上鲜血，而且还竭尽所能去救人。”

“那父亲为什么会要求你挖走死者的眼睛呢？”溪望略松一口气，但仍心感困惑。

“这可说来话长了，幸好今晚我们有很多时间可以慢慢聊。”宏叔露出平日爽朗的笑容，“还记得你小时候跟我和老二玩的游戏吗？”

溪望点头答道：“记得，小时候你跟父亲经常会给我一点提示，然后让我推理你们刚才做过哪些事情。如果我的推理正确，你们就会给我奖励。”

“现在提示你已经知道不少，是时候该把你的推理告诉我了。”宏叔豪爽地大笑，“哈哈，至于这次的奖励，就是只有老二才知道的秘密——我的身世。”

“一言为定！”溪望上前伸手与对方击掌，随即道出自己对本案的推理。

“昨晚7至8时左右，你在听取李梅解释劳动法时，她突然说要去洗手间补妆。你知道她并非去补妆，而是找副所长密谈，应该不会马上回来。

“就在这时候，维修部的小唐突然到办公室找你，跟你说在副所长要求销毁的硬盘里，发现了某些极其重要的秘密。

“你虽然并非跟副所长一伙，但你们的幕后老板相同，就是曾经名噪一时，就连国际刑警亦无力应付的神秘组织——陵光！

“副所长要隐瞒的秘密，就是10年前父亲研发的秘密项目——万能药‘泥丸’。虽然父亲离世使这个项目一度中止，但副所长随后接管了这个项目，并继续秘密地研发。

“然而，因为我在不久前收到匿名信，知道父亲的死另有隐情。陵光怕我早晚会查出真相，就将泥丸的资料转移，并命令副所长将研究所内的一切资料全部销毁。

“你虽然不知道陵光对副所长下达的命令，但你必须阻止小唐泄露相关机密。所以，你趁跟小唐到维修部查看他所发现的秘密时，把他杀死并将眼睛挖下来。

“随后，你将他的尸体移到损坏的电器旁，然后将不起眼的遥控门锁零件混入电器堆中，以布下密室杀人的迷局，企图扰乱警方的视线，逃避法律制裁。

“因为李梅很快就会返回办公室，所以你没来得及仔细搜查小唐是否将资料复制到了其他储存器上，只将新旧两个硬盘拆下来带走。你同样没时间处理刚从小唐身上挖下来的眼球，所以只好将眼球藏在天花板上。然后，你用阿苏给小唐的钥匙将维修部的门锁上，带着两块硬盘迅速返回了办公室。

“因为你行事迅速，所以李梅并未觉得你曾经离开办公室。

“今天早上，你如常地一大早就返回研究所。不同的是，你趁老周正在打瞌睡，悄悄将维修部的钥匙挂在他身上。你的手法极其精妙，将钥匙挂在老周外套背后下摆边缘的内侧，既让钥匙不会轻易掉下来，又使钥匙一旦受到外力就会马上掉落。

“更巧妙的是，在整个过程中老周竟然毫未察觉，直到被你叫醒，还不知道发生了什么事。

“随后，老周跟阿苏进入维修部。你预想曾经在医院工作的老周并不畏惧尸体，必然会走到尸体身边查看。你算好时间，假装听见阿苏的叫声后走到门外，暗中按下遥控器按钮，使门锁零件产生磁力，将挂在老周外套上的钥匙吸过来。磁力消失后钥匙便掉到地上，这样你就能不进入维修部，亦可将钥匙送回去，营造密室杀人的假象。

“你的布局很完美，但你没想到接手处理该案的人竟然会是我。为了不引起我的怀疑，你十分殷勤地接待我们，甚至忘却自己是凶手。正因为你掩饰得太好，以致我完全没有怀疑你。如果不是阿苏将副所长拉到旁边说话，我可能这辈子也不会知道真相。

“阿苏在维修部里发现了小唐藏起来的U盘，并查看了里面的资料，知道了泥丸的秘密。联想到副所长吩咐他跟小唐销毁硬盘以及小唐被杀，他一时财迷心窍，竟然想以此敲诈副所长。

“你担心副所长不能将阿苏摆平，以致泥丸的秘密外泄，所以就干脆一不做二不休，打算将阿苏杀死。

“第一次停电的时候，你假装在休息室内抽烟。其实一直在抽烟的并不是你，而是坐在你位子上的杨露。因为杨露平日没有抽烟的习惯，而且当时休息室内漆黑一团，所以副所长看到香烟的火光，就以为你一直坐在沙发上。

“你悄悄离开休息室潜入配电房，以高超的暗杀技巧将阿苏杀死，并将U盘带走。所以杨露知道副所长曾离开休息室5分钟，而你对此却毫不知情。

“我们押送副所长去配电房时，你悄悄将沾有血迹的刀片放进副所长的裤袋。而且放的位置很浅，他一动就使刀片掉下来，成了你的替罪羔羊。

“在副所长从休息室逃走后，你跟老周和杨露去配电房开启电源。其间老周察觉出问题，觉得阿苏被杀时，拍他肩膀的那只手似曾相识，甚至开始对你早上叫醒他的举动产生怀疑。为防止事情败露，你再动杀念将他杀死。

“随后，你跟杨露分头行事，你前来跟我和映柳会合，将我们稳住；杨露则去找副所长，杀他灭口，以防他在警方的逼问中泄露秘密。

“杨露表面上是你的秘书，但实际上是你的入室弟子，自然会听从你的任何吩咐。哪怕你要她杀人，她亦会毫不犹豫……”

“好，好，你果然没让我失望，重点都让你推理出来了。”宏叔用力地拍掌，“我也该信守承诺，将我的身世告诉你了。”他重重地吸了口气，向对方道出自己那段不堪回首的过去。

“我的父母是渔民，一生中大部分时间都漂泊于茫茫大海之中。

“母亲把我生下来后，月子还没坐完，就跟父亲一起出海，将我和两个年幼的姐姐交给年迈的奶奶照顾，目的只是为了赚取足够的工分糊口。然而他们这一走，就再也没有回来。

“一场突如其来的风暴，使他们和其他船员全数葬身鱼腹。他们的离世来得太突然，甚至没来得及给我取名。

“奶奶是个目不识丁的老人，自然不懂得怎样给我取名，只是按照家中的排行叫我‘三儿’。因为父亲姓王，所以村里的人都叫我‘王三’。

“父亲有三个哥哥，可惜全都是自私自利之辈，我们三姐弟孤苦无依，他们竟然不闻不问，甚至不愿赡养他们的母亲。

“我出生的时候，奶奶已经60多岁，身体还算硬朗。她不忍心让我们姐弟三人挨饿，就向村干部求助。那些道貌岸然的村干部表面上说一定会尽力帮助奶奶，解决我们一家的困难，实际上却私下克扣政府给我们发放的补助。

“单靠政府的救济，奶奶自己想吃饱肚子都不行，更别说养活我们三姐弟了。无奈之下，年迈的奶奶只好抱着襁褓中的我，带上分别只有5岁和3岁的两位姐姐到生产队劳动。

“伯父们对此不但没起怜悯之心，反而在伯母们的挑拨下，认为奶奶的举动让他们丢脸，经常故意非难奶奶和两位姐姐。我不知道奶奶和两位姐姐是怎么熬过那段艰苦日子的，只是依稀记得，她们有东西会先给我吃，有衣服也会先给我穿。

“或许日子实在过得太苦了，在我4岁的某一天，奶奶终于撑不下去了，在湿滑的工场内摔倒，从此再没有起来。那年，大姐只有9岁，而二姐才7岁，但她们却要挑起家中的重担。

“她们俩要带着一个4岁的幼童生活，很难想象我们能活下来吧？尤其是在那个近乎疯狂的年代。事实上，她们的确没能活下来。

“奶奶死后，我们继续到生产队里工作，以我们弱小的力量赚取仅可糊口的工分。生产队里的人总是欺负我们年龄小，经常让我们干脏活累活，但又少算我们的工分。伯父们就更过分，年末分配东西时，他们竟然以代管为由，公然瓜分我们东西，只给我们留下很少的一部分。

“虽然我和两位姐姐已稍微长大，勉强能自食其力。但奶奶死后，我们的日子过得更苦，经常要以工场里那些连狗也不吃的鱼内脏果腹。

“大姐跟二姐都很疼我，家里能吃的东西不多，她们总是先让给我吃饱，然后才开始吃。所以她们总是很瘦，很虚弱。

“日子虽然过得很苦，但有两位姐姐的照顾，我总算没死掉。如果她们能够活下来，我一定会尽一切努力报答她们，让她们过上最幸福的生活。

“可是世事总是那么残酷，在我7岁那一年，她们就一起离开了我。

“我最早而又最清晰的记忆，发生在一个寒冬的深夜，当晚我们三姐弟蜷缩在父亲生前搭建的房子里。严格来说，这不算是一间房子，房门不知道被哪个浑蛋趁我们到生产队上工时拆走了，房顶的瓦片也在上一次台风中被吹掉了一半，只能算是一个仅能容身的狗窝。在这狗窝里，我们像三条流浪狗似的蜷缩在一起，盖着一块破布取暖。

“那一年好像特别冷，我们都冻得发抖，互相依偎着取暖，期待黑夜尽快结束。可是，上天不但没有完成我们这个小小的心愿，反而给我们送来了一个恶鬼，使黑夜变得更加漫长。

“就在我们冷得牙关打战的时候，忽然有个浑身酒气的男人闯进我们的狗窝。我认得他，他是村里的治保主任，经常和伯父们一起欺负我们，抢我们的东西。

“大姐以为他又想来抢我们的东西，就说我们家里什么也没有，只有盖在身上的破布。谁知道他这次来不是想抢我们的东西，而是想在两位姐姐身上发泄兽欲。

“当时我还不懂男女之事，看见他把年仅12岁的大姐压在床上，以为他想打大姐，就和二姐一起扑去过跟他拼命。我们三个只是小孩，力气不如他，当然打不过他，所以只能眼睁睁地看着大姐被他欺负。

“治保主任走后，大姐躺在床上哭着叫痛，两腿之间还不停地流出鲜血。我跟二姐都吓坏了，连忙走到卫生站拍门找医生。医生一听我们说大姐两腿间流血，就说是来月经了，过几天就好。

“我跟二姐年纪小不懂事，把医生的话信以为真，以为大姐过几天就会好起来，就回家待在床边守住大姐。可是，大姐第二天一整天都没能起床，血还是不断地流，脸色也越来越苍白。

“我跟二姐都很害怕，再次去卫生站找医生。但医生仍然对我们爱理不理，只说大姐不用吃药，过两天就好，然后就将我们赶走了。

“然而，两天之后，大姐不但没有好起来，而且还像奶奶过世时那样闭上了双眼。我怎么样推她、叫她，她也没有再睁开眼睛……

“大姐死了，医生说她是身体本来就十分虚弱，加上失血过多以及并发炎症，所以就死了。

“我跟二姐向大家哭诉，是治保主任将大姐打死的。大人看见大姐的情况，心里都明白发生了什么事，但因为害怕遭到治保主任的报复，所以大家都没有吭声。大姐就这样含冤离开了我们。

“埋葬大姐的尸体后，我非常害怕那个恶鬼会再来欺负二姐。我在家里找到一块刀片，小小的一块双面刀片，是大姐缝衣服时用的。我不知道这块刀片能起什么作用，只想找件武器保护二姐，而我在家里唯一能找到的武器，就只有这块刀片。

“黑夜再次来临，我跟二姐惶恐地搂在一起，害怕治保主任会再度来欺负我们。我们不知道该怎么办，也没有人来帮我们。我们曾经找过伯父他们，但他们却说我们的死活跟他们无关。

“在我们感到最无助的时候，如恶鬼般的治保主任果然又出现了。这次他喝得醉醺醺的，他将二姐压倒在地上，不停地撕她的衣服，像欺负大姐那样欺负她。我扑过去跟他拼命，但却一次又一次地被他打倒。我想起白天找到的刀片，就拿着刀片往他身上乱划。

“治保主任没想到我会用刀片往他脖子上划，发现被我割了几道伤痕，立刻从二姐身上爬起来，对我拳打脚踢。我虽然打不过他，但知道如果我不反抗，他就会继续欺负二姐。

“我害怕二姐会像大姐那样，我已经失去了大姐，不想再失去二姐。所以，不管被打倒多少次，不管被打得有多痛，我还是咬紧牙关扑到治保主任身上，用刀片往他身上乱划。

“在跟治保主任搏斗的过程中，我发现跟他的距离越近，他就越难向我反击。所以我就想尽办法扑到他身上，不停地用刀片划他的身体。

“也许是刀片恰好割到了他的动脉，治保主任渐渐没了力气，身上的伤痕越来越多。不断失血使他渐渐失去了力气，最终倒地不起。然而，我还没来得及为胜利感到高兴，便发现二姐像大姐那样，两腿之间不断地流出鲜血。”

第十七章　杀手之王

“二姐最终也没挺过来……”宏叔仰头闭目，让暴雨替他抹去脸上的泪水，待情绪稍微平伏，又继续讲述过往的经历。

“第二天，村里没出海的村民几乎都围在了我家外面。虽然没人敢相信，年仅7岁的我竟然能将治保主任杀死，但大家心里都清楚他犯下的兽行。

“我听见医生跟村干部们窃窃私语，大概是说二姐下体撕裂严重，卫生站处理不了，要送到县城的医院去。那些假仁假义的村干部怕被县政府知道治保主任的兽行，使他们受到牵连，竟然叫医生别管二姐的死活，任由她像大姐那样死掉。

“我抱着医生的大腿，哭着求他救救二姐。可是他竟然说救不了，一脚把我踢开，头也不回地跑掉。

“我搂着二姐一直在哭，但谁也没向我们伸出援手，伯父们没有，村干部没有，其他村民也没有。直到二姐的身体变得冰冷，也没有人愿意帮助我们。

“二姐死后，村干部随便编了个借口草草了事，说有贼人潜入我们家先将二姐奸杀，随后还想杀我灭口。幸好治保主任及时赶到，拼死保护我，跟贼人奋斗多时，最终成功将贼人赶走，但自己却英勇牺牲。

“这种睁眼说瞎话的谎言，县政府居然相信了，而且还给这禽兽不如的恶鬼颁发奖状，追封他为英雄烈士。

“很可笑是吧？还有更可笑的呢！

“虽然嘴里没敢说出来，但治保主任的家属都知道是我将他杀死的，所以他们用尽一切办法来折磨我。大姐跟二姐死后，我本来就已经孤苦无依，伯父们怕得罪治保主任的家属，更是立刻跟我划清界线，要欺负我还不容易吗？

“治保主任的奖状发下来还没两天，我家的破房子就连墙都被他们推倒了，我只能在瓦砾堆中过夜。他们还不让我到生产队里做事，甚至还说我是灾星，要将我赶出村子。

“我当时只有7岁，如果是现在或许还能在垃圾堆里找到吃的，但在那个物资短缺的年代，离开村子就只有死路一条。可是，伯父们对此却只是冷眼旁观，未曾为我说过一句公道话，更别说给我任何帮助。

“或许老天爷还嫌我吃的苦头不够多，不想让我死得太早，所以没让他们如愿以偿。村里的老锁匠看不惯他们这样欺负我，站出来为我说话，还收留我到他家里住。

“我至今仍未曾忘记老锁匠对我的恩情，他不但在我最无助的时候向我伸出援手，还教会我开锁的本领。他说像我这种举目无亲的人，如果没有一门手艺，是很难生存下来的。

“我非常认真地学习他的本领，在两年之内几乎将他的开锁技术全部学会了。一般的锁，我不用一分钟就能打开。

“老锁匠无儿无女，把我视为已出，待我如同亲儿子一样。我本想把他当做亲人，侍奉他终老，可是老天爷却又一次跟我开起了玩笑。

“治保主任的家属始终没肯放过我，老锁匠收养我这两年间，他们用尽各种办法对付我们。幸好老锁匠是附近几个村子里唯一的锁匠，总算能得到一部分人的尊重，所以勉强还能应付过来。可是，他们为了向我报复，竟然教唆伯父他们诬蔑老锁匠偷东西，一群人冲进来，将房子里的东西全都砸个稀巴烂，还把老锁匠打伤了。

“老锁匠本来就年纪老迈，被他们毒打一顿，骨头都快散架了，躺在床上好几天都不能下床。眼见他快要不行了，我就哭着说要为他报仇，将那些人全都杀光。我还告诉他，治保主任是我杀的，只要给我一块刀片，我就能将他们都杀死。

“老锁匠跟我相处了两年，很清楚我的性格，知道没办法阻止我，就让我把他刮胡子的刀片拿过来，亲手交到我手上，对我说：‘你以为我只是个锁匠吗？告诉你，我也杀过人，所以不会阻止你去杀人。’

“他告诉我，他年轻时是个小偷，利用开锁技术潜入别人家里盗窃。因为被人发现，一时惊慌竟然错手将对方杀死。他说这是一条不归路，一旦双手沾上鲜血，一辈子都得背负良心的责备，叫我认真考虑清楚。

“我说杀一个人是杀，杀一百个人也是杀，既然我已经背负了一条人命，也不在乎多杀几个人。

“他叹了口气，没有再劝我放弃为他报仇，反而说如果我用杀死治保主任的方法去为他报仇，恐怕仇还没报，我就先被对方打死了。我问他该怎么办，他指着我手中的刀片说：‘捏紧这块刀片，在对方脖子上一刀划过去。’他说当年他就是这样，一刀划在对方脖子上，把对方杀死的。

“接着他还说：‘反正我撑不了多久，你就拿我当试验，顺便送我一程吧！’

“我盯着他一句话也说不出来，直到他一再催促我，我才知道原来他一直在强忍着痛楚，实在不想再忍受下去，要我给他一个解脱。那一刻，我也不知道该跟他说些什么，只好默默点头，含着泪，用手中的刀片往他指示的位置用力一划。

“鲜血随即从他的脖子喷涌出来，如涌泉般喷洒在我身上。我突然想起两位姐姐下体的鲜血，又想起治保主任身上那一道道不断流出鲜血的伤口。前者给我带来恐惧，后者给我带来亢奋，两种情绪激烈对撞，瞬间使我明白一个道理——只有复仇的快感才能战胜心底的恐惧。

“当天深夜，我等所有人都进入梦乡后，利用老锁匠教的开锁技术，悄然潜入那些曾经欺负我们的坏蛋家中。我偷偷摸到床头，用老锁匠给我的刀片，往坏蛋的脖子上划过去。

“一个、两个、三个……我数不清楚当晚杀了多少人，应该不少于20个；不过他们都是该死的混蛋！当中有一直迫害我们的治保主任家属，也有落井下石的伯父们三家，以及经常欺负我的村民。

“很难想象一个小孩竟然能在一夜之间杀死20多个人吧？我也觉得挺不可思议的。或许我被欺负怕了，走路特别小心，尽量不弄出任何声音，以防引起别人的注意。又或者我天生就有当杀手的潜质，每次都能准确地将对方的颈动脉划破。反正，当我将所有坏蛋都杀光后，仍没有惊动其他村民。

“虽然当时没被人发现，但一夜间死了20多人，天亮后村里肯定会炸开锅。所以，我趁天还没亮，匆匆跑回老锁匠的房子里，打算随便收拾点行李，马上离开村子。然而，收拾行李时我才发现，除了几件破衣服以及老锁匠给我的刀片和开锁工具外，再也没有任何属于我的东西。

“我拿起没多少重量的布包，离开给我留下苦痛回忆的村子，开始到外面的世界闯荡。那一年，我只有9岁。

“多年来的仇恨在一夜之间得到清算，但我并未因此感到快乐。复仇的快感在我离开村子那一刻便消散于无形，留下来的就只有蕴藏于心底的嗜血本性。

“离开村子后，我曾想用老锁匠教我的开锁技术谋生，但谁又会放心将关系全家财产及性命安危的锁头，交给一个乳臭未干的小屁孩？而且以当时的社会制度，一个来历不明的外乡人，要在陌生的地方生存下来，是件非常困难的事。

“就在快要饿晕的时候，我突然想起老锁匠说他曾经是个小偷。他既然能用开锁技术做小偷，我怎么就不行呢？为了生存，为了能找到吃的，我只好当个鬼鬼祟祟的小偷。

“那年头平民百姓都穷得叮当响，夜不闭户是很平常的事。所以，刚开始我一晚能偷到一两个别人不舍得吃的馒头或番薯，已经算是走运了。有时候一连摸进十来间房子，都是空手而归。

“后来，我发现老百姓虽然穷，但领导干部似乎活得挺不错的，至少他们要长得胖一些，家里多少也会有点能偷的东西。

“我的想法没错，干部家里的确能找到一些粮票之类比较有用或者说是‘值钱’的东西。不过当时流动人员较少，很多村子都没别的外来人，发现东西不见了，首先想到的当然就是我这个来历不明的小鬼头。虽然从未被当场抓住，但在当小偷的四年间，事后被发现的倒有好几次，还差点被打死。

“在那个年代，大概就只有傻瓜才会去当小偷，但对一个举目无亲的小屁孩而言，这又是唯一能让我生存下来的办法。幸好，在我13岁那年赶上改革开放，于是就跟随大人的步伐，到沿海地区去谋生了。

“沿海地区的好处是有大量外来人口，所以我混在当中并不显眼，偷东西也不容易被人发现。凭着这几年当小偷的经验，我不但轻易地解决了生活来源的问题，日子还过得挺快活的。

“可是，我很快就发现，这并非我想要的生活。我经常梦见鲜血飞溅的画面，但我却并没有感到恐惧，反而有种不能言喻的快感。我为此困惑了一段日子，直到有个接赃小哥给我一笔钱，让我干掉一个经常找他麻烦的治安员，我才发现一直隐藏于心底的嗜血本性。

“我在夜里悄悄弄开治安员家的门锁，像4年前杀死村里的坏蛋时那样，用刀片在他脖子上划了一下。鲜血喷涌的那一刻，我突然有种热血沸腾的感觉。我终于明白自己为何会不快乐，原来我一直无法忘记杀人的快感。

“在此之后，杀人便成为我唯一的生存动力。开始时，我还会挑选目标，只会杀那些做尽坏事的浑蛋。渐渐地，我不再选择目标，只要有生意上门，我就会接下来，也不在乎报酬的多少。因为我的目的不是为了钱，而是单纯为了追求杀人的快感。

“那年，我只有13岁。

“人杀多了，我渐渐变得麻木，甚至对生存感到迷茫。那感觉就像抽烟，抽多了总会想戒掉，但少抽一天也让人受不了，只好继续抽下去。

“我本以为自己会一直当杀手，直到某天被警察抓去枪毙。我不怕死，也不在乎生死。对一个无亲无故且满手鲜血的人来说，活着其实没有多大意义。至少，对当时的我来说，生存的意义就只是在被枪决之前我还能再杀多少人。

“这种行尸走肉的生活，一直维持到17岁，直到我遇上老二，一个改变我一生的男人。

“或许我天生是当杀手的材料，自13岁出道以来，我凭着自创的‘零距离猎杀术’，4年间杀人无数，却从未给警方留下任何线索。

“嘿嘿，试问又有谁曾想过，一个杀人如麻的职业杀手，竟然会是个乳臭未干的小屁孩？不过，这个人最终还是让我遇到了，他就是你的父亲相云博。

“17岁那年，我接到一宗生意，目标是高校里一位姓洪的教授。我先混进学校里当一名清洁工，然后找机会在深夜潜入洪教授的宿舍将他杀死。整个过程跟我之前做的买卖没多大区别，亦没有留下什么线索，警察肯定不会发现我是凶手。

“洪教授是老二的导师，他的死使老二非常难过，誓要查出凶手的身份，还他一个公道。事实上，老二真的做到了，他竟然凭借洪教授的几篇日记，查出了委托人的身份。

“我懂得如何保护自己，并未亲自跟委托人见过面，对方自然不知道我的身份。但老二竟然根据买凶时间等细节，对照我的入职时间，将我锁定为凶手。

“虽然老二最终没能证实我就是凶手，但他的头脑实在让我佩服得五体投地。至少在过去4年间我犯下的数不胜数的命案中，从来没有人怀疑过我是凶手。

“最后，我向他承认自己是凶手，告诉他可以将我交给警察，因为我等这一天已经等了很久。然而，他并没有将我交给警方，反而询问我的身世，问我为何如此年轻就当上了杀手。

“我向他坦言自己的过去，说我除了当杀手，就没有其他可以继续生存下去的办法。他当时跟我说：‘你读书啊！你读书就有文化，有文化就能得到大家的尊重，就能找到工作。’

“他还说可以教我识字读书，让我重新做人，不再当一名满手鲜血的杀人狂魔。我当时竟然天真地认为，读书真的像他说的那么好，就让他教我识字，教我读书。

“自我出道以来，身边的人全是些刀头舐血的亡命之徒。他们不但不会管我的死活，甚至恨不得我早日丧命，以瓜分我拥有的一切。像老二那样真正关心我的人，除了已经死去的奶奶、大姐、二姐以及老锁匠之外，就只有他一个。所以，我很用心地去学习，不但让老二教我识字，还偷偷混进课室里听课。

“不过我很快就发现，事实并不像老二说的那么美好。不管我如何用心学习，户籍、出身等问题都会在日后给我带来诸多困扰。与其将时间浪费在未卜的前途上，还不如继续当杀手，至少不用担心户籍的问题。而且嗜血的本性让我渴望再度闻到鲜血的味道，看见鲜血喷涌的画面。因此，我便向老二道别，打算继续当一名杀手。

“老二劝我了很久，但见我主意已决，就要求我答应他两件事：一是要我以后杀人时，要将对方的眼睛挖下来，用福尔马林浸泡，然后藏到一个隐蔽的地方；二是要我继续跟他保持联系，因为我是他的朋友……”

第十八章　王的结局

“朋友啊……”宏叔闭上双目，回忆起昔日与溪望父亲的种种经历，感慨地道，“这是我的人生中，第一次被人视为朋友。那一刻，我十分感动，什么也没想就答应他了。我之所以改名为‘重宏’，其实是取其谐音‘重云’之意，重视我一生中最重要的朋友，同时亦是唯一的朋友。”

“父亲为什么会要求你将死者的眼睛挖下来？”溪望问道。

长时间承受狂风暴雨的吹打，已迫近宏叔身体承受能力的极限，再继续强撑下去，未来几日必定会大病一场。然而他却毫不在意风雨，亦没有返回室内的意思，只是继续向溪望讲述他的经历。

“其实我当时也不明白老二的意图，不过既然已经答应他，就只好照办。

“在往后的日子里，我继续做杀手的买卖，不过每当有空闲的时间，我就会去找老二，让他教我学习。他教会我很多东西，除了知识之外，还有人生的道理。渐渐地，我开始明白他为何要我挖下死者的眼球。

“我需要找个隐蔽的地方存放眼球，为了不被人发现，我选择了一间荒废多时的阴森大屋。据说这间大屋曾经闹过鬼，所以没人敢靠近，是个隐藏秘密的好地方。而我又将眼球存放在大屋中最阴森的房间里，所以一直都没有被人发现。

“对一个7岁就开始杀人，9岁时已经背上20多条人命的杀手来说，别说是闹鬼的大屋，在坟场我也能安心睡觉，没什么好害怕的。可是，当眼球的数量渐多，我便开始感到不安，越来越不愿意走进那间阴森的房间，但我每次杀人之后，都必须将眼球放过去。

“有一天，当我再次将一双眼球放进这阴森的房间，看着满房间浸泡在福尔马林中的眼球时，忽然觉得被无数双眼睛盯住。我感到前所未有的惶恐与畏惧，仿佛所有被我杀死的人都在向我哭诉，向我索命。

“我很害怕，立刻逃离了房间，并且一把火将整间大屋烧掉。与此同时，我亦明白了老二的用意，他要我知道自己犯下的罪孽。他要用恐惧和内疚，抵消杀戮给我带来的快感。他做到了，而且非常成功。从那一刻开始，每次看见鲜血，我就会有种惶恐不安的感觉……”

“那你为什么还要杀人？”溪望的身体微微颤抖，或许因为对宏叔的经历有所感触，又或者是长时间受暴雨吹打的缘故。

“人在江湖，往往身不由己。”宏叔摇头叹息，“老二的主意虽然最终使我对杀戮产生了厌倦，但我亦因此声名大振，甚至得到了‘蛊眼狂魔’的称号。人出名了，自然就会有道上的人找上门。在我不想继续当杀手之前，加入了一个神秘组织，就是在幕后主持泥丸研发计划的陵光。”

“他们要挟你？”溪望惊讶道。

宏叔仰头长叹：“尘事如潮人如水，只叹江湖几人回。”

“还有一件事我始终没能想明白。”虽然对宏叔的安危感到担忧，但溪望想先解开心中的疑惑，便问道，“我推测副所长要隐瞒的事情跟泥丸有关，是因为此事牵涉李梅，而她的幕后老板很可能是陵光。因此，副所长的秘密极可能跟我父亲的死有关，也就是你曾提及的万能药泥丸。我不明白的是，纵使泥丸是一种划时代的药物，但有必要为隐瞒这种药物的研发而不惜接二连三地杀人吗？”

“泥丸背后隐藏着一个你无法想象的惊天阴谋，我可不能随便告诉你。”宏叔缓缓地摆出对战的姿态，笑道，“不过，如果你能打败我，那就另当别论。”

溪望迟疑道：“我们真的要生死相搏？”

“废物！”宏叔突然露出凶狠的眼神，“老二之所以能让我折服，除了他过人的智慧外，还有他自创的‘迅柔刚烈’。这套他从太极中领悟出来的功夫，完全克制了我的‘零距离猎杀术’，我不但无法伤他分毫，反而被他当做小孩般玩弄。你的智慧有他八九成，希望你的拳头不会令我太失望。”

溪望明白了对方话里的含义——要让对方折服，必须像父亲当年那样，表现出过人的智慧及武力。智慧方面已经得到对方的认可，现在该是展示武力的时候了。

父亲所创的迅柔刚烈，溪望也曾想学习。只可惜父亲工作太忙，一直未能抽出时间认真传授，只教会他一些基本的招式，让他自己练习。这些基本功与太极拳近似，易学难精，他练了一段时间就不感兴趣，转而学习实用性更强的五郎八卦棍，后来更自创无相多变枪。

虽然宏叔说曾败于父亲手下，但他能在瞬间置人于死地的实力，实在让人不可掉以轻心。溪望不敢有丝毫怠慢，立刻抽出百鬼鸣组合为长棍状态，摆出应战的姿态严阵以待。

宏叔冷笑道：“你已经跟小杨交过手，必定知道零距离猎杀术是种超近身搏击术，你认为用长棍能打败我吗？”

“既然是超近身搏击术，那么只要将距离拉开，你就无计可施了。”溪望强作镇定，但身体的颤抖越来越明显。

“零距离猎杀术中有两种招式是专用于靠近对手的，一是‘潜步’，就像我杀死阿苏时那样，悄然无声地走到他身后；另一种是‘疾步’，就像这样……”宏叔突然起脚，将脚下的积水撩向溪望的脸庞。

这招杨露曾经用过，是趁对方注意力分散时，疾速靠近对方的伎俩。溪望当然不会让宏叔得逞，毫不避让扑面而来的污水，准备冲前挥棍横扫。

他还没将棍挥出，污水已扑到脸上，双眼本能地闭上。然而，在闭眼的前一刻，他仿佛看见污水中隐藏着一个黑影。还没来得及细想，脸上已经受到重击，硬被打得倒飞五步倒地。他慌忙爬起来，双眼金星乱舞，缓了一会儿才能看清楚眼见的景象。

宏叔缓步向他走来，冷笑道："傩仔，别小看我这个老头子。虽然是同一招式，但我使出来的效果跟小杨是两回事。你还是别想有任何保留，赶紧给我亮刀子，别以为我不会杀你。"

溪望后退一步，再次问道："我们真的要一决生死？"

"别废话，男人之间的决斗，若有任何保留，就是对对方的侮辱！"宏叔怒目圆睁，杀意瞬间涌现。

溪望不寒而栗，立刻将长棍拆开，变换成两把手柄略长的匕首，再次严阵以待。

"防守只会让你处于挨打状态。"宏叔出其不意发起正面攻击，无视对方的一双匕首，径直扑向对方。

溪望立刻还击，左手紧握匕首刺向宏叔脸部，右手亦蓄势待发以应万变。宏叔突然往左侧移动，闪避迎面的一击，并以极快的速度绕到他身后。他立刻往右转身，以匕首作横扫千军之势堵截宏叔。然而，匕首并未能伤及宏叔，反而被宏叔抓住他的手臂，以过肩摔将他重重地摔到地上。

"呸！"宏叔吐了一口口水，骂道，"老二有你这个儿子，简直是他的耻辱！"待溪望爬起来，他又道，"零距离猎杀术的精要在于距离越短，对手越难反击。你想打赢我，就必须想办法，在最短的距离下给我最致命的反击。"

溪望被对方在背后使出过肩摔，右肩几乎要脱臼，身体也摔得不轻。他仔细思量对方的话后，默默地将百鬼鸣绑回手臂上，并让剑刃缩回。

宏叔见状豪爽地大笑："哈哈，孺子可教，孺子可教。你终于知道面对零距离猎杀术，将百鬼鸣拿在手上不但难以反击，反而会成为累赘。只有将它绑在手臂上，利用刀刃弹出的冲击力，才能给我最致命的一击。好，好，能在极短的时间内分析对手的弱点，并利用自己的优势反击，这才像老二的儿子。"

"宏叔，这是我最后一次问你：除了一决生死之外，我们就没有其他解决问题的办法吗？"溪望眼神中流露出的尽是痛苦与无奈。

宏叔怒道："你不是想知道是谁把老二害死的吗？我可以将一切告诉你，但你必须先把我打倒。因为我也打不过那个人，如果你连我也赢不了，知道那个人的身份也没用，顶多只能白白送死。”

溪望闭上双眼，泪水悄然滑落。他仰着头让暴雨洗刷脸上的泪水，待心情稍微平复后道：“虽然我很想为父亲讨回公道，但他毕竟已经过世，你跟见华才是我眼前最珍惜的人。哪怕父亲是被你杀死的，我也不会怨恨你，亦不想知道真相。我只想你能跟我们一起快快乐乐地生活。”

“一切都已经太晚了。”宏叔叹息了一声，随即又怒目圆睁，冲溪望喝道，“别再婆婆妈妈了，今晚只有一个人能活着离开这里。”说罢右腿用力往后一蹬，抡起右拳向对方扑去。

“就让我们决一胜负吧！”溪望的眼角溢出泪花，他奋力前冲，假装以左肘突击，阻碍对方的视线。待两人距离缩短，立刻挥出右拳，直攻对方胸口。

两人的距离在一步之内，在此情况下要避开对方的攻击，几乎没有可能。但宏叔是杀人无数的职业杀手，化解溪望的攻击还不是小菜一碟。只见他左手前伸，反手将溪望的右拳往外轻拨。

眼见攻击被对方轻易化解，溪望立刻准备抬起左手迎接对方的还击。然而宏叔并没有还击之意，而且也没有完全化解他的攻击，只是让他的拳头稍往外移，位置正对自己的左胸。

溪望瞬即明白了宏叔的意图，正想大叫“不要”，将击出的右拳强行抽回，突然发现宏叔嘴角含笑，并触动百鬼鸣的机关使剑刃弹出。

一切都已经为时已晚，溪望来不及将右手抽回，他的拳头重重地打在宏叔胸口上的同时，弹出的剑刃亦刺穿结实的胸肌，插入心脏所处的位置上。

“为什么？你为什么要自寻短见？”溪望扶着扑倒在他身上的宏叔哭喊，“你不是说，有任何保留都是对对手最大的侮辱吗？为什么要故意让我刺破你的心脏？”他慌乱地想将插入宏叔胸口的剑刃拔出来，但手腕却被对方强劲有力的手抓住。

“你把刀拔出来，我马上就没命了。”宏叔喘着气说，“从我们动手开始，我至少有三次机会能要你的命，你就不能让我侮辱一次吗？”

溪望强行让自己镇定下来，说：“我现在送你去医院，明天我会向厅长求情，尽量想办法让你不用坐牢。我可以找朋友帮忙，让你保外就医……要不我将所有证据销毁，警方不会知道人是你杀的。”

“没用的，现在这情况，别说去医院，想离开研究所也不可能。”

“为什么？为什么要这样？”溪望沮丧地低下头，眼泪不停地落下。

“健仔，这不是你的错。”宏叔将手搭在他肩膀上，“我觉得很累，不想再杀人了。但除了死，我没有其他办法可以脱离陵光，所以只好让你送我一程。”

“这一切都是因为陵光？”溪望双眼燃起复仇的怒火。

“健仔，好好给我听着，我只能说一次。”宏叔的声音渐渐变得低沉，“陵光总共有七位成员，分别是井犴、鬼羊、柳獐、星马、张鹿、翼蛇和轸蚓。当中的鬼羊就是我，井犴是我们的首领，人称‘六臂罗刹’，能同时使用六件武器。如果他用的是枪械，你恐怕连逃走的机会也没有。各成员均是直接跟首领联系，互相之间并不认识，每次行动亦会以各自的方式隐藏身份。所以，我并不清楚其他成员的身份，只知道翼蛇的绰号叫‘神偷凌风’。如果你非要知道真相，与陵光为敌，就去香港找翼蛇吧……”

宏叔突然将插在左胸的剑刃拔出，鲜血立刻从伤口喷出，与打落在身上的雨水混为一体。他倒在溪望的怀抱中，气若游丝地说：“健仔，答应我，替我好好照顾倩琪，千万别让她受到伤害。”

“宏叔，我答应你，我绝不会让任何人欺负倩琪，哪怕把命拼了，也不会让她受到丝毫伤害。”

“好，好，这样我就放心了……”宏叔的身体慢慢软下来，倒在溪望怀中。

溪望连忙伸手摸他的颈动脉，仰天悲凉地大叫：“宏叔……”随即于暴雨中徐徐与对方相拥倒下。

“嘻嘻，淋了一夜的雨，竟然还能撑到现在，也算你厉害了。”娇媚的笑声从楼梯间传出。李梅走到门口，看着倒在地上的两人，狡诈地笑道：“鬼羊呀鬼羊，别以为你死了，BOSS就会放过你。你说的倩琪，应该是人民医院那个护士吧！有意思，嘻嘻……”

阴险的笑声于暴雨中渐渐消失……

尾　声

一

“一夜之间杀了三个人，两天内闹出五条人命，这杀手王果然名不虚传。”厅长皱着眉头翻阅映柳送来的报告。

映柳连忙更改道：“相前辈说四名死者中，只有三名是被王重宏杀害，副所长陈亮是被杨露杀死的。”

“有这姓杨的消息没？”厅长仍在翻阅报告，头也没抬。

“暴雨过后，我们已在研究所附近仔细搜查，但至今仍未找到杨露的尸体，所以还不能确定她是死是活。”

“这场暴雨死了37人，她大概也活不成，不再浪费时间找她了。”

映柳面露困惑之色，沉默不语。厅长问她怎么了，她迟疑片刻后问道：“为什么每次发生重大事故，死亡人数永远都是37人？那晚的暴雨来得这么凶猛，遇难的人数肯定不止37个呀！”

“因为超过37人就有人要掉乌纱帽，所以最多只能是37个，其余的都得按失踪人员计算。”

“原来是这样。”映柳恍然大悟。

厅长看着报告，突然眼前一亮，问道：“在硬盘跟U盘里发现重要的信息没有？”

“可能会让你失望了。”映柳怯弱地低下头，“U盘因为损坏严重，无法修复。而两块硬盘似乎被人做了手脚，技术队到现在还没能将数据修复，所以没有任何收获。”

“可惜呀，我还以为能牵出一宗大案呢。”厅长难掩脸上的失望之色，又道，“那个姓李的律师又怎么样了？”

“她以当晚形势险峻、警方无法保证她的人身安全为由，辩称她的拒捕是合法行使公民权利。而我们又没找到她的任何犯罪证据，所以没有对她落案起诉。”映柳脸上闪过微仅可察的惊慌，但厅长正低头翻阅报告，并未察觉。她暗中松了一口气，又道：“她还说要投诉相前辈滥用职权，怎么办呢？”

“小相又不是警员，随她去投诉吧！”厅长面露笑意，“我倒想知道她打算找谁投诉去。”

“那就好。”映柳微微一笑，随即又皱起眉头，“相前辈好像病得不轻呢，恐怕要休息一段时间。”

“他是见惯风浪的人，我倒不担心他的身体。”厅长将报告放在一旁，叹了口气，“不过，杀手王跟他关系匪浅，而且又死在他手上，我怕他一时间接受不了，你有空就去安慰一下他吧！”

“他也挺可怜的。”映柳叹了口气，默默地点头。

二

“小冯，替我把解剖工具拿过来。”正为尸体做清洁工作的流年向门外的助手叫了一声，随即恭敬地对尸体说：“你是小相的叔叔，我待会儿下刀时会多加留神，你安心上路吧！”

一名面戴口罩、身穿白大褂、左手戴着银色手镯、右手缠着绷带的女生，捧着一盘解剖工具进入解剖室，悄然走到流年身后。流年的目光没有从尸体上移开，只是伸出右手，向对方说：“手术刀。”

女生将工具放下，并未给流年递上手术刀，而是从他背后伸出双手，穿过他的脖子绕到身前。流年察觉有异，但还没来得及作出反应，对方已经从手镯中拉出一条纤细的钢丝，迅速勒住了他的脖子。

流年痛苦地挣扎，想大叫救命，但脖子被钢丝勒住，使他不能发出任何声音。他的脸色渐变青紫，视线亦开始模糊，挣扎的力气渐小，双眼缓缓闭合，然后无力地倒下。

女生扯掉口罩，露出脸颊上的两道伤痕，对躺在解剖台上的尸体说：“师傅，露儿来了。”

三

“什么？！法医处起火了，你没弄错吧？”额头敷着冰袋、嘴里含着体温计、躺在床上的溪望，对手机发出有气无力且含糊的惊呼后，顿感一阵眩晕。

电话彼端的映柳说：“哪会弄错，我刚才还过去看了，整栋楼都烧得面目全非，流年和他的助手都被烧死了。”

“流年死了？”溪望差点要晕过去，好不容易才回过气来问道，“宏叔的尸体怎么样了？”

“停尸间的尸体全都烧焦了，宏叔当然也不例外，出殡时恐怕会有点难看。”

“唉，这也没办法。”溪望颇为惋惜，“知道起火的原因吗？”

“我问过消防队，他们说火源有好几处，而且还有助燃剂的痕迹，肯定是被人纵火的。可是，谁会打法医处的主意呢？”

溪望疑心顿起，猜想此事必有内情，无奈身体状态欠佳，一动脑子又感到一阵眩晕。他只好暂且搁下，待身体恢复后再仔细调查此事，向映柳简单交代几句，便将电话挂掉。

“不是让你多休息吗，怎么又谈工作的事了？”见华不知何时捧着一盆温水走进了房间，嘟起嘴一脸怒容。她抽出溪望嘴中的体温计查看，皱着眉头说：“还没退烧呢！你这几天都得躺在床上，身体没好起来，就什么也不能干。”她夺过溪望的手机放在床头，“我已经跟学校请假了，你别想偷偷跑出去。”

溪望叹息道：“唉，虎落平阳被犬欺呀。”

“谁叫你没事跑到天台上淋雨，活该！”见华将他睡衣的纽扣解开，用温热的湿毛巾替他擦身，以使他的体温下降。她故意用力地擦对方的腋窝，以发泄自己对哥哥不爱惜身体的不满。

“是宏叔叫我上去的。”溪望虽然觉得好痒，无奈浑身无力，只能任由妹妹蹂躏。

“宏叔也真是的，都快50岁的人了……”见华突然停下手，泪水哗啦啦地落下，“有什么事不能跟我们商量，为什么一定要离开我们？我们就只剩下他一个亲人而已，呜呜……”

溪望用尽全身的力气撑起身体，坐起来将妹妹搂入怀中，安慰道：“宏叔也有自己的苦衷，我们应该尊重他的决定。”

“但是，但是……”见华亦将哥哥牢牢抱住，惶恐地放声哭喊，“现在我就只剩下你一个亲人了，不管发生什么事，你都不能离开我。如果你要走，就要带我一起离开。不管是天涯海角，还是阴曹地府，我都要跟在你身边。”

“傻丫头，哥又怎么会离开你呢？没你在身边，我病了谁照顾我，谁给我做饭？”溪望趁妹妹不注意，将手机藏在枕头底下，“我饿了，快给我熬粥去。”

“你可以找桐姐啊。”见华抹干眼泪，收拾好东西便离开了房间，留下不知该笑还是生气的哥哥。

“要不要给悦桐打个电话呢？她应该知道我病了，但又没勇气给我打电话。”溪望拿起手机犹豫良久，终于决定致电前女友报平安。

当他准备按下通话键时，手机突然响起，把他吓了一跳。惊慌的同时，一丝甜蜜于心底涌现，并于心中窃笑：“难道我们仍心意相通吗？”遗憾的是，当他查看屏幕时，发现来电的并非悦恫，而是国际刑警潘多拉。

“Hello, Mr. Xiang.”电话接通,便听见潘多拉那成熟而富有魅力的声音，“听说你病了，情况还好吧？”

溪望强打着精神答道：“中国人有句俚语叫‘小病是福’，偶尔生一次病也不错，至少能躺在床上让家人服侍。”

“你能跟乖巧的妹妹一起住，还真让人羡慕呢！我的家人都不在身边，生病了也没人照顾。”

“如果你不嫌弃，可以让我‘侍候’你呀。”

“呵呵，别开玩笑了，我可不敢劳烦你。”潘多拉发出优雅的笑声，又道，“听你的声音应该很疲倦吧，我们还是说正事好了。还记得答应我的事吗？”

“当然记得，是跟香港警方作短期交流那件事吧!”

“是的，香港那边已经安排好，现在就看你的档期。”

“我又不是明星，哪有什么档期……”溪望突然想起见华刚才说的话，遂向对方问道，“我想等妹妹放寒假的时候跟她一起过去，有问题吗？”

“你还真想羡慕死我呢！”听筒里传出潘多拉娇嗔的声音，“好吧，我替你安排一下，你继续休息吧！再见。”

“等等。”溪望急忙叫道。

“还有问题吗？”

“是不是有个代号翼蛇的陵光成员匿藏在香港？他还有个绰号叫神偷凌风。”

“翼蛇？”潘多拉愣了片刻，道出一个让溪望意想不到的答案，“翼蛇在20年前英国生物研究所一役中就已经死了。”

灵异档案　真实的窥降

关于“窥降”，老求在《诡异档案》一书中曾经提及，这是一种真实存在的降头术。

老求生活在曾被称为“世界工厂”的东莞，这里曾有大量台湾同胞办厂。因为政策的关系，台湾老板要在本地办厂，必须聘请一名本地人当厂长，而这个故事就是出自一名陈姓厂长口中。

陈厂长的台湾老板姓蔡，跟小说中阿苏的叙述类似，蔡老板是个疑心极重的人，总认为他不在工厂的时候，工人就会偷懒不干活。因此，他专程从泰国请来一位降头师，为他施展窥降，好让他监视工人的情况。

为了配合施降，蔡老板让陈厂长找一双死人眼睛回来，当然是要刚死不久那种。正所谓“有钱能使鬼推磨”，在市场经济时代，没有什么是钱买不到的，而蔡老板又愿意为此花钱，陈厂长当然很快就给他找来了一双眼球。

窥降是否如同小说中那样，能让蔡老板监视工人的一举一动，陈厂长可不知道。但自从降头师下降后，的确经常有工人觉得背后有双眼睛盯住自己。

随后，蔡老板因为得罪了某人，草草结束自己的生意，返回了台湾。老板走后就该清理厂房了，这是一份肥差，因为大部分废品都能变卖，扣除清理的成本，还能大赚一笔。

这种好差事，陈厂长都不会让给别人。然而让他觉得奇怪的是，当初他明明看见蔡老板将装有一双眼球的玻璃瓶藏在天花板上，也确定蔡老板没有将眼球带走。可是工人将天花板全拆下来后，仍未发现眼球的踪影。

更可怕的是，当另一名老板租下厂房后，他的工人也觉得背后经常有双眼睛盯住自己，甚至发生洗手间经血事件——某名女工声称，她在月事期间上洗手间，亲眼目睹一双飘浮在空中的眼球死死地盯住她的下体。

后来，该老板因经营不善，结束了自己的生意。而该厂房自此便无人租用，一直空置至今。

[卷三　完]